Aly Cha · Schnee im April

Erster Teil

1

Osaka, am 13. Januar 1969

Laut NHK-Nachrichten würde der zweite Montag des Jahres der kälteste Tag in diesem Winter sein, auch wenn es bis Daikan – der Großen Kälte – noch eine Woche hin war.

Die bleiche Sonne hatte sich am Morgen für kaum eine halbe Stunde gezeigt und sich dann für den Rest des Tages hinter grauen Wolken verborgen. Die Imbissstände verkauften mehr heiße Süßkartoffeln and Takoyaki-Klößchen als gewöhnlich, obwohl manche früher Schluss machen mussten. Trotz der durchdringenden Kälte standen Scharen von hungrigen Angestellten und Büromädchen geduldig nach den dampfenden Köstlichkeiten Schlange.

Der Schneesturm setzte am frühen Abend ein. Es klang wie Wellenrauschen, wenn der Schnee auf die Fensterscheiben traf, und beim Gehen knirschte es, als hätte man Salz unter den Füßen. Bald war die ganze Stadt wie von einer Schicht aus geschabtem Eis bedeckt. Viele Einwohner eilten nach Hause, um sich an ihren Kotatsu – kleinen Tischen, unter denen sich eine Heizquelle befand – zu wärmen. Sie schlürften heißen Tee und fragten sich besorgt, ob die Bahnen am nächsten Morgen fahren und sie pünktlich zur Arbeit bringen würden. Als die Dunkelheit hereinbrach, schoben die Händler einer nach dem anderen ihre Karren nach Hause und ließen die Straßen im flackernden Licht der Leuchtreklamen und im dumpfen Rauschen der verlassenen Stadt zurück.

Miho und ihre sechsjährige Tochter Yuki trafen gegen Mitternacht am Bahnhof von Osaka ein. Zehn Stunden waren sie von Tokio unterwegs gewesen; den teuren Expresszug konnte sich Miho nicht leisten. Mehr als kalte Reisklöße mit Umeboshi hatten sie auf ihrer Reise nicht gegessen. So war es kein Wunder, dass das Mädchen halb verhungert war.

»Mami, Mami.« Yuki zog ihre Mutter am Arm, als sie einen Kiosk entdeckte. Der alte Inhaber war gerade dabei, die Auslagen in dem Aluminium-Stand zu verstauen. »Der Kiosk macht gleich zu. Kann ich was zu essen haben?«

Ohne auf Yukis Betteln einzugehen, zog Miho sie mit sich fort. »Jetzt nicht. Du bekommst etwas, wenn wir bei Oma sind.«

»Aber woher weißt du, dass Oma etwas zu essen da hat?« Yuki sah ihre Mutter stirnrunzelnd an.

»Hat sie bestimmt«, sagte Miho nicht sehr überzeugend und marschierte in Richtung Ausgang weiter.

Yuki folgte ihrer Mutter nicht. Sie blieb stehen und beobachtete den Alten, der eben die Chips mit Tintenfisch-Geschmack aus der Auslage nahm. Die Tüten wurden auf eine Pappe mit dem Comicbild eines lächelnden Tintenfischs gepackt, der ein Stirnband trug. Yuki fragte sich, warum er sich wohl so freute, zu Chips verarbeitet worden zu sein, und weshalb er dieses Stirnband trug, als wäre er ein Fischer.

»Yuki! Komm jetzt!«, rief Miho.

Yuki riss sich von dem blauen Tintenfisch los und wandte sich ihrer Mutter zu, die sich bereits einige Meter von ihr entfernt hatte.

»Ich habe dir doch gesagt, dass deine Großmutter dir alles gibt, was du willst. Du kannst bei ihr essen. Los jetzt! Wir müssen den Bus kriegen!«

Yuki spürte die Nervosität in der Stimme ihrer Mutter, was sie nicht davon abhielt, weiterzubohren. »Großmutter gibt mir alles, was ich will? Wirklich?«

»Ja, wirklich!«, sagte Miho und wich den Blicken der letzten Pendler aus.

»Auch Klebreisbällchen mit süßen roten Bohnen?«

»Ja, die auch. Komm jetzt!«, schrie Miho, sichtlich entnervt. Sie biss sich auf die Lippen. Ihre wütende Stimme hallte in der Bahnhofshalle wieder. Sie stand noch immer einige Meter von Yuki entfernt und hielt ihren Koffer mit beiden Händen. Sein Gewicht hinderte sie daran, sich einfach umzudrehen und ihre Tochter zu holen.

»Wie kannst du das so genau wissen?«, schrie Yuki zurück, unwillig, so schnell aufzugeben.

»Yuki, wir müssen den Bus bekommen. Ich lasse dich hier stehen, wenn du nicht sofort kommst!«

Yuki wusste, dass sie ihrer Mutter gehorchen musste, bevor sie noch mehr in Rage geriet. Zögernd rannte sie ihr nach und hoffte, dass sie hinsichtlich der Mochi mit süßen roten Bohnen, die sie bei ihrer Großmutter bekommen sollte, die Wahrheit sagte.

Der Händler schloss die Läden seines Kiosks, während Yuki und Miho auf die verschneite Straße hinaustraten. Sie schlossen sich einer Menschenmenge an, die ebenso düster wirkte wie das Wetter, und erreichten noch den letzten Bus in den Bezirk Airin.

»Weiß Großmutter, dass mit süßen roten Bohnen gefüllte Mochi meine Lieblingsspeise sind?«, fragte Yuki weiter, sobald sie sich auf einer Sitzbank in der Mitte des nach Fisch und Benzin riechenden Busses eingerichtet hatten.

Miho nickte, ohne Yuki anzusehen.

»Und woher weiß sie das? Hast du es ihr gesagt?«, fragte Yuki und rieb ihre Nase am Gesicht ihrer Mutter.

Miho warf Yuki einen resignierten Blick zu und schloss die Augen, um weiteren Fragen vorzubeugen.

»Mami«, jammerte Yuki und zerrte an Mihos Ärmel. »Wann sind wir da? Ich hab so Hunger.«

Mit einem Seufzer öffnete Miho die Augen und wandte sich Yuki zu. »Mach einfach die Augen zu und schlaf ein bisschen. Ich wecke dich, wenn wir da sind.« Mihos Stimme klang weich, beinahe traurig und gar nicht mehr wütend.

Als der Bus den Bahnhof verließ, schloss das kleine Mädchen die Augen. Schlaf war nicht nur das beste Mittel gegen Müdigkeit, sondern ließ auch den Hunger vergessen. Yuki besaß die gesegnete Fähigkeit, überall schlafen zu können. Auch die meisten anderen Fahrgäste saßen mit geschlossenen Augen da. Den Kopf an die Brust ihrer Mutter gelegt, döste Yuki ein.

Miho betrachtete das Gesicht ihrer schlafenden Tochter. Yukis aufgesprungene Lippen waren leicht geöffnet, und ihre Lider flatterten, während sie tief durch den Mund ein- und ausatmete. Miho sah aus dem Fenster. Die Stadt verbarg ihre hervortretenden Adern und dauerhaften Narben hinter einem geisterhaften Schleier aus Schnee. Mutter und Tochter wurden hin- und hergeschleudert, wenn der gereizte Busfahrer abrupt bremste oder rücksichtslos in die Kurven ging. Der Dieselmotor vibrierte mit lautem Geratter unter Mihos Füßen. Sie legte die Hand über das freie Ohr ihrer Tochter, um den Lärm zu dämpfen, und schloss ebenfalls die Augen.

An der Haltestelle war niemand. Nur ein bedrohlicher Wind blies Miho und Yuki entgegen. Miho stellte fest, dass ihr altes Viertel, das sie vor fast zwanzig Jahren verlassen hatte, sich im Gegensatz zum Zentrum von Osaka kaum verändert hatte. In der Nähe der Bushaltestelle gab es ein paar neuere Betongebäude mit bescheidenen Geschäften, die jedoch dem ärmlichen, ihr aus der Erinnerung vertrauten Gesamtbild keinen Abbruch taten.

Die raueren Seiten des Lebens in einer Hafenstadt waren hier offenkundig. Die Bewohner des Bezirks stammten aus allen Schichten. Doch soweit Miho sich erinnerte, waren es hauptsächlich versoffene, ungehobelte Männer mit ihren arbeitsamen Frauen und Kindern, die heranwuchsen, um dem Beispiel ihrer Eltern zu folgen, falls sie nicht intelligent und mutig genug waren und das Glück hatten, diesem Teufelskreis zu entrinnen.

Familienstreitigkeiten verliefen in diesem Viertel häufig dramatisch und unter großer Anteilnahme der Öffentlichkeit. Man hatte hier eine besondere Antenne für Nachbarschaftsklatsch, denn die Geschichten aus dem richtigen Leben gehörten zu den wenigen Zerstreuungen, die Farbe in den Alltag brachten. Doch in dieser Nacht hatte der eisige Wind jeden Hauch von Dramatik erstarren lassen. Die Straßen waren leer, und nur die Sichel des abnehmenden Mondes stand am bleigrauen Himmel.

Miho schaute sich um: Kein einziger betrunkener Angestellter, der in seinem billigen Polyesteranzug an einen Telefonmast urinierte oder sich erbrach, war zu sehen, kein verrückter Alter, der auf imaginäre Passanten einschrie, war zu hören. Selbst der Gestank von Urin war verschwunden.

Miho führte Yuki durch gewundene Gassen. Die Häuser standen so eng beieinander, als wollten sie sich gegenseitig davor schützen, vom Wind davongeweht zu werden. Viele der einfachen Holzbauten vermoderten von unten her und erinnerten an verrottende Zähne, die am Ende ausfallen und blutige Lücken im Zahnfleisch hinterlassen würden.

Der Anblick der Straßen rief Übelkeit in Miho hervor. Kriechend breitete sich die Erinnerung an ihre Jahre in diesem Viertel unter ihren Stiefeln aus wie giftiger Efeu. Rasch schritt sie an den Zeilen verfallender Holzhäuser vorbei. Der Wind peitschte ihr feindselig ins Gesicht, doch Miho marschierte vorwärts. Sie merkte nicht einmal, dass Yuki schläfrig und benommen von der Kälte hinter ihr zurückblieb.

Das in mehrere Schichten von Kleidung, Mütze und Schal eingepackte Mädchen schleppte sich in seinen Gummistiefeln voran und hinterließ dabei eine Zickzackspur im Schnee. Der Weg von der Bushaltestelle den schneebedeckten Hang hinauf war für das ausgehungerte Kind nur schwer zu bewältigen.

Miho marschierte zurück, als sie merkte, dass Yuki weit zurücklag. Grob zerrte sie die Kleine am Arm. »Nicht einschlafen, Yuki! Wir sind gleich da.«

Yuki blickte zu ihrer Mutter auf. Das Neonlicht der Straßenlaternen zeichnete scharfe Kontraste auf das Gesicht ihrer Mutter und betonte ihre hohen Wangenknochen. Es wirkte leblos im kalten Licht. Einen Augenblick lang fand Yuki, ihre Mutter ähnle mit ihren eingesunkenen Augen dem traurigen Witwengeist, den sie im Fernsehen gesehen hatte. Allerdings fühlte sie sich selbst auch ziemlich leblos. Yuki schaute mit kläglicher Miene auf die scheinbar endlose Straße und winselte wie ein krankes Hündchen. »Mami, ich bin so müde. Ich kann nicht mehr laufen.«

»Wir sind doch gleich da«, wiederholte Miho, ohne auf Yukis weinerlichen Ton einzugehen. Sie ergriff die Hand ihrer Tochter und zog sie hinter sich her.

»Das hast du schon mal gesagt!« Yuki riss sich los. Ihre Stimme war heiser vor lauter Erschöpfung. Sie war nahe daran, in Tränen auszubrechen. »Mami, wie weit müssen wir denn noch gehen?«

»Nur noch bis zum Ende der Straße. Das Haus dort vorn. Siehst du das Licht im Fenster?« Miho mäßigte ihren Ton.

Yukis Blick folgte dem lederbehandschuhten Finger ihrer Mutter. Im Fenster eines braunen Holzhauses sah sie einen schwachen Lichtschein. Es war das einzige Haus in der Straße, in dem noch jemand wach war.

»Mami, bitte huckepack«, verlangte Yuki, ermutigt vom versöhnlichen Ton ihrer Mutter. »Ich bin so müde«, fügte sie hinzu und stampfte mit den Füßen.

»Hör auf, dich wie ein Baby zu benehmen!« Mihos Stimme wurde wieder barsch. »Marsch jetzt!«, befahl sie.

Auf Mihos Lippen lagen noch Spuren von ziegelrotem Lippenstift. Sie hatte eine tiefe Falte zwischen den Brauen und richtete ihre traurigen Augen auf die Straße, um Yukis flehenden Blicken auszuweichen. Yuki wusste genau, dass sie ihre Mutter nicht ärgern durfte, wenn sie eine so düstere Miene zog. Falls sie weiterbettelte, würde sie heftige Schläge ernten.

»Ich hasse Laufen, besonders wenn es so kalt ist wie jetzt«, murmelte sie stattdessen bei sich und beobachtete dabei das Gesicht ihrer Mutter genau. »Ich wünschte, ich könnte fliegen, wie diese Frau im Fernsehen.«

Zum ersten Mal an diesem Tag lächelte Miho ein bisschen. Yukis kindischer Wunsch milderte die Falte zwischen ihren Brauen, und sie schmolz dahin wie Schnee im Frühling. Miho sah nach unten, nicht zu Yuki, sondern auf ihre eigenen Füße, ihre nassen Lederstiefel. Mihos lange, gerade Wimpern, die Wimpern eines alten Pferdes, verbargen ihre Augen. Das schwache Lächeln verweilte kurz in den Winkeln ihrer Augen.

Dem aufgeweckten Mädchen entging der Wandel im Ausdruck seiner Mutter nicht, und es drängelte, huckepack genommen zu werden. Die Kleine kannte diesen wehrlosen Blick genau. Also lamentierte sie weiter über die Frau, die mit einem Regenschirm fliegen konnte, und beschloss ihre Klage mit einem bühnenreifen Seufzer. Und wie Yuki es erwartet hatte, stellte Miho ihren Koffer ab, ging in die Knie und drehte ihr den Rücken zu, damit sie daraufklettern konnte.

»Das ist das letzte Mal«, sagte Miho. »Du bist schließlich kein Baby mehr. Lern lieber fliegen, wenn du nicht laufen willst.« Die Härte in ihrer Stimme stand in krassem Gegensatz zu ihrer mütterlichen Geste.

Yuki machte sich nicht viel daraus. Sie kannte Mihos hitziges Temperament und war an den kalten Ton gewöhnt. Aber das Mädchen wusste auch, dass seine Mutter es liebevoll in die Arme nahm und küsste, wenn es schlief oder zumindest so tat.

»Warum bist du nicht in eine ganz normale Familie hineingeboren worden wie alle anderen auch?«, fragte Miho sie häufig, wenn sie angetrunken und rührseliger Stimmung war, als hätte Yuki es sich ausgesucht. »Es tut mir leid, dass ich keine gute Mutter bin. Aber ich habe dich lieber als alles andere auf der Welt. Du bist das einzig Gute in meinem Leben.« Yuki wusste, dass ihre Mutter die Wahrheit sprach. Das tat sie immer, wenn sie betrunken war.

Rasch kletterte die Kleine auf den Rücken ihrer Mutter, denn sie fürchtete, sie würde ihre Meinung ändern, wenn sie nicht schnell genug war. Yuki bedankte sich beinahe mechanisch und legte ihren Kopf auf den breiten Webpelzkragen am Mantel ihrer Mutter. Sie sog den Geruch ein.

Der Mantel roch – wie alle ihre Sachen – nach Mottenkugeln und Lack. Es war der vertraute Geruch des großen Lackschrankes, der ihre gesamten Habseligkeiten beherbergte. Yuki versteckte sich immer darin, wenn ihre Mutter so betrunken war, dass sie sich nicht mehr unter Kontrolle hatte und schluchzend von Dingen erzählte, die Yuki nicht verstand. Im Dunkel zwischen den Kleidern ihrer Mutter und den zusätzlichen Bettdecken schaute Yuki auf den Spalt zwischen den Türen und atmete den Geruch von Lack und Mottenkugeln ein, ehe ihre Mutter sie mit ihrem leisen Weinen in den Schlaf schluchzte.

»Mami, ich werde fliegen lernen, damit ich …« Yuki war eingeschlafen, bevor sie ihren Satz beenden konnte.

Miho hievte sich mit leisem Stöhnen hoch. Mit der einen Hand hob sie ihren Koffer auf, während sie mit der anderen Yuki auf ihrem Rücken festhielt. Ein Windstoß traf sie, und sie stolperte, erlangte aber schnell das Gleichgewicht zurück und holte tief Luft. Die schneidende Kälte fuhr ihr durch die Nase und verursachte ein Stechen in ihrer Stirn. Ihre Schläfen begannen zu pochen, die Knie wurden ihr weich, ihre Füße fühlten sich taub an. Sie rückte sich Yuki zurecht und ging auf das erleuchtete Fenster am Ende der Straße zu.

Es war so still wie auf dem Meeresgrund. Die einzigen Geräusche waren die des Windes und des vereisten Schnees, der unter Mihos Füßen ächzte.

Miho stellte ihren Koffer ab und starrte auf das mit vergilbtem Reispapier bespannte Shoji-Fenster. Von Asakos Dach streckten Eiszapfen ihre gespenstischen Krallen aus. Miho sah noch einmal zu dem Fenster auf und hielt den Atem an, als fürchtete sie, Asako könnte sie hören. Aus dem Haus schlug ihr bellend der Husten ihrer Mutter entgegen.

Miho zögerte, sich anzukündigen, und wandte sich zu Yuki um, die ihr schwerer erschien als je zuvor. Sie konnte sich nicht erinnern, wann sie ihre Tochter zuletzt huckepack getragen hatte. Schuldbewusst rieb Miho ihre Wange an der Krempe von Yukis Wollhut und starrte dann wieder auf das Fenster. Allen Mut zusammennehmend, klopfte sie dreimal gleichmäßig an die verwitterte Holztür. Doch das Geräusch ging im Heulen des Windes unter.

Wieder ertönte Asakos rauer Husten. Miho ballte die Faust und schlug kräftig gegen die Tür, um das Heulen zu übertönen.

»Ich bin's, Miho. Mach bitte auf«, sagte sie.

Mihos Ankündigung war ein Flüstern im Vergleich zu ihrem ungeduldigen Klopfen. Doch Asakos Husten verstummte sofort.

Es vergingen nur Sekunden, bis Asako die Tür öffnete, aber Miho kamen sie wie eine Ewigkeit vor. Nervös ging sie vor der Tür auf und ab, bis sie vor ihrer Mutter stand, die sie so lange nicht gesehen hatte.

Im dämmrigen Licht der Straße begegneten sich ihre Augen. Der Wind biss und schnitt in den Raum zwischen ihnen.

Miho neigte ihren Kopf, sodass nicht zu erkennen war, ob sie sich höflich verbeugte oder ihr Gesicht schamvoll verbarg. Sie hielt ihren Blick nach unten auf die fleckige Mompe-Hose ihrer Mutter gerichtet. Er wanderte entlang des unteren Saumes der mausgrauen Jacke, über die fehlenden Knöpfe zu den rissigen, vor dem Bauch gefalteten Händen ihrer Mutter. Miho wich ein paar Schritte zurück, als Asako näher trat.

Tränen stiegen Asako in die Augen, und ihr Kinn zitterte, als sie Miho ansah, die nicht mehr das junge Mädchen war, das vor vielen Jahren von zu Hause fortgegangen war. Vor ihr stand eine Frau von Mitte dreißig, die älter aussah als sie war. Noch dazu trug sie ein schlafendes Kind auf dem Rücken. Die Kleine musste Mihos Tochter sein. Asako wollte Miho und das Kind begrüßen, aber ein Hustenanfall hielt sie davon ab. Sie schob die Tür weiter auf und hielt sich den Ärmel vor den Mund. Als der Husten nachließ, versuchte sie, Mihos Koffer vom Boden hochzuheben.

»Nein, bitte, lass das«, sagte Miho. Sie riss Asako den Koffer aus der Hand und hielt ihn fest.

Asakos Lippen teilten sich, aber sie brachte keinen Ton hervor. Das Kreischen des Windes füllte die kurze Stille.

»Ich muss wieder gehen«, sagte Miho, den Blick auf Asakos alte Plastikschlappen geheftet.

Asako streckte die Hand nach Miho aus, die hastig einen Schritt zurücktrat.

»Ich brauche deine Hilfe«, sagte Miho und sah zur Seite,

noch immer jeden Augenkontakt mit ihrer Mutter vermeidend. »Bitte, frag mich nichts. Ich muss gehen.«

»Miho, was ist los? Wo willst du um diese Zeit hin? Bitte, bitte komm rein. So kann ich dich nicht gehen lassen«, flehte Asako und wischte sich die Tränen ab.

»Ich kann nicht reinkommen«, erwiderte Miho, ihre Stimme so kalt wie der Wind.

»Bitte, ich kann dich nicht gehen lassen, Miho. Wenn du nicht bleiben willst, macht das nichts, aber bleib wenigstens heute Nacht. Bitte!«

Miho schüttelte den Kopf.

Asako musste wieder husten, bevor sie weiter beharren konnte.

Miho wartete gehetzt, bis Asako aufhörte.

»Ich muss für eine Weile fort. Ich brauche dringend deine Hilfe, also hilf mir und stell keine Fragen. Bitte. Ich erkläre es dir später.« Mihos Stimme brach am Ende jedes Satzes und strafte ihren nüchternen Ton Lügen.

Asako kam wieder zu Atem. »Bitte, Miho, komm wenigstens ins Haus. Wir können drinnen sprechen. Und das Kind …«

»Ich betrete dieses Haus nicht«, sagte Miho. »Aber ich muss das Kind eine Weile hierlassen. Ich komme später zurück – in ein paar Monaten oder so, meine ich. Hier.« Bemüht, Yuki nicht zu wecken, reichte sie das Kind behutsam an ihre Mutter weiter. Noch immer wich sie Asakos Blicken aus, als würde sie zu Stein, falls ihre Augen sich träfen.

Asako nahm ihre Enkelin in die Arme und musterte deren schlafendes Gesicht wie eine junge Mutter die Züge ihres Neugeborenen. Doch Miho schob Yuki eilig auf Asakos Rücken. Sie wollte nicht, dass Asako Yuki in ihrer Gegenwart betrachtete.

»Sie heißt Yuki«, sagte Miho.

»Yuki«, wiederholte Asako leise und spürte die Wärme des Mädchens auf ihrem Rücken.

»Sie ist sechs Jahre alt«, sagte Miho und versuchte, nicht entschuldigend zu klingen. »Sie wird dich nicht stören. Sie spielt gern für sich und ist immer …«

Mitten im Satz brach sie ab und schüttelte den Kopf, als wolle sie sagen: »Ist ja auch egal.« Abrupt hob sie den Koffer auf und wandte sich zum Gehen, ohne sich zu verabschieden.

»Miho, komm jetzt bitte ins Haus, wenigstens für eine Minute«, flehte Asako erneut mit vor Verzweiflung zitternder Stimme, als ihre Tochter sich anschickte, zu gehen.

Miho hielt inne, drehte sich nicht zu ihrer Mutter um. Wie erstarrt wartete sie, was Asako zu sagen hatte.

»Hast du … hast du gegessen?«, fragte Asako an Mihos Rücken gewandt.

Miho starrte auf die leere Straße. Ihr Blick verschwamm vor Tränen. Die Schneeflocken wirbelten im Wind und schimmerten wie Perlenstaub im Licht der Straßenlaternen. Durch den Schleier ihrer Tränen wirkte die Straße wie die Szenerie in einem Traum.

»Ich habe keinen Hunger«, sagte Miho nach einer Pause. »Aber bitte gib Yuki etwas zu essen, wenn sie aufwacht. Sie ist bestimmt sehr hungrig.« Heiße Tränen strömten ihr über die Wangen und die ausgedörrten Lippen. Sie leckte die salzigen Tropfen mit der Zunge auf und räusperte sich. »Ich habe keine Kleidung für sie mitgebracht. Bitte, kauf ihr etwas. Das Geld schicke ich dir später.« Damit machte Miho sich auf den Weg.

»Miho! Bitte komm zurück! Ich flehe dich an, bitte«, rief Asako die Straße hinunter. Doch mehr brachte sie nicht zustande, bevor sie erneut ein Hustenanfall übermannte.

Sie tat ihr Bestes, ihn zu unterdrücken, um die Kleine auf ihrem Rücken nicht aufzuwecken. Yuki bewegte sich und stöhnte leise, indem sie ihren Kopf hin- und herwarf, als hätte sie einen schlechten Traum. Dennoch schlief sie weiter fest.

Wie eine Mörderin, die in aller Eile den Tatort verlässt, hastete Miho auf eine dunkle Straßenecke zu. Asako folgte ihr mit ihren Blicken wie ein pensionierter Polizist, der seinen Verdächtigen nicht mehr jagen kann.

Mit leerem Blick sah Asako auf die dunkle Stelle, in der Hoffnung, Miho noch einmal zu sehen, wenngleich sie wusste, dass sie nicht zurückkommen würde. Bestürzt und in Tränen aufgelöst schloss Asako langsam die Haustür. Das verrostete Metallscharnier quietschte und gab ein lang gezogenes Wimmern von sich. Mit hängendem Kopf und der schlafenden Yuki auf dem Rücken kehrte Asako ins Haus zurück.

Miho bog um die Ecke, konnte jedoch nicht weitergehen. Sie spürte, dass ihre Mutter noch immer verzweifelt nach ihr ausspähte. Sie war außer Atem und konnte keinen Fuß mehr vor den anderen setzen. An eine Mauer gelehnt, ließ sie sich zu Boden gleiten. Der Wind, der durch die Gasse fuhr, trug das Geräusch der zögernden Schritte ihrer Mutter und das lange Quietschen einer sich schließenden Tür zu ihr herüber. Sie vergrub den Kopf zwischen ihren Knien und weinte.

Wenige Augenblicke später merkte Miho, dass sie wie magnetisch angezogen zum Haus ihrer Mutter zurückging.

Sie blieb vor der Tür stehen und schaute zu dem Fenster auf. Ganz still stand sie auf der Straße und lauschte dem leisen Schlagen ihres eigenen Herzens, bis sie abermals den trockenen Husten ihrer Mutter hörte.

Plötzlich frischte der Wind wieder auf und stürzte sich auf Miho, schlug sie ins Gesicht und drückte sie gegen die Wand. Sie flüchtete aus der Gasse, ihr Gesicht vor dem Licht der Straßenlaternen abschirmend wie eine Verbrecherin, die das Blitzlichtgewitter vor dem Gerichtsgebäude scheute – ob sie schuldig war oder nicht.

2

Asako ließ Yuki so behutsam auf den Futon hinunter, als wäre sie eine Porzellanpuppe. Sie schob ihr ein Kissen aus Buchweizenspelzen unter den Kopf und begann sie vorsichtig Schicht für Schicht auszuziehen, um sie nicht zu wecken. Es war gar nicht so einfach, Yuki aus der wattierten Jacke zu schälen, die ihr im letzten Winter wahrscheinlich noch gepasst hatte, jetzt aber zu klein war. Unter ihrer Kleidung trug Yuki warme Unterwäsche, die an den Ärmeln ausgefranst war und Löcher in beiden Knien hatte.

Asako setzte sich neben ihre Enkelin, von deren Existenz sie eben erfahren hatte, und versuchte den Grund für Mihos Besuch zu begreifen. Sie hatte ihre Tochter schon vor Jahren aufgegeben. Ganz gleich, wie schmerzhaft die Erkenntnis war, sie wusste, dass die Vergangenheit vergessen und begraben werden musste.

Doch Asako konnte es sich nicht verzeihen, dass sie Miho hatte gehen lassen. Sie versuchte sich mit Mihos Versicherung zu trösten, dass sie zurückkommen würde, ja zurückkommen musste, um Yuki zu sehen. Nur, wo konnte sie in dieser Kälte und zu dieser Stunde hingegangen sein?

Der Wind rüttelte am Holzrahmen ihres Fensters. Es klang, als würde er sie für ihre Hoffnungslosigkeit, ihr erbärmliches Leben, überhaupt ihr ganzes Dasein schelten.

Asako stieß einen tiefen Seufzer aus und betrachtete die schlafende Yuki. Die große Ähnlichkeit zwischen Mutter und Tochter erstaunte sie – das pfirsichförmige Gesicht und das spitze Kinn, die kleine Nase, die dichten Augenbrauen und langen, geraden Wimpern. Yuki hatte sogar die gleichen kräftigen Finger und kurzen, flachen Nägel wie Miho. Asako zog Yuki die Bettdecke unters Kinn und strich ihr das Haar aus dem Gesicht.

Asakos Mundwinkel verzogen sich zu einem traurigen Lächeln, das mit dem Rauschen des Windes, der sie an Miho erinnerte, sogleich wieder verschwand. Sie konnte den Gedanken an Miho draußen in der Kälte nicht ertragen, also wandte sie sich wieder ihrer Arbeit zu – sie stellte Tofu her –, ihrer einzigen Zuflucht.

Geistesabwesend drehte Asako die Steinmühle. Nur die nackte Birne, die tief von der Decke hing, wachte über ihre eintönige Arbeit.

Kaum ein Tofu-Hersteller verwendete noch wie sie die veraltete Mühle aus zwei großen, übereinanderliegenden Steinen. Asako gab die gewässerten Sojabohnen in eine Öffnung im oberen Stein, während sie die Mühle mit dem Holzgriff an ihrem Rand drehte. Die Mühle gab gurgelnde Geräusche von sich, während die Bohnen zwischen den beiden Steinen zerdrückt wurden. Wie Lava quoll die Bohnenpaste dazwischen hervor. Anschließend brachte Asako die rohe Paste in die Küche und verarbeitete sie zu warmem Tofu. Sie füllte die Masse in große Holzkästen, ließ sie fest werden und schnitt den fertigen Tofu, kurz bevor sie ihre morgendlichen Lieferungen tätigte, in kleine, säuberliche Quadrate.

Den meisten Tofu verkaufte die alte Frau an Restaurants und Geschäfte, die größere Mengen bei ihr bestellten. Andere Tofu-Händler boten ihre Ware am Morgen feil, ehe die Hausfrauen das Frühstück bereiteten. Sie weckten die Nachbarn mit dem Scheppern ihrer Handglocken. Aber Asako lieferte schon vor dem Morgengrauen aus. Es war ihr lieber, nicht zu viele Haushalte aufsuchen zu müssen. Sie stellte ihre Tofu-Kästen vor den Restaurants und Läden ab, ehe diese öffneten, und sammelte das Geld dann im Laufe der Woche ein.

In dieser Nacht wurde Asako immer wieder von Hustenanfällen unterbrochen, doch sie erstickte das Geräusch jedes Mal mit einem Taschentuch, um Yuki nicht zu wecken. Sooft Asako sie anschaute, musste sie an Miho denken. Auch Miho war, als sie klein war, an ihrer Seite eingeschlafen, wenn sie nachts Tofu machte. In den Nächten des Krieges wegen der Verdunkelung oft im Stockfinstern.

Beim Drehen der Steinmühle erreichte Asako, trotz ihrer Sorge um Miho, einen friedvollen Zustand. Wenn sie die schweren Steinscheiben drehte, wie ein meditierender buddhistischer Mönch die Holzperlen seiner Gebetskette eine nach der anderen über den Daumen gleiten ließ, vergaß sie all ihren Kummer und die furchtbaren Erinnerungen. Das Lied der Steinmühle beruhigte ihren Geist, und die Wiederholung der Bewegung gab ihrem Dasein eine Richtung.

Sobald alle Bohnen gemahlen und bereit waren, als der köstlichste Tofu von Osaka wiedergeboren zu werden, erwachte Asako aus ihrer Versenkung.

Gegen vier Uhr morgens wurde Yuki vom Heulen des Windes und einem unerträglichen Hunger geweckt. Asako war noch in der Küche mit dem Tofu beschäftigt. Im Halbschlaf setzte das Kind sich auf und schaute sich um. Sein Blick fiel auf das spärlich eingerichtete Tatami-Zimmer mit dem einfachen Schrank und der großen runden Steinmühle, die auf einem Baumwolltuch stand. Eine dünne Schicht gemahlener Bohnenpaste trocknete am Rand der Mühle und erfüllte den Raum mit ihrem bitteren, nussigen Geruch.

Yuki sah zu einem alten Kalender mit einer Fotografie des Goldenen Pavillon in Kioto auf, das anstelle einer Bildrolle in der Tokonoma, der Wandnische, hing. Das Mädchen glaubte zu träumen, bis Asako die Schiebetür öffnete.

»Ah, du bist wach«, sagte Asako, einen Stoß Kästen mit frischem Tofu auf dem Arm.

Yuki jammerte nicht nach ihrer Mutter, wie andere Sechsjährige es vielleicht getan hätten, wären sie in einer völlig fremden Umgebung aufgewacht. Doch sie rührte sich nicht, beobachtete nur wortlos, wie Asako die Kästen ins Zimmer trug. Sie verhielt sich ganz still, nur ihre kleine Brust hob und senkte sich beim Atmen. Der Ausschnitt ihres Unterhemds war verrutscht, und das wirre Haar hing ihr auf eine nackte magere Schulter.

»Bist du schon lange wach?«, fragte Asako und stellte die schweren Tofu-Kästen ab. »Hast du Hunger?« Sie lächelte nun. Ihr Gesicht glänzte vor Schweiß. Sie holte weitere Tofu-Kästen und stapelte sie übereinander.

Yuki nickte.

»Nur einen kleinen Moment noch, Yuki. Ich bringe dir Tofu.« Rasch schloss Asako die Tür hinter sich, damit die kalte Luft aus dem Flur nicht ins Zimmer drang.

»Wo ist Mami?«, fragte Yuki endlich. Ihre Stimme war so schwach wie die eines jungen Moskitos am Morgen.

Asako antwortete ihr nicht. Stattdessen hob sie den Holzdeckel eines Tofu-Kastens, und die Gaze, in die der Sojabohnenquark eingewickelt war, kam zum Vorschein. Der Tofu verströmte einen warmen Hauch, als sie das Tuch entfernte.

»Ist Mami schon weg?«, fragte Yuki, jetzt lauter.

Asako nickte und machte einen langen, geraden Schnitt in den elfenbeinfarbenen Tofu. Das Küchenmesser hatte eine dunkle Klinge, und sie ging sehr geschickt damit um. Stille umgab sie, während sie ihre Aufmerksamkeit darauf richtete.

»Hat sie gesagt, wann sie zurückkommt, um mich abzuholen?«, drängte Yuki, aber ihre Augen folgten wie hypnotisiert den Linien, die Asako in den Tofu schnitt.

Ohne Yuki zu antworten, schnitt Asako weiter, indem sie geschickt die Markierungen an den Seiten des hölzernen Rahmens einhielt. Der Duft des Tofus wurde mit jedem Schnitt stärker, und Yuki schluckte hungrig das Wasser, das ihr im Mund zusammenlief.

»Mami kommt im Frühling zurück, hat sie gesagt«, beantwortete Yuki ihre eigene Frage, den Blick weiter auf den Tofu gerichtet.

Asako hörte auf zu schneiden und sah Yuki an.

»Hat sie gesagt«, wiederholte Yuki und starrte auf den Tofu.

Wortlos legte Asako ein Stück auf einen Teller und bestreute es mit Bonitoflocken, ehe sie ihn und ein Paar Stäbchen an Yuki weiterreichte.

Yuki riss ihr den Teller fast aus der Hand und stopfte sich gierig Tofu in den Mund. Wie ein halb verhungerter Hund verschlang sie ihn, ohne zu kauen.

»Warte«, sagte Asako und reichte ihr ein Porzellankännchen.

Yuki schluckte noch ein großes Stück, dann ließ sie sich mehr Zeit. Sie tröpfelte Sojasoße auf ihren Teller. Sie zerteilte den Tofu mit ihren Stäbchen in kleinere Stücke und tunkte sie in die braune Soße, ehe sie sie hinunterschlang.

»Mach langsam. Du kannst so viel Tofu essen, wie du möchtest«, sagte Asako und legte noch mehr Bonitoflocken auf Yukis Teller.

»Was ist das?«, fragte Yuki mit vollem Mund und zeigte auf die Steinmühle.

»Das ist eine Mühle. Mit der werden die Sojabohnen für den Tofu gemahlen.«

»Aha.« Yuki nickte. »So etwas habe ich noch nie gesehen.«

»Du bist zu klein, um diese Steinmühlen zu kennen. Sie werden heutzutage kaum noch benutzt«, erklärte sie.

»Warum denn nicht?«

»Weil es Maschinen gibt, mit denen man die Bohnen mahlen kann.«

»Ach so. Aber warum benutzt du dann keine Maschine?«

Asako lächelte. »Der Tofu wird nicht so gut wie mit der Steinmühle.«

»Warum nicht?«

»Er schmeckt eben anders.«

»Aber Maschinen sind schneller.«

»Nun, schneller ist nicht immer auch besser. Bei einigen Dingen ist es besser, wenn man sie langsam tut.«

Wieder nickte Yuki. »Aber so musst du doch die ganze Zeit arbeiten? Wenn du eine Maschine benutzen würdest, könntest du deine Arbeit hundert Mal schneller fertig machen.«

»Vielleicht könnte eine Maschine sie schneller machen, aber der Geschmack ist nicht so gut. Da bin ich mir sicher. Mein Tofu schmeckt dir doch, oder?«

»Dein Tofu ist der beste, den ich je gegessen habe, genau wie Mami gesagt hat.«

»Deine Mutter hat das gesagt?« Asakos Lächeln gefror bei der Erwähnung von Miho.

»Ja, Mami hat gesagt, du machst den leckersten Tofu überhaupt.«

»Yuki ...« Asako zögerte einen Moment, bevor sie ihre Frage stellte. »Hat sie sonst noch etwas gesagt?«

»Ja!«, sagte Yuki bereitwillig. »Sie hat gesagt, du gibst mir mit süßen roten Bohnen gefüllte Mochi!«

»Mochi?«

»Ja, sie hat dir doch erzählt, dass Mochi mit süßen roten Bohnen meine Lieblingsspeise sind. Hat sie dir das nicht erzählt?« Yukis Augen warteten begierig auf Antwort.

Asako nickte.

»Also weißt du es wirklich! Hast du welche hier?« Yuki sondierte das Zimmer auf der Suche nach ihren Klebreisbällchen.

»Im Moment habe ich noch keine, aber ich hole dir gleich heute Morgen welche. Aber Yuki«, Asako stockte wieder, »hat deine Mutter sonst etwas gesagt?«

Yuki schüttelte den Kopf und schob sich noch ein Stück Tofu in den Mund.

»Weißt du, warum sie dich hergebracht hat?«

Yuki blinzelte unschuldig und nickte. Sie hatte den Mund voll.

»Dann erzähl's mir. Was hat sie gesagt?«, fragte Asako.

»Mami geht nach Amerika, um Geld zu verdienen.«

»Nach Amerika?«

»Ja, Amerika!«, wiederholte Yuki lauter und strahlte.

»A …Amerika«, sagte Asako. Das Wort wog schwer auf ihrer Zunge.

»Mami hat gesagt, ich muss eine Weile bei dir in Osaka wohnen. Es ist sehr weit. Wusstest du das?« Yuki stopfte sich erneut ein Stück Tofu in den Mund und redete weiter, nachdem sie es geschluckt hatte. »Sie holt mich wieder ab, bevor die Kirschblüte vorbei ist. Ganz bestimmt, bevor alle Blüten abgefallen sind, sagt sie.«

»Ah, die Kirschblüte.« Asako seufzte.

»Und dann gehen wir nach Amerika. Wo Micky Maus wohnt!«, sagte Yuki vergnügt.

»Micky wer?«

»Micky Maus. Er wohnt in Amerika.«

»Aha.« Asako nickte, obwohl sie nicht genau verstand. »Und wer ist Micky Maus?«

»Oma, du weißt nicht, wer Micky Maus ist?« Yuki riss die Augen auf, als könne sie nicht fassen, was sie gerade gehört hatte. »Wieso kennst du ihn nicht? Er ist die berühmteste und reichste Maus auf der ganzen Welt!«

»Die reichste Maus?«

»Ja! Micky hat ein großes Haus und einen riesigen Garten voller Bäume und Blumen. Er hat sogar einen Swimmingpool.«

»Die Maus hat ein großes Haus mit Swimmingpool?« Asakos Entgeisterung wuchs.

»Ja! Sein Haus ist so schön«, sagte Yuki und nickte übertrieben. »Meine Freundin Makiko und ich haben es im Fernsehen gesehen. Das Haus hat einen richtig großen Swimmingpool – und viele, viele Bäume!« Yuki schwenkte die

Arme, um zu zeigen, wie groß die Bäume waren. »Micky Maus hat auch einen Hund.«

»Die Maus hat einen Hund?« Asako beobachtete, welche Energie ihre Enkelin ausstrahlte.

»Natürlich! Er heißt Pluto. Aber er macht viel Unsinn.« Yuki schüttelte den Kopf. »Dabei will er nur nett sein. Er ist kein böser Hund. Wirklich nicht.« Yuki machte eine kurze Pause, um über das, was sie gerade gesagt hatte, nachzudenken. »Er ist ein sehr lieber Hund, aber manchmal hat er schreckliches Pech, und alles wird immer schlimmer und er kommt in immer mehr Schwierigkeiten. Aber es ist ja nicht seine Schuld, dass er solches Pech hat, oder, Oma?«

Asako lächelte Yuki an, die eine so aufrichtige Sorge um den glücklosen Hund an den Tag legte.

»Makiko mag Pluto nicht, weil er immer so viel Unsinn und alles Mögliche im Haus kaputt macht. Aber ich mag ihn. Er ist kein schlimmer Hund. Er hat nur öfter Pech, das ist alles.«

Asako besaß kein Fernsehgerät, obwohl sie auf dem Markt schon mehrmals ferngesehen hatte. Was Yuki da erzählte, ergab für sie nicht viel Sinn. Doch ehe sie noch mehr Fragen über die reiche Maus stellen konnte, wechselte Yuki das Thema.

»Kann ich noch etwas Tofu haben?« Schüchtern streckte Yuki ihrer Großmutter den leeren Teller entgegen.

»Du armes Ding, du musst ja halb verhungert sein.« Asako legte noch ein großes Stück auf den Teller und fügte eine großzügige Menge Bonitoflocken hinzu.

Ein Kinderlied summend, träufelte Yuki Sojasoße auf den Teller. Plötzlich hörte sie auf zu summen. »Bist du wirklich meine Großmutter?«, fragte sie Asako.

Asako sah sie traurig an und nickte.

»Mami hat gesagt, dass ich immer auf dich hören soll und tun soll, was du sagst, egal, was es ist, und …«, fügte Yuki zögernd hinzu, »ich soll dir im Haus helfen.«

Asako schüttelte den Kopf. »Du musst nur gut essen und schlafen, solange du hier bist, meine Kleine. Mehr brauchst du nicht zu tun. Du musst mir nicht im Haus helfen«, sagte Asako und streute noch mehr Bonitoflocken auf Yukis Teller. »Du magst Bonitoflocken, wie ich sehe.«

Yuki nickte und fing wieder an zu summen.

»Yuki«, unterbrach Asako sie. »Wo hast du denn bis jetzt mit deiner Mutter gewohnt?«

»Ach, an vielen Orten. Aber mir hat das Haus, in dem wir zuletzt gewohnt haben, am besten gefallen. Es hat uns nicht gehört. Es war das Haus von Makikos Mutter. Es war klein, aber viele Frauen haben darin gewohnt, und sie haben alle zusammen irgendwo von abends bis früh am Morgen gearbeitet.«

Asako errötete unvermittelt und musste wieder husten.

»Geht es dir gut, Oma?« Yuki legte ihre Stäbchen auf den Teller und beobachtete besorgt, wie Asakos Gesicht immer röter wurde, während sie sich bemühte, ihren Husten zu unterdrücken.

»Es geht mir gut, Yuki. Erzähl weiter«, sagte Asako gequält von ihrem krampfhaften Husten. »Ich würde gern mehr über das Haus hören, in dem ihr gewohnt habt.«

»Das Haus in Tokio?«

»Ja, in Tokio. Was hast du dort gemacht? Was hat deine Mutter gemacht? Wie war euer Alltag?« Asako klang ungeduldiger, als es ihre Absicht war. Sie bekam noch immer nicht richtig Luft.

»Makiko und ich haben die ganze Zeit ferngesehen«, begann Yuki. »Die Frauen haben ja alle den ganzen Tag geschlafen. Mami ist morgens nach Hause gekommen, und manchmal hat sie mir Mochi mitgebracht. Die mag ich so sehr. Mochi mit süßen roten Bohnen sind die besten! Welche magst du am liebsten, Oma?«

Asako senkte den Blick, ohne auf Yukis Frage zu antworten. Das Atmen fiel ihr noch immer schwer.

»Oma, welches sind deine Lieblingsmochi?«

»Meine Lieblingsmochi?« Asako hob den Kopf und sah Yuki an, die sie neugierig anstarrte.

»Ja. Meine und Mamis sind die mit süßen roten Bohnen. Makiko und ihre Mutter mögen die mit Pfirsich gefüllten, aber ich mag Bohnen lieber. Findest du nicht auch, dass das die besten sind?«

»Oh, ja. Das finde ich auch.« Asako brachte ein schwaches Lächeln zustande.

»Also magst du auch die mit süßen roten Bohnen am liebsten, wie ich und Mami«, sagte Yuki triumphierend.

»Ja, genau wie du und deine Mami.« Asakos Lächeln wurde traurig.

»Ich möchte fliegen lernen.« Yuki wechselte wieder das Thema.

Aber Asako hörte es anscheinend nicht. Sie schien in Gedanken versunken.

»Oma, hast du gehört, was ich gesagt habe?«

»Was hast du denn gesagt, Yuki?«, fragte Asako und schüttelte den Gedanken an Miho ab.

»Ich sagte: Ich will fliegen lernen«, wiederholte Yuki lauter.

»Aha, fliegen? Wie ein Vogel?« Asako schlug schüchtern mit den Armen wie ein großer alter Vogel.

»Ja, fliegen. Wie ein Vogel!« Yuki nickte und imitierte ihre Großmutter, indem sie gleichfalls mit den Armen schlug.

Ein echtes Lächeln trat auf Asakos Gesicht. »Warum möchtest du fliegen?«, fragte sie.

»Weil ich so müde werde, wenn ich lange laufe«, erwiderte Yuki. Mami hat mich nie mitgenommen, weil ich nicht schnell laufen kann.« Yuki setzte sich gerade auf, und ihre Augen funkelten aufgeregt. »Oma, wäre es nicht toll, wenn wir statt zu laufen einfach fliegen könnten? Makiko und ich haben eine Frau im Fernsehen gesehen, die mit einem Regenschirm geflogen ist. Sie hat den Schirm immer bei sich, falls sie mal irgendwohin muss. Sie spannt ihn auf, und auf geht's. In den Himmel!« Yuki wedelte mit ihren Stäbchen in der Luft herum.

Asako wischte sich die Hände an ihrer Baumwollschürze ab. Wie anders Yuki war als Miho. Miho war als Mädchen immer so ruhig und scheu gewesen – das Gegenteil von Yuki.

»Möchtest du bei deiner Mutter wohnen?«, fragte Asako die Kleine, die sich immer noch mehr Tofu in den Mund stopfte.

»Ja, habe ich doch gesagt, Oma. Mami nimmt mich mit nach Amerika, wo Micky Maus lebt.«

Asako lächelte Yuki an und sah plötzlich wieder Miho als kleines Mädchen vor sich, auch wenn ihre Persönlichkeiten nicht verschiedener hätten sein können.

»Hier in der Nähe gibt es eine sehr schöne Schule, Yuki.« Asako rückte an Yuki heran. »Würdest du gern hingehen und andere Kinder kennenlernen?«

»In die Schule? Ich?« Yuki ließ ihre Stäbchen sinken. »Wieso muss ich zur Schule gehen?«

»Es wird dir dort gefallen, Yuki. Es ist auch keine richtige Schule. Alle Kinder aus der Nachbarschaft gehen hin, um dort den ganzen Tag zu lernen und zu spielen.«

»Den ganzen Tag? Jeden Tag?«

»Ja, jeden Tag.«

»Muss ich dahin, Oma?« Yuki runzelte die Stirn. »Was ist, wenn die Schule mir nicht gefällt?«

»Es wird dir dort gefallen, du wirst schon sehen. Du kannst dort vieles lernen. Lesen und schreiben … und ja, vielleicht sogar fliegen. Würde dir das gefallen?«

Yuki musterte ihre Großmutter argwöhnisch. »Sie bringen einem dort das Fliegen bei? Wirklich?«

»Natürlich! Sie bringen dir dort alles Mögliche bei«, log Asako.

»Wie lange dauert es denn, bis man es kann?«, fragte Yuki. »Fliegen, meine ich. Weißt du, wie lange man braucht?«

»Nicht sehr lang, eigentlich überhaupt nicht lang, wenn man eine sehr gute Schülerin ist und brav lernt. Allerdings ist fliegen auch nichts, was man einfach so im Handumdrehen lernt. Um fliegen zu können, musst du jeden Morgen in der Frühe zur Schule gehen und aufmerksam zuhören, was die Lehrerin sagt. Und dann, eines schönen Tages, ehe du dich's versiehst, kannst du fliegen.«

»Wie die Frau im Fernsehen?«

»Ja, genau wie die Frau im Fernsehen«, sagte Asako, angenehm überrascht von sich selbst. Dass sie einfach so eine Geschichte erfinden konnte.

Alles, was Asako wollte, war, dass Yuki zur Schule ging und mit anderen Kindern spielte. Das war auch so etwas, was Miho als Kind verpasst hatte. Miho war zu Hause bei ihr geblieben und mitgestapft, sooft Asako ihren Tofu auslieferte. Sie war nie mit anderen Kindern ihres Alters in den Kindergarten oder die Vorschule gegangen und hatte nie Lieder zum Lob des Kaisers und des großen japanischen Reiches gelernt.

»Ich werde in die Schule gehen und gut aufpassen, Oma. Dann kann ich fliegen lernen, stimmt's?

Asako nickte lächelnd und hustete ein paar Mal trocken. Das war ihre Antwort.

»Aber Oma, wann kommt dieser glückliche Tag? Woher weiß ich, wann er da ist?«

»Das weiß man erst, wenn der Glückstag plötzlich da ist«, erklärte Asako. »Niemand weiß, wann er kommt. Er kommt nur, wenn man ihn nicht erwartet.«

»Wenn man ihn nicht erwartet«, wiederholte Yuki und kratzte sich an der Stirn.

»Ja. Wie Schnee im Frühling, er kommt, wenn man ihn nicht erwartet. Aber eins kann ich dir versprechen, Yuki. Dein Glückstag wird kommen.«

Yuki überlegte für einen Moment und kaute dabei an den Spitzen ihrer Stäbchen. »Oma, du bist die Erste, der ich es erzähle, wenn dieser Tag kommt.«

»Ja, mir erzählst du's zuerst.«

Yuki strahlte. Sie stellte sich vor, wie sie mit einem Schirm nach Amerika flog. Vielleicht könnte sie ihre Großmutter mitnehmen, wenn der Schirm groß genug war. Sie hatte ihre Großmutter schon jetzt sehr gern.

»Oma? Ich möchte gleich morgen zur Schule gehen. Darf ich?«

»Sicher, wenn du möchtest.«

»Ich werde eine gute Schülerin, das verspreche ich«, sagte Yuki und legte ihre Stäbchen auf ihrem Teller ab.

»Gut.« Asako lächelte breit. »Jetzt schläfst du aber lieber noch etwas, wenn du morgen zur Schule willst.«

»Aber ich bin nicht müde.«

»Das kommt schon noch, jetzt, wo du satt bist. Schlaf noch ein paar Stündchen. Ich komme gleich zurück, wenn ich den Tofu ausgeliefert habe.«

»Aber Oma, es ist doch noch dunkel.«

»Ich muss liefern, bevor die Geschäfte aufmachen.«

»Darf ich mitkommen?«

»Nein, nein. Es ist viel zu kalt heute Nacht, und du brauchst noch etwas Schlaf, wenn du morgen in die Schule willst. Bleib du mal hier«, sagte Asako und packte Yuki unter die dicke Bettdecke. »Ich bin bald zurück.«

»Oma, kannst du bitte das Licht anlassen? Ich habe Angst im Dunkeln«, sagte das Mädchen und zog sich die Decke bis zur Nase.

Asako schlüpfte in ihren Mantel, nickte lächelnd und trug mehrmals Tofu-Kästen aus dem Zimmer.

»Mach jetzt die Augen zu und schlaf«, befahl Asako, bevor sie die Tür schloss.

Yuki zog sich die Decke über den Kopf und blieb darunter. Sie hörte das Schließen der Tür und Asakos Schritte in der Dunkelheit verschwinden.

Yuki guckte zur Glühbirne an der Decke und dachte an das kleine Zimmer, das sie in Tokio mit ihrer Mutter geteilt hatte. Auch dort hatte es eine nackte Glühbirne gegeben. Sie dachte an ihre Mutter, die fast jeden Morgen betrunken und oft traurig nach Hause gekommen war. Yuki wusste, wann ihre Mutter traurig war, denn sie brachte ihr dann immer mit süßen roten Bohnen gefüllte Klebreisbällchen mit.

Miho mochte es, sich eine Zigarette anzuzünden und zuzuschauen, wie Yuki die Reisbällchen verzehrte. Sie beobachtete ihre Tochter mit einem melancholischen Lächeln.

»Mami, du siehst so traurig aus. Warum lächelst du immer so komisch, wenn ich Mochi esse?«, hatte Yuki sie einmal gefragt.

»Tue ich das?«, hatte ihre Mutter erwidert und weiter traurig gelächelt.

Yuki nickte und musterte Mihos erschöpfte Züge durch den Rauch der Zigarette.

»Vielleicht bin ich traurig, Yuki.«

»Warum? Wegen mir?«

»Nein, Yuki. Du machst mich froh. Ich bin traurig, weil diese Welt ein so trauriger Ort ist.«

»Warum denn?«

»Es ist einfach so.«

»Warum?«

»Nun, weil es so viel Schlechtes gibt und so viele schlechte Menschen.«

Yuki schaute zu, wie ihre Mutter die Zigarette ausdrückte.

»Aber diese Mochi schmecken so gut, Mami.« Yuki lachte.

»Da hast du recht. Sie sind köstlich.« Miho lächelte zurück und entblößte dabei ihre etwas gelblichen Zähne.

»Mami, meinst du, dass Mochi traurig sind?«

»Sei nicht albern, Kind. Mochi haben keine Gefühle.«

»Woher weißt du das?«

»Weil sie keine Menschen sind.«

»Aber woher weißt du, dass sie nicht traurig sind? Du kannst nicht fühlen, was sie fühlen.«

»Nun, dann weiß ich es wohl nicht«, gab Miho zu.

»Siehst du, Mami. Du kannst nicht wissen, wie sie sich fühlen.«

»Wahrscheinlich nicht.« Miho lächelte.

Das Mädchen freute sich, dass seine Mutter wieder lächelte. Miho schien sich über Yukis Argumentation zu amüsieren, dennoch wirkte sie noch genauso bekümmert wie zuvor.

»Mami, mach dir keine Sorgen. Ich glaube doch nicht wirklich, dass die Mochi traurig sind. Sie sind so lecker, und alle mögen sie. Warum sollten sie also traurig sein?«

»Du hast recht, Yuki. Sie haben keinen Grund dazu.«

»Warte, Mami! Wenn ich es mir recht überlege, glaube ich doch, dass sie sehr traurig sind.«

»Aha, jetzt glaubst du, sie sind traurig? Du änderst ständig deine Meinung, du albernes Ding. Also, dann sag mir, warum sie traurig sind!«

»Na, weil die Leute sie hauen, wenn sie sie machen. Guck, so!« Yuki imitierte die Schlagbewegung, die sie bei den Mochi-Herstellern gesehen hatte.

»Ja, du hast recht, sie werden mit dem Holzhammer geschlagen.« Miho brach über Yukis Darstellung in Gelächter aus.

Yuki übertrieb ihre Bewegungen noch mehr und genoss das Gefühl, ihre Mutter froh zu machen, in vollen Zügen.

»Glaubst du, es tut weh, mit dem Holzhammer geschlagen zu werden, Mami?«

»Ohne sie zu schlagen, kann man keine guten Mochi machen«, sagte Miho.

»Vielleicht tut es den Mochi nicht weh, weil sie keine Menschen wie wir sind«, überlegte Yuki.

»Stimmt. Es tut ihnen nicht weh, weil sie keine Menschen sind.« Miho steckte sich eine neue Zigarette an. »Sie sind süß«, fuhr sie fort, nachdem sie eine Rauchwolke in Richtung Decke ausgeatmet hatte, »und alle mögen sie. Siehst du, Yuki? Die Mochi haben keinen Grund, traurig zu sein.«

Yuki hatte Sehnsucht nach ihrer Mutter. Yuki war nun hellwach und setzte sich auf. Der Tofu verlieh ihr neue Energie. Sie kroch aus dem Futon, um die sonderbare Steinmühle näher in Augenschein zu nehmen. Sie beugte sich vor, umfasste den Griff mit beiden Händen und drückte ihn im Uhrzeigersinn mit ihrem Körpergewicht nach vorn.

Er drehte sich langsam. Sie ging um die Mühle herum und drehte sie schneller und schneller. Neben dem Schürfen der gegeneinanderreibenden Mühlsteine erfüllten nun das tänzerische Getrappel von Yukis Füßen auf den Tatami und ihr mädchenhaftes Lachen den Raum.

Erst als ein Windstoß am Fenster rüttelte, hielt Yuki inne. Jedes Geräusch außer dem Wind verstummte plötzlich. Yuki starrte auf den klappernden Fensterrahmen. Es sah aus, als wolle ein wütendes Tier mit seinen Klauen das Reispapier herunterreißen. Das Licht der Birne flackerte einige Sekunden, ehe es verlosch und Yuki in völliger Dunkelheit zurückließ.

»Mami! Mami!«, schrie Yuki und warf sich zu Boden. Sie kroch zum Futon und zurück unter die Decke. Sie weinte und weinte nach ihrer Mutter, bis sie nicht mehr konnte.

Ihre Tränen gingen in ein hoffnungsloses Schluchzen über, das allmählich schwächer wurde, bis es im dunklen Raum verklang. Tief unter die Decken mit ihrem Geruch nach Mottenkugeln und Tofu geschmiegt, schlief Yuki ein.

3

Es war noch dunkel und so kalt, dass selbst glühende Kohlen gefroren wären. Asako wickelte ihren Schal enger um sich, um ihr Gesicht vor dem Wind zu schützen, und der weiße Hauch ihres Atems drang durch das lockere Gewebe. Einen Fuß vor den anderen setzend, zog sie ihren schweren Handkarren hinter sich her.

Asako ertappte sich dabei, wie sie nach Miho Ausschau hielt, obwohl sie wusste, dass ihre Tochter längst fort war. Wo übernachtete sie in dieser Kälte? War sie schon auf dem Weg in dieses große Land – Amerika? Warum ging sie so weit fort und ließ Yuki zurück? Würde sie jemals zurückkommen, wie sie es versprochen hatte?

Ungeachtet der schneidenden Kälte und der Gedanken an Miho, die einen Druck in ihrem Magen verursachten, erledigte Asako emsig ihre Lieferungen. Diese Zeit des Tages war ihr die liebste. Vor dem Sonnenaufgang den letzten Rest der Nacht zu vertreiben, während die Stadt noch im Schlaf lag, hatte etwas Heiliges. Diese friedlichen Stunden waren der wohlverdiente Lohn für Asakos harte Arbeit. Auch wenn sie ihre vielen treuen Kunden nie sah, fühlte sie sich doch tief mit ihnen verbunden. Die Lieferungen gaben ihr das Gefühl, dass sie etwas Wertvolles tat, etwas, das ihrem Dasein einen Sinn gab.

Obwohl Asako schon seit über dreißig Jahren in diesem Viertel lebte und Zeugin seines Wandels war, hatte sie sich stets vor den Blicken der Öffentlichkeit verborgen gehalten. Sie besuchte zwar regelmäßig den Markt, hauptsächlich um Lebensmittel und Sojabohnen zu kaufen, wurde jedoch wegen ihres schüchternen Verhaltens kaum bemerkt. Nie blieb sie stehen, um mit jemandem zu plaudern oder sich am Nachbarschaftsklatsch zu beteiligen. Asako war wie ein winziger Tropfen durchsichtiges Öl auf der Oberfläche eines Topfes mit Wasser. Ihre Tarnung bestand darin, dass sie sich wie ein unbedeutender Gegenstand verhielt.

Aber Asako war nicht die Einzige, die so früh am Morgen unterwegs war. Als sie ihren letzten Kasten mit Tofu abgeliefert hatte, sah sie, wie der Mochi-Händler aus einer Seitenstraße hinkte. Er begrüßte den Morgen mit einem beliebten Enka, einem volkstümlichen Schlager, über verlorene Liebe. Seine heisere Stimme entsprach ganz und gar seiner äußeren Erscheinung. Er hatte das zerfurchte Gesicht eines Rauchers und ungebärdiges graues Haar, das schon eine Weile nicht geschnitten worden war.

Als der Mochi-Händler Asako sah, verbeugte er sich. »Ah, Frau Tanaka, guten Morgen. Es ist ganz schön kalt, nicht wahr?«

Sein Gesicht war rot vor Kälte, dennoch grinste er gut gelaunt unter dem pelzgefütterten Hut hervor, der ihm bis über die Ohren ging. Er balancierte seine Ware an einer Bambusstange auf seinen Schultern. Die Tabletts schwangen hin und her wie Uhrpendel, als er auf Asako zuging.

»Guten Morgen.« Asako verbeugte sich ebenfalls.

»Daikan kommt in diesem Jahr etwas verfrüht, meinen Sie nicht auch, Frau Tanaka?«

»Ja, wirklich, dem Wetter nach könnte heute Daikan sein«, antwortete sie, hinter ihrem Schal lächelnd. »Ich habe gerade meine Lieferungen beendet.«

»Schon! Sie haben es gut. Ich fange gerade erst an.« Sein Lachen hallte durchdringend von den Aluminium-Rollläden der umliegenden Geschäfte wider.

Asako stampfte auf das Eis unter ihren Füßen. »Es ist heute ziemlich glatt. Sie müssen vorsichtig sein«, sagte sie.

»Hinkende Menschen gehen immer sehr vorsichtig«, sagte der Mochi-Händler. »Wissen Sie, es sind immer die Leute mit gesunden Beinen, die stürzen.« Er brach in erneutes Gelächter aus.

»Da mögen Sie recht haben.«

»Darauf können Sie wetten, Frau Tanaka. Mit diesen Beinen falle ich nie«, sagte er und klopfte mit der Hand auf das eine.

Asako schaute auf die knochigen Beine unter seiner weiten Hose, und erst da wurde ihr bewusst, wie mager sie waren. Als sie sich dabei ertappte, wie sie seine verkrüppelten Gliedmaßen anstarrte, schämte sie sich. »Entschuldigen Sie. Ich habe das nicht gesagt, weil Sie – wegen Ihrer …«

»Nein, nein, machen Sie sich keine Gedanken, Frau Tanaka! Ich verstehe. Sie machen sich nur Sorgen, dass ich auf der vereisten Straße ausrutschen könnte.«

Sie nickte höflich. Dann wechselte sie rasch das Thema. »Ich weiß, dass Sie eigentlich keine kleinen Mengen verkaufen, aber könnte ich ausnahmsweise zwei Mochi mit süßen roten Bohnen bekommen?«

»Natürlich! Ihnen würde ich sogar ein halbes verkaufen«, erklärte der Händler vergnügt. »Immer haben Sie abgelehnt, wenn ich Ihnen eins angeboten habe, aber jetzt wollen Sie gleich zwei.« Er lachte wieder. »Das wird heute mein Glückstag«, sagte er. Er ging in die Knie, um die Tabletts herunterzulassen.

»Wissen Sie, ich mag eigentlich keine Süßigkeiten«, fuhr Asako fort, während sie dem Mochi-Händler dabei half, seine Ware abzusetzen.

»Ja, zu viel Süßes ist nicht gesund, aber hin und wieder brauchen wir alle ein kleines Trostpflaster, nicht wahr? An einem kalten Tag wie heute gibt es nichts Besseres als eine Schale heißen Sencha und ein süßes Klebreisbällchen.«

»Ja, Süßigkeiten haben eine tröstende Wirkung. Meine Enkelin ist ganz versessen auf Mochi mit süßer Bohnenfüllung. Von nun an kaufe ich sicher öfter welche.«

»Ich wusste gar nicht, dass Sie eine Enkelin haben, Frau Tanaka.« Der Händler zog seine dichten Augenbrauen hoch, als er die beiden größten Mochi von seinem Tablett nahm.

»Sie ist nur eine Zeitlang zu Besuch«, sagte Asako, als ihr der Grund für Yukis Anwesenheit wieder einfiel. Sie senkte ihren Blick auf das Tablett, auf dem die Reisbällchen in ordentlichen Reihen lagen.

»Da hat die Kleine aber Glück. Eine Großmutter, die schon morgens ganz frische Mochi kauft, hat nicht jeder.« Geschickt wickelte der alte Mann die weichen Küchlein in Ölpapier und reichte das Päckchen seiner ersten Kundin an diesem Tag.

Asako nahm es mit beiden Händen entgegen und wollte ihm einige Münzen geben. »Ich weiß nicht, ob das reicht.

Wo Sie doch eigentlich keine so kleinen Mengen verkaufen«, sagte sie.

»Nein, nein!« Der Mochi-Händler winkte ab und schüttelte den Kopf. »Die sind für Ihre Enkelin. Ich kann doch von meiner ersten Kundin heute kein Geld annehmen. Und schon gar nicht von Ihnen! Beim nächsten Mal ist es dann etwas anderes.« Er kicherte. »Leben Sie wohl, Frau Tanaka.«

Asako wollte ihm die Münzen in die Hand drücken. »Sie können doch bei ihrem ersten Geschäft nicht gleich leer ausgehen. Hier, bitte, nehmen Sie das Geld.«

Der Mochi-Händler schickte sich an, seine Stange zu schultern und davonzugehen. Asako wollte beharren, aber ein Hustenanfall hinderte sie daran.

Er blieb ein paar Schritte entfernt stehen und wartete, bis sie aufhörte zu husten. »Sie müssen besser auf sich achten, Frau Tanaka«, sagte er. »Bitte, holen Sie sich ein Medikament oder gehen Sie zum Arzt. Sie wollen doch nicht, dass aus einer gewöhnlichen Erkältung ein ernsthaftes Leiden wird. Tun Sie etwas dagegen, solange es noch geht.«

»Danke. Ich danke Ihnen sehr«, sagte Asako mit einer tiefen Verbeugung. »Aber nächstes Mal müssen Sie das Geld annehmen.«

»Ja, ja, Frau Tanaka.« Er lächelte gutmütig und verbeugte sich gleichfalls. »Trinken Sie viel heißen Ingwertee. Schneiden Sie frischen Ingwer in Stücke und kochen Sie sie eine Weile in Wasser auf. Aber Sie wissen ja sicher selbst, wie man Ingwertee zubereitet.«

»Ja, vielen Dank.« Asako verbeugte sich abermals und wischte sich die tränenden Augen.

»Und geben Sie Honig dazu, wenn Sie haben.« Der Mochi-Händler konnte sich nicht losreißen. »Das wird

Ihren Husten ein wenig lindern.« Wieder lächelte Asako hinter ihrem Schal und verbeugte sich.

»Und schonen Sie sich ein bisschen, Frau Tanaka. Arbeiten Sie nicht zu viel, wenn Sie sich schwach fühlen. Man sollte arbeiten, um zu leben, nicht umgekehrt.« Nachdem er sich abermals verbeugt hatte, hinkte er davon. Das Eis knirschte unter seinen unregelmäßigen Schritten. Trotz des Zutrauens, das er zu seinen Beinen hatte, wirkte er unsicher, wie er auf dem glatten Boden mit seiner Tragestange auf den Schultern dahinschwankte. Asako fragte sich, was ihm wohl zugestoßen sein mochte.

Sie wusste, dass der Mochi-Händler mehrmals in der Woche im Morgengrauen in das Viertel kam, um verschiedene Läden und Restaurants mit seinen frischen Reisküchlein zu beliefern. Anschließend saß er meist allein bei einer Schale Reisschleim oder Nudelsuppe in der Nähe der Fischstände auf dem Markt.

Er und Asako hatten viel gemeinsam. Er schien höflich, mitunter sogar aufgeräumt, war aber so distanziert, dass es anderen schwergefallen wäre, ihn in ein Gespräch zu ziehen. Asako kannte außer sich niemanden, mit dem er sich unterhielt. Vielleicht fühlte er sich wohl in ihrer Nähe, weil er die Ähnlichkeit zwischen ihnen spürte. Sie waren beide ganz zufrieden mit ihrem Los als alternde Alleinstehende.

Asako schämte sich plötzlich, weil sie so wenig über diesen Mann wusste. Andererseits wusste niemand in der Nachbarschaft, wo er wohnte oder woher er kam. Nicht einmal sein Name war bekannt. Die Leute, vor allem die Ladenbesitzer, nannten ihn bloß »den hinkenden Mochi-Händler«, da er selbst immer wieder sagte, ein dummer Mochi-Verkäufer wie er brauche keinen Namen.

»Ich bin der einzige hinkende Mochi-Händler in der Gegend. Wozu brauche ich also einen Namen?«, pflegte er zu sagen, wenn jemand ihn fragte. »Nennen Sie mich einfach ›den hinkenden Mochi-Händler‹. Das ist am einfachsten für alle.«

Die Leute nannten ihn gern so, die Bezeichnung passte zu ihm. Der bescheidene Mochi-Händler regte auch die Phantasie einiger Nachbarn an, die über das Geheimnis seines Lebens rätselten, als würden sie Mutmaßungen über den Inhalt einer fest versiegelten Schachtel ohne Etikett anstellen.

Der namenlose Mochi-Händler sprach nie über seine – oder überhaupt jemandes – Privatangelegenheiten. Er gab keine Auskünfte über sich und zeigte auch kein Interesse, etwas über andere zu erfahren. Für einen so unbedeutenden kleinen Mann benahm er sich unerklärlich selbstsicher, etwas, das einigen verdächtig vorkam. Wie konnte so ein armer Krüppel etwas anderes als elend sein?

Einem Gerücht zufolge war er im Krieg verwundet worden. Andere behaupteten, er habe sich als junger Mann selbst das Bein gebrochen, um nicht eingezogen zu werden. Es hieß auch, er wäre Kommunist und hätte wegen seiner Gesinnung viele Jahre im Gefängnis gesessen. Ein weiteres Gerücht besagte, sein Vater, der angeblich die kaiserliche Familie mit Süßigkeiten versorgt hatte, hätte seinem unpatriotischen Sohn die Beine gebrochen, um seine eigene Vaterlandsliebe zu beweisen.

Ganz gleich, was nun die Wahrheit war, der Mochi-Händler hinkte erbärmlich und erregte häufig Mitgefühl. Dennoch war es nicht schwer zu erkennen, dass er nicht der unwissende alte Mann war, der er zu sein vorgab. Er hatte etwas sehr Komplexes und Widersprüchliches an sich, dass niemand zu durchschauen vermochte.

Asako kannte ihn, seit er vor Jahren das erste Mal im Viertel aufgetaucht war. Er gehörte zu den wenigen Menschen, denen sie regelmäßig begegnete, ehe die übrige Welt erwachte. Vor einigen Jahren hatte sie einmal beobachtet, wie er frühmorgens vor dem Schrein am Marktplatz weinte. Sie war leise davongegangen, ohne dass er sie bemerkt hatte, aber der Gedanke an seine einsamen Tränen hatte sie noch Tage danach verfolgt.

Als sie ihn bald darauf wiedersah, war er so liebenswürdig wie immer, ohne das geringste Anzeichen jener Traurigkeit, deren Zeugin sie geworden war. Wie üblich summte er eine beliebte alte Weise und grüßte sie fröhlich. Doch Asako konnte nicht vergessen, wie er mit hängendem Kopf vor dem Schrein gesessen und geweint hatte. Er hatte sie an eine Trauerweide im Regen erinnert.

Das Päckchen mit den Mochi in der Hand, kam Asako der Gedanke, dass sie ihm vielleicht auch leidtat – eine alte Frau, die sich bei diesem Wetter mit einem Tofu-Karren abmühte, ohne dass ihr jemand dabei half. Asako schämte sich, als ihr klar wurde, dass der hinkende Mochi-Händler sie vielleicht erbarmungswürdig fand und deshalb die Bezahlung zurückgewiesen hatte.

Sein heiserer Gesang war verklungen, kaum dass er um die Ecke verschwunden war, und Asako eilte, ihren leeren Karren vor sich herschiebend, mit ihren Mochi in der Tasche nach Hause.

Das Haus lag im Dunkeln, als Asako ankam. Hatte Yuki nicht gewollt, dass sie das Licht brennen ließ? Asako schob die Tür auf. Das Licht von draußen beleuchtete die Umrisse des kleinen Mädchens unter der Decke. Yuki schien fest zu schlafen. Sie atmete tief und regelmäßig. Asako seufzte erleichtert, obwohl sie nicht wusste, was sie eigentlich befürchtet hatte.

Sie drückte auf den Lichtschalter. Es klackte, aber die Birne leuchtete nicht auf. Sie begriff nun, warum nicht, und öffnete den Schrank, wo sie Ersatzbirnen und Kerzen aufbewahrte.

Licht durchflutete den Raum, nachdem Asako die Birne ausgewechselt hatte. Sie zog ihren Mantel aus und setzte sich zu Yuki. Tränenspuren waren auf den Pfirsichbäckchen ihrer Enkelin zu sehen.

»Armes Ding«, murmelte Asako.

Yukis Haaransatz war schweißnass. Miho hatte als Kind auch immer im Schlaf geschwitzt. Yuki begann, sich frei zu strampeln, trat gegen die Decke, als würde sie im Traum gegen ein wildes Tier kämpfen. Asako versuchte sie zu beruhigen, wurde jedoch von einem Hustenanfall überwältigt. Ihr Bellen hallte von den nackten Wänden des Zimmers wider und weckte Yuki.

»Mami?«, flüsterte sie und rieb sich die Augen, ehe sie sich aufrichtete.

Außerstande, ihren Husten zu unterdrücken, drehte Asako Yuki den Rücken zu.

»Oma, ist alles in Ordnung?«, fragte Yuki mit schläfriger Stimme.

»Ja, meine Kleine. Es geht mir gut«, stieß Asako hervor.

»Oma, das Licht ist ausgegangen, als du fort warst.«

»Ich weiß, das tut mir leid, meine Kleine«, sagte Asako und streichelte Yukis Haar. »Jetzt geht es wieder.«

»Ich hatte so Angst.« Yuki schmollte. Sie warf einen Blick auf die neue Birne und drehte sich geblendet gleich wieder um. »Ich mag es nicht, wenn es dunkel ist, Oma. Mami hat immer das Licht für mich angelassen, wenn sie zur Arbeit gegangen ist.«

Asako zog schnell das Ölpapierpäckchen aus der Manteltasche. »Hier, Yuki, ich habe dir Mochi mit süßen roten Bohnen mitgebracht.«

»Juhuu, Mochi!«, quietschte Yuki entzückt. Sie nahm das Päckchen und wog die dicken Klebreisküchlein in der Hand.

»Komm, mach schon auf«, drängte Asako lächelnd.

Yuki zog das Papier mit den Fingern auseinander und legte die beiden mit süßen roten Bohnen gefüllten und mit feiner weißer Stärke bestäubten Bällchen frei.

»Oh, die sind ja viel größer als die in Tokio!«

»Wirklich?«

»Ich glaube, ich mag die Mochi in Osaka lieber.« Yukis Lächeln wurde breiter. »Sie sind wirklich viel größer.«

»Iss zuerst eins und das andere später.« Asako klang zufrieden. »Ich kaufe dir so viele du möchtest.«

»Wirklich?«

»Ja, wirklich.«

»Auch wenn ich nicht brav bin?«, fragte Yuki.

»Aber du bist doch immer brav, oder?«

Yuki zuckte die Achseln. »Ja, schon, außer wenn ich auf der Straße spielen will. Mami sagt, es ist gefährlich draußen. Aber ich gehe so gerne raus und spiele mit Makiko auf der Straße.«

»Wo habt ihr denn gewohnt? War es gefährlich dort?«

»Nein!« Yuki schüttelte heftig den Kopf. »Es gab nur zu viele Autos. Mami hatte Angst, dass ich überfahren werde.

Aber sie weiß ja nicht, wie schnell ich bin. Ich kann ganz leicht wegrennen, wenn die Autos kommen.« Plötzlich wechselte Yuki wieder das Thema. »Oma, isst du ein Mochi mit mir?«

»Nein, Yuki, ich habe schon eins gegessen«, log Asako. »Die sind für dich. Heb dir das zweite doch für nach der Schule auf.«

»Nach der Schule?« Yuki riss die Augen auf. Dann fiel ihr wieder ein, was ihre Großmutter gesagt hatte. »Ach, stimmt ja! Ich gehe heute in die Schule!«

»Ja. Den ganzen Tag hier in der Wohnung zu sitzen, während ich arbeite, wäre zu langweilig für dich. Du brauchst neue Freundinnen, mit denen du spielen kannst.«

»Aber ich habe doch schon eine Freundin in Tokio.« Yuki senkte ihren Blick auf die Mochi, als würde sie das Gesicht ihrer Freundin darin erkennen. »Makiko ist meine beste Freundin«, erklärte sie.

»Du möchtest doch sicher in Osaka neue Freundinnen finden. Mit denen du draußen auf dem Spielplatz spielen kannst?«

»Aber, Oma, du weißt doch, ich bleibe nur bis zur Kirschblüte hier. Dann gehe ich mit Mami nach Amerika.« Yuki schob die Lippen vor.

»Und bis dahin willst du keine Freundin? Jeder braucht mehr als einen Freund, meinst du nicht?« Bei dem Gedanken, dass Yuki in einigen Monaten mit Miho nach Amerika gehen würde, wurde Asako das Herz schwer.

»Hast du mehr als einen Freund, Oma?«, fragte Yuki zurück.

»Aber sicher.« Asako klang weniger überzeugend, als sie es beabsichtigt hatte. »Jeder hat mehr als einen Freund.«

Yuki wich dem Blick ihrer Großmutter aus und drückte sachte mit der Hand auf die Mochi.

»Möchtest du denn nicht fliegen lernen, Yuki?«, fragte Asako schlau. »Wie diese Frau im Fernsehen?«

Yuki nickte, aber ein gewisser Widerwille gegen die Schule regte sich in ihr. Sie fragte sich, was Makiko wohl ohne sie anfing.

»Dann musst du jeden Tag zur Schule gehen, der Lehrerin aufmerksam zuhören und gehorchen, ganz gleich, was sie sagt«, wiederholte Asako. »Du kannst nicht fliegen lernen, wenn du nicht zur Schule gehst.«

Yuki biss in ihr Reisküchlein und erwog, zur Schule zu gehen. In dem Osaka-Mochi war mehr Anko – süße Bohnenfüllung –, aber sie fand, es schmeckte weniger süß als die, die sie in Tokio gegessen hatte. Die zarte Süße der Füllung breitete sich in ihrem Mund aus, und die zähe Reismasse kitzelte und klebte an ihrer Zunge.

Der Geschmack rief die Erinnerung an ihre Mutter wach. Wie sie lange nach Mitternacht, nach Zigarettenrauch und Alkohol riechend, nach Hause kam und eine kleine Tüte mit Mochi mit süßer roter Bohnenfüllung in ihrer Handtasche mitbrachte. Während Yuki sich im Halbschlaf den leeren Magen mit der Süßigkeit füllte, zog sich ihre Mutter bis auf die Unterwäsche aus und landete mit einem Seufzer auf dem Futon. Wie ein Ballon, aus dem die letzte Luft entwichen war.

Wenn Yuki und Makiko früh morgens aufwachten, schliefen die Frauen im Haus alle noch, und die beiden Mädchen schlichen sich aus ihren Zimmern, um mit Yukis Ankleidepuppen und Makikos brauner Katze Nana zu spielen. Sie sahen leise fern, weil Makikos Mutter einen Wutanfall bekam, wenn sie die Lautstärke nur ein bisschen aufdrehten.

Yuki dachte an Makiko und ihre Katze, die sie nur schwer zu fassen bekamen und die keine Mochi mochte. Yuki nahm noch einen Bissen und überlegte, ob ihre Mutter genug Geld verdienen würde, um ein so großes Haus wie das von Micky Maus zu kaufen.

Vielleicht lerne ich noch vor der Kirschblüte fliegen, überlegte Yuki stumm. Es wäre eine tolle Überraschung, wenn ich nach Amerika fliegen und Mami finden könnte.

Sie malte sich aus, was ihre Mutter für ein Gesicht machen würde, wenn Yuki an ihrem Schirm vom Himmel schwebte. Ein Lächeln trat auf die weiß bestäubten Lippen des Mädchens. So verzaubert war Yuki von ihrem Tagtraum, dass sie vergaß, wie sie ihre Mutter in Amerika finden sollte.

4

Die Rektorin der Vorschule hatte über zwanzig Jahre lang als Lehrerin in einem der besseren Viertel von Osaka gearbeitet – eine solide Stelle, die ihr ausreichend Sicherheit und große Befriedigung gewährt hatte. Trotzdem war es immer ihr Traum gewesen, einen eigenen kleinen Kindergarten mit Vorschule in Okuoka zu eröffnen, in dessen steilen Gassen zahlreiche arme Familien lebten.

Okuoka – »in den Hügeln«, so der inoffizielle Name des Viertels – lag nicht weit von Frau Nakamuras Haus. Sie wohnte mit ihrer Familie auf der anderen Seite der zweispurigen Straße, die am Marktplatz vorbeiführte. Dennoch hätte der Gegensatz zwischen den beiden Vierteln nicht größer sein können. Die Menschen auf Frau Nakamuras Seite betraten den hügligen Stadtteil nie, während die Leute aus Okuoka täglich auf die bessere Seite zur Arbeit kamen. Die Rektorin hingegen sah es als ihre Pflicht an, den Menschen auf der anderen Seite der Straße – der falschen Seite, wie viele sie nannten – zu helfen.

Frau Nakamuras Schule bestand nun bereits seit zehn

Jahren. Ihre bescheidene Einrichtung war kaum mehr als ein Hort, aber für viele berufstätige Mütter in Okuoka war sie die Rettung.

Ganz zu Anfang hatte Frau Nakamura einen Laden gemietet, der wegen seiner ungünstigen Lage leer stand, und eine Teilzeitkraft angeheuert. Doch sie hatte unterschätzt, wie viele Frauen in der Nachbarschaft auf eine bezahlbare Betreuung ihrer Kinder angewiesen waren.

Mit Hilfe ihres Ehemannes, der Kataloge und Broschüren herausgab und damit ein gutes Einkommen erzielte, verlegte Frau Nakamura ihre Vorschule in größere Räumlichkeiten. Das Gebäude war vor einem Jahrhundert eine Art Arbeitshaus gewesen. Es hatte bereits mehrere Umbauten erfahren und ließ sich leicht umwandeln. Durch die zusätzlichen Räume konnten die Kinder in verschiedene Altersgruppen unterteilt werden.

Die Schule gedieh, wenn auch nicht finanziell. Frau Nakamura verdiente kaum ihren Lebensunterhalt. Allerdings war es nie ihr Ziel gewesen, ein gewinnträchtiges Geschäft zu betreiben. Sie betrachtete ihre Schule als wohltätige Einrichtung und ihre Arbeit als Mittel, den vom Glück weniger Begünstigten etwas zurückzugeben.

Sie war eine der wenigen gebildeten Frauen des Bezirks, und mit der Schule wuchs ihr Ansehen. Im Laufe der Zeit gelang es ihr, von der kommunalen Regierung einen Sonderfonds zu erwirken und weitere Erzieher einzustellen. Schließlich heuerte sie noch einige Frauen an, die sauber machten und für die Kinder kochten. Diese Mahlzeiten waren etwas Besonderes, in ähnlichen Einrichtungen gab es sie nicht. Normalerweise mussten die Kinder jeden Morgen ein Bento – einen kleinen Kasten mit Proviant – in die

Schule mitbringen, aber Frau Nakamura wollte den berufstätigen Müttern diese zusätzliche Belastung ersparen.

Asako und Frau Nakamura hatten sich einige Jahre, bevor Yuki an der Türschwelle ihrer Großmutter abgegeben wurde, in einem Lebensmittelgeschäft kennengelernt, in dem Asakos Tofu verkauft wurde. Die Rektorin fand es sehr anerkennenswert, dass die alte Frau ihre Ware noch mit der Steinmühle erzeugte. Es war selten, dass jemand in einer Zeit, in der die ganze Welt um die schnellsten Produktionsmethoden wetteiferte, die Tradition wahrte und nicht auf moderne Maschinen umstellte.

Im vergangenen Jahr – 1968 – war berichtet worden, Japan sei zur zweitgrößten Wirtschaftsmacht der Welt aufgestiegen. Dieser rapide wirtschaftliche Aufstieg so kurz nach Japans Niederlage im Zweiten Weltkrieg erschien wie ein Wunder. Frau Nakamura beschäftigten jedoch eher die Nebenwirkungen des Wachstums. In den meisten Industriegebieten erstickte Japan fast im Smog. Vielerorts kam es zu gewalttätigen Ausschreitungen von Studenten und Arbeitern. Wenn sie sich die Eltern der Kinder in ihrem Hort ansah, wusste sie, dass Japans Erfolg einen beklagenswerten menschlichen Preis forderte.

Je älter Frau Nakamura wurde, desto konservativer wurde sie. Sie zog einen altmodischen Lebensstil vor. Es bekümmerte sie, wenn sie sah, wie die Menschen die mannigfaltigen japanischen Traditionen und Werte aufgaben, nur um einem westlichen Vorbild zu folgen. Obwohl sie erst Anfang fünfzig war, empfand Frau Nakamura häufig Sehnsucht nach dem Japan ihrer Kindheit, als die Dinge noch von lebendigen Menschen mit schlagenden Herzen statt von stählernen Maschinen hergestellt wurden.

Als Frau Nakamura erfuhr, dass Asako die einzige Tofu-Herstellerin in der Stadt war, die noch immer die traditionelle Handmühle zum Mahlen der Sojabohnen verwendete, stattete sie der alten Frau einen Besuch ab. Sie brachte ihr ein Päckchen grünen Tee als Gastgeschenk mit. Nachdem die Rektorin ein wenig mit Asako geplaudert hatte, bestellte sie bei ihr ein halbes Dutzend Lagen Tofu pro Woche für die Schule.

Obwohl Asako täglich nicht mehr als eine begrenzte Menge herstellen konnte, nahm sie den Auftrag der Rektorin gerne an. Viele mochten Asakos Tofu, aber sie merkte bald, dass niemand ihre Arbeit so sehr zu schätzen wusste wie Frau Nakamura. Es dauerte nicht lang, und Asako empfand ebenfalls größte Hochachtung vor der wohltätigen Arbeit der Rektorin. Sie erkannte deren Begeisterung für alles, was mit Leib und Seele geschaffen wurde. Außer dieser Leidenschaft hatten die beiden Frauen wenig gemein. Vor allem, weil Asako eine so in sich gekehrte Persönlichkeit war, beschränkte sich ihre Kommunikation auf freundliches Grüßen und den Austausch von Höflichkeiten. Dennoch hegten die beiden intuitiv großes Vertrauen zueinander.

Zweimal in der Woche lieferte Asako Tofu in die Schule, und immer wieder fand sie, dass die Welt durch Menschen wie Frau Nakamura besser wurde. Mitunter legte sie der vereinbarten Lieferung ein zusätzliches Stück Tofu bei, um der Rektorin ihre Wertschätzung zu zeigen. Asako erinnerte sich noch genau daran, wie schwer es gewesen war, mit der schreienden Miho auf dem Rücken zu arbeiten. Sie war selbst eine junge Mutter ohne Geld gewesen.

Seit dem Ende des Krieges hatte sich die Welt beträchtlich verändert. Asako blickte zurück und fragte sich erstaunt, wie ihr Land es geschafft hatte, all die Verwüstung und das Leid, das ihre Generation erlebt hatte, hinter sich zu lassen. Fast alle äußeren Spuren des Krieges waren in den vergangenen vierundzwanzig Jahren getilgt worden, und an ihre Stelle war eine blühende Entwicklung getreten. Asako musste an Magnolienblüten denken, die auch nach dem härtesten Winter stets aufs Neue erblühten. Häuser wurden wieder aufgebaut, Wunden heilten, Frühlingsblumen sprossen, und die Schwalben kehrten zurück. Das Leben geht weiter, dachte Asako häufig bei sich und wünschte, ihre eigene dunkle Vergangenheit auf dem tiefsten Meeresgrund begraben zu können.

Die Luft war nicht mehr so schneidend wie am Tag zuvor, doch es herrschte noch immer Frost, als Asako ihre Enkelin an jenem Morgen in die Vorschule brachte. Keine Wolke stand am eisblauen Himmel. Yuki konnte Asako, die viel langsamer als Miho ging, mühelos folgen. Langsam stiegen die beiden Hand in Hand die steinernen Stufen hinauf und erklommen den Hügel zum Kindergarten.

»Dreiundfünfzig Stufen«, verkündete Yuki und hopste auf die oberste. »Es sind dreiundfünfzig Stufen, Oma.«

»Aha, dreiundfünfzig, ja?«, fragte Asako außer Atem und warf einen Blick die schwindelerregend steile Treppe hinunter.

»Ja, genau, dreiundfünfzig. Hast du sie noch nie gezählt?«

Asako schüttelte den Kopf.

»Na, jetzt weißt du es.« Das kleine Mädchen lächelte stolz.

»Wo hast du denn so gut zählen gelernt, Yuki?«, fragte ihre Großmutter. Asako war nicht überzeugt, ob ihr altersschwacher Körper und ihr betagter Verstand in der Lage gewesen wären, gleichzeitig zu steigen und zu zählen.

»Mami hat mir beigebracht, bis hundert zu zählen«, antwortete Yuki. Sie blinzelte in den hellen Sonnenschein.

Asako folgte Yukis Blick.

»Meinst du, Mami ist schon in Amerika?«, fragte Yuki und sah weiter zum leeren Himmel auf.

Asako antwortete nicht. Stattdessen zog sie Yuki zum Eingang des Schulgebäudes. »Es ist sehr kalt. Komm, lass uns hineingehen«, sagte sie.

Ein Dutzend Tauben landete flatternd auf dem verschneiten Spielplatz neben dem Kindergarten. Der Hof war mit den Fußstapfen von Kindern übersät. Yuki blieb stehen und schaute die Vögel an.

»Oma, wie kommt es, dass man nie Taubenbabys sieht?«

»Taubenbabys?« Asako stutzte und betrachtete die Vögel.

»Ja, Taubenbabys. Wo sind sie? Man sieht nie welche. Nur erwachsene Tauben.« Yuki schaute zu ihrer Großmutter auf.

»Ja, du hast recht.« Asako nickte langsam. »Ich habe auch noch nie Taubenbabys gesehen.«

»Meinst du, sie müssen im Nest bleiben, wenn sie klein sind?«, fragte ihre Enkelin. Asako legte die Hand auf die Schulter von Yukis rosaroter Steppjacke.

»Ja, Yuki, ich glaube schon.« Asakos Blick war auf die Tauben gerichtet, die pickend durch den Schnee schritten.

»Aber was ist, wenn die Taubenbabys rumfliegen und mit anderen Vögeln spielen wollen?«, fragte Yuki.

»Zuerst müssen sie fliegen lernen.«

Yuki wurde still, während sie über die Worte ihre Großmutter nachdachte.

»Aber woher wissen sie, ob sie fliegen können oder nicht, wenn sie es nicht ausprobieren?«

»Nun.« Asako lächelte über Yukis kluge Frage. »Sie müssen fliegen üben, aber zuerst müssen sie warten, bis sie groß genug sind.«

»Wie groß?«

»Groß genug – so wie die.« Asako deutete auf die Tauben, die in dem verharschten Schnee nach Nahrung suchten.

»Also müssen die Taubenbabys nur warten, bis sie groß sind«, sagte Yuki.

»Ja, und Würmer essen, damit sie groß und stark werden«, sagte Asako. Sie dachte an die Schwalbenjungen, die sie als Kind immer gefüttert hatte.

Yuki überdachte alles für einen Moment, während sie ein paar Tauben beobachtete, die sich an den Schaukeln zusammengefunden hatten. »Aber diese Tauben werden nie Würmer für ihre Kleinen finden. Alle Würmer sind heute Nacht im Schnee erfroren.« Yuki schaute wieder hinauf in den Himmel und zog der silbernen Sonne eine Grimasse. »Komm, Oma, wir gehen rein, es ist so kalt.«

Im Flur wimmelte es von jungen Müttern mit ihren Kindern. Einige rannten auf dem Hartholzboden herum, andere weinten bei der Aussicht, dass ihre Mütter gehen mussten.

Yuki erschreckte der Anblick so vieler Kinder. Solange sie denken konnte, war Makiko ihre einzige Freundin gewesen, und die beiden Mädchen hatten die meiste Zeit allein zu Hause verbracht. Spielen durften sie nur in einem winzigen von düsteren Betonmauern umschlossenen Hinterhof. Yuki hielt die Hand ihrer Großmutter fest umklammert, als sie an den anderen Kindern vorbeigingen. In ihrem Gesicht spiegelte sich eine Mischung aus Neugier und Furcht.

Ohne ein Wort mit einer der jungen Mütter zu wechseln, führte Asako ihre Enkelin rasch durch den Flur. Sie verbeugte sich leicht vor jenen, die sie kannte, und eilte Yuki hinter sich herziehend an ihnen vorüber.

Als Yuki sich umdrehte, sah sie, wie ein paar Frauen miteinander tuschelten. Dass sie über sie sprachen, merkte sie nicht nur daran, dass eine von ihnen auf sie zeigte, sondern auch an den Blicken. Die meisten Erwachsenen hatten dann den gleichen Ausdruck.

Als Asako und Yuki das Sekretariat betraten, schaute die Rektorin von ihrer Morgenzeitung auf. »Guten Morgen, Frau Tanaka.« Sie erhob sich von ihrem Stuhl und tauschte höfliche Verbeugungen mit Asako. »Wie schön, Sie zu sehen. Wie geht es Ihnen? Heute ist aber nicht unser Tofu-Tag, nicht wahr?«

Yuki merkte, dass die Rektorin sie fragend musterte.

»Nein, nein, Frau Nakamura.« Asako schüttelte den Kopf. »Heute bringe ich Ihnen eine neue Schülerin.« Yuki hatte sich hinter ihr versteckt, und sie schob die Kleine nach vorn.

Die Rektorin kam auf sie zu. Yuki guckte auf ihren langen schwarzen Baumwollrock, und ihr fiel auf, dass er ein flatterndes Geräusch von sich gab, wie eine Fahne im Wind, sooft die Frau ihre Beine bewegte. Die Hände auf die Knie gestützt, bückte sich Frau Nakamura, sodass sie mit Yuki auf Augenhöhe war. Doch die liebenswürdige Geste machte Yuki verlegen. Sie wich zurück und zog das Kinn auf die Brust wie eine furchtsame Schildkröte.

»Ach, du bist aber ein hübsches kleines Mädchen«, sagte Frau Nakamura freundlich.

»Das ist meine Enkeltochter, Frau Nakamura. Sie wird jetzt eine Weile bei mir wohnen«, verkündete Asako.

Die Rektorin nickte mit höflichem Lächeln und nahm Yukis Hand – das tat sie immer, wenn sie mit einem schüchternen Kind sprach. »Wie heißt du?«, fragte sie herzlich.

Statt einer Antwort schaute Yuki zu ihrer Großmutter auf. Sie wartete auf ein zustimmendes Nicken.

Asako nickte.

»Yu-ki Ya-ma-gu-chi«, nannte sie ihren Namen deutlich Silbe für Silbe.

»Aha, Yuki – das bedeutet Schnee«, wiederholte die Rektorin. »Du bist sicher gestern Abend im Schnee angekommen.« Die schmalen Augen der Frau verschwanden zwischen zahlreichen Falten, wenn sie lächelte.

»Kannst du das Kanji – das Schriftzeichen – für deinen Namen schreiben?«

Yuki schüttelte den Kopf.

»Bei uns kannst du lernen, deinen Namen zu lesen und zu schreiben. Auch die Namen von deiner Oma und all deinen Freunden. Bald wirst du ein Buch lesen können. Ist das nicht schön?«

Yuki nickte und lächelte ein bisschen. Die Vorstellung, ein Buch zu lesen, gefiel ihr, aber für sie gab es wichtigere Dinge zu lernen.

»Wie alt bist du?«, fragte Frau Nakamura, die noch immer Yukis Hand hielt.

»Sechs«, sagte Yuki prompt. Sie entzog Frau Nakamura ihre Hand und hielt ihr etwas linkisch sechs Finger hin.

»Gut. Du bist also sechs Jahre alt«, sagte die Rektorin mit der akkuraten Betonung einer Grammatiklehrerin.

»Ja, sechs Jahre alt«, wiederholte Yuki pflichtgemäß.

»Hast du schon den köstlichen Tofu von deiner Großmutter probiert?«, fragte die Rektorin.

Yuki nickte mit einem scheuen Lächeln und schaute zu ihrer Großmutter auf, die den Arm um sie legte.

»Bei uns gibt es zweimal in der Woche den Tofu von deiner Großmutter zum Mittagessen, weißt du. Möchtest du hier bei den anderen Kindern bleiben, solange sie zu Hause ihren köstlichen Tofu macht?«

Wieder schaute Yuki zu Asako auf. Sie wartete auf ihre Zustimmung.

»Ja, natürlich«, antwortete Asako für sie. »Yuki kommt jetzt jeden Tag her und hört genau zu, was ihre Lehrerin sagt. Stimmt's, Yuki?«

Von den beiden Erwachsenen gedrängt, nickte Yuki. »Und ich lerne fliegen.«

»Du lernst fliegen?«, sagte die Rektorin und warf Asako einen verdutzten Blick zu.

Asako nickte ihr mit einem vielsagenden Lächeln zu, und Frau Nakamura verstand sofort. Sie hatte zahllose Kinder erlebt, die nicht bleiben wollten. Die Mütter erfanden die raffiniertesten Geschichten, ja sogar Drohungen, um möglichst rasch zur Arbeit gehen zu können.

»Ah, ja, natürlich«, sagte Frau Nakamura. »Nur sehr gute Schüler lernen das Fliegen. Wer weint, nicht gehorcht oder Unsinn macht, lernt es nie. Vergiss das nicht, Yuki. Das heißt, wenn du wirklich fliegen lernen willst.«

»Ich kann Ihnen versichern, Frau Nakamura, Yuki ist entschlossen, eine gute Schülerin zu werden«, sagte Asako.

»Ich werde sie jeden Morgen um acht herbringen und um fünf Uhr nachmittags wieder abholen.«

»Sie brauchen sich keine Sorgen zu machen, Frau Tanaka«, beruhigte die Rektorin Asako und Yuki. »Wir werden hier sehr gut auf sie aufpassen.«

»Danke.« Asako verbeugte sich tief. »Ich danke Ihnen so sehr.«

Auch Frau Nakamura verbeugte sich, während ein scheinbar unauslöschliches Lächeln auf ihrem Gesicht lag. »Oh, bevor Sie gehen, Frau Tanaka …« Die Rektorin ging zurück an ihren Schreibtisch und nahm ein Blatt Papier aus der Schublade. »Bitte, nehmen Sie dieses Anmeldeformular mit und bringen Sie es mir morgen ausgefüllt wieder. Wir brauchen einige Auskünfte über Yuki.« Die Rektorin reichte Asako das Formular, und die alte Frau nahm es zaghaft entgegen und hielt es verkehrt herum.

»Ach, eigentlich ist es besser, wir füllen es jetzt aus, wo Sie schon einmal hier sind. Es ist ganz einfach«, sagte Frau Nakamura. Sie vermutete, dass Asako Analphabetin war, vielleicht zur letzten Generation von Japanerinnen gehörte, die keine ordentliche Schulausbildung erhalten hatte.

»Es dauert nicht lange, Frau Tanaka. Ich verspreche es.«

Statt einer Antwort verbeugte sich Asako tief. Sie wusste genau, was Frau Nakamura im Sinn hatte. Sie schämte sich, Analphabetin zu sein, hatte dies aber als ihr Schicksal, als Teil ihrer Persönlichkeit akzeptiert. Nicht lesen und schreiben zu können, war eine der Schwierigkeiten, mit denen sie ihr ganzes Leben lang zu kämpfen gehabt hatte. Im Laufe der Zeit hatte sie gelernt, sich damit abzufinden.

Frau Nakamura deutete auf eine alte Holzbank in der

Mitte ihres Büros. »Bitte, nehmen Sie Platz, Frau Tanaka. Komm, Yuki, setz dich auch hin.«

Yuki gehorchte. Großmutter und Enkelin saßen nun der Rektorin gegenüber. Zwischen ihnen stand ein Tisch aus dunklem Holz, der mit rätselhaften, von heißen Teekesseln eingebrannten Ringen übersät war. Frau Nakamura nahm einen Stift und machte sich daran, das Formular auszufüllen.

Asako und Yuki starrten auf ihre blasse Hand, die im Gegensatz zu ihrem langweiligen Gesicht außergewöhnlich schön war. Sie beobachteten, wie der Stift über das Papier glitt und dabei das frische Rascheln eines seidenen Hochzeitskimonos hervorrief.

Die Rektorin murmelte das Datum laut vor sich hin, um sicherzugehen, dass es stimmte, und setzte es ein.

»Vor- und Zuname des Kindes?«, fragte sie dann.

»Yuki Yamaguchi«, antwortete Yuki.

»Yuukii Yaamaaguuchii«, wiederholte die Rektorin langsam, während sie ihn schrieb. »Dann das Geburtsdatum?«

Asako sah verwirrt drein. »Weißt du es, Yuki?«

»Ja, 11. November 1963. Ich bin im Jahr des Hasen geboren. Ich bin ein Hase, wie der im Mond.«

»Sehr gut, Yuki.« Frau Nakamura wandte sich an Asako. »Yuki ist wirklich ein kluges Mädchen, Frau Tanaka!«

»Danke, das finde ich auch. Sie weiß einfach alles. Ich alte unwissende Frau verstehe manchmal kaum, wovon sie spricht.«

Die Rektorin musterte Yuki. »Sie sind ganz anders als wir es waren, nicht wahr?« Dann wandte sie sich an Asako. Die Tofu-Herstellerin war nur wenige Jahre älter als sie selbst, auch wenn sie wesentlich älter aussah. »Die heutigen Kinder wissen nichts vom Krieg und den schweren Zeiten, die wir durchmachen mussten. Sie interessieren sich nur noch für Dinge aus dem Westen. Glauben Sie mir, Frau Tanaka, ich verstehe auch nur die Hälfte von dem, was sie sagen.« Sie lächelte. »Manchmal versuche ich mir einige von diesen Kindersendungen im Fernsehen anzuschauen, aber ich verstehe nicht alles, was da gesagt wird.« Frau Nakamura schüttelte lachend den Kopf und wandte sich wieder dem Formular zu. »Jetzt den Namen des Vaters, bitte.«

Das Lächeln auf Asakos Gesicht erstarrte wie ein plötzlich gefrorener Wasserfall. Sie sah Yuki an. Auch die Rektorin sah Yuki an.

»Ich habe keinen Vater«, antwortete Yuki und blickte ausdruckslos zurück.

Asako begann zu husten.

»Alles in Ordnung, Frau Tanaka?«

»Ja, ja. Entschuldigen Sie, Frau Nakamura.« Sie räusperte sich und bedeckte ihren Mund mit einem Taschentuch.

»Anscheinend haben Sie eine böse Erkältung, Frau Tanaka. Nehmen Sie etwas dagegen?«, fragte die Rektorin.

»Es ist nur eine gewöhnliche Erkältung, nichts Schlimmes.« Asako räusperte sich abermals und lächelte dankbar. »Das geht wieder weg. Nur ein kleiner Husten.«

»Das hoffe ich sehr.« Mit besorgtem Gesicht wandte sich Frau Nakamura wieder dem Formular zu. »Nun den Namen der Mu…«

»Miho Yamaguchi!«, antwortete Yuki, noch bevor die Rektorin ihre Frage ausgesprochen hatte.

Frau Nakamura lächelte Yuki an und trug unter Asakos wachsamem Blick den Namen ein. »Ist sie die Erziehungsberechtigte? Sie muss eine Adresse in dieser Gegend haben.«

»Ich könnte doch ihre Erziehungsberechtigte sein, Frau

Nakamura. Wenn das geht«, sagte Asako, deren Gesicht sich beim Gedanken an Miho verdüstert hatte.

Die Angesprochene nickte zustimmend und murmelte Asakos Namen, während sie auf das Formular schrieb. Wieder waren Yuki und Asako wie gebannt von Frau Nakamuras Schreibkünsten. Sie folgten ihrem Stift, als ob sie magische Kräfte besäße. Die mühelose Eleganz, mit der die Rektorin die Worte zu Papier brachte, hatte etwas Faszinierendes. Ihre Handschrift bewies Präzision und absolute Beherrschung. Ihre Zeichen wirkten wie gedruckt, so vollkommen waren sie proportioniert.

»Ihre Adresse habe ich ja bereits, Frau Tanaka. Das wäre also alles. Ganz einfach, nicht wahr?« Die Rektorin lächelte und zeigte ihre schiefen Zähne. »Wenn Sie möchten, können Sie Yuki heute schon hierlassen.«

»Vielen Dank, Frau Nakamura.« Asako verbeugte sich so tief, dass ihr Kopf fast die Tischplatte berührte.

»Und wegen der Gebühren …«, sagte die Rektorin mit gesenkter Stimme, wie immer, wenn sie von Geld sprach.

»Ach, entschuldigen Sie. Das hätte ich fast vergessen. Wie viel ist es?« Asako zog hastig ihr Portemonnaie aus der Manteltasche. »Ich kann gleich bezahlen.«

»Nein, nein. Der Monat ist ja schon halb vorbei.« Die Rektorin errötete. »Sie können nächsten Monat mit den Zahlungen anfangen.«

Asako lächelte ehrerbietig. »Das ist sehr freundlich von Ihnen, Frau Nakamura, aber es wäre nicht richtig, nicht zu bezahlen, nur weil der Monat zur Hälfte herum ist.« Asako hielt ihr Portemonnaie fest in der Hand.

»Ach, bitte, Frau Tanaka, gestatten Sie mir doch diese Kleinigkeit. Ich suche schon länger nach einem Weg, Ihnen zu danken. Sie beliefern uns stets so zuverlässig mit Ihrem Tofu. Bitte, lassen Sie mich den Rest dieses Monats noch übernehmen. Es ist wirklich keine große Sache.«

Asako willigte zögernd ein und verbeugte sich tief.

»Übrigens …« Frau Nakamura erwiderte die Verbeugung im Sitzen. »Yuki benötigt ein Malheft und Buntstifte. Heute kann ihre Lehrerin ihr etwas geben, aber sie braucht eigene Sachen« Die Rektorin erhob sich langsam, die Hände auf die Knie gelegt. »Das ist eigentlich alles. Komm, ich bringe dich jetzt in Fräulein Murakamis Klasse.«

»Ist Fräulein Murakami die junge Dame mit dem langen Haar?«, fragte Asako. Sie erinnerte sich, schon mehrmals mit der hübschen jungen Frau gesprochen zu haben, als sie die Rechnung für den Tofu kassiert hatte.

»Ja, Fräulein Murakami ist für die älteren Kinder zuständig. Sie ist die Beliebteste hier. Kinder mögen hübsche Frauen, wie alle anderen auch«, erklärte Frau Nakamura und kicherte. Sie führte Asako und Yuki in die Klasse.

Der Flur, in dem es vorher von Kindern und Müttern gewimmelt hatte, war leer, als die drei das Büro der Rektorin verließen. Die Kinder waren schon in ihren Klassenzimmern, und die Mütter waren zur Arbeit geeilt. Die meisten Frauen in der Gegend arbeiteten in Fischfabriken, wo sie die Fische ausnahmen und säuberten, ehe sie nach Amerika und Europa verschickt wurden.

»Fräulein Murakami hat als Praktikantin bei mir angefangen, als sie noch auf der Universität war«, erzählte die Rektorin. »Ich muss sagen, ich hätte nicht erwartet, dass sie in einem Viertel wie diesem bleibt. Sie wissen ja, wie die jungen Leute heutzutage sind.«

Asako nickte.

Frau Nakamura blieb auf halbem Weg im Flur stehen und begann, leiser zu sprechen. »Fräulein Murakami stammt aus einer guten Familie und besitzt die drei Haupttugenden einer Frau – Wahrhaftigkeit, Güte und Schönheit. Keine dieser drei Eigenschaften fehlt ihr. Sie ist eine moderne Frau, besitzt aber eine Tiefe, die bei jungen Leuten selten ist.«

»Oh ja, das stimmt. Man merkt sofort, dass Fräulein Murakami eine ganz besondere junge Dame ist, ein Mensch, dem man vertrauen kann«, pflichtete Asako ihr bei.

»Ganz recht, Frau Tanaka. Ich kann mir keine geeignetere Person für diese Altersgruppe vorstellen. Die meisten jungen Frauen wünschen sich etwas mehr Glanz in ihrem Alltag, wissen Sie. Fräulein Murakami ist ein großes Geschenk für unseren Kindergarten. Sie werden es auch merken. Sie kann wunderbar mit Kindern umgehen, und Yuki hat Glück, sie als Erzieherin zu bekommen.« Die Rektorin ging weiter auf Fräulein Murakamis Klassenzimmer zu.

Yuki sah zu ihr auf, und sie lächelte das kleine Mädchen an. Yuki wandte sich Asako zu. »Oma …« Sie zupfte ihre Großmutter am Ärmel.

Asako und Frau Nakamura blieben stehen und wandten sich Yuki zu, die eine dringende Frage zu haben schien.

»Ja, was ist, Yuki?«, sagte Asako.

»Meinst du, Fräulein Murakami kann mir das Fliegen schneller beibringen als andere Lehrerinnen, wo sie doch so eine gute Lehrerin ist?« Yuki flüsterte fast, wollte aber, dass die Rektorin ihre Frage auch hörte.

Frau Nakamura tauschte ein Lächeln mit Asako, ehe sie sich auf Augenhöhe zu Yuki hinunterbeugte. »Fräulein Murakami ist die beste Lehrerin, die es gibt, Yuki. Aber wenn du dich nicht als gute Schülerin erweist, wird sie dir das Fliegen nicht beibringen.« Frau Nakamura machte eine Pause und sah Yuki direkt in die Augen. »Du musst gut aufpassen, Yuki. Sie wird dich lange beobachten, um zu erkennen, ob du es verdienst, fliegen zu lernen. Und erst wenn sie überzeugt ist, dass du wirklich eine gehorsame Schülerin bist« – die Rektorin fuhr Yuki mit der Hand über das Haar – »wird sie es dir beibringen. Verstehst du?«

Yuki nickte und wandte sich um. Sie sah, dass ihre Großmutter Frau Nakamura zulächelte.

»Sehr gut.« Die Rektorin richtete sich auf. »Dann wirst du jetzt Fräulein Murakami und deine neuen Klassenkameraden kennenlernen.«

Fräulein Murakami wollte gerade mit der allmorgendlichen Gymnastik beginnen, als die Rektorin an die Tür klopfte. Die junge Lehrerin öffnete die Schiebetür und trat in den Flur. Sie sah wunderschön aus, fand Yuki und musterte den senfgelben Pullover und die braune Wollhose ihrer Lehrerin. Yuki bewunderte ihren Porzellanteint und ihren pfirsichfarbenen Lippenstift. Außerdem gefiel ihr, wie der orangefarbene Seidenschal um den Hals der jungen Frau deren Gesicht erhellte wie die Morgensonne.

»Wir haben eine neue Schülerin«, sagte die Rektorin. »Sie ist Frau Tanakas Enkelin.«

»Aha, Ihre Enkeltochter?« Fräulein Murakami lächelte Asako mit geraden weißen Zähnen an und sah zu Yuki hinunter. »Du bist aber ein hübsches Mädchen. Wie heißt du?«, fragte sie. In ihrer Stimme schwang Herzlichkeit mit.

Yuki nannte ihren Namen. Sie klang viel zuversichtlicher in Fräulein Murakamis Gegenwart, denn die junge Frau hatte einen Instinkt dafür, wie man Kindern Vertrauen einflößte. Yuki gefiel es, wie Fräulein Murakami sich anzog, und sie fand auch, dass sie gut roch. Nach Geißblatt und Flieder, dachte sie, wusste aber nicht, woher sie diese Gerüche kannte.

»Ich freue mich, dich kennenzulernen, Yuki. Ich bin Fräulein Murakami«, sagte die Lehrerin.

Yuki glaubte ein Rascheln aus dem Klassenzimmer zu hören. »Ich freue mich auch, Sie kennenzulernen, Sensei«, sagte Yuki schüchtern und verbeugte sich.

»Sie ist ein sehr wohlerzogenes Kind«, sagte Fräulein Murakami zu Asako und klopfte Yuki sacht auf die Schulter.

Asako verbeugte sich. »Ich bin sehr froh, dass Yuki eine so nette Lehrerin wie Sie bekommt.« Sie wandte sich Yuki zu. »Du musst immer auf Fräulein Murakami hören und dich gut mit den anderen Kindern vertragen. Ich hole dich heute Nachmittag wieder ab.«

Yuki reckte ihr Hälschen und spähte in den Klassenraum, während die Erwachsenen sich voneinander verabschiedeten. Dann nahm die junge Lehrerin Yuki an der Hand und führte sie ins Klassenzimmer. Sie schloss die Tür.

Frau Nakamura kehrte in ihr Büro zurück, doch Asako blieb noch vor der Klasse stehen. Sie beobachtete Yuki durch die Glasscheibe im oberen Teil der Schiebetür und sah, wie Yuki sich unter die anderen Kinder mischte und sich verlegen der Morgengymnastik anschloss. Ein stolzes Lächeln huschte über das Gesicht der alten Frau.

Nach der Gymnastik nahmen die Schüler ihre Plätze ein. Als Asakos Blick dem von Fräulein Murakami begegnete, lächelte die Lehrerin ihr ermutigend zu. Nachdem

Asako sich ein letztes Mal vor der jungen Frau verbeugt hatte, verließ sie die Schule. An der Steintreppe hörte sie noch, wie Fräulein Murakami der Klasse auf dem Harmonium die Nationalhymne vorspielte. Die alte Frau blieb stehen, bis die Kinder *Kimi ga yo* vorschriftsmäßig zu Ende gesungen hatten. Anschließend ging sie die Treppe hinunter und zählte zum ersten Mal sorgfältig alle dreiundfünfzig Stufen.

Nach der Nationalhymne rief Fräulein Murakami Yuki nach vorne und bat sie, sich der Klasse vorzustellen. Yuki sah mehr als zwanzig Augenpaare auf sich gerichtet. Alle Kinder waren in ihrem Alter.

»Ich heiße Yuki Yamaguchi«, begann sie aufgeregt, den Blick auf ihre Lehrerin und ihre Mitschüler gerichtet. »Ich bin gestern Nacht aus Tokio nach Osaka gekommen.«

»Tokio! Ein Mädchen aus Tokio!«, stieß ein pummliger Junge mit geschorenem Kopf aufgeregt durch die Lücke hervor, die seine beiden Vorderzähne hinterlassen hatten.

»Ja.« Fräulein Murakami griff ein. »Tokio ist die größte Stadt Japans und unsere Hauptstadt. Aber Osaka war vor langer Zeit auch einmal Hauptstadt, vor der Edo-Zeit, wenn auch nur sehr kurz. Das wissen wir ja alle. Stimmt's?«

»Ja«, jubelte die Klasse. Die Stimme des kahlen Jungen übertönte die der anderen.

»Bist du in Tokio geboren, Yuki?«, fragte Fräulein Murakami.

Yuki nickte. Der starke Osaka-Dialekt, in dem die Kinder sprachen, war sehr ungewohnt für sie. Sie fand, ihre Klassenkameraden klangen wie einige der Komiker, die sie im Fernsehen gesehen hatte. Irgendwie lustig. Yuki gefiel ihr merkwürdiger Dialekt, aber sie spürte auch, dass ihr eigener Tokioter Tonfall in Osaka auffiel und sie als Außenseiterin kennzeichnete.

»Erzähl uns doch mal, was du am liebsten machst, Yuki.« Fräulein Murakami sprach kaum Dialekt.

»Ich sehe gern fern«, antwortete Yuki. »Und ich male gern.« Yuki überlegte, was sie noch hinzufügen könnte, aber ihr fiel nichts ein. Obwohl sie wusste, dass es eine Menge anderer Dinge gab, die sie gern tat.

»Sehr gut, Yuki«, sagte Fräulein Murakami. »Fernsehen tun wir hier nicht, aber heute Nachmittag haben wir unsere Malstunde.« Die Klasse kicherte. Fräulein Murakami dirigierte Yuki auf einen Platz am Fenster. »Dann wollen wir mal etwas lesen. Heute ist ein altes Märchen an der Reihe …«

»Sensei!« Ein Junge ließ mit dem Eifer eines Soldaten seine Hand in die Höhe schießen.

»Ja, Kenji?«, fragte Fräulein Murakami und setzte sich auf ihren Stuhl vor der Klasse.

»Können wir etwas anderes lesen als alte japanische Märchen? Ich finde, es wäre Zeit für etwas anderes, Sensei.«

Der Junge wirkte sehr aufgeweckt. Yuki bewunderte seine kühne Selbstsicherheit. Als Kenji sprach, fiel ihr auf, dass sich sein Tonfall leicht von dem der anderen Kinder in der Klasse unterschied. Es hörte sich beinahe an, als würde ein Erwachsener aus dem Körper eines kleinen Jungen sprechen.

Kenji stammte nicht aus dem Viertel. Seine Familie war vor etwa einem Jahr hergezogen, nachdem sein Vater Selbstmord begangen und seiner Familie enorme Spielschulden hinterlassen hatte, von denen niemand etwas gewusst hatte. Kenjis Mutter war zerschmettert vom plötzlichen Tod ihres

Mannes und der unüberwindlichen finanziellen Belastung, der die Familie gegenüberstand. Sie verkaufte alles, was sie konnte, um die Schulden zu bezahlen, und zog dann mit den Kindern in einen Stadtteil, wo niemand ihre Geschichte kannte.

Nachdem sie sich in Okuoka niedergelassen hatten, begann Kenjis Mutter in einer Fabrik zu arbeiten, etwas, das weder sie noch sonst jemand, der sie kannte, sich je hätte vorstellen können. Bis zum Tod ihres Mannes hatte sie ein behagliches Leben geführt. Sie stammte aus einer Grundbesitzerfamilie in Kobe. Sie hatte das Glück, sehr gut auszusehen, und heiratete einen Hochschulprofessor, der an bekannten amerikanischen Universitäten studiert hatte. Alle ihre vier Kinder hatten die Intelligenz ihres verstorbenen Mannes geerbt. Er war ein angesehener Mathematikprofessor an einer bedeutenden Universität in Kobe gewesen. Viele hatten sie um ihr sorgenfreies Leben beneidet.

Es heißt, dass Mütter in traumatischen Situationen häufig verborgene Kräfte mobilisieren. Kenjis Mutter belog ihre Kinder und erzählte ihnen, ihr Vater wäre bei einem schrecklichen Autounfall ums Leben gekommen. Da der Stadt dadurch ein großer Schaden entstanden sei, so erklärte sie ihnen, müsse die Familie alles verkaufen, um diesen Schaden zu bezahlen, und fortziehen.

»Was für andere Geschichten meinst du, Kenji?«, fragte Fräulein Murakami und legte den Kopf schräg.

»Meine Schwester hat mir ein Buch vorgelesen, das *Lawrence von Arabien* heißt. Das war viel spannender als diese japanischen Märchen«, rief der Junge aufgeregt. Kenjis älteste Schwester, die erst dreizehn gewesen war, als ihr Vater starb, versorgte Kenji und ihre jüngeren Schwestern, während ihre

Mutter bis spät in der Fabrik arbeitete. Keiko liebte es, ihren jüngeren Geschwistern vorzulesen und tat ihr Bestes, um sie zu erziehen. Um Kenji, den einzigen Jungen in der Familie, kümmerte sie sich besonders, denn sie glaubte, er würde derjenige sein, der den Ruf der Familie wiederherstellen würde. Obwohl Kenji noch so klein war, war er ehrgeizig und verhielt sich oft waghalsig.

»Lawrence von Arabien?«, fragte Fräulein Murakami offenkundig erstaunt. »Kenji, das ist zu schwierig. Vielleicht hat deine Schwester dir eine einfachere Fassung für Kinder vorgelesen. Aber ich könnte mir denken, dass selbst eine vereinfachte Fassung zu schwierig ist. Hast du wirklich die ganze Geschichte verstanden?«

»Natürlich!«, sagte Kenji. »Die Geschichte ist furchtbar spannend.« Seine dunkelbraunen Augen blitzten.

»Nun, ich habe es selbst noch nicht gelesen. Das muss ich aber, bevor ich es euch vorlese«, sagte Fräulein Murakami mit einem leichten Achselzucken. »Aber ich glaube, dass es für die meisten zu schwierig wäre.«

»Sensei«, unterbrach Kenji wieder, »vielleicht lesen in Tokio die Kinder in unserem Alter Geschichten wie *Lawrence von Arabien*. Vielleicht kann das neue Mädchen uns etwas darüber sagen.« Kenji wandte sich Yuki zu, und damit richteten sich auch alle anderen Augenpaare auf sie, einschließlich dem von Fräulein Murakami.

Yuki schüttelte den Kopf. »Ich habe in Tokio nie von dieser Geschichte gehört«, sagte sie. »Aber mir gefällt die Geschichte von einer Frau, die mit einem Regenschirm fliegt. Ich habe sie im Fernsehen gesehen.«

Die Kinder brachen in lautes Gelächter aus, und der kahl geschorene Junge unterstrich sein übertriebenes Grölen, indem er mehrmals auf sein Pult schlug. Yuki sah ihre Lehrerin hilflos an. Sie verstand nicht, warum ihre Klassenkameraden ihre Antwort lustig fanden.

»Ruhe, alle miteinander!« Fräulein Murakami hob streng die Stimme. »Da gibt es nichts zu lachen. Yuki hat nur erzählt, was sie weiß.«

Die Kinder beruhigten sich, und Yuki war Fräulein Murakami dankbar, dass sie sie verteidigt hatte.

»Aber da dies unsere Lesestunde ist, werden wir nicht vom Fernsehen sprechen.« Dann wandte sie sich an die Klasse. »Hört mir gut zu. Ich möchte euch etwas über die Freude am Lesen erzählen.«

Alle Kinder sahen erwartungsvoll in Fräulein Murakamis hübsches Gesicht.

»Einer der größten Vorteile des Lesens ist, dass jeder von uns, auch wenn wir alle das gleiche Buch lesen, sich verschiedene Dinge ausmalt. Lesen ist so interessant, weil eine Geschichte uns überall hin und in jede Zeit bringen kann. Aber jeder von euch sieht etwas anderes, denn jeder benutzt die Kraft seiner eigenen Phantasie.« Fräulein Murakamis Klasse war mucksmäuschenstill. »Beim Fernsehen müsst ihr eure Phantasie nicht benutzen. Denn ihr seht ja alles schon auf dem Bildschirm. Deshalb schauen wir hier auch nicht fern.« Sie machte eine Pause, ehe sie sich Yuki zuwandte. »Verstehst du, was ich meine, Yuki?«

»Aber, Sensei«, sagte Yuki eindringlich, »ich kann beim Fernsehen auch meine eigenen Geschichten erfinden.«

Wie zu erwarten war, schlossen sich viele Kinder Yukis Einwand an. Alle begannen gleichzeitig zu reden und riefen ein kleines Chaos im Klassenzimmer hervor.

»Ruhig! Keine Diskussion mehr über das Fernsehen«,

sagte Fräulein Murakami laut. »Es ist jetzt Zeit zum Lesen, nicht zum Fernsehen.«

Als die Kinder verstummten, räusperte sich Fräulein Murakami. »Heute lesen wir das Märchen vom Bambusschneider und der Mondprinzessin.«

»Sensei, die Geschichte kenne ich schon«, meldete sich Kenji. Andere Kinder pflichteten ihm bei und riefen, dass sie das Märchen auch kannten.

»Natürlich kennen einige von euch die Geschichte schon«, sagte Fräulein Murakami ruhig. »Dieses Märchen wird seit Hunderten von Jahren erzählt. Und warum, glaubt ihr, wird die Geschichte seit Hunderten von Jahren, von Generation zu Generation immer weitererzählt?« Fräulein Murakami wartete auf eine Antwort. Aber keines der Kinder wusste sie, noch nicht einmal der kluge Kenji.

»Weil die Menschen sie immer wieder erzählen«, fuhr sie fort. »Auf diese Weise hat die Geschichte bis heute überdauert. Glaubt ihr, sie hätte so lange überlebt, wenn alle ständig gesagt hätten: ›Ich kenne die Geschichte schon, deshalb erzähle ich sie nicht‹?« Fräulein Murakami machte erneut eine Pause, während die Kinder über ihre lebhafte Rede kicherten. »Ich finde, *Der Bambusschneider und die Mondprinzessin* ist ein schönes Märchen. Deshalb hat es so viele Jahre überdauert. Also, wer möchte die Geschichte jetzt hören?«

Yuki hob eifrig die Hand. Sie hatte das Märchen noch nie gehört. Jetzt hoben auch die anderen Kinder die Hände, sogar Kenji, wenn vielleicht auch etwas widerstrebend.

»Gut.« Fräulein Murakami schlug das Buch auf. Sie begann zu lesen: »Es war einmal ein alter Bambusschneider. Er war sehr arm und auch traurig, denn der Himmel hatte ihm kein Kind geschenkt, das ihn auf seine alten Tage aufheitern würde …«

Yuki lauschte fasziniert. Sie stellte sich den armen alten Baumbusschneider sehr bildlich vor. Die Geschichte schilderte die täglichen Pflichten und Nöte des Bambusschneiders, bis er eines Tages in einem grünen Bambusrohr ein kleines Mädchen fand. Yuki lächelte bei dem Bild, das sie sich von dem Baby machte, das so hell erstrahlte wie der Vollmond. Der Bambusschneider nannte sie Prinzessin Mondschein. Das kleine Mädchen, das er gefunden hatte, brachte dem Bambusschneider und seiner Frau großes Glück und großen Reichtum. Bald wuchs es zu einer schönen Frau heran, und viele Freier hielten um ihre Hand an.

Yukis Gedanken schweiften ab, als die fünf Ritter miteinander um die Hand der Mondscheinprinzessin wetteiferten. Irgendwie verlor sie den Faden der Geschichte. Sie stellte sich nun vor, sie selbst wäre Prinzessin Mondschein und würde mit einem Schirm nach Amerika fliegen. Als Fräulein Murakami plötzlich die krächzende Stimme des gebrechlichen Bambusschneiders nachahmte, erwachte Yuki aus ihren Träumereien und hörte wieder zu.

»Ich bin ein alter Mann, über siebzig Jahre schon, und mein Ende ist nah.« Fräulein Murakami war eine ausgezeichnete Schauspielerin. Yuki und ihre Klassenkameraden lachten über die dramatische Betonung ihrer Lehrerin. »Es ist geziemend und recht, dass du die fünf Freier empfängst und einen von ihnen auswählst!« Fräulein Murakami klappte das Buch zu und sprach wieder mit ihrer eigenen melodischen Stimme. »Das war's für heute. Morgen geht es weiter mit der Geschichte. Dann werden wir erfahren, was mit Prinzessin Mondschein geschieht.«

Zweiter Teil

5

Michiko kam in den 1880er Jahren auf einer kleinen Insel vor der Küste der Kansai-Region zur Welt. Es war eine turbulente Zeit für Japan. Westliche Ideen und politische Neuerungen führten starke Veränderungen herbei, von denen das Leben in dem verschlafenen Fischerdorf, in dem Michiko aufwuchs, jedoch kaum betroffen war. Die meisten Inselbewohner lebten so, wie ihre Vorfahren schon seit Hunderten von Jahren gelebt hatten.

Michikos Eltern waren auf der Insel geboren, ebenso wie ihre Groß- und Urgroßeltern. Michiko sollte nach dem Vorbild ihrer Mutter heranwachsen, das hieß, sie würde Taucherin, und die Ehefrau eines Fischers und Mutter werden. Weil nur sehr wenige Menschen die Insel verließen und die meisten Eheschließungen zwischen den Inselbewohnern vermittelt wurden, waren alle zumindest entfernt miteinander verwandt, und jedes Leben war so vorhersehbar wie der Wechsel der Jahreszeiten.

Die Generation von Michikos Eltern war noch jung genug, um sich an einen der dramatischsten Vorfälle in der

Geschichte der Insel zu erinnern: Ein Mann und seine halbwüchsige Tochter hatten beinahe zehn Jahre vor Michikos Geburt die Insel verlassen. Zuvor hatte sich die Frau des Mannes an der alten Ulme hinter dem Shinto-Schrein erhängt. Warum die Frau sich das Leben genommen hatte, blieb ungeklärt. Die Familie schien normal. Der Witwer und seine Tochter bewahrten völliges Stillschweigen darüber, was geschehen war. Ihre Hütte blieb leer zurück wie ein Spukhaus.

Statt sich des verzweifelten Vaters und seiner Tochter anzunehmen, hatten die Dorfbewohner – selbst die Verwandten des Mannes – sich von ihnen abgewandt. Kein einziger war zur Bestattung der Frau erschienen. Es galt als unglückverheißend, mit dem Selbstmord einer Frau in Berührung zu kommen. Wie die meisten Fischer waren auch die Bewohner dieser Insel äußerst abergläubisch, denn ihr Fang und somit ihr ganzes Geschick hing von unbeherrschbaren Mächten wie dem Wetter ab. Niemand wollte mehr etwas mit der vom Pech verfolgten Familie zu tun haben.

Wenngleich diese Tragödie sich lange vor Michikos Geburt abgespielt hatte, war es ihr streng verboten, sich dem verfallenden Geisterhaus zu nähern. Jede Familie im Dorf streute kleine Häufchen Meersalz vor die Haustür, um die bösen Geister fernzuhalten. Keines der Häuser hatte einen Eingang, der nach Nordosten wies, da die Inselbewohner glaubten, ein teuflischer Dämon würde aus dieser Richtung eindringen.

Wie alle Kinder auf der Insel lernte Michiko eine Menge abergläubischer Verhaltensmaßregeln, alles, was man tun und lassen musste, um dem Unglück aus dem Weg zu gehen. Sooft ein Sarg durch die Straßen getragen wurde, musste sie ihre Daumen in den Fäusten verbergen, um ihre Eltern vor einem plötzlichen Tod zu schützen. Wenn ein Riemen an ihrer Sandale riss, musste sie den ganzen Tag zu Hause bleiben und sich bemühen, weiteres Unglück zu verhüten. Die Insel entwickelte auch einen eigenen, ganz besonderen Aberglauben: Zu sehen, wie jemand die Insel verließ, verhieß schreckliches Pech.

Es war Sitte, dass die Mädchen in dem kleinen Dorf tauchen lernten, um Muscheln vom Meeresgrund heraufzuholen. Die Jungen wurden zu Fischern erzogen. Michiko war das erste von vier Kindern, deren Eltern schwer arbeiten mussten. Ihre jüngere Schwester Natsuko kam auf die Welt, als Michiko zwei war. Ein Jahr später bekam ihre Mutter Zwillinge – zwei Jungen. Aus allen vier Geschwistern sollten Fischer und Fischersfrauen werden.

Kinder waren zahlreich auf der Insel. Je mehr Kinder, desto mehr Arbeitskräfte hatte eine Familie. Sie mussten schnell erwachsen werden und ihren Eltern auf den Booten und im Haus helfen. Es war normal, dass kleine Mädchen wie Michiko schwere Wassereimer, die fast so groß waren wie sie selbst, vom Dorfbrunnen heranschleppten. Die Jungen im gleichen Alter halfen ihren Vätern, die Boote auszubessern, und sammelten Holz im Wald, das sie dann in großen Bündeln nach Hause trugen.

Michiko war eine begeisterte Schwimmerin und begleitete ihre Mutter schon, als sie kaum sechs Jahre alt war, zum Tauchen. Am Anfang war das Tauchen nach Muscheln für sie ein Spiel, doch innerhalb weniger Jahre hatte sie gelernt, den Atem länger anzuhalten als einige der erfahrenen Taucherinnen. Sie war besonders geschickt im Erspähen von Abalone, der auf der Insel am meisten geschätzten

Muschelart, und konnte ihrer Mutter die besten Plätze zeigen.

Michikos Mutter Chiyo war eine der besten Taucherinnen des Dorfes. Sie hatte selbst sehr früh angefangen und hoffte, Michiko könnte das Einkommen der Familie aufbessern, sobald sie regelmäßig tauchen würde. Die frühen Anzeichen für Michikos Begabung ermutigten sie. Doch ihr Vater Ichiro vergötterte seine älteste Tochter und wollte nicht, dass sie vor dem nächsten Jahr, in dem sie dreizehn wurde, tauchte.

Chiyo widersprach und wies ihren Mann darauf hin, dass sie selbst viel jünger als Michiko angefangen hatte, zu tauchen und ihre Familie zu unterstützen. Aber es nützte alles nichts. Ichiro war entschlossen, seiner Lieblingstochter die unbeschwerte Jugend zu ermöglichen, die ihm und seiner Frau nicht vergönnt gewesen war. Chiyo hatte keine andere Wahl, als sich zu fügen. Es brachte Unglück, wenn eine Frau im Haus die Stimme erhob. Jede Frau im Dorf wusste, dass eine Frau, die sich allzu laut äußerte, beschuldigt werden konnte, wenn den Männern auf See etwas zustieß.

»Wo gehst du hin, Michiko?«, hielt Chiyo ihre Tochter an, als diese gerade das Haus verlassen wollte.

»Zum Hafen. Papa wird bald kommen«, sagte Michiko und schlüpfte in ihre Geta. Sie bereute, nicht schon gegangen zu sein, ehe ihre Mutter zurück war. Seit sie denken konnte, wartete sie jeden Tag im Hafen auf ihren Vater. Ihrer Mutter passte diese Gewohnheit nicht, und sie wurde immer gereizter deshalb.

»Warum kümmerst du dich nicht um Hitoshi und Junichi, solange ich noch beschäftigt bin? Siehst du nicht, dass ich deine Hilfe brauche?« Chiyo spie ihrer Tochter die Worte fast entgegen. Sie war überfordert und erschöpft.

»Aber Vater wird ...«

»Dein Vater weiß, wo er wohnt! Es ist nicht nötig, dass du jeden Tag zum Hafen rennst. Nimm dir ein Beispiel an deiner kleinen Schwester, die hilft mir nämlich im Haus. Während du dich immer vor deinem Anteil an der Hausarbeit drückst!« Chiyo wurde rot.

»Aber Papa möchte, dass ich ihn vom Hafen abhole«, widersprach Michiko. »Er mag es nicht, wenn ich nicht auf ihn warte, das weißt du doch ...«

»Dann sag deinem Vater, dass ich es nicht mag, wenn meine älteste Tochter ihre Pflichten vernachlässigt und jeden Tag wegläuft, um ihn abzuholen!«, stieß Chiyo hervor und schüttelte wütend ihre Taucherausrüstung ab. Sie legte sie auf die lange Vorderveranda, wo ausgenommene Tachiuo – eine Art Schwertfisch – auf einem Bambusgrill in der Nachmittagsonne trockneten. Die länglichen silbernen Leiber blitzten wie scharfe Schwerter.

Michiko ließ von weiteren Einwänden ab, denn sie wusste, ihr Vater würde sie verteidigen, wenn er nach Hause kam. Sie hatte bereits herausgefunden, dass die Meinung ihrer Mutter keine so große Rolle spielte wie die ihres Vaters. Immerhin musste ihre Mutter dem Vater gehorchen.

Manchmal nahm Michiko ihre kleine Schwester Natsuko mit, damit die Schuld nicht sie alleine traf, aber selbst dann galt die ganze Aufmerksamkeit ihres Vaters ihr allein. Daher überraschte es sie auch nicht, dass Natsuko lieber zu Hause blieb. Michiko hingegen ließ alles stehen und liegen, um ihren Vater bei seiner Rückkehr vom Meer abzuholen – ganz gleich, ob es ein lustiges Spiel mit Natsuko war oder ihre Mutter ihr gerade zeigte, wie man Mochi für besondere Anlässe machte.

Für Michiko war ihr Vater der Mittelpunkt ihrer kleinen Welt. Er war der wichtigste Mensch in ihrem Leben. Kein Wunder, dass sie sofort ihre Spielkameraden und ihre Haushaltspflichten im Stich ließ, sobald sie erspähte, dass das Boot ihres Vaters sich dem Hafen näherte. Dann spurtete sie, so schnell sie konnte, ihre hölzerne Geta in der Hand, zu den Anlegestellen am Kieselstrand. Nicht auszudenken, wenn ein Riemen gerissen wäre, ehe das Boot ihres Vater sicher angelegt hatte. Etwas Schlimmeres konnte kaum geschehen. Immerhin war Michiko eine Fischerstochter, und sie wusste genau, dass man die See zu achten und zu fürchten hatte.

»Papa!« Michiko rannte auf ihren Vater zu. Sie wollte ihm um den kräftigen Hals fallen, der so stark nach dem Meer roch.

»Michiko, meine Kleine.« Mit einem breiten Lächeln hob Ichiro sie hoch und drückte sie an sich, während Michiko spielerisch mit den Beinen strampelte.

»Habt ihr heute viel gefangen, Papa?«, fragte Michiko, als ihr Vater sie sachte auf einen der Wellenbrecher am Strand hinunterließ. Die steinerne Oberfläche war noch heiß von der Sommersonne. Sie sprang auf den hölzernen Ufersteg und schlüpfte in ihre Geta.

»Ja, wir haben ein paar ganz nette Brocken an Land gezogen. Das sind die dicksten, die wir heute gefangen haben«, sagte Ichiro aufgeräumt und schwenkte ein kleines Bündel fetter Isaki-Fische. »Und ich habe sie mir für dich geschnappt, ehe jemand anders dazu kam!«

»Der da lebt noch!«, sagte Michiko und deutete auf einen Fisch, der mit letzter Kraft mit dem Schwanz schlug, obwohl man seinen Kopf durchbohrt und einen Strick durch das Loch gezogen hatte.

»Der wird besonders gut schmecken. Guck mal, er ist voller Eier.« Ichiro zeigte auf den runden Bauch des weißlich-golden schimmernden Fischs.

»Oh, lecker, ich mag Fischeier.« Michiko strahlte. Es war die glücklichste Zeit des Tages für sie.

»Hattest du einen schönen Tag, Michiko?«, fragte Ichiro.

Michiko nickte, dann schwand ihr Lächeln. »… aber Mama ist wieder böse, weil ich dich abholen wollte, statt auf die Zwillinge aufzupassen.«

»Natsuko kann das übernehmen, wenn du nicht da bist. Was ist so schwer daran?«

»Ich weiß nicht«, sagte Michiko und stieg vorsichtig von dem Holzsteg auf den Kiesweg. Sie hielt die Hand ihres Vaters sehr fest. »Du weißt, dass Mama mich nicht mag.«

Ichiro schwieg und drückte Michikos Hand fester. Die nassen Fische baumelten an seiner anderen Hand, und salziges Blut tropfte auf die Erde. Noch immer sah er seine Tochter mit einem Lächeln auf seinem wettergegerbten Gesicht an.

»Du weißt, dass Mama mich nicht mag, ja?«, wiederholte Michiko. Sie war überzeugt, ihr Vater würde ihr zustimmen.

»Dummerchen«, sagte er. »Natürlich hat sie dich trotzdem lieb. Sie ist nur strenger zu dir, weil du die Älteste bist.«

»Aber sie hat mich nicht so lieb wie du.«

Ichiro lachte mit tiefer Stimme. »Niemand liebt dich mehr als dein Vater. Das ist mal sicher.«

»Aber warum hat Mama mich nicht genauso lieb?«, fragte Michiko.

»Michiko, jetzt frage ich dich mal was.« Ichiro blieb stehen und schaute sie an. »Hast du deine Mama genauso lieb wie deinen Papa?« Er wartete auf ihre Antwort.

»Nein!«, stieß Michiko ohne das geringste Zögern hervor. Es schien ihr nur gerecht, dass sie ihre Mutter nicht so lieb hatte wie ihren Vater.

»Das habe ich mir gedacht!« Ichiro lachte laut. »Du darfst es Mama nicht verraten«, flüsterte er mit einem breiten Grinsen auf dem verschwitzten Gesicht, »aber ohne deine Mutter könnte ich leben, aber nicht ohne meine kleine Michiko.«

Der langsam sinkende orangefarbene Sonnenball warf Ichiros und Michikos lange Schatten auf den ungepflasterten Weg, der zu ihrem Haus führte. Vater und Tochter gingen Hand in Hand, lachten und redeten, bis sie an der Tür waren.

»Deine Mutter soll diesen Fisch für dich zubereiten«, sagte Ichiro. »Sie weiß, wie man einen Fisch grillt. Dagegen ist nichts zu sagen.«

Chiyo säuberte und schuppte den Isaki. Sein Fleisch war fest und fettig. Beim Grillen troff der Fisch vor Fett und blieb saftig und zart. Sie entzündete Holzkohle in einem kleinen Grilltopf aus Lehm vor dem Haus. Während sie den Isaki grillte, schallte Ichiros und Michikos Gelächter zu ihr heraus. Es dauerte eine Weile, bis der Fisch gar war. Sie rieb sich die vom Rauch brennenden Augen und wischte sich die Tränen mit dem Ärmel ab. Alle paar Minuten fachte eine Brise vom Meer die Holzkohle stärker an, und Flammenflossen züngelten über den Bauch des garenden Isaki. Fischfett tropfte auf die rot glühende Holzkohle und verzischte.

Chiyo streute grobes Meersalz auf den Fisch, ehe sie ihn wendete. Seine glitschige Haut war verbrannt und knusprig. Wieder ertönte von innen Gelächter. Chiyo erhob sich und schaute hinunter aufs Meer. Es glühte in einem tiefroten Licht wie von heißen Kohlen.

Schließlich wurde das Abendessen aufgetragen: Gegrillter Isaki, Daikon – eingelegter Rettich –, Genmai-Misosuppe mit Muscheln, die Chiyo am Morgen gesammelt hatte, und weißer Reis. Noch ehe Chiyo sich zwischen Natsuko und den Zwillingen niedergelassen hatte, schaufelte Ichiro die Fischbäckchen mit den Händen heraus und legte sie auf Michikos Reisschale. In seinen Augen gab es niemanden, der die besten Teile des Fisches mehr verdiente. Doch bevor Michiko sie mit ihren Stäbchen berührte, nahm Chiyo ein paar von den Fischbäckchen und legte sie in Natsukos Schale.

»Natsuko hat die Fischbäckchen heute mehr verdient als alle anderen«, sagte Chiyo. »Sie hat mir im Haus geholfen und auf die Zwillinge aufgepasst«, fuhr sie fort, ohne Ichiro anzusehen, der sie wütend anfunkelte. »Michiko muss nicht alle haben.«

Chiyo hasste es, dass ihr Mann Michiko bevorzugte und die anderen Kinder mehr oder weniger gar nicht beachtete. Aber so war es eben. Es kam ihr nicht zu, ihren Mann zu kritisieren. Daher versuchte sie ihrerseits, den Jüngeren mehr Aufmerksamkeit zu schenken. Doch je mehr sie sich um eine gerechte Verteilung bemühte, desto mehr verließ Michiko sich auf die Zuneigung ihres Vaters.

»Aber du weißt doch, wie sehr Michiko sie mag«, protestierte Ichiro.

»Aber die anderen doch auch!« Chiyo hob die Stimme

und blitzte ihren Mann trotzig an. »Michiko ist nicht dein einziges Kind. Du hast noch drei andere, und die essen auch gern Fischbäckchen!«

»He, Frau!« Ichiros »He« klang sehr scharf, als würde er jemandem über das Dock hinweg etwas zurufen. »Hast du den Verstand verloren? Was schreist du hier rum?« Ichiro spannte vor Zorn seinen muskulösen Körper an.

»Merkst du überhaupt, dass du noch andere Kinder hast?«, fragte Chiyo.

»Werd nicht albern. Und warum das alles vor den Kindern?«

Michiko starrte auf die blassrosa Fischbäckchen in ihrer Schale. Sie sah, dass ihre Schwester ebenfalls aus dem Augenwinkel auf ihre Schale starrte. Die Mädchen wagten nicht, ihr Essen anzurühren, während die Zwillinge sich schon über ihre Portionen hermachten.

»Warum? Weil du nicht siehst, was du tust. Du bist ungerecht. Du verwöhnst Michiko und lässt die anderen links liegen. Darum!«

Die Zwillinge schauten erschrocken von ihrem Fisch auf, als Chiyo ihre Stimme erhob. Sie starrten zuerst sie an, dann Ichiro, und blinzelten mit ihren großen Augen. Für einen Moment herrschte reglose Stille am Tisch.

»Es sind doch nur Fischbäckchen«, wandte Ichiro ein. »Du tust gerade so, als hätte ich Michiko als Einziger einen Goldklumpen geschenkt.« Er hatte sich wieder entspannt.

»Ach, lass doch …« Chiyo schüttelte den Kopf und begann, den Fisch mit den Fingern von den Gräten zu lösen.

»Papa, ich will die Fischbäckchen nicht«, flüsterte Michiko. »Ich will sie nicht mehr.«

»Aber du isst sie doch am liebsten«, sagte Ichiro. Wütend

wandte er sich Chiyo zu. »Da siehst du, was du angerichtet hast, du albernes Weib!«

Chiyo schnappte sich rasch die restlichen Fischbäckchen aus Michikos Reisschale und teilte sie unter den Zwillingen auf. »Eure große Schwester mag keine Fischbäckchen mehr«, sagte sie sarkastisch. »Gut für die Kleinen! Mama passt auf, dass die Kleinen von jetzt an die Fischbäckchen bekommen.«

Michiko sah ihren Vater an, und ihre Augen füllten sich mit Tränen. Sie wollte, dass er ihre Mutter für ihr schlechtes Benehmen schalt, und hoffte, er würde ihren Geschwistern die Fischbäckchen wegnehmen und ihr zurückgeben. Doch stattdessen schnitt Ichiro ein großes Stück Fisch ab und legte es ihr vor. Michiko musste zusehen, wie ihre Brüder die Fischbäckchen mit Reis verschlangen und Natsuko ihre schüchtern verspeiste. Ihre Mutter aß schweigend. Von ihr ging ein gedämpftes, aber selbstzufriedenes Leuchten aus. Ihr Vater schlürfte laut seine Suppe. Michiko hatte keinen Appetit mehr. In diesem Moment wünschte sie sich, keine Mutter zu haben. Sie wünschte sich, allein mit ihrem Vater zu leben, weit fort von ihrer Mutter und ihrem Heim.

In einem Sommer Jahre zuvor rannten Chiyo und ihre Nachbarin Frau Hasu kichernd wie zwei junge Mädchen zum Rathaus. Ihre Ausbeute an Muscheln hatten sie bereits bei der Taucherinnen-Vereinigung abgeliefert. Frau Hasu war Ende fünfzig, dennoch hatte ihr rundes, dralles Gesicht mehr Jugendlichkeit und Vitalität bewahrt als die schon etwas verhärmten Züge der viel jüngeren Chiyo.

»Woher kommt denn dieser Wahrsager?«, fragte Chiyo im Laufschritt. Sie war außer Puste, obwohl sie um einiges größer war als Frau Hasu. Zur ihrer Überraschung war ihre Nachbarin trotz ihrer kurzen Beine und ihres reiferen Alters schneller als sie.

»Aus Nara, stellen Sie sich vor!«, sagte Frau Hasu. Allein der Name der Stadt auf der Hauptinsel hatte einen exotischen Klang. »Ich habe gehört, er untersucht das Ki aller Inseln in unserer Gegend.« Sie verlangsamte ihr Tempo, um die Unterhaltung fortzuführen. »Er wohnt für ein paar Tage im Rathaus. Zum Dank sagt er angeblich heute Nachmittag allen Familien im Dorf die Zukunft voraus.«

»Unsere Insel hat bestimmt gutes Ki, wenn er sie ausgewählt hat«, sagte Chiyo aufgeräumt. »Meinen Sie nicht?« Erstaunlich, dass sie erst jetzt vom Besuch des Wahrsagers erfahren hatte.

»Da haben Sie recht!« Frau Hasu zog Chiyo ungeduldig an der Hand und beschleunigte wieder ihren Schritt. »Warum sollte dieser gelehrte Mann sonst ausgerechnet hierbleiben wollen? Ganz sicher haben ihn gute Energien auf unsere Insel geführt.« Die beiden Frauen schlurften auf das Rathaus zu, ohne tatsächlich zu rennen. »Kommen Sie, wir beeilen uns«, sagte Frau Hasu unnötigerweise. »Bestimmt stehen die anderen schon alle Schlange.«

Als die beiden an dem in der Nähe des Hafens gelegenen Rathaus ankamen, hockten schon eine Menge Frauen aus dem Dorf vor dem dunkelbraunen Holzgebäude und warteten darauf, sich das Schicksal ihrer Familie voraussagen zu lassen. Der Besuch des Wahrsagers war ein außergewöhnliches Ereignis.

Der einzige Außenstehende, den sie hin und wieder zu Gesicht bekamen, war ein alter Hausierer, der in unregelmäßigen Abständen mit einem Sack billiger Kleidung und einfachen Medikamenten ins Dorf kam. Sein Kalender war ebenso verquer wie seine Zähne. Dennoch zog er stets Scharen von Käufern und Schaulustigen an. Die Inselbewohner stürzten sich auf ihn wie hungrige Geier, wenn er mit zittrigen Händen, an denen jeweils der kleine Finger fehlte, seine Waren ausbreitete.

Mitunter benötigten die Dörfler tatsächlich eine Salbe oder ein neues Kleidungsstück, aber vor allem kamen sie, um zu erfahren, was es auf der Hauptinsel Neues gab. Chiyo kaufte nur selten etwas bei dem alten Hausierer, höchstens mal ein paar Nähnadeln und Rollen mit Baumwollgarn, aber sie verpasste kaum eine Gelegenheit, den Inhalt seines Sacks aus dickem Segeltuch in Augenschein zu nehmen. Ganz gleich, wie schlecht die Qualität der Waren war, die er aus seinen Kästen hervorholte, sie waren kostbar, denn sie kamen aus einer unbekannten, vielleicht besseren und interessanteren Welt jenseits des Meeres.

Chiyo und Frau Hasu stellten sich hinter eine schwangere junge Frau ans Ende der langen Schlange. »Ob es wirklich stimmt, dass er uns kostenlos die Zukunft voraussagt?«, flüsterte Chiyo. »Müssen wir ihm nicht wenigstens eine Kleinigkeit geben?« Allmählich war sie doch etwas beunruhigt, weil sie überhaupt nichts dabeihatte, um den Mann von der Hauptinsel zu bezahlen.

Frau Hasu schüttelte den Kopf. »Er will kein Geld«, flüsterte sie zurück. »Aber wir müssen ihm Essen und Unterkunft geben, bis das Schiff wiederkommt. Bringen Sie ihm morgen einfach etwas zu essen.«

»Mache ich«, sagte Chiyo beeindruckt von der Menge der Informationen, die ihre Nachbarin über den Wahrsager gesammelt hatte. Sie beschloss, ihm ein paar von den Mochi zu bringen, die sie am Tag zuvor für Hitoshis und Junichis Geburtstag gemacht hatte.

»Der Wahrsager braucht bestimmt alle Geburtstage, um etwas sagen zu können. So was, ich kann mich nicht erinnern, wann mein jüngster Sohn auf die Welt gekommen ist.« Frau Hasu sah zum Himmel, als stünde die Antwort in den Wolken. »Ich muss herausbekommen, an welchem Tag wir seine Hochzeit feiern müssen. Wenn ich nur wüsste, wann er geboren wurde.« Sie kratzte sich den nassen Kopf und versuchte ihr Haar mit den Fingern zu kämmen. »Wirklich, ich werde allmählich alt. Ich bin einfach nicht mehr so auf der Höhe wie früher.« Sie schüttelte lächelnd den Kopf. »Sie wissen bestimmt noch die Geburtstage von Ihren Kindern, oder?«

»Ja, schon«, sagte Chiyo und überlegte, ob ihrer Nachbarin noch rechtzeitig der Geburtstag ihres Sohnes einfallen würde, bevor sie an die Reihe kam. Sie kannte einige Frauen, die nicht einmal wussten, wie alt ihre Kinder waren. »Meinen Sie, ich kann ihn bitten, die Zukunft von vier Kindern vorauszusagen?«, fragte sie. »Ich fürchte, das sind zu viele.«

»Ach, bestimmt macht ihm das nichts aus.« Frau Hasu lächelte schlau und entblößte dabei ihre schwarzen Zähne. »Wer hat denn keine vier Kinder bei uns auf der Insel?«

Chiyo grinste. »Da haben Sie recht, Frau Hasu. Aber meine Kinder sind sowieso noch zu klein. Ich werde ihn nur nach meinem Mann fragen.«

Sie beobachteten, wie eine Frau mit einem Umschlag aus dem Zimmer des Wahrsagers kam. Die Nächste ging hinein und zog die Schiebetür hinter sich zu. Chiyo und Frau Hasu reckten die Hälse, um einen Blick auf den gelehrten Mann zu erhaschen, aber mehr als den Rücken der Frau bekamen sie nicht zu sehen.

»Anscheinend sind auch Frauen aus anderen Dörfern gekommen«, sagte Frau Hasu und betrachtete die Schlange hinter ihnen. Sie wurde jede Minute länger, sogar einige Männer schlossen sich an.

»Was wohl in dem Umschlag ist?«, fragte Chiyo und deutete auf die Frau, die gerade gegangen war.

»Vielleicht ist es eine Art Segen«, erwiderte Frau Hasu. »Ob wir für Glückszettel extra bezahlen müssen?«

Chiyo zuckte die Achseln. Sie wusste, dass sie sich einen Segen nicht leisten konnte.

»Jedenfalls sollten Sie ihn auch nach Michiko fragen. Sie ist Ihre Älteste, und ehe Sie sich versehen, ist sie im heiratsfähigen Alter.«

»Aber sie ist doch erst acht Jahre alt und noch ein Kind.« Chiyo sah Frau Hasu zweifelnd an. »Bis dahin dauert es noch eine Ewigkeit.«

»Sie ist doch schon fast eine Frau«, sagte Frau Hasu. »Als ich in ihrem Alter war, habe ich schon für meinen kleinen Bruder gesorgt. Ich war wie seine Mutter, wissen Sie. Sie ist nicht mehr so klein. Sie sollten sich auf jeden Fall wegen ihr erkundigen.« Sie erhob die Stimme, wie um ihre Feststellung zu bekräftigen. »Glauben Sie einer alten Frau wie mir! Ehe Sie sich versehen, wird sie heiraten und aus dem Haus gehen, vielleicht ans andere Ende der Insel.« Frau Hasu nickte mit ihrem runden Kopf, ein Hinweis, dass sie aus der Erfahrung vieler Jahre schöpfte. Dann hielt sie die Hand vor den Mund und flüsterte: »Wer weiß? Vielleicht heiratet sie ja sogar jemanden von der Hauptinsel und geht fort?« Ihr

Blick huschte zu den anderen Frauen in der Reihe, ehe sie fortfuhr. »Mir ist egal, was andere sagen, aber ich würde nicht wollen, dass meine Tochter einen Fischer heiratet, so wie ich. Sie wissen doch, was ich meine, oder?«

Chiyo antwortete nicht. Sie sah sich um und ordnete ihr Haar. Dabei wich sie Frau Hasus Blick aus.

»Sie wissen schon, was ich meine«, flüsterte Frau Hasu noch einmal. »Wir wollen doch alle fort. Uns fehlt nur der Mut dazu.«

Chiyo nickte unverbindlich. Sie hätte das Thema gern beendet. Wenn sie es auch nicht öffentlich zugeben wollte, pflichtete sie Frau Hasu in gewisser Weise bei. Als sie jung war, hatte sie auch gehofft, die Insel verlassen zu können, aber sie hatte nie die Gelegenheit oder den Mut dazu gehabt. Die Insel zu verlassen – oder auch nur darüber zu reden – war tabu und galt als Schmach. Zuzugeben, dass man am liebsten gegangen wäre, kam nicht in Frage. Es konnte gefährlich sein. Alle, die fortgegangen waren, hatten dies nach einem tragischen Unglück, gefolgt von unauslöschlicher Schande, getan.

Insgeheim jedoch beneidete Chiyo diejenigen, die von der Insel vertrieben worden waren, ganz gleich, wie beschämend die Gründe für ihre Flucht gewesen sein mochten. In ihrer Phantasie führten sie ein aufregendes neues Leben, weit weg auf der Hauptinsel. Doch ihre tief verwurzelte Furcht vor allem Neuen hielt sie auf der Insel – der Kleinmut, der die meisten Inselbewohner seit Generationen an das kleine Stückchen Land kettete.

Chiyo wartete und überlegte, was sie den Wahrsager fragen sollte. Wann Michiko heiraten würde? Ob sie und ihr Mann noch lange zusammenleben würden, wenn Michiko aus dem Haus war? Ob ihr Heim von bösen Geistern bedroht war? Ob jemand in der Familie krank werden würde? Als sie endlich an die Reihe kam, wusste sie nicht einmal mehr, ob sie den Wahrsager überhaupt etwas fragen sollte.

»Bitte, heben Sie den Kopf«, sagte der Wahrsager, »damit ich etwas sehen kann.«

Chiyo war allein mit dem alten Mann aus Nara. Sie sah ihm in die Augen, als sie sich auf den abgenutzten Tatami-Boden setzte. Er war seltsam gutaussehend, auch wenn er schon recht kahl war und einen langen angegrauten Bart hatte. Seine Stimme klang alt, wie die eines betagten ehrwürdigen Mannes, aber sein Gesicht wirkte jugendlich weich.

Chiyo registrierte, dass er viel blasser war als die meisten Männer, die sie kannte. Trotz seines ergrauten Bartes wirkte seine Haut jünger als die ihres Vaters, obwohl der Wahrsager vermutlich etwa zehn Jahre älter war. Er sah ganz anders aus, als sie ihn sich vorgestellt hatte. Sein fleischiges Gesicht wirkte nicht gerade wie das eines Erleuchteten. Seine Hände sahen schwächlich aus, als hätte er nicht einen Tag im Leben hart gearbeitet. Sie hatten ein paar Altersflecken, waren aber ansonsten glatt wie das milchweiße Fleisch eines frischen Kraken. Chiyo sagte ihm die Geburtsdaten ihrer Familie und starrte auf seine zarten Hände, während er einige für sie unlesbare Schriftzeichen auf ein Blatt Reispapier kritzelte.

Der Wahrsager betrachtete die Zeichen, die er notiert hatte, nickte und zählte unter Gemurmel etwas an seinen Fingern ab. »Haben Sie Fragen?« Er hob den Blick zu Chiyo.

»Tut mir leid, Herr. Ehrlich gesagt weiß ich nicht, was ich fragen soll …« Sie legte ihre vom Salzwasser ausgelaugten Hände sittsam auf die Knie.

Der alte Mann kicherte und strich sich den Bart. »Das ist gut. Das heißt, Sie haben keine Sorgen.« Er hielt kurz inne und nahm die Zeichen, die er auf das Papier geschrieben hatte, in Augenschein. »Da Sie, obwohl Sie so lange gewartet haben, keine Frage haben, sollte ich Ihnen etwas sagen, das Sie vielleicht wissen möchten.« Er machte eine Pause. »Mal sehen, würden Sie nicht gern den besten Tag für ein besonderes Ereignis oder so etwas erfahren?«

Chiyo schüttelte den Kopf. »Im Augenblick stehen in meiner Familie keine besonderen Ereignisse bevor. Unsere Kinder sind noch zu klein. Die Älteste ist erst acht.«

»Ich verstehe …« Der Wahrsager nickte und stieß den ergebenen Seufzer eines alten Mannes aus.

»Aber wenn Sie mir etwas über meinen Mann sagen könnten. Er fährt hinaus auf die See, also …«

»Ich verstehe.« Der alte Mann nickte erneut. »Nun, ich könnte Ihnen etwas über Ihren Mann und Ihre älteste Tochter erzählen.« Er sah Chiyo direkt in die Augen. »Möchten Sie es hören?«

Chiyo fühlte sich plötzlich wie nackt. Warum wollte er ausgerechnet über ihren Mann und Michiko sprechen? Chiyo nickte und spürte, wie der durchdringende Blick des Alten geradewegs durch sie hindurchging. Sie wandte die Augen ab, weil sie fürchtete, dass er in ihnen vielleicht ihre Gedanken lesen konnte.

»Nun.« Der Alte senkte die Stimme. »Ich bin nicht ganz sicher, ob ich es Ihnen sagen sollte, aber ich glaube, es ist besser, wenn Sie Bescheid wissen. Also hören Sie mir gut zu und seien Sie offen für das, was ich sage. Sie brauchen sich nicht zu fürchten.«

Chiyo nickte gespannt.

»Also dann.« Er kratzte seine Stirnglatze und sprach nun schneller, als hätte er sich in eine andere Person verwandelt. »Ihr Mann ist offenbar ein hingebungsvoller Vater. Besonders, was Ihre älteste Tochter angeht, nicht wahr?«

Chiyo rang sich ein Lächeln ab. »Ganz recht.«

»Seien Sie nicht eifersüchtig«, sagte der Mann leise, aber entschieden.

»Das bin ich nicht. Wie könnte ich auf meine eigene Tochter eifersüchtig sein?«, erwiderte Chiyo abwehrend.

»Es ist gut, dass Sie als Mutter über diese Reife verfügen«, sagte der Mann warmherzig. »Dennoch muss es recht schwer für Sie sein.«

Chiyo antwortete nicht. Sie senkte den Blick auf ihre schwieligen Hände.

»Sie müssen wissen, dass Ihre Tochter durch Sie auf diese Welt kam, um sich wieder mit Ihrem Mann zu vereinen. Es besteht eine karmische Bindung aus einem vergangenen Leben zwischen den beiden.«

»Was meinen Sie damit? Ich fürchte, das wird mir jetzt zu unheimlich …«

»Ich weiß, sehr unheimlich und seltsam. Es ist eine jene märchenhaften Geschichten, mit denen wir gern Dinge erklären, die auf andere Weise nicht zu erklären sind. Möchten Sie die Geschichte hören?«

Chiyo nickte, unsicher, ob sie wirklich mehr hören wollte.

»Nun, anscheinend ist Ihre älteste Tochter in einem früheren Leben mit Ihrem Mann verheiratet gewesen. Aber sie starb in jungen Jahren und ließ Ihren Mann allein und verzweifelt zurück. Also tötete er sich. Nicht, um bei ihr zu sein, aber um das Leben ohne sie zu beenden. Nun sind sie auf diese Welt zurückgekehrt, um noch einmal zusammen zu sein. Das ist die Kurzfassung der Geschichte.« Er lächelte und sah Chiyo tief in die Augen. »Ich weiß, das klingt wie ein Märchen. Aber erklärt es nicht genau das, was Sie sich nicht anders erklären können?«

Chiyo bekam einen trockenen Mund. Ihr Herz schlug sehr schnell. Sie befeuchtete sich die Lippen. »Aber was kann ich dagegen tun?«

»Eigentlich nichts.« Er zuckte die Achseln und lächelte düster. »Am Ende wird sich alles klären. Wir sind Marionetten unseres eigenen Karmas – unsere vergangenen Leben beherrschen uns auch in diesem.« Er blickte wieder auf die Zeichen, die er geschrieben hatte. »Es wäre wunderbar, wenn wir uns an unsere früheren Leben erinnern und unser Karma in diesem Leben lösen könnten, aber so ist es nicht.« Er legte ein leeres Blatt und die beschriebene Seite vor sich. »Wir müssen einfach in dem Wissen leben, dass wir, ganz gleich, was wir tun, jeden Tag in diesem Leben neues Karma anhäufen.«

»Ich kann nicht sagen, dass ich Sie verstehe. Warum erzählen Sie mir das alles, wenn ich sowieso nichts daran ändern kann?« Chiyo sah verwirrt und verletzlich aus. Sie starrte auf einen Brandfleck auf den Tatami.

»Was ich meine, ist Folgendes«, sagte der alte Mann behutsam. »Sie können nichts tun, um die Situation zu ändern. Sie müssen sich einfach damit abfinden, dass dies Ihr Karma ist.« Er sah sie an, um sich zu vergewissern, dass sie ihre Fassung zurückerlangt hatte, doch sie wirkte noch immer verloren. »Ihr Mann liebt Ihre Tochter mehr als irgendjemanden sonst, auch als Sie.« Er sah ihr durchdringend ins Gesicht.

Statt einer Antwort stieß Chiyo einen tiefen Seufzer aus.

»Seien Sie, wie gesagt, nicht wütend oder eifersüchtig deshalb. Auf irgendeine Weise haben Sie das verdient. Es ist Ihr Karma, einen Ehemann zu haben, der Sie nicht so liebt, wie er seine Tochter liebt, ebenso wie es das Karma Ihrer Tochter ist, als Ihre Tochter geboren zu sein, um mit Ihrem Mann und einer eifersüchtigen Mutter zu leben. Ich behaupte nicht, dass das gerecht oder ein Vergnügen für Sie oder Ihre Familienangehörigen ist, aber Sie müssen begreifen, dass es Dinge gibt, die Sie nicht beherrschen können, und dass Sie keine andere Wahl haben, als ihnen ihren Lauf zu lassen. Sollten Sie versuchen, etwas zu Ihren Gunsten zu erzwingen, haben Sie vielleicht für eine Weile die Illusion der Befriedigung, aber am Ende werden Sie erkennen, dass alles seinen eigenen Gang geht und Sie nichts erzwingen können.«

Chiyo nickte ergeben. »Gibt es noch etwas, das ich wissen sollte?«, fragte sie zögernd. In ihrem Kopf drehte sich alles. Sie hatte das Gefühl, zu tauchen und sich mit angehaltenem Atem aus großer Tiefe an die Oberfläche zurückzukämpfen.

»Es kommt darauf an, was Sie wollen«, sagte der Wahrsager. Seine Augen funkelten. »Mitunter ist es gut zu fragen, wenn man alles wissen möchte.«

Chiyo blickte ihn ratlos an. Sollte sie ihm weitere Fragen stellen? Sie empfand Abneigung gegen diesen Mann, der ihr etwas so Schmerzhaftes mitgeteilt hatte. Dennoch wollte sie mehr erfahren, ganz gleich, wie sehr ihr das, was er gerade gesagt hatte, zuwider war.

»Ich sage Ihnen, was ich denke. Die Antwort lautet NEIN.« Der alte Mann saß sehr still mit dem Rücken zum einzigen Fenster, nur sein Mund und sein Bart bewegten sich. In dem kahlen Raum wirkte er so natürlich wie ein Möbelstück, wie der alte Holzschreibtisch, hinter dem er saß. »Ich habe als Wahrsager viele Fehler gemacht, indem ich alles ausgesprochen habe, was sich mir – oder besser gesagt meiner inneren Vision – offenbarte. Vielleicht habe ich auch jetzt wieder einen Fehler gemacht. Sehen Sie, ich habe diese Visionen.« Er wedelte mit den blassen Händen vor seinen Augen herum.

Chiyo schaute inbrünstig darauf, als versuche sie zu sehen, was er sah.

»Aber hören Sie zu«, fuhr er fort. »Meiner Ansicht nach ist das Glück launisch. Das Universum wird ständig von allen möglichen Veränderungen beeinflusst. Ich will Sie nicht auf meine Vision festlegen. Denken Sie nur daran, dass, was immer Ihnen geschieht, Ihr Karma ist. Versuchen Sie es zu nehmen, wie es kommt, und das Beste daraus zu machen.« Er lächelte und zog dabei die spärlichen Augenbrauen hoch. »Vielleicht haben Sie mehr Glück im nächsten Leben, wenn Sie viel beten und gutes Karma ansammeln. Mehr kann ich nicht sagen.«

Chiyo hörte schweigend zu. Es wäre besser gewesen, fand sie, wenn sie nichts von alldem gehört hätte. Allerdings hatte der alte Mann mit seiner märchenhaften Geschichte ihr Familienproblem erklärt.

»Ich glaube, am Ende wird Ihre Tochter die Insel verlassen. Es ist ihr Schicksal, das Meer zu überqueren«, sagte der Wahrsager abschließend. »So viel kann ich Ihnen sagen. Vielleicht tröstet Sie das ein wenig.«

Chiyo fühlte sich wirklich erleichtert. Nicht dass sie sich je danach gesehnt hätte, dass Michiko fortgehen, geschweige denn die Insel verlassen würde. Trotzdem kam es ihr so vor, als hätte sie gerade das Ende einer komplizierten Geschichte gelesen. Ein ganz annehmbares Ende, wie sie fand.

In dieser Nacht dachte Chiyo über alles nach, was sie von dem Wahrsager erfahren hatte. Doch je mehr sie nachdachte, desto verwirrter wurde sie. Zuerst hatte der Mann gesagt, dass alle Pfade vorherbestimmt seien und niemand diese Pfade gewaltsam ändern könne. Dann hatte er gesagt, dass ein Schicksal sich sehr wohl ändern könne und sie gutes Karma ansammeln und auf eine bessere Zukunft hoffen solle. Widersprach sich das nicht? Am Tag hatte das alles einen Sinn ergeben und logisch geklungen. Aber jetzt, wo sie in der Nacht über die Worte des Wahrsagers nachdachte, erschienen sie ihr zunehmend widersinnig.

Neben ihr schliefen ihre beiden kleinen Söhne, auf ihrer anderen Seite schnarchte ihr Mann und hielt die fest schlafende Michiko im Arm. In tiefer Nacht wandte sie sich ihm zu. Wie mochte er wohl in seinem vergangenen Leben gewesen sein? Chiyo versuchte, sich seine und Michikos traurige Liebesgeschichte vorzustellen. Bei diesen Gedanken fühlte sie sich rastlos. Aber es gelang ihr auch nicht, die Worte des Wahrsagers als Unsinn abzutun, und ihre Eifersucht auf ihren Mann und Michiko wurde nur noch größer. Sie setzte sich auf und blickte sich in dem kleinen, vom milden Licht des Vollmondes beleuchteten Zimmer um.

Michiko und ihr Mann schliefen nebeneinander, wie ein separates Paar Stäbchen, von ihr und den anderen Kindern getrennt. Chiyo zog den Arm ihres Mannes behutsam von Michiko weg und drehte ihn auf den Rücken. Mit einem langen, den Raum füllenden Seufzer strich sie über die geöffnete Hand ihres Mannes und umschloss sie zärtlich mit ihrer eigenen. Doch schon bald wandte sich Ichiro mit leisem Stöhnen wieder Michiko zu und schlang wie wenige Augenblicke zuvor die Arme um sie. Chiyo starrte wütend auf seinen Rücken. Sie wandte sich ab und betrachtete stattdessen ihre beiden schlafenden Söhne und ihre jüngere Tochter. Noch einmal ließ Chiyo sich das, was der Wahrsager gesagt hatte, durch den Kopf gehen. Sie sollte sie einfach in Ruhe lassen. Sie konnte nichts ändern. Ihr blieb keine andere Wahl, als sich mit ihrer Familie abzufinden, wie sie war – verschiedene, nicht zueinander passende Stäbchen, die man in den gleichen Kasten geworfen hatte.

6

1895 besiegte Japan die Qing. Diesen Sieg im ersten japanisch-chinesischen Krieg verdankte es vor allem der erst kürzlich modernisierten Armee und Marine. Die Qing-Regierung musste die Demütigung der Niederlage erdulden und dazu beinahe ein Drittel ihrer jährlichen Steuereinnahmen als Reparationen an Japan zahlen. Die Folge war, dass China die Herrschaft über die koreanische Halbinsel, die Mandschurei und den Süden Taiwans verlor. Entschlossen fuhr Japan in seinen Bestrebungen nach einer Hegemonie in Asien fort.

Ungeachtet des denkwürdigen Sieges in diesem Jahr verlief der Frühsommer in Michikos Fischerdorf so alltäglich wie eh und je. Michiko war nun endlich dreizehn, also groß und stark genug, um an der Seite ihrer Mutter zu tauchen oder sie sogar vollständig zu ersetzen. Doch Ichiro wollte trotz aller Versprechungen in den Jahren zuvor, dass Michiko ihre unbeschwerte Kindheit noch etwas länger genoss, zumindest für den Rest der schönen Jahreszeit.

»Michiko, du solltest den Sommer genießen, ehe du die

ganze Zeit mit deiner Mutter unter Wasser verbringen musst.« Ichiro sprach zwar mit Michiko, aber seine Worte schienen an Chiyo gerichtet, die im trüben Licht der Kerosinlampe angestrengt versuchte, einen Faden in ein Nadelöhr zu fädeln. Ichiro war einverstanden gewesen, dass Michiko, sobald sie im Februar dreizehn wurde, anfangen würde zu arbeiten. Doch dann hatte er Chiyo überredet, noch bis zum Sommer zu warten, wenn das Wasser wärmer sei. Der Sommer kam, und nun wollte er seiner Frau zwei weitere Monate für seine Lieblingstochter abringen.

»Bis nach dem Sommer?« Chiyo blickte auf. »Was soll das heißen? Sie soll die ganze Sommersaison verpassen? Auf keinen Fall!«, blaffte sie zurück.

Ichiro lehnte sich resigniert an die Wand und seufzte vernehmlich. Während Chiyo ihn anfunkelte, stieg dünner schwarzer Rauch von der Lampe auf. Michiko und Natsuko unterbrachen ihr Spiel. Der Koma, der Kreisel, mit dem die Zwillinge spielten, kam auf den Tatami zum Stehen und kippte auf die Seite. Die Familie verfiel in ein kurzes Schweigen. Die Luft des kleinen Raumes war vom Geruch einer Moskitospirale erfüllt.

»Michiko ist alt genug!«, herrschte Chiyo ihren Mann wütend an. »Alle Mädchen in ihrem Alter arbeiten schon!« Sie spürte, dass sie sich hatte hinreißen lassen. Als sie Ichiros verhärtete Miene sah, fuhr sie in einem gemäßigten Ton fort.

»Wir hatten abgemacht, dass Michiko anfängt zu tauchen, wenn sie dreizehn Jahre alt ist. Im Februar hast du plötzlich gesagt, wir warten damit bis zum Sommer. Und jetzt willst du, dass sie den ganzen Sommer vertrödelt wie ein verzogenes kleines Kind. Wenn der Sommer vorbei ist, wirst du sagen, das Wasser sei zu kalt für Michiko. Das weiß ich ganz genau. Hast du nie daran gedacht, wie anstrengend es für mich ist, zu tauchen und noch die Kinder zu versorgen?« Chiyos Stimme bebte, obwohl sie sich bemühte, ruhig und vernünftig zu klingen. Sie rieb sich mit ihrer rauen, schwieligen Hand die Augen und hielt Nadel und Faden wieder unter die Lampe. Nach einigen Versuchen führte sie den Faden durch das Öhr und begann die Löcher in dem Moskitonetz zu stopfen.

Michiko hatte das Gefühl, ihre Mutter spreche direkt zu ihr, beschimpfe sie wegen ihrer Pflichtvergessenheit. Sie schaute zu ihrem Vater auf, der wieder einen langen Seufzer ausstieß und sich wortlos seine Bambuspfeife ansteckte. Er bedeutete den Kindern, weiterzuspielen, und rauchte.

»Also …« Ernsthafte Gespräche begann Ichiro immer auf diese Weise. »… ich verspreche es dir. Nach diesem Sommer wird Michiko mit dir zusammen arbeiten.« Er hatte von sich aus das Schweigen gebrochen. Seine Stimme klang sanft, fast entschuldigend.

Chiyo saß unter der Kerosinlampe und bemühte sich nach Kräften, das grobe Moskitonetz aus Leinen zu flicken. Sie presste die Lippen zusammen und gab keine Antwort. Ichiro rauchte schweigend weiter, während die Jungen ihr Spiel mit dem Kreisel wiederaufnahmen.

Michiko war erleichtert, dass der Streit ihrer Eltern beendet war. Noch einen Sommer damit zu verbringen, im Wald herumzutollen und Zikaden und Grillen zu fangen, war nicht übel, aber eigentlich hätte sie gar nichts dagegen gehabt, nach Muscheln zu tauchen. Aber wenn ihr Vater nicht wollte, dass sie tauchte, würde sie ihm gehorchen, ob es ihrer Mutter nun gefiel oder nicht.

»Du fängst mit dem Tauchen an und hilfst deiner Mutter, wenn der Sommer vorüber ist, ja, Michiko? Du bist eine brave Tochter, stimmt's?« Damit erklärte Ichiro den Konflikt für zu seinen Gunsten beendet.

»Ja, Vater«, erwiderte Michiko gehorsam. Sie warf einen Blick auf ihre Mutter, die sich über das verblichene indigoblaue Moskitonetz beugte. Chiyo war gealtert, fand sie. Krähenfüße breiteten sich um ihre Augen aus, und das flackernde Licht der Lampe betonte die tiefen Linien zwischen ihren Augenbrauen. Michiko empfand auf einmal Mitleid mit ihrer Mutter. Sie fühlte sich schuldig.

»Du wirst eine Menge Abalone pflücken und uns viel Geld einbringen, nicht wahr, Michiko?«, sagte Ichiro heiter, aber Chiyo war entschlossen, ihre Unzufriedenheit durch Schweigen zum Ausdruck zu bringen.

»Ja, Vater. Ich finde immer welche«, antwortete Michiko pflichtschuldig, während sie weiter ihre Mutter beobachtete. Die tiefen Falten zwischen ihren Augenbrauen hatten sich etwas gemildert, wenngleich sie den Blick noch immer auf den blauen Stoff gerichtet hielt. Michiko wusste, dass die Auseinandersetzung wie üblich mit einer Niederlage ihrer Mutter geendet hatte.

»Siehst du, Michiko wird uns helfen, mehr Geld zu verdienen. Warte nur ab, bis sie anfängt, mit dir zu arbeiten.« Ichiro lachte herzlich, als er sich das kleine Haus angefüllt mit Abalonen vorstellte. »Also«, er rückte näher an Chiyo heran, »lass uns Michiko noch etwas Freiheit gönnen. Ich werde in diesem Sommer sowieso mehr verdienen. Ich kaufe dir sogar ein neues Moskitonetz!«

Chiyo blitzte Ichiro an. »Ein Moskitonetz für mich? Warum kaufst du nicht lieber eins für Michiko?«, sagte sie kalt.

Ichiro ging mit großem Gelächter über Chiyos ironische Kälte hinweg, als hätte sie etwas sehr Komisches gesagt. »Schon gut, schon gut … was immer du willst. Mir ist gerade nichts Besseres eingefallen. Aber ich verspreche dir, ich kaufe dir, was immer du möchtest.«

»Diese verdammten Löcher«, murmelte Chiyo und ignorierte den Versuch ihres Mannes, sie aufzuheitern. »Ganz gleich, wie oft ich sie repariere, es werden immer mehr.«

Michikos glücklicher Sommer dauerte schon wochenlang an, und allem Anschein nach würde ein neuer herrlicher Tag anbrechen. Der Himmel war in der Nacht sternenklar gewesen, ein Zeichen dafür, dass sich auch am Tag keine Wolke zeigen würde. Die glühende Mittagssonne würde die Reis- und die Maisfelder wärmen und nähren und die sonnengebräunte Haut der Bauern noch dunkler färben. Und wie in den vorangegangenen Wochen gab es keine Spur von der üblichen sommerlichen Schwüle, auch wenn diese nach der langen Regenzeit unweigerlich eintreten würde.

Ehe Ichiro zum Hafen aufbrach, bereitete Chiyo eine Schachtel mit Proviant – ein Bento – für ihren Mann vor, der in der Küche am Herd saß und ein rasches Frühstück hinunterschlang. Die Familie war schon auf, obwohl es draußen noch dunkel war.

»Also«, sagte Ichiro und nahm einen Schluck von seiner Misosuppe. »Fischer zu sein, wäre gar nicht so schlecht, wenn das Wetter das ganze Jahr so bleiben würde.«

Chiyo sah hinaus zum dunklen Himmel und fragte sich, warum ihr Mann mit ihr über das Wetter plauderte. Sonst sprach er nie mit ihr über solche Dinge.

»Ich hoffe auch, dass es so bleibt«, erwiderte Chiyo, wie

es eine gute Ehefrau tun sollte, während sie einen Tonkrug mit hausgemachten Oshinko, eingelegtem Rettich, öffnete. »Es sieht wieder nach einem schönen Tag aus. Schau mal, wie klar die Sterne sind.« Sie steckte sich ein Stück Rettich in den Mund. Das krachende Geräusch beim Kauen mischte sich harmonisch mit Ichiros Schlürfen. Aber das Schlürfen verstummte abrupt, bevor sie zu Ende gekaut hatte.

»Also – findest du nicht, Michiko bräuchte einen neuen Kimono?«, fragte Ichiro, ohne seine Frau anzusehen. »Sie ist so gewachsen, und ihr alter Kimono sieht aus, als wäre er ihr zu klein.« Er führte die Suppenschale zum Mund und trank den Rest aus.

»Für den Sommer reicht er noch«, erwiderte Chiyo gleichgültig.

Ichiro sah, dass seine Frau seinem Blick auswich und in der Küche herumwerkelte. »Michiko ist zu groß für ihren Kimono. Es ist erstaunlich, wie schnell sie wächst«, sagte Ichiro mit mehr Begeisterung als nötig.

»Genau wie die anderen Kinder«, sagte Chiyo und schloss den Oshinko-Krug. Sie schlug das Bento in ein Baumwolltuch ein und reichte das Bündel an Ichiro weiter. »Wir haben kein Geld für solche Sachen«, sagte sie entschieden.

Ichiro stand auf und klemmte sich den Proviant und seine Baumwolljacke unter den Arm. »Im Sommer sind die Tage lang, und wenn das Wetter noch eine Weile so bleibt, werde ich etwas mehr verdienen.« Er hatte sich schon alles überlegt. »Dann haben wir genug Geld, um ihr einen neuen Kimono zu kaufen.«

Wie es sich für eine Fischersfrau gehörte, vermied Chiyo es, die Diskussion fortzuführen, als sie ihren Mann zur Tür begleitete. Auch Ichiro sagte nichts mehr, denn er wusste, dass es Unglück brachte, den Tag mit einem Ehestreit zu beginnen. Chiyo sah ihm nach, bis er in der Dunkelheit verschwunden war. Dann kehrte sie zurück in die schlecht beleuchtete Küche und hockte sich vors Feuer. Sie starrte auf die abgewetzten Ärmel ihrer bäuerlichen Jacke, deren Stoff dünner war als Spinnweben und deren Kettfäden bloßlagen. Wie oft hatte sie die Ellbogen dieser vom Küchenfeuer brandfleckigen Jacke schon geflickt?

Chiyo dachte an den Wahrsager, der die Insel vor Jahren besucht hatte. An den genauen Wortlaut erinnerte sie sich nicht mehr, aber die Geschichte von der unvollendeten Liebe zwischen ihrem Mann und ihrer Tochter hatte sich in ihr Gedächtnis eingebrannt. Sie versuchte, den Gedanken daran abzuschütteln, aber es gelang ihr nicht. Also musste sie sich auf etwas anderes konzentrieren.

Sie ergriff ein grobes Bündel Stroh, das sie in Wasser eingeweicht hatte, und begann, damit den Teer vom Boden eines alten Kochtopfs zu schrubben. Bei jedem Reiben fielen schwarze Teerkrümel ab oder blieben am Stroh haften. Aber sie konnte schrubben, so viel sie wollte, sie bekam den Boden des Topfes nicht sauber. Woher ihr Drang, ihn zu reinigen, an diesem Morgen kam, wusste sie nicht. Sie hätte mühelos eine Aufgabe finden können, die leichter zu bewältigen war und die sie ebenfalls abgelenkt hätte. Chiyo wusste, dass es nicht notwendig, ja nicht einmal möglich war, den Topf sauber zu bekommen, dennoch fuhr sie mit grimmiger Inbrunst fort, bis die Sonne über dem Meer aufging.

Ichiro begab sich im Morgengrauen auf Kapitän Suzukis Boot. Der Halbmond stand noch am Himmel. Als die fünf Seeleute aufs offene Meer hinausfuhren, stieg die grell orangefarbene Sonne vom östlichen Horizont hinauf und verwandelte das Wasser in ein feuriges Feld. Der kleine Einmaster ließ die anderen Fischerboote, die um die gleiche Zeit ausgelaufen waren, bald hinter sich. Ichiro konnte meilenweit in alle Richtungen sehen, bis zu der fernen Stelle, wo die Sonne über der Wasserfläche zu schweben schien. An diesem Morgen fuhren sie weiter hinaus als gewöhnlich und ließen die anderen Boote in Küstennähe zurück. Kapitän Suzuki war bester Laune. Dies war zum Teil der außergewöhnlichen Schönheit des Meeres und zum Teil dem ungefilterten Sake geschuldet, den seine Frau zu Hause braute.

»Man muss im großen Wasser spielen, um große Fische zu fangen!«, verkündete Kapitän Suzuki, während er sein kleines Boot immer weiter aufs offene Meer hinaussteuerte. In seiner groben Fischersprache erklärte er seinen Männern etwas wirr, dass sie, weil sie doch früher aufgebrochen seien, zur gleichen verdammten Zeit wieder zurück sein würden.

Der gutmütige alte Kapitän trank bereits weiter, ehe seine Mannschaft noch das erste Netz ausgeworfen hatte. Und wie er vorausgesagt hatte, gewährte ihnen die offene See fern der Küste einen der ertragreichsten Fischzüge des Jahres. Es schien, als würden ihnen die dicksten Fische ins Netz springen, um dem Meer zu entkommen.

»Das ist der beste Fang meines Lebens!«, rief der Kapitän, als die jungen Männer nach ihrer Mittagspause ein weiteres großes Netz voller Fische einholten. »Ich habe das Meer noch nie so ruhig gesehen!«, sagte er.

Und Ichiro hatte den Kapitän noch nie so heiter, aber auch noch nie so nutzlos erlebt. Er schien einen Lachanfall nach dem anderen zu haben. Aber stand ihm das nach einem so langen Leben auf See nicht zu?

»He, hört mir mal zu!«, schrie der alte Kapitän. »Ihr Jungs könnt euch vielleicht eine echte Geisha in Kioto leisten, wenn das den ganzen Tag so weitergeht!«

»Aber Kapitän, woher wissen Sie denn so viel über die Geishas in Kioto?«, neckte ihn Ichiro, während er ein Netz ins Wasser ließ. »Sie waren doch noch nie dort!«

»Oho«, schrie der Kapitän zurück und schwenkte seine Sakeflasche, »ich habe schon genug von diesen Damen gehört! Weißt du nicht, dass unsere Meerzahnaale bis nach Kioto geliefert werden?« Eine sachte Welle traf das Boot, und er verschüttete ein wenig Sake auf das Deck. »Die schönen Geishas in Kioto essen den Hamo, den wir fangen! Was sagt man dazu?«

»Also haben unsere Fische ein besseres Leben als wir!« Ichiro und die anderen Männer brachen in Gelächter aus. Sie waren außer sich vor Begeisterung über ihren unglaublichen Fang. Breit grinsend sortierten sie die Fische aus dem Netz in die hölzernen Fässer.

»Da hast du recht!« Auch der Kapitän lachte. »Sie bekommen den Mund einer Geisha von innen zu spüren. Aber wenn wir jeden Tag einen Fang wie diesen einholen würden, könnten wir uns das auch leisten!« Selbst die tiefen Furchen im Gesicht des alten Seemanns schienen mitzulachen. »He, Ichiro, hättest du nicht gern eine junge Geisha, die so zart ist wie eine Frühlingsblume?«, neckte Kapitän Suzuki.

Ichiro hob den Blick vom Netz. »Egal, wie viel Geld wir ihnen bieten, Kapitän, diese Geishas aus Kioto würden sich nicht einmal in ein Zimmer mit uns Fischern setzen. Und selbst wenn, ich würde von dem Geld lieber einen neuen Kimono für meine Tochter kaufen«, sagte Ichiro fast zu ernst für die Neckereien, wurde dann aber wieder scherzhaft. »Außerdem passt eine Geisha, so zart wie eine Frühlingsblume, besser zu Ihnen, Kapitän!«

»Darauf kannst du wetten!«, rief Kapitän Suzuki und genehmigte sich noch einen kräftigen Schluck Sake. »Aaah …«, seufzte er voll Wonne und schmatzte mit den Lippen. »Meine Frau ist so hässlich wie ein Kugelfisch, aber den besten Sake macht sie. Keine Geisha könnte solchen Sake brauen!«

»Deine Frau macht den besten Sake, aber sie beißt wie eine Meerzahnmuräne«, wandte ein anderer ein.

»Da hast du verdammt recht! Woher weißt du das?«, fragte der Kapitän und brüllte wieder vor Lachen. »Nur ein alter Säufer wie ich kann es mit ihr aushalten!«

Ichiro beobachtete den Himmel, während die anderen Seeleute mit dem alten Kapitän scherzten. Von Süden zogen langsam dunkle Wolken auf und bedeckten die Sonne.

»Sie sollten lieber aufpassen, was Sie sagen, Kapitän«, rief Ichiro. »Kaum haben Sie die Geishas erwähnt, schon ändert sich das Wetter.«

Tatsächlich verschlechterte sich das Wetter rasch. Niemand hatte mit einer so dramatischen Wende gerechnet, insbesondere wo der Tag so herrlich begonnen hatte. Das laute Gelächter verstummte, als wäre es zu Feuchtigkeit verdunstet.

»Kommt, wir holen schnell noch ein paar Netze ein und segeln zurück«, sagte der Kapitän, unverdrossen guter Laune. »Es ist noch früh, und der Wind geht nur schwach.« Er wirkte überraschend nüchtern. »Los, beeilt euch! Wir müssen nur schneller sein als die Wolken – das dürfte nicht so schwierig sein.«

Hastig warfen die Fischer das Netz aus. Sie wussten, dass es nun immer stürmischer werden würde und sie nicht mehr allzu viel Zeit hatten, aber die Beute aus dem Meer war zu verlockend, um sie zurückzulassen. Nur noch ein bisschen mehr, dachten die Fischer, während die grauen Wolken das letzte Blau des Himmels verdeckten und das Meer sich in der Tiefe zu regen begann.

»Noch regnet es nicht. Kommt, das gibt noch mal einen dicken Fang!«, schrie der Kapitän, die Sakeflasche fest um die Hüfte gebunden. »Los, bewegt euch!«, trieb er die Männer an. »Noch diesen letzten großen Fang, und wir segeln zurück.« Mit seinen knorrigen Händen half er der Mannschaft, das letzte Netz an Bord zu ziehen.

Gemeinsam holten die Fischer das Netz aus der Tiefe. Hohe Wellenberge begannen sich unter dem Boot aufzutürmen. Ichiro dachte an Michiko und wie sehr sie sich über ihren neuen Kimono freuen würde. Auch die anderen Männer träumten von den Dingen, die sie mit dem Geld von ihrem großen Fang kaufen wollten. Keiner von ihnen hatte je eine so große Menge an Fischen gesehen wie die, die sie mit dem letzten Netz einholten. Sie nahmen die Fische heraus und beäugten sie wie Piraten, die gerade auf einer Schatzinsel gelandet waren. Plötzlich spähte die Sonne durch die Wolken und warf ihre warmen Strahlen auf das blaue Meer.

»Ah, die Sonne kommt wieder!«, rief Ichiro. »Los, wir werfen das Netz noch einmal aus, bevor wir zurückfahren, Kapitän.« Er hoffte noch immer, genug Geld zu verdienen, um auch einen Kimono für seine verstimmte Frau kaufen zu können. Dann wäre auch ein neuer Kimono für Michiko gerechtfertigt.

»Ichiro, wir müssen jetzt zurück«, sagte Kapitän Suzuki erschöpft.

»Sie werden alt, Kapitän!«, rief der jüngere zweite Kapitän. »Ichiro hat recht, wir sollten noch einen Fang einholen, solange die Sonne draußen ist. Die Fische springen uns ins Netz. Wir sitzen auf einer Goldmine.«

Auch die anderen Männer drängten darauf, das Netz auszuwerfen. Sie waren wie geblendet von den Waren und den Geishas, die sie in ihren Tagträumen vor sich sahen.

»Also gut, schließlich sind wir erfahrene Seeleute.« Kapitän Suzuki wankte, als eine große Welle das Boot traf, fing sich aber rasch wieder. »Ihr habt recht! Warum diese Goldmine im Stich lassen? Wir versuchen es noch einmal. Beeilung!«

Ichiro half, das Netz auszuwerfen. Er stellte sich vor, wie sehr Michiko sich über den neuen Kimono freuen würde. Auf und nieder springen würde sie vor Entzücken.

Die anderen Boote kehrten frühzeitig am Nachmittag an Land zurück, als der Wind begann, das Meer aufzuwühlen. Als dunkelgraue Wolken den Himmel verdunkelten, entzündeten die Heimgekehrten ein Feuer auf dem Kieselstrand, das der strömende Regen jedoch bald löschte. Michiko starrte auf den grauen Horizont und betete um eine sichere Heimkehr ihres Vaters. Viele Dorfbewohner beteten für ihre Männer, Väter und Brüder. Zuckende Blitze erhellten die tobende See, und mit ohrenbetäubendem Krachen unterbrachen die Donnerschläge die verzweifelten Gebete. Dennoch harrten die Dörfler die ganze Nacht im Freien aus, hielten Laternen in den strömenden Regen, klammerten sich an ihre Hoffnungen, flehten um ein Wunder. Aber das Boot mit Ichiro kehrte niemals an

Land zurück. Einige Tage später wurde Kapitän Suzukis Leichnam an der felsigen Küste angespült, die Sakeflasche noch fest um die Hüften gebunden. Die Leichen der anderen Seeleute wurden nie gefunden, dennoch waren die Inselbewohner sich sicher, dass das Boot mit allen fünf Männern gesunken war.

Michiko weinte endlos. Ihr Lächeln schien für immer von ihrem Gesicht verschwunden zu sein. Tag für Tag saß sie stundenlang am Meer und starrte auf das Wasser, als hätte sie alles verloren. Der Sommer kam und verging, aber sie konnte ihrer Trauer nicht Herr werden und fand nicht zu ihrem normalen Leben zurück. Sie weigerte sich, das Wasser zu berühren, das ihren Vater ertränkt hatte. Der Anblick ihrer verzweifelten Tochter machte Chiyo zusätzlich zu schaffen. Selbst in ihrer Trauer über Ichiros Tod übertrumpfte Michiko sie. Chiyo war überzeugt, dass der letzte Gedanke ihres Mannes, als seine Lungen sich mit Salzwasser füllten, Michiko gegolten hatte. Was hatte sie nur Schreckliches getan, um all das zu verdienen? Sie hatte eine Tochter zur Welt gebracht, deren einziger Dank darin bestand, ihr wehzutun, und dann hatte sie auch noch ihren Mann verloren, der ohnehin nur seine Tochter geliebt hatte. All das erschien Chiyo furchtbar ungerecht und fügte ihr großen Schmerz zu. Doch ihr blieb keine andere Wahl, als sich wieder dem Meer zuzuwenden, das ihrem Mann das Leben genommen hatte. Schließlich musste sie ihre Kinder ernähren, von denen eines ihr heimlicher Feind war.

An einem klaren Herbsttag, mehrere Monate nach Ichiros Tod, hörte Chiyo, dass der fahrende Hausierer wieder einmal auf der Insel gelandet war. Dennoch blieb sie zu Hause, um frühzeitig das Abendessen zuzubereiten und ausgenommene Flundern zu trocknen.

»Guten Tag. Entschuldigen Sie, sind Sie Frau Masuda?«, vernahm Chiyo eine weibliche Stimme, als sie die Flundern gerade auf den Bambusbrettchen auslegte. Niemand im Dorf nannte sie Frau Masuda. Sie wandte sich um und sah eine kleine Frau in mittlerem Alter, die in Begleitung ihrer energischen Nachbarin, Frau Hasu, auf sie zukam.

»Sie ist aus Kioto!«, verkündete Frau Hasu aufgeregt.

Die Frau aus Kioto lächelte, ohne ihre Zähne zu zeigen. »Es freut mich, Sie kennenzulernen, Frau Masuda.« Sie verbeugte sich mit äußerster Höflichkeit und auf eine ganz eigene Art.

So war Chiyo noch nie von jemandem begrüßt worden. Verblüfft verbeugte sie sich ebenfalls und warf, auf einen Hinweis hoffend, ihrer Nachbarin einen Blick zu. Aber Frau Hasu machte, ohne etwas zu sagen, kehrt und ging nach Hause. Die Frau aus Kioto war, obwohl sie offenkundig keiner vornehmen Schicht entstammte, elegant gekleidet, und ihre Haut war bleich wie das Fleisch einer Flunder.

»Mein Name ist Kimura.« Die Frau verbeugte sich erneut, die Hände über dem Obi gefaltet.

»Aha …« Auch Chiyo verbeugte sich wieder und bewunderte den Obi der Frau. Atemberaubend schön hob sich ein lebhaftes Blumenmuster in Gelb und Orange von dem dunkelroten Hintergrund ab. Auch die schwarz gefärbten Zähne der Frau fielen ihr auf. Ohaguro, die Sitte des Zähneschwärzens, war auf der Insel nicht üblich. Chiyo hatte in ihrem Leben nur eine Handvoll Frauen mit geschwärzten Zähnen gesehen. Und das auch nur bei Festen in anderen Dörfern auf der Insel. In ihrem Dorf schwärzte sich keine Frau die

Zähne. Chiyo merkte, wie sie den scheinbar hohlen Mund der Frau anstarrte.

»Was für ein hervorragender Tag, um Fische zu trocknen«, sagte Frau Kimura und betrachtete die flach ausgebreiteten Flundern, als hätte sie so etwas noch nie gesehen. »Ich muss mich entschuldigen, dass ich Sie so plötzlich überfalle.« Diesmal verbeugte sie sich, um ihre Entschuldigung zu unterstreichen.

Die Frau neigte ihren Kopf so tief, dass Chiyo einen Blick auf ein hölzernes Schmuckstück in ihrem gewachsten Haar erhaschte. Das übertrieben höfliche Benehmen der Frau verunsicherte sie. Sie hätte gern gewusst, mit welchen Absichten die Fremde gekommen war, wollte aber nicht unhöflich erscheinen, indem sie Fragen stellte.

Offenbar spürte die Frau Chiyos Neugierde und brachte ihr Anliegen zur Sprache. »Ich suche Mädchen zur Adoption für meine Kunden in Kioto, und mir ist zufällig zu Ohren gekommen, dass Ihr Gatte …« Chiyo zuckte zusammen »… diesen Unfall hatte. Es tut mir sehr leid. Ich darf Ihnen mein herzlichstes Beileid aussprechen, Frau Masuda.« Wieder verbeugte sich die Frau und musterte Chiyos Gesicht, auf dem sich eine Mischung aus Schmerz und Verunsicherung abzeichnete. »Nun«, fuhr sie rasch fort. »Ich habe schon vielen Mädchen von kleinen Inseln wie dieser geholfen. Sie führen jetzt alle ein viel besseres Leben in Kioto. Waren Sie schon einmal dort? In Kioto?«, fragte Frau Kimura und legte den Kopf schräg, wie man es tut, wenn man von einem kleinen Kind eine Antwort erwartet.

Chiyo schüttelte den Kopf. Die Frau sprach in beruhigendem Ton, doch kam es Chiyo so vor, als hätte sie etwas Durchtriebenes an sich.

»Sie stammen ja sicher auch von dieser Insel, wie die anderen Leute hier. Sie würden nicht glauben, wie großartig Kioto ist. Für mich ist es die wichtigste, die heiligste Stadt«, sprudelte die Frau hervor.

»Ja, ich habe auch schon viel von Kioto gehört.« Das stimmte, aber all diese Geschichten hatten märchenhaft geklungen, wie aus einer Welt, die nichts mit ihr zu tun hatte.

»Kann ich mir vorstellen.« Die Frau grinste mit ihren geschwärzten Zähnen. »Also, ich kenne da eine wohlhabende Pensionswirtin, die gern ein junges Mädchen adoptieren würde. Sie hat keine Kinder und ist selbst eine einzige Tochter. Wissen Sie, was das bedeutet?«, sagte sie listig.

Chiyo sah die Frau ratlos an.

»Es bedeutet, dass Ihre Tochter alles erben würde, wenn sie das Herz der Dame gewinnen kann!«

»Die Pension erben, meinen Sie?«, fragte Chiyo zittrig. »In Kioto?«

»Aber ja doch!« Frau Kimura nickte geziert. »Wem sonst sollte die gnädige Frau ihr Vermögen hinterlassen? Sie hat weder Kinder noch Geschwister. Eine solche Gelegenheit bietet sich nur einmal im Leben.«

Chiyo war fasziniert von der sich plötzlich eröffnenden Möglichkeit. Sie erinnerte sich sofort daran, was der Wahrsager gesagt hatte. Er hatte damals davon gesprochen, dass Michiko die Insel verlassen könnte. War dieser Augenblick jetzt gekommen? Die Sache klang nach einer guten Gelegenheit für Michiko. Doch abgesehen davon bot sie den perfekten Weg, sie weit fortzuschicken vom Meer und den quälenden Erinnerungen an ihren Vater. Und Chiyo hätte das Meer und ihre Trauer ganz für sich. Bei diesem Gedanken erschrak sie über ihre eigene Härte.

»Die gnädige Frau bietet Ihnen außerdem eine sehr großzügige Entschädigung an.« Frau Kimuras Blick glitt über das von Armut gezeichnete Haus mit dem ramponierten Strohdach. Ein Paar stark geflickte braune Mompe-Hosen aus Baumwolle wehten an einer über den kleinen Hof gespannten Leine. Dann musterte sie Chiyos verblichenen blauen Kimono, die abgewetzten Ärmel und den ausgefransten Saum. »In dieser schönen Pension würde Ihre Tochter ein viel besseres Leben haben und hübsche Kimonos tragen. Die meisten Menschen auf dieser Insel bekommen Kioto in ihrem ganzen Leben nicht zu sehen, das wissen Sie ja. Außerdem würde Ihre Tochter unter der Anleitung dieser ausgesprochen großzügigen Dame viel lernen.«

»Es freut mich sehr, das zu hören«, sagte Chiyo, noch nicht überzeugt, ob sie den schönen Worten aus dem schwarzen Mund der Frau Glauben schenken durfte. »Aber ich bin nicht sicher, ob diese Dame meine Michiko mögen würde. Sie ist noch ein Kind und weiß nicht, wie man sich an einem Ort wie Kioto zu benehmen hat. Vielleicht sollte die Dame Michiko vorher kennen lernen, um sich zu vergewissern und …«

»Machen Sie sich keine Sorgen«, unterbrach Frau Kimura sie mitten im Satz und schüttelte den Kopf. »Ich weiß genau, was für ein Mädchen sie sucht. Ich habe Michiko mit ein paar anderen Mädchen am Dorfbrunnen gesehen. Ihre Michiko sticht direkt heraus! Ich wusste sofort, dass sie der gnädigen Frau sehr gut gefallen wird.« Sie nickte mehrmals beruhigend und kratzte sich mit dem kleinen Finger an der Schläfe.

»Also haben Sie Michiko schon gesehen …« Chiyos Augen wanderten über ihre Hände, auf denen Fischflossen und

Muschelkanten zahllose Narben und frische Schnitte hinterlassen hatten. Sie überlegte, was sie sagen sollte.

»Sie werden es bereuen, wenn Sie sich diese Gelegenheit entgehen lassen«, sagte Frau Kimura und fügte hinzu, dass ihr noch andere Mädchen auf der Insel als geeignet aufgefallen seien. »Es handelt sich wirklich um eine einmalige Chance, ein Geschenk des Himmels sozusagen. Wissen Sie, wie viele Mädchen dafür sterben würden, von dieser Dame adoptiert zu werden? Wenn Sie ihre wunderschöne Pension in Kioto sehen würden, wüssten Sie, was ich meine. Ich wünschte, ich hätte selbst eine Tochter, um sie adoptieren zu lassen.« Frau Kimura stieß ein hohes Kichern aus. Als Chiyo eine trockene Bemerkung darüber machte, dass die Frauen in Kioto offenbar nicht genügend Kinder bekamen, glitt ein wissendes Lächeln über Frau Kimuras Gesicht.

Die bewusste Dame – Frau Kimura weigerte sich, ihren Namen zu nennen – bot Chiyo den Geldbetrag an, den sie so verzweifelt benötigte. Das Angebot war einfach zu verlockend, um es auszuschlagen. Also ging Chiyo darauf ein. Frau Kimura bestand darauf, ihr das Geld auf der Stelle zu übergeben. Anschließend verließ Frau Kimura das Dorf mit dem Versprechen, eine Woche später wiederzukommen, um Michiko mit nach Kioto zu nehmen. Zuvor habe sie jedoch noch einige andere geschäftliche Angelegenheiten auf den umliegenden Inseln zu regeln.

Als Michikos Abreise näher rückte, begann Chiyo ihre übereilte Entscheidung in Frage zu stellen. Sie hoffte insgeheim, Frau Kimura hätte ihre Meinung geändert, auch wenn sie das Geld schon angenommen hatte und eigentlich wusste, dass es kein Zurück mehr gab. Sie versuchte sich einzureden, dass es gut für Michiko war, fortzugehen, dass ihr Leben in einer Welt ohne den Schatten ihres Vaters besser und leichter sein würde. Unter Zuhilfenahme von Frau Kimuras ansteckendem Enthusiasmus erklärte sie Michiko die Vereinbarung in großer Ausführlichkeit. Sie schwärmte ihrer Tochter vor, wie wunderbar es sein würde, in einer großen Pension auf der Hauptinsel zu leben.

Ungeachtet der Begeisterung ihrer Mutter wusste Michiko, dass Chiyo sie fortschickte, weil sie sie nie geliebt hatte. Michiko fürchtete sich davor, ihr Zuhause und das Dorf, in dem sie geboren war, zu verlassen. Allein der Umstand, dass ihr Vater nicht mehr da war, ließ ihr die Vorstellung, nach Kioto zu gehen, etwas anziehender erscheinen. Sie hatte schon immer den legendären Goldenen Tempel sehen wollen, von dem ihr jemand aus dem Dorf erzählt hatte. Auch mit größter Anstrengung konnte sie sich keinen Tempel vorstellen, der ganz und gar mit Gold bedeckt war. Sie hatte keine Ahnung, wie so etwas aussehen mochte.

Es half Michiko, sich einzureden, dass ihr eine großartige Gelegenheit zuteilwurde. Alle ihre Freunde und Freundinnen im Dorf beneideten sie darum, dass sie nach Kioto ziehen durfte, während die meisten ihr Leben als Taucherinnen oder Fischer beschließen würden. Es schien der rühmlichste Abgang von der Insel, von dem sie je gehört hatte. Schämen musste sie sich jedenfalls nicht.

Am Tag von Michikos Abreise zog Chiyo ihrer Tochter einen neuen Kimono an und packte ihr mit süßem rotem Bohnenmus gefüllte Mochi als Wegzehrung ein. Sie hatte sie am Abend zuvor liebevoll zubereitet. Michiko fühlte sich unbehaglich in dem großen dunkelbraunen Baumwollkimono, der mit einem Muster aus sich im Wind neigenden Weizenhalmen bedruckt war. Es wirkte, als wäre sie seit dem Tod ihres Vaters mehrere Jahre älter geworden. Michikos rabenschwarzes Haar war zu einer kindlichen Frisur geschnitten worden, aber ihre Augen waren nicht mehr die eines Kindes. In ihnen lag eine unendliche Traurigkeit, wie sie nur Erwachsenen zu eigen sein kann. Michiko sah allmählich wie eine Frau aus. Sie hatte allen Babyspeck verloren, ihre Wangen hatten ihre unreife Farbe eingebüßt, und aus ihren Bewegungen war jedes kindliche Ungestüm verschwunden.

»Sei ein braves Mädchen, damit du deiner Herrin gefällst«, sagte Chiyo und bürstete geschäftig am Saum von Michikos neuem Kimono herum. »Sie wird dir viele Dinge beibringen, die du hier auf der Insel nicht lernen kannst.« Sie reichte Michiko einen in einfache Baumwolle eingeschlagenen Holzkasten. »Ich habe gehört, es ist sehr weit nach Kioto. Iss die Reisklöße, wenn du Hunger bekommst, außerdem habe ich dir eine ganze Menge von den Mochi mit süßen roten Bohnen, die du so gerne magst, eingepackt …«

Michiko sah, dass ihre Mutter sich mit dem Ärmel die Tränen abwischte. Aber sie selbst weinte nicht. Die Sehnsucht nach ihrem Vater machte sie traurig, doch ihre Mutter zu verlassen bedeutete ihr nicht viel. Frau Kimura gab Michiko einen Wink, und sie nahm Abschied von ihrer Familie. Ihre Mutter begann laut zu weinen, als Michiko sich, ihr Bento in den Händen, vor ihr verbeugte. Michiko begriff nicht, warum ihre Mutter so traurig war. Sie sollte sich doch freuen, dass sie ihre ungeliebte Tochter endlich los war.

Die Zwillinge und die kleine Natsuko winkten fröhlich, als würde ihre große Schwester nur einen kurzen Ausflug in die Stadt unternehmen. »Bring mir etwas aus Kioto mit«, sagte Natsuko. Michiko lächelte. Plötzlich kam ihr Natsuko noch sehr klein vor, und sie fragte ihr Schwesterchen, was es sich denn wünsche.

»Irgendwas aus Kioto, aber nur wenn es dir keine Mühe macht, große Schwester.« Natsuko lächelte wie ein kleiner Engel.

Michiko war erstaunt, wie rücksichtsvoll und einfühlsam ihre jüngere Schwester war. War sie der Kleinen eine fürsorgliche ältere Schwester gewesen? Nein, fürchtete sie.

»Sei lieb zu Hitoshi und Junichi«, sagte Michiko und umarmte ihre Schwester. »Pass auf sie auf, bis ich mit deinem Geschenk aus Kioto zurückkomme. Ich bringe euch allen viele Geschenke mit.« Michiko legte eine nie gekannte Reife an den Tag. Plötzlich bedauerte sie es, sich nicht so um ihre Geschwister gekümmert zu haben, wie sie es hätte tun sollen, aber die Reue kam zu spät.

»Kann ich dich in Kioto besuchen, große Schwester?«, fragte Hitoshi und entblößte die Vorderzähnchen, die ihm gerade wuchsen.

»Natürlich, Hitoshi.« Michiko strich ihrem kleinen Bruder liebevoll über das kurz geschorene Haar.

»Ich auch?«, fragte Junichi und zupfte am Ärmel von Michikos neuem Kimono. »Darf ich dich auch besuchen, große Schwester?«

»Ja, du auch, Junichi …« Tränen stiegen Michiko in die Augen, als sie ihre kleinen Geschwister ansah. Ihre Mutter tupfte sie ihr mit dem Ärmel ab.

»Wir sollten jetzt gehen«, schritt Frau Kimura ein. »Wir

wollen doch nicht die Fähre verpassen, oder?« Sie zog an Michikos Hand.

Michiko warf einen letzten Blick auf das Haus ihrer Kindheit. Noch vor einer Woche hatte sie nicht gewusst, dass sie es verlassen und in einem neuen Kimono in eine neue Welt hinausgehen würde. Es kam ihr unwirklich vor, als sie an dem großen Kirschbaum vorbeiging, unter dem sie so oft gespielt hatte. Er schien ihren Blick nicht zu beachten, stand hoch aufgerichtet und stolz am Brunnen, an dem Michiko Wasser zu holen pflegte. Es war niemand in der Nähe. Ein unachtsamer Wind stieß den hölzernen Eimer vom Brunnenrand, sodass er polternd zu Boden fiel. Michiko entfernte sich von Frau Kimura und hob ihn auf. Das Holz war alt und glatt, und auf seinem Rand hatte sich Moos gebildet. Sie stellte den Eimer an seinen Platz zurück und schaute sich nach bekannten Gesichtern um. Aber niemand war zu sehen, als ob das ganze Dorf es vermeiden wollte, sich von ihr zu verabschieden.

Als Michiko und Frau Kimura am Hafen ankamen, um auf das nächste Boot zu warten, saßen dort ein paar alte Männer in der Sonne und flickten ihre Netze. Obwohl Michiko wusste, dass ihr Haus vom Hafen aus nicht zu sehen war, blickte sie sich immer wieder um.

Das schrille Kreischen eines Möwenschwarms kündigte die Ankunft der Fähre an. Jetzt brach Michiko doch in Tränen aus. Sie flehte Frau Kimura an, sie wieder nach Hause gehen zu lassen. Sie wolle nicht mehr nach Kioto, schluchzte sie. Ohne im Geringsten ärgerlich zu werden, packte Frau Kimura Michiko am Arm und zerrte sie auf die Fähre. Gleichmütig ignorierte sie Michikos angstvolles Flehen, so wie ein Fischer den Kopf eines Fisches zerschmettert, auch wenn dieser um sein Leben kämpft. Michiko schrie wie ein kleines Kind, rief nach ihrer Mutter und stampfte mit den Füßen, mit dem einzigen Ergebnis, dass Frau Kimura ihr völlig ungerührt mehrere Ohrfeigen versetzte.

Die Proviantschachtel umklammernd, die ihre Mutter ihr gegeben hatte, saß Michiko in dem kleinen Holzboot, das sie zu einer der umliegenden Inseln brachte, die durch Fährverkehr mit der Hauptinsel verbunden war. Aus Angst vor neuen Schlägen gab Michiko keinen Laut von sich, aber die Tränen strömten ihr unaufhaltsam weiter über das Gesicht. Auch als sie ablegten, weinte sie stumm vor sich hin und dachte an ihren Vater, dessen Leichnam vielleicht direkt unter dem Boot lag. Sie betete, ihr Vater möge von den Toten auferstehen, das Boot aufhalten und sie zurück nach Hause bringen.

Während die Fähre die Wellen durchschnitt, rückte ihr Heimatdorf langsam in immer weitere Ferne, wurde kleiner und kleiner. Verschwommen durch ihre Tränen, wirkte die Insel friedlich und wie verzaubert. Die Bäume hinter dem Dorf schimmerten rot und gelb, und Möwen segelten über dem Hafen und schossen gelegentlich hinunter ins Wasser, um nach einem Fisch zu tauchen.

Michiko wischte sich mit dem Kimonoärmel die Tränen ab. Die gestärkte Baumwolle reizte ihre Haut und brannte in ihren Augen. Undeutlich sah sie, wie eine Person den Hügel zum Hafen hinuntergerannt kam. Es war ihre Mutter, die wie wild die Arme über dem Kopf schwenkte und etwas rief, das vom Rauschen der Wellen übertönt wurde. Michiko sprang auf, schrie nach ihrer Mutter und winkte zurück, während das Boot sich immer weiter von der Insel entfernte.

Frau Kimura zerrte Michiko eilig wieder nach unten und hielt sie fest. Höflich drohte sie dem Mädchen, es bis aufs Blut zu prügeln, sollte es sich nicht ruhig verhalten. Dennoch flehte Michiko in ihrer Verzweiflung den alten Mann, der das Boot ruderte, an, sofort zur Insel zurückzukehren. Daraufhin versetzte Frau Kimura ihr eine so kräftige Ohrfeige, dass Michiko stürzte und mit dem Hinterkopf auf die Planken schlug. Der alte Mann hielt einen Moment lang inne, ruderte aber zögernd weiter, als Frau Kimura Michiko hochzog und wieder auf den Sitz drückte. Der Mann sah Michiko ins Gesicht, um sich zu vergewissern, dass ihr nichts geschehen war, wandte den Blick aber sofort wieder ab, als er ihren Augen begegnete.

Ohne weiteren Widerstand beobachtete Michiko aus der Ferne, wie ihre Mutter den Hafen erreichte und am Kai auf die Knie sank. Trotz der großen Entfernung konnte sie erkennen, dass ihre Mutter dort am Wasser weinte, ebenso wie sie es getan hatte, als ihr Vater auf See umgekommen war. Michiko weinte lautlos. Sie weinte so sehr nach ihrer Mutter, wie diese nach ihr weinte. Plötzlich wurde ihr übel, und sie übergab sich ins Meer. Alles, was sie im Magen hatte, schien sich in die See zu ergießen, noch der letzte Tropfen Wasser, den sie auf der Insel getrunken hatte.

Die weinende Chiyo folgte mit verzweifelten Blicken dem Boot, bis es am Horizont verschwand. Als sie es nicht mehr sehen konnte, war ihr, als müsste sie ersticken, als lastete ein Felsbrocken auf ihrer Brust. Ihr Herz begann zu schmerzen, als würde jemand ein scharfes Messer hineinstechen.

»Verzeih mir, Michiko!«, schrie sie aufs Meer hinaus.

»Vergib deiner armen Mutter!«, flüsterte sie. »Bitte, verzeih mir …«

Chiyo wusste, dass sie ihre Tochter niemals wiedersehen würde. Der Wahrsager hatte recht behalten, Michiko hatte die Insel verlassen, wie er es vorausgesagt hatte.

7

Michikos erste Zugfahrt verlief weit weniger vergnüglich, als ihre Freunde auf der Insel es sich vorgestellt hatten. Vor dem Hintergrund wechselnder Berge zogen Felder in herbstlichem Gold an ihr vorüber, auf denen ab und an eine Vogelscheuche stand. Doch Michikos erste Eindrücke von der Hauptinsel verschwammen hinter einem dichten Schleier von Tränen. Alles, was vor dem Fenster war, erschien ihr traurig und hart. Aus Angst, wieder geohrfeigt zu werden, bemühte sie sich, ihre Tränen vor Frau Kimura zu verbergen, die jedoch ohnehin den größten Teil der Zugfahrt verschlief. Auch Michiko wurde vom regelmäßigen Schaukeln des Zuges in den Schlaf gewiegt, während sie ihr Bento mit den Reisklößen und den mit süßen roten Bohnen gefüllten Mochi fest an ihre Brust gedrückt hielt. Immer wieder hoffte sie, die ganze Reise würde sich als schrecklicher Albtraum herausstellen.

Michiko träumte von ihrem Vater. Er kam von einem Fischzug zurück und hielt ihr einen großen blauen Fisch entgegen, der benommen mit seinen hauchdünnen Flossen schlug. Als er den Fisch in Michikos geöffnete Hände legte, schrumpfte er zusammen wie ein Ballon, aus dem man die Luft herausließ. Seine glänzenden blauen Schuppen verwandelten sich in graue Asche.

Fröstelnd, in kalten Schweiß gebadet, erwachte Michiko durch ein Rütteln des Zuges. In ihrem Nacken spürte sie die Kälte des Traumes, der sich jedoch vertrauter anfühlte als die Welt, in der sie erwacht war. Inzwischen herrschte fast völlige Dunkelheit vor dem Fenster. Frau Kimura schlief mit offenem Mund, durch den sie hastig atmete wie eine alte Katze. Michiko musterte das Gesicht der Schlafenden und versuchte sich die gnädige Frau in Kioto vorzustellen. Doch das einzige Gesicht, das ihr bildhaft erschien, war das ihrer Mutter, als diese ihr nachdrücklich befahl, sich gut zu benehmen, damit die gnädige Frau Gefallen an ihr finden würde. Sie hatte behauptet, die großzügige Dame würde Michiko ihre Pension übereignen, falls diese ihr Vertrauen gewänne. Michiko blieb den ganzen Abend wach, beobachtete ihr eigenes Spiegelbild in der Scheibe und dachte an ihren Vater und den blauen Fisch aus ihrem Traum. Es war die längste Reise ihres Lebens.

Sie trafen in einer nebligen Neumondnacht in Kioto ein. Der Bahnhof war beinahe gänzlich verlassen. Es war kurz vor Mitternacht, und die einzigen Menschen waren ein paar Rikschakulis, die vor dem Ausgang herumlungerten. Frau Kimura, die Michikos Hand keinen Augenblick losließ, führte sie auf die Straße und winkte eine Rikscha heran. Dies war die erste angenehme Überraschung für Michiko. Noch nie hatte sie ein so schönes Gefährt gesehen, geschweige denn darin gesessen.

Frau Kimura und Michiko ließen sich auf der hohen

Sitzbank unter dem schwarzen Kanvasverdeck nieder. Der stämmige Kuli setzte sich sogleich schnell wie ein Rennpferd in Bewegung. Das nächtliche Kioto flog an Michikos Augen vorbei, und ihre Erschöpfung und Traurigkeit waren augenblicklich der Erregung über die schöne neue Welt gewichen, die sich vor ihren Augen auftat. Michiko sog den schwachen Duft nach Räucherwerk ein, der die feuchte Luft erfüllte. Zum ersten Mal atmete sie eine Luft, die nicht das Salz des Meeres in sich trug.

Die Rikscha eilte durch die Stadt. Michiko versuchte möglichst alles aufzunehmen, was an ihr vorbeirauschte. Ihr blieb vor Staunen der Mund offen. Frau Kimura wischte ihr während der Fahrt die Tränenspuren aus dem Gesicht und kniff sie in die Wangen, um eine gesunde Röte auf ihnen hervorzurufen. Dabei gab sie ihr Anweisungen, wie sie sich in Gegenwart der gnädigen Frau zu verhalten habe. Nie dürfe Michiko ihr in die Augen sehen und nie vor ihr weinen. Anschließend lehnte Frau Kimura sich zurück und schloss die Augen, nachdem sie Michiko ermahnt hatte, still zu sitzen, bis sie im Gasthaus ankämen.

Aber Michiko konnte nicht still sitzen. Mit aufgerissenen Augen starrte sie auf die Tempel und Schreine, die an ihr vorüberzogen. Die ganze Szenerie, die außer ihr niemand aus ihrem Dorf je gesehen hatte, erfüllte sie mit Ehrfurcht. Sie dachte an ihren Vater und wie glücklich er gewesen wäre, wenn es ihm vergönnt gewesen wäre, Kioto zu sehen. Gerade als ihre Gedanken sich ihrer Mutter zuwandten, entdeckte Michiko eine Rikscha, die sich aus der entgegengesetzten Richtung näherte. Auf etwa gleicher Höhe sah sie zwei Geishas mit weißen Gesichtern, die wie zwei Monde unter dem schwarzen Kanvasverdeck ihrer Rikscha hervorleuchteten. »Geishas!«, entfuhr es ihr leise. Vielleicht war es am Ende doch ganz gut, dass sie die Insel verlassen hatte. Allmählich tat es ihr leid, dass ihre Familie und ihre Freunde diese herrliche Stadt nicht auch sehen konnten.

Michiko wünschte sich, der Rikschakuli würde langsamer laufen, und hoffte, sie würden am Goldenen Pavillon vorbeikommen. Sie malte sich aus, wie seine goldenen Balken in der Dunkelheit schimmern würden. Aber der Kuli mit dem dunkel behaarten Gesicht und den dichtesten Augenbrauen, die sie je gesehen hatte, schien der schnellste Läufer der Stadt zu sein, und sein Weg führte auch nicht am Goldenen Pavillon vorbei. Die Rikscha glitt durch die Straßen wie Sand durch ein Stundenglas, während sie sich in Windeseile der Pension Tamaraya näherten.

Das Tamaraya lag in der Nähe eines kleinen zen-buddhistischen Tempels im Norden der Stadt, in dem es viele junge Mönche gab. Die kleine Herberge hatte nur fünf Zimmer, die häufig mit den Familien von Novizen belegt waren oder von Studenten, die sich in Kioto auf wichtige Examina vorbereiteten. Zu jeder Jahreszeit besetzten zumindest einige Dauergäste die Zimmer, die auf den Bambuswald hinter dem Haus hinausgingen. Die hohen Stauden schützten die Räume vor der sommerlichen Hitze und dem kalten Winterwind und gestatteten es den Gästen, sich in Ruhe auf ihre Studien zu konzentrieren. Das Tamaraya hatte wegen seiner ruhigen Lage abseits des Stadtzentrums einen guten Ruf, für den viele bereitwillig zahlten.

Die Tatami in dem von Kerzen erleuchteten Zimmer der Pensionswirtin, einer dicklichen Frau in mittleren Jahren, schimmerten in einem grünlich-gelben Ton und verströmten einen Duft nach frischem Gras. Kostbare Bildrollen und Ikebana-Gestecke in Porzellanvasen zierten den Raum. Michiko hatte noch nie etwas so Schönes gesehen. Jeder einzelne Gegenstand schien ihr würdevoll und erhaben.

»Riechen tut sie ja wirklich wie eine Fischerstochter!«, sagte die Pensionswirtin, als Frau Kimura ihr Michiko vorstellte.

Michiko kniete und hatte jetzt schon Angst vor Madame Tamaraya. Die angeblich gütige Dame, die sie adoptiert hatte, schien nichts weniger zu sein als gütig. Sie spürte, wie Madame Tamarayas scharfe Augen sie musterten, als würde sie ein Maultier für die Feldarbeit aussuchen.

»Entschuldigen Sie, dass Sie so lange auf uns warten mussten, gnädige Frau«, sagte Frau Kimura und verneigte sich tief. »Aber wie Sie wissen, ist diese Insel so abgelegen …«

»Sie erwähnten es bereits«, erwiderte die Wirtin und schwenkte geringschätzig den Ärmel ihres senffarbenen Kimonos.

»Sie heißt Michiko Masuda, und wie ich …«

»Die Nachnamen von Dienstmädchen interessieren mich nicht«, unterbrach sie Madame Tamaraya. »Soll ich sie womöglich Fräulein Masuda nennen?«, zischte sie und lachte giftig. »Ich bin nicht so lange aufgeblieben, um den Nachnamen eines Dienstmädchens zu erfahren!«

»Natürlich nicht, gnädige Frau. Sie haben völlig recht«, antwortete Frau Kimura mit ihrem höflichsten Nicken. »Das Mädchen ist dreizehn Jahre alt, wie ich Ihnen bereits mitgeteilt hatte. Aber sie ist sehr reif für ihr Alter und sehr kräftig, wie die meisten Mädchen von diesen Inseln. Wissen Sie, sie fangen schon früh an, schwere Arbeiten zu verrichten.« Dabei hob Frau Kimura Michikos Kinn, um der Wirtin ihr Gesicht zu zeigen. »Sie wird sehr gut arbeiten, das ist sowieso alles, was sie kann.«

»Das will ich ihr auch raten!«, sagte Madame Tamaraya und verschränkte die Arme. »Ich habe eine Menge Geld für Ihre Dienste bezahlt, also erwarte ich auch einiges.«

»Keine Sorge, gnädige Frau. Sie werden es nicht bereuen.« Frau Kimuras Stimme wurde warm und weich. »Die Mädchen von diesen kleinen Inseln sind an schwere Arbeit gewöhnt, und sie sind ehrlich und unschuldig, ganz anders als die jungen Dinger hier aus der Stadt.«

»Wir werden sehen«, sagte die Wirtin und warf einen Blick auf Michiko, die die Augen gesenkt und die Hände auf den Knien gefaltet hielt, wie man es ihr befohlen hatte.

»Gewiss, gnädige Frau. Sie ist sehr folgsam, und sie hat ihr Dorf vorher noch nie verlassen. Sie ist ganz anders als die Stadtmädchen, die Sie bisher hatten«, fügte Frau Kimura hinzu und legte Michiko die Hand auf die Schulter, worauf diese ihren Kopf sofort noch tiefer senkte. »Obwohl sie noch so jung ist, kann sie schon alle möglichen Arbeiten machen. Sie müssen ihr nur am Anfang zeigen, was sie zu tun hat, dann wird sie alles schnell lernen.«

»Guck mich mal an«, befahl Madame Tamaraya.

Michiko schaute auf. Die Frau hatte hängende Backen und schmale Augen, die sie scharf musterten. Noch nie war Michiko der Blick eines Menschen so durch Mark und Bein gegangen. Ängstlich senkte sie wieder die Lider.

»Hör mir gut zu!«, knurrte die Wirtin. »Wenn du machst, was ich dir sage, bist du hier gut aufgehoben. Aber ich warne dich, ich dulde keinen Ungehorsam und keine dummen Fehler. Hast du mich verstanden?«

Michiko nickte bis ins Innerste verängstigt von Madame Tamarayas schneidender Stimme.

»Jeder Teller und jedes Lacktablett hier kostet mehr als sämtliches Geschirr auf deiner Insel. Solltest du jemals etwas zerbrechen oder versuchen zu stehlen, ergeht es dir schlecht. Verstanden?«

Ein sehr leises Ja schlüpfte aus Michiko trockenem Mund. Sie biss sich auf die Lippen, um die Tränen zurückzuhalten.

»Und bilde dir ja nicht ein, dass du nach Hause kannst, ehe du deine Schulden abgearbeitet hast, falls du das überhaupt je schaffst …«

Trotz aller Warnungen von Frau Kimura konnte Michiko sich nicht länger zurückhalten. Bittere Tränen liefen ihr über das zarte Gesicht, auf dem noch der Duft des Meeres lag.

Madame Tamaraya runzelte die Stirn. »Heul nicht!«, bellte sie, und ihr schlaffes, stark gepudertes Gesicht zitterte vor Wut. »Hier wird nicht rumgeplärrt!«

Frau Kimura versetzte Michiko einen Klaps auf den Rücken und verbeugte sich entschuldigend vor Madame Tamaraya.

»Was gibt es da zu flennen? Ich rede doch nur mit ihr!«, schrie sie Frau Kimura an. »Los, raus damit, warum weint das Mädchen?«

»Es tut mir leid, gnädige Frau, ich habe sie immer wieder gewarnt, aber ich glaube, sie ist noch sehr traurig, weil ihr Vater erst kürzlich auf See umgekommen ist. Bitte verstehen Sie …«

»Das verstehe ich. Ich verstehe nur nicht, warum sie jetzt weint!« Madame Tamaraya schlug so gewalttätig mit der flachen Hand auf die Tatami, dass Frau Kimura und Michiko zusammenschraken. Die Wirtin schnaubte so wütend, dass eine Kerze auf einem hohen Messingständer in der Nähe zu flackern begann.

Frau Kimura verbeugte sich abermals vor Madame Tamaraya und wandte sich Michiko zu. »Du entschuldigst dich jetzt auf der Stelle bei der gnädigen Frau«, sagte sie barsch.

Michiko wischte sich die Tränen mit der Hand ab und verneigte sich so tief, dass ihre Stirn die Tatami berührte. »Entschuldigen Sie, gnädige Frau«, sagte sie mit noch immer tränenerstickter Stimme.

Madame Tamaraya gab ein tiefes Brummen von sich. »Ich will dich nicht mehr weinen sehen. Damit ist Schluss, verstanden?«

»Ja, gnädige Frau.« Michiko verbeugte sich erneut und wagte nicht, den Kopf zu heben.

»Dein toter Vater gibt dir hier keinen Freibrief.« Die Stimme der Wirtin war kalt und hart wie Stahl. »Meine Eltern sind ebenfalls tot, aber mir hat niemand etwas geschenkt.«

»Entschuldigen Sie vielmals«, sagte Frau Kimura. »Es wird nie wieder vorkommen.«

»Mir hat auch keiner geholfen!«, fuhr die Pensionswirtin fort. »Ich habe das hier alles allein aufgebaut! Ich habe diese Pension so erfolgreich gemacht!« Sie fuchtelte erbost mit den Händen und funkelte Michiko an, die in ihrem zerknitterten, billigen Baumwollkimono vor ihr auf dem Boden kniete und nicht wagte, den Kopf zu heben. Sie sah aus wie ein furchtsames Kätzchen, das vor einem wilden Tier kauert. »Ohne die Hilfe einer Familie«, fügte die Wirtin grimmig hinzu.

Nach kurzem Schweigen erhob sich Madame Tamaraya. »Komm jetzt, ich zeige dir das Zimmer. Du solltest jetzt schlafen. Du musst morgen früh raus und in der Küche helfen.« Brüsk verließ sie den Raum, noch ehe Frau Kimura und Michiko auf die Füße kamen.

Michiko blieb allein zurück. Die Kammer, in die man sie gebracht hatte, war vollgepackt mit Trockenfisch, Algen und Getreide. In einer Ecke neben einem Sack voll grobem Meersalz lag zusammengefaltet ein kleiner Futon. Der Raum war eher ein Vorratsspeicher als ein Schlafzimmer. Schluchzend kauerte Michiko sich neben die Öllampe. Der Geruch im Zimmer erinnerte sie an ihr Zuhause. Sie sehnte sich mehr nach dem alten Haus, als sie sich jemals hätte vorstellen können. Seltsamerweise war es ihre Mutter, die ihr im Moment am meisten fehlte. Verängstigt und einsam, die ungeöffnete Schachtel mit den mit süßen roten Bohnen gefüllten Mochi an sich gedrückt, schlief Michiko ein. Immer wieder betete sie, dass sie am nächsten Morgen zu Hause am Meer neben ihren Eltern und Geschwistern aufwachen würde.

In dieser Nacht träumte Michiko von ihrer Mutter. Chiyo rief ihr etwas zu, während das Boot ablegte. Aber Michiko konnte nicht verstehen, was. Frau Kimura kam in ihrem Traum nicht vor, also sprang sie aus dem Boot und schwamm in Richtung des Ufers, wo ihre Mutter auf sie wartete. Sie schwamm so schnell sie konnte, aber die Küste kam nicht näher. Vielmehr schien sie sich immer weiter zu entfernen, während Michiko mit aller Kraft auf sie zuschwamm. Schließlich war ihre ganze Energie aufgebraucht. Benommen sah sie, wie ihre Mutter noch immer etwas rief.

Doch an Michikos Ohren schlug nur das Rauschen der Wellen. Mit ohrenbetäubendem Gebrüll türmte sich hinter ihr ein Wellenberg aus dem Ozean auf, verschlang sie und zog sie hinab in die Tiefe. Michiko versank wie ein Kieselstein im bodenlosen Meer, blind in der Dunkelheit und taub in der Stille.

Am nächsten Morgen wurde Michiko von Madame Tamarayas frostiger Stimme geweckt. Es war also doch Wirklichkeit, sie sollte als Dienstmädchen in der Pension Tamaraya leben. Als Erstes wurde ihr befohlen, den Hof zu fegen. Dann führte man sie in die Küche, wo sie der alten Köchin Frau Yoshida zur Hand gehen sollte. Michiko sah gerade noch, wie Frau Yoshida ihren Sakebecher verschwinden ließ, als sie mit Madame Tamaraya die Küche betrat.

Die alte Köchin begrüßte sie höflich. »Ah, ist das das neue Mädchen?«, fragte sie und lächelte Michiko zu. Schon jetzt im Herbst trug Frau Yoshida eine winterliche Steppjacke mit aufgerollten Ärmeln, aus denen ihre Arme wie dürre Zweige hervorstaken.

»Ja, das neue Mädchen von der Insel.« Die Wirtin bedeutete Michiko, bei Frau Yoshida zu bleiben. »Mal sehen, wie die sich macht …« Sie erklärte der alten Köchin, dass Michiko einige Anleitung brauchen würde, was die Hausarbeit anging. »Sie weiß überhaupt nichts. Du kennst ja diese Trampel vom Land, die haben von nichts eine Ahnung.«

»Keine Sorge, gnädige Frau«, sagte Frau Yoshida. »Ich sehe ihr an, dass sie ein braves Mädchen ist. Sie ist nicht wie die, die wir vorher hatten. Ich kann erkennen, wenn eine brav ist.«

»Das hast du bei der Letzten auch gesagt«, herrschte Madame Tamaraya sie an. »Wir werden ja sehen, ob du diesmal recht behältst.« Sie wandte sich an Michiko. »Frau Yoshida wird dir alles beibringen, was du wissen musst. Sie ist eine Meisterköchin, und du musst ihr aufs Wort gehorchen. Ich rate dir, schnell zu lernen. Ich dulde keine dummen Dinger, die sich hier auf meine Kosten durchfressen. Verstanden?«

Michiko verbeugte sich folgsam und spürte, wie sich vor Angst ihr Magen verkrampfte.

»Keine Sorge«, mischte Frau Yoshida sich ein. »Ich bringe ihr alles bei, was sie wissen muss. Wir fangen am besten gleich an. Bitte, überlassen Sie nur alles mir.« Frau Yoshida grinste und bedeutete ihrer Chefin, sie könne beruhigt gehen.

»Und wehe, du gibst ihr auch nur einen Krümel zu essen, bevor sie ihre Arbeit ordentlich gemacht hat«, drohte Madame Tamaraya, ehe sie die Küche verließ.

»Natürlich nicht!«, sagte die Köchin und wandte sich dann an Michiko. »Du kriegst nichts zu essen, wenn du es nicht verdient hast. Verstanden?«

Michiko nickte mit angstvollem Blick.

Kaum hatte Madame Tamaraya die Küche verlassen, leerte Frau Yoshida hastig den Sakebecher, den sie hinter ihrem Rücken versteckt hatte. Sie schmatzte voll Wohlbehagen mit ihren runzligen Lippen. Dann machte sie sich ans Kochen. Michiko war beeindruckt von Frau Yoshida, die gleichzeitig Lachs briet und Frühlingszwiebeln hackte und dabei noch erklärte, welches Geschirr für welche Gerichte verwendet wurde und wie man sie korrekt auf einem Lacktablett anrichtete. Die zerbrechliche alte Frau legte bei ihrer Arbeit eine erstaunliche Energie an den Tag. Michiko sollte ihr dabei helfen, das Frühstück auf die Zimmer zu bringen. Anschließend würde sie selbst rasch in der Küche etwas essen und dann die Tabletts wieder einsammeln.

An diesem Morgen folgte Michiko Frau Yoshida, die die Frühstückstabletts jeweils mit einer Portion gegrilltem Fisch, eingelegtem Gemüse, Misosuppe und einer Schale Reis bestückt hatte. Ehe sie mit dem warmen Frühstück ein Zimmer betrat, kündigte sie sich an der Schiebetür an. Während Frau Yoshida es hineintrug, rannte Michiko in die Küche zurück, um weitere Tabletts zu holen. Sie lief so viel hin und her, dass der Morgen wie im Flug verging. Nachdem alle Gäste und Madame Tamaraya gefrühstückt hatten, durften Michiko und Frau Yoshida sich endlich in der warmen Küche, wo es noch nach dem gegrillten Lachs duftete, niederlassen.

»Normalerweise serviere nicht ich das Frühstück – das ist die Aufgabe des Dienstmädchens«, sagte Frau Yoshida, während sie sich in der Küche noch einen Becher kalten Sake genehmigte. »Aber heute wollte ich dir ja zeigen, wie man das macht.« Sie fuhr mit ihren Erklärungen fort: »Sobald du weißt, wie es geht, machst du es allein. Kannst du es genauso machen wie ich heute Morgen?«

Michiko nickte, obwohl sie noch unsicher war. Jedes Gericht wurde auf eine ganz eigene Weise serviert, mit der sie nicht vertraut war. Sie hatte noch nie so feines Geschirr und so vornehme Lacktabletts gesehen. Alles in dieser Pension sah so kostbar aus, dass sie sich davor fürchtete, es zu berühren.

»Mach dir keine Sorgen, du wirst sehr schnell alles lernen.« Frau Yoshida lächelte. »Ich sehe schon, dass du ein kluges Mädchen bist.« Sie nippte noch einmal an ihrem Sake und steckte sich ein großes Stück eingelegten Rettich in den Mund. »Los, beeil dich und iss.« Eine weitere Scheibe eingelegten Rettich zwischen den Fingern, machte sie eine aufmunternde Handbewegung. »Du musst die Tabletts von den Zimmern holen, ehe du mit dem Saubermachen anfängst.«

Obwohl die alte Köchin anscheinend gerne trank, konnte Michiko sie auf Anhieb gut leiden. Sie redete nicht viel, behielt das junge Mädchen aber ständig im Auge und versuchte ihr auf eine so sanfte, unterschwellige Art zu helfen, die ebenso unaufdringlich war wie ihr leises, trauriges Lächeln. Von nun an waren Michikos Tage mit allen möglichen Aufgaben ausgefüllt. Es gab keinen Moment der Muße. Da sie bis spät in die Nacht sauber machen und wieder sehr früh aufstehen musste, bekam sie wenig Schlaf. Kaum war der Tag zu Ende, begann auch schon wieder der gleiche mühsame Ablauf von vorn. Die Arbeit wäre selbst für einen Erwachsenen sehr strapaziös gewesen. Aber sie war nicht das Schwierigste an ihrem neuem Leben in Kioto.

Madame Tamaraya schien es für ihre Aufgabe zu halten, ständig etwas an Michiko auszusetzen. Sie machte ihr das Leben unerträglich. Beim kleinsten Fehler – ein staubiges Regalbrett oder die ungeputzten Schuhe eines Gastes – schlug sie erbarmungslos auf das Mädchen ein. Und wenn sie einmal angefangen hatte, hörte sie nicht auf, bis sie ihre gesamte Wut an Michikos zierlichem Körper ausgelassen hatte. Rettete die zufällige Anwesenheit eines Gastes die Kleine vor ihren Schlägen, bekam sie zur Strafe kein Essen.

»So wirst du es dir merken und den gleichen Fehler nicht noch einmal machen«, schrie sie, während sie mit einem Bambusknüppel auf Michiko einprügelte. Ihre fetten Hängebacken zitterten bei jedem Schlag. »Wage es nicht, mir den Gehorsam zu verweigern! Wag es ja nicht!«

»Arme Kleine«, sagte Frau Yoshida, als sie Michiko eines Nachmittags in einer Ecke der Küche weinen sah.

Michiko konnte ihre Tränen nicht zurückhalten. Vielmehr begann sie in Frau Yoshidas Gegenwart noch heftiger zu weinen.

»Glaub nicht, dass du die Einzige bist.« Frau Yoshida streckte die Hand aus und berührte Michikos Kopf. »Die gnädige Frau behandelt alle Dienstmädchen so. Ihre Mutter – wir haben sie immer die alte Gnädige genannt – hat mich damals auch sehr schlecht behandelt und mich geschlagen, wie Madame Tamaraya jetzt dich schlägt. Das sind furchtbare Menschen. Einfach grauenhaft! Also verschwende deine Tränen nicht an sie.«

Michiko wischte sich mit dem Handrücken die Tränen ab und blickte Frau Yoshida an.

»Eines Tages wirst du alles verstehen«, sagte die Köchin. »Du wirst verstehen, warum die Gnädige so ist, wie sie ist.«

Stumm betrachtete Michiko die alte Frau neben sich. Sie roch nach Reiswein. Sie dachte an ihren Vater. So hatte er auch immer gerochen, wenn er etwas getrunken hatte.

Die Köchin stieß einen langen Seufzer aus und warf einen Blick zur Küchentür. »Ich arbeite jetzt seit über dreißig Jahren im Tamaraya. Ich habe das ganze Auf und Ab der Familie miterlebt und kenne viele persönliche Einzelheiten.«

Michikos Blick folgte den hervortretenden Adern auf den knorrigen Händen der alten Frau. Die eine lag in ihrem Schoß, während sie mit der anderen ihren Kopf stützte. Ihre Augen schauten ziellos ins Leere. Die roten geplatzten Äderchen auf ihrer Nase und den Wangen bewegten sich, wenn sie sprach.

»Madame Tamaraya hatte nie ein besonders gutes Herz, und als Kind wurde sie von ihren Eltern sehr verwöhnt. In gewisser Weise haben sie sie sogar dazu erzogen, so selbstsüchtig und anspruchsvoll zu werden, wie sie jetzt ist. Aber die alte Gnädige war genauso. Eine niederträchtige alte Frau. Sie war richtig bösartig und sehr gemein zu den Dienstmädchen. Alle hatten Angst vor ihr. Und alle hassten sie.« Frau Yoshida schüttelte voller Widerwillen den Kopf. »Aber auf der anderen Seite war sie eine ausgezeichnete Geschäftsfrau. Die Gäste hatten nicht die geringste Ahnung, wie gemein und grausam sie war.«

Michiko versuchte, sich die alte Gnädige vorzustellen.

»Sie sahen sich auch unglaublich ähnlich! Wie zwei hässliche Schwestern. Du hättest sie mal zusammen sehen sollen.« Frau Yoshida kicherte. »Ich frage mich immer wieder, warum solche schrecklichen Leute so viel Geld haben, während so viele nette Leute wie wir unter ihnen leiden müssen.«

Michiko sah die Köchin an und überlegte, ob man sie auch aus ihrem Zuhause fortgeholt hatte. »Warum sind Sie denn so lange hiergeblieben, Frau Yoshida?«, fragte sie vorsichtig.

»Warum?« Frau Yoshida stieß wieder einen langen Seufzer aus. »Wahrscheinlich blieb mir nichts anderes übrig. Oder mir fehlte der Mut zu gehen. Du wirst sehen, Michiko. An irgendeinem Punkt lernst du, dich in dein Schicksal zu ergeben«, sagte sie mit einem bitteren Lächeln. »Aber wenn du fortlaufen willst, musst du es tun, solange du jung bist. Sonst endest du womöglich wie ich: als einsame alte Frau ohne Familie und Hoffnung.«

Zweimal versuchte Michiko davonzulaufen, und beide Male wurde sie schrecklich von Madame Tamaraya verprügelt. Sie konnte ja nirgendwohin und hatte niemanden, der ihr half, also wurde sie jedes Mal bald von den Häschern ihrer Herrin aufgespürt. Nach Michikos zweitem gescheitertem Fluchtversuch verbot Madame Tamaraya ihr, auch nur einen Schritt durch das Tor auf die Straße zu gehen, und machte sie so zu einer Gefangenen. Michiko sah häufig hinaus auf die Straße und nährte ihren verzweifelten Wunsch zur Flucht, aber die Angst, wieder erwischt zu werden, hielt sie auf. Sie erschauerte, wenn sie an die vor Wut bebenden Züge der Gastwirtin dachte, als sie mit dem dicken Bambus, an dem schon Michikos Blut klebte, auf sie eingeknüppelt hatte. Die Furcht, die Madame Tamaraya ihr einflößte, verbreitete sich wie ein Gift in ihrem Körper, sodass Michiko außerstande war, sich wie ein normales Mädchen ihres Alters Tagträumen hinzugeben. Sie war eine Sklavin der Angst, eingeschlossen in Madame Tamarayas Käfig.

Auch wenn es ihr angesichts von Michikos harter Bestrafung schauderte, wusste Frau Yoshida sehr wohl, dass sie es sich in ihrem Alter nicht leisten konnte, ihre Arbeit zu verlieren. Sie lebte allein und hatte niemanden, der für sie sorgen würde. Sie verdiente gerade genug, um ein Dach über dem Kopf zu haben und sich mit etwas Sake zeitweise Erleichterung zu schaffen. Mehr als Essen für Michiko aufzuheben und ihre Blutergüsse mit einer Scheibe roher Zwiebel einzureiben, damit sie besser heilten, konnte sie für das junge Mädchen nicht tun. Sie deckte Michiko so gut sie konnte und nahm manchmal ihre Schuld auf sich. Wenigstens wurde Frau Yoshida nie von Madame Tamaraya geschlagen, denn dazu war sie dann doch zu alt.

»Eines Tages ist alles vorbei, so oder so«, sagte Frau Yoshida häufig zu Michiko, um das arme Mädchen zu trösten.

So verrichtete Michiko vom Morgengrauen bis spät in die Nacht schweigend ihre Arbeit und wünschte, dass eines Tages alles vorbei sein würde. »So oder so«, wie Frau Yoshida immer sagte. Schon lange schlief Michiko nicht mehr in der Hoffnung ein, dass vielleicht alles nur ein böser Traum sei. Sie wusste genau, es war keiner. Jede Nacht, wenn sie die Augen schloss, wünschte sie sich, von ihrer fernen Heimat am Meer zu träumen. Nur in ihren Träumen gab es einen Ort, an den sie gehörte.

8

Kenzaburo war der jüngste Sohn des Fürsten Takeda, der einer der geachtetsten und mächtigsten Männer in Kobe war. Das Haus Takeda spielte seit Generationen eine bedeutende Rolle in der Region. Die Familie stammte von einer langen Reihe von Kriegern ab und konnte ihre Herkunft auf die Mitte des 8. Jahrhunderts zurückführen. Fürst Takeda war, nachdem seine Gattin kurz nach Kenzaburos Geburt plötzlich gestorben war, von seinem hohen Amt in der Handelskammer von Kobe zurückgetreten. Dennoch war sein Einfluss in Kobe ungebrochen.

Viele heldenhafte Geschichten rankten sich um die Gestalt des Fürsten. Er galt als stark wie ein Stier, in physischer wie in geistiger Hinsicht. Willenskraft und Wagemut zeichneten ihn aus. Allerdings verfiel nach dem unerwarteten Hinscheiden seiner Gemahlin die Gesundheit des Fürsten sehr schnell. Fürst Takedas Ehrgefühl, sein ausgeprägter Sinn für Loyalität und die tiefe Liebe, die er für die Mutter seiner Söhne empfunden hatte, hinderten ihn daran, noch einmal zu heiraten oder sich Konkubinen zu halten. All dies trug ihm den Ruf großer Erhabenheit ein.

Kenzaburo hatte also keine Mutter, aber sein Vater und seine drei erheblich älteren Brüder widmeten ihm ihre ungeteilte Aufmerksamkeit. Seine Brüder waren mehr wie Väter für ihn, sodass er wie ein Einzelkind aufwuchs. Als Kenzaburo ein halbwüchsiger Junge war, waren sie bereits verheiratet und hatten einflussreiche Posten in Wirtschaft und Politik inne.

Nun kam auch Kenzaburo allmählich an die Reihe, sich als würdiges Mitglied der Familie zu erweisen. Fürst Takeda hegte überwältigend hohe Erwartungen, was nicht ganz unberechtigt war. Kenzaburo hatte sich schon mit vier Jahren allein das Lesen und Schreiben beigebracht, und der Fürst Takeda ließ seinen Jüngsten wegen dessen herausragender Intelligenz zu Hause unterrichten. Er engagierte eine Handvoll Hauslehrer, die Kenzaburo in verschiedenen Fächern und Kampfsportarten unterrichten sollten. Kenzaburos erster Hauslehrer, Herr Watanabe, schwärmte ständig von der außergewöhnlichen Begabung des Jungen und bezeichnete ihn unverhohlen als Genie und Geschenk der Ahnen an die Familie Takeda.

Fürst Takeda war überzeugt, dass Kenzaburo viel von seiner verstorbenen Mutter hatte, die eine äußerst kluge und vornehme Frau gewesen war. Außerdem war ihm bewusst, dass der Junge seine physische Kraft geerbt hatte, und er war hocherfreut, dass Kenzaburo sich auch in den Kampfsportarten auszeichnete. Für den Fürsten gab es kein größeres Vergnügen, als zuzuschauen, wie sein Sohn mit seinem Lehrer japanischen Schwertkampf – Kendo – trainierte. Ungeachtet seiner zarten Gestalt kämpfte Kenzaburo mit äußerster Kraft und Selbstbeherrschung. Fürst Takeda war überzeugt, dass sein Jüngster über ein nahezu grenzenloses Potenzial verfügte und vielleicht derjenige sein würde, der die Macht und den Ruhm der Takedas sogar auf landesweiter Ebene zu noch größeren Höhen steigern könnte.

Doch Kenzaburo lag nichts an einem angesehenen Regierungsposten. Er betrachtete ein hohes Amt eher als Bürde denn als Privileg und war ebenso unabhängig gesinnt wie empfindsam, nachdenklich und mitfühlend. Seine Leidenschaft galt der Dichtkunst und den alten Schriften großer japanischer und chinesischer Denker. Alle Menschen in seiner Umgebung bewunderten Kenzaburos Anmut und Klugheit, dennoch zog er es vor, allein zu sein, und verbrachte viel Zeit mit Meditieren und Nachdenken in seinem Zimmer, das auf einen kleinen Moosgarten hinausging. Dieser war das letzte Geschenk, das sein Vater seiner Mutter vor ihrem Tod gemacht hatte. Der angesehenste buddhistische Priester von Kobe hatte ihn gleich nach Kenzaburos Geburt auf den Namen Schneegrüner Garten eingesegnet.

Üppiges grünes Moos bedeckte die rechteckige Fläche, die von einem etwa dreißig Zentimeter breiten Graben aus glatten schwarzen Flusskieseln eingefasst war. Kenzaburo liebte es, die fünfhundertjährige Zwergkiefer in der Mitte des Schneegrünen Gartens zu betrachten. Ihre verschlungenen Wurzeln lagen um einen großen, schwarzen vulkanischen Felsen herum frei, der Stamm neigte sich weit nach Süden, während die breiten Fächer ihrer feinen grünen Nadeln tief nach unten hingen und ihre schwankenden Schatten auf die moosüberwachsene Erde warfen. Die Äste der Kiefer waren sorgfältig von einem Bonsai-Meister eingebunden, gebogen und zur Vollkommenheit gestutzt worden.

Die Schönheit des alten Baumes war nicht zu leugnen, und niemand hätte es gewagt, unerlaubt sein Territorium zu betreten. Kenzaburo jedoch erkannte die Qualen des einsamen Wesens, es litt wie ein Schlangenmensch, den man in einen winzigen Kasten stopfte, eine Chinesin mit eingebundenen Füßen oder eine Europäerin in einem Korsett, das ihre Taille auf einen Umfang von fünfundvierzig Zentimetern zusammenpresste.

Häufig betrachtete er den Baum und versuchte sich vorzustellen, welche Gestalt er angenommen hätte, wenn man ihn nicht ständig gestutzt und geklammert hätte, um ihn mit Gewalt in diese Form zu bringen. Wäre er gerade in die Höhe gewachsen, der Sonne entgegen, wie andere Bäume auch? Er erinnerte Kenzaburo an ein Schiffswrack mit geknickten und gebrochenen Masten, dessen ausgefranste, zerfetzte grüne Segel aus Kiefernnadeln auf eine moosgrüne See fielen. Er fragte sich, ob der Baum glücklicher wäre, wenn er in einem Wald stünde, statt allein mit einem gekrümmten Stamm inmitten dieses kargen Moosgartens.

Doch Kenzaburo hatte niemanden, dem er seine Gedanken mitteilen konnte – derart gefühlvolle Reflektionen über einen einfachen Bonsai hätten seinen Vater nur beunruhigt. So wurde Kenzaburo immer einsamer. Es war die Pflicht der männlichen Familienmitglieder, die Ehre der Ahnen aufrechtzuerhalten, der furchtlosen und gleichmütigen Krieger, deren ruhmreiche Tapferkeit nur noch von ihrem Selbstbewusstsein übertroffen wurde. Kenzaburo sehnte sich oft nach seiner Mutter, an die er natürlich nicht die geringste Erinnerung hatte. Sein Vater hatte ihm erzählt, wie sehr seine Mutter ihn geliebt hatte. Sie hatte ihn bis zu ihrem letzten Atemzug nicht aus den Augen gelassen. Kenzaburo ahnte, dass seine Mutter ihn verstanden und sein empfindsames Wesen gefördert hätte.

Er widmete seiner Mutter zahlreiche Haikus, auf die er sich selbst mit neuen Haikus in ihrem Namen antwortete. Allerdings hielt er diese Gedichte sorgfältig vor seinem Vater und seinen Brüdern versteckt, die für solche Gefühlsäußerungen wenig Verständnis hatten. So etwas war die Aufgabe von Dichtern, Schriftstellern oder Tänzern und keine Beschäftigung für den Abkömmling eines tapferen Kriegerclans. Kenzaburo wusste, dass es seine Zukunft war, eine außergewöhnliche Beherrschung und Form zu wahren, wie der Bonsai in seinem Moosgarten.

In dem Herbst, als Kenzaburo achtzehn Jahre alt wurde, hatte Fürst Takeda einen amerikanischen Rechtsberater auf seinem Anwesen zu Gast. Der Fürst hatte den aus Brooklyn stammenden New Yorker namens William Mosse durch seinen jüngeren Bruder kennengelernt, der einige Jahre zuvor nach Osaka gezogen war. Von seinem Bruder, zu dem er großes Vertrauen hatte, erfuhr er, dass Mr. Mosse im Jahre Meiji 19 – nach westlicher Zeitrechnung 1886 – als Missionar nach Japan gekommen war. Nach einigen Jahren hatte dieser amerikanische Herr die Mission verlassen, um als Vermittler und Übersetzer die Handelsbeziehungen zwischen den USA und Japan zu verbessern. Wenige Monate später, so hieß es, habe er angefangen, als Rechtsberater zu arbeiten. Fürst Takeda interessierte sich für Mr. Mosse, weil er hoffte, der Amerikaner könnte Kenzaburo, der schon seit einigen Jahren Englisch lernte, etwas über die Welt außerhalb Japans beibringen.

Fürst Takeda war bereits ein älterer Herr, als er Mr. Mosse begegnete. Er glaubte fest an die Traditionen des japanischen Kaiserreichs und hielt streng die Riten seiner Ahnen ein. Dennoch begriff er die große Bedeutung westlichen Wissens und sah dessen Einfluss auf die kommenden Generationen voraus. Im Gegensatz zu vielen anderen Konservativen fand Fürst Takeda es ausnehmend wichtig, etwas über die westlichen Länder zu erfahren. Nur so sei man in der Lage, die Reinheit und Würde des japanischen Kaiserreiches zu bewahren. Um einen Feind zu besiegen, müsse man ihn durch und durch kennen, predigte er, obwohl er ebenfalls durch und durch traditionsbewusst war.

Mr. Mosse war ein Mann in mittleren Jahren, blond mit blasser Haut und blauen Augen, und sein Anblick brachte die meisten Bediensteten auf dem Anwesen aus der Fassung. Doch Kenzaburo mochte den gertenschlanken Amerikaner mit den tiefen Falten und dem widerspenstigen Bart sofort.

In dem Empfangsraum, in dem Fürst Takeda seinen Sohn mit Mr. Mosse bekannt machte, blickte man auf einen Karesansui-Garten, der eine alpine Landschaft mit Felsformationen und fließendem Wasser abbildete. Als Mr. Mosse, der einen dreiteiligen schwarzen Anzug trug, sich für die Einladung bedankte und die Schönheit des Anwesens lobte, wurde deutlich, dass er beeindruckend gut Japanisch sprach. Die Schiebetüren, die den Raum von dem angrenzenden Warteraum trennten, waren mit großflächigen Bildern von herbstlichen Feldern geschmückt, sehr ähnlich der Landschaft, die Mr. Mosse auf seiner Fahrt nach Kobe genossen hatte. Sobald sein Vater den Raum verlassen hatte, wechselte Kenzaburo ins Englische und begann, sehr zur Überraschung seines neuen Lehrers, höflich und korrekt mit ihm in dessen Sprache zu plaudern.

»Ihr Onkel hat mir erzählt, dass Sie Englisch lernen, aber

ich hatte nicht erwartet, dass Sie es so gut sprechen.« Der Amerikaner konnte seine Bewunderung für den jungen Mann im marineblauen Kimono nicht verhehlen. Sein neuer Schüler saß ihm gegenüber an einem schwarzen Teetisch aus Lack. Seine Haltung war die eines Mannes von edler Herkunft. Dennoch trug er einen kurzen westlichen Haarschnitt, der ihm sehr gut stand.

»Ich danke Ihnen, Mr. Mosse.« Kenzaburo verbeugte sich höflich und nahm einen Schluck von seinem Tee. »Ich lerne sehr gern Englisch. Es ist eine sehr praktische Sprache, finde ich. Außerdem gefällt mir, dass man fast zu jedem auf gleiche Weise sprechen kann. Wie Sie wissen, müssen wir auf Japanisch verschiedene Formen, je nach Alter, Stellung und so fort verwenden.«

»Da haben Sie recht, Sir.« Mr. Mosse nickte zustimmend. »Diese Besonderheiten waren am Anfang sehr schwer für mich zu erlernen. Danach, als ich einfache Sätze bilden konnte, dachte ich eine Weile, es würde leichter«, fuhr er fort. »Aber bald fand ich heraus, dass ich mich im Irrtum befand. Japanisch wird umso schwerer, je weiter man mit seinen Studien voranschreitet.«

»Ich kann mir vorstellen, dass Japanisch für englischsprachige Menschen eine recht schwierige Sprache ist.« Kenzaburo bemerkte, wie unbequem es für seinen neuen Lehrer war, auf dem Boden zu knien. »Warum haben Sie sich entschieden, nach Japan zu kommen, Mr. Mosse?«

»Es war nicht mein eigener Entschluss. Die Mission hat mich hierher geschickt.« Mr. Mosse lächelte. In dem Versuch, eine bequemere Haltung zu finden, verlagerte er sein Gewicht ständig von einem Bein auf das andere. »Aber ich bin ziemlich froh über diese Wahl.«

»Bereitet es Ihnen Freude, in Japan zu leben, Mr. Mosse?«

»Ganz gewiss, Sir.« Mr. Mosse unterstrich seine Antwort mit einem Lächeln.

Kenzaburo war das Lächeln des Amerikaners sympathisch. Er mochte es, wie sein Bart seine gelblichen geraden Zähne umrahmte und sich Fältchen um seine blauen Augen bildeten, wenn er lächelte. »Aber es hat Ihnen nicht gefallen zu missionieren«, sagte er. »Mein Onkel hat mir erzählt, dass Sie Ihre Arbeit als Missionar aufgegeben haben.«

Mr. Mosse strich sich über den ergrauenden Bart, bevor er antwortete. »Nun, die Mission gefiel mir eigentlich auch ganz gut, aber ich fand sie recht überflüssig.«

»Warum *überflüssig*, Mr. Mosse?«

»Mir wurde klar, dass Japaner einen ganz anderen Zugang zu Gott oder vielmehr den Göttern haben. Sie haben viele verschiedene Gottheiten in Japan, wie ich erfahren habe, ganz anders als dort, wo ich herkomme.«

»Ja, das stimmt.« Kenzaburo nickte. »Ich habe gelesen, dass es im Westen nur einen Gott gibt. Ist das richtig? Sie haben nur einen Gott?«

»Ja, Sir. Das glauben wir.«

»Meinen Sie, es ist schlecht, viele Götter zu haben?«

»Nein, auf keinen Fall.« Mr. Mosse schüttelte den Kopf, und als er lächelte, blitzte etwas in seinen blauen Augen auf. »Ich finde es völlig in Ordnung, viele Götter zu haben.«

»Und jetzt glauben Sie an viele Götter wie wir Japaner, Mr. Mosse?« Kenzaburo kicherte. »Sie sind gekommen, um uns zu bekehren, und wurden selbst bekehrt.«

»Nein, Sir. Aber ich glaube an die Möglichkeit, seinen eigenen Glauben zu behalten und zugleich andere Bekenntnisse auch gelten zu lassen. Ich bin Christ und behalte meinen christlichen Glauben an den einen Gott.« Mr. Mosse legte sich sacht die rechte Hand auf die Brust, um seine Treue zu seinem Gott zu unterstreichen. »Aber ich erkenne auch den Glauben des japanischen Volkes an seine verschiedenen Götter an.«

»Und meinen Sie, dass alle Christen der gleichen Meinung sind wie Sie, Mr. Mosse?«

»Nun.« Mr. Mosse hielt einen Moment inne. »Sicherlich gibt es Christen, die nicht damit einverstanden sind. Aber ich finde nichts Falsches daran, Überzeugungen zu achten, die sich von meiner unterscheiden.«

In Wahrheit hatte sein Onkel Kenzaburo schon erzählt, dass Mr. Mosse sich mit seiner Kirche überworfen hatte. Er war von seinen amerikanischen Mitmissionaren beschimpft und verhöhnt worden, weil er die Mission aufgegeben hatte. Nun, wo Kenzaburo Mr. Mosse persönlich kennengelernt hatte, begriff er, dass weder Glaubenszweifel noch Habgier, wie einige vermutet hatten, der Grund für seine Trennung von der Mission war. Kenzaburo war fasziniert von den Ansichten seines Lehrers über Religion. Wie seltsam, dass er weiterhin an seinem einzigen Gott festhielt und dennoch andere Götter akzeptierte.

Aus den Antworten seines Lehrers bastelte Kenzaburo sich eine Geschichte zusammen. Mr. Mosse hatte sich für seinen christlichen Glauben entschieden, war jedoch als intellektueller Vernunftmensch in der Lage zu erkennen, dass dies nicht der einzige spirituelle Weg war. Er war klug und einfühlsam genug, um zu erkennen, dass viele Japaner ohne eine Kenntnis des Christentums über Hunderte von Jahren ein spirituelleres und moralischeres Leben führten als die meisten westlichen Menschen. Kenzaburos erster Eindruck war zufriedenstellend, dennoch war er sehr erpicht darauf, mehr über Mr. Mosse zu erfahren.

»War es schwierig für Sie, die japanische Religion zu verstehen und zu akzeptieren?« Kenzaburo beobachtete seinen neuen Lehrer genau.

»Nun, es hätte schwierig sein können, besonders für einen Menschen wie mich, der sich sein ganzes Leben lang mit dem Christentum beschäftigt hat. Es ist nie ganz leicht, fremde Auffassungen anzuerkennen, Sir. Aber ich habe mich entschlossen, diese Unterschiede mit einem absoluten Glauben an Gott anzunehmen, und ich meine, dass mein Weg Teil seines göttlichen Plans ist.«

»Sie sind wirklich ein Mann von starkem Glauben, Mr. Mosse. Ich beneide Sie um Ihr Vertrauen zu Ihrem Gott.« Kenzaburo wusste einige abstrakte Dinge über den christlichen Gott, aber was sein Lehrer sagte, entlockte ihm ein Lächeln. Dieser starke Glaube erschien ihm fast kindlich. Es war ein interessanter Gegensatz: ein so intelligenter Mann, der blind glaubte. Zugleich gefiel ihm die Hingabe des Mannes an seinen Glauben und seine Toleranz gegenüber anderen.

Mr. Mosse neigte höflich den Kopf. »Danke, Sir. Ich betrachte mich als Religionsforscher. Es ist die Aufgabe gebildeter Männer, Toleranz gegenüber Andersdenkenden zu üben.«

»Ich verstehe nun, warum mein Onkel Sie so schätzt.«

Das zerknitterte weiße Gesicht des Mannes errötete. »Vielen Dank, das ist ein großes Kompliment. Ich freue mich, Sie unterrichten zu dürfen.«

»Mein Onkel sagt, dass Sie sich auch in rechtlichen Belangen sehr gut auskennen und ein äußerst vertrauenswürdiger Mann sind. Es überrascht mich nicht, dass ein Mann von so starker Überzeugung wie Sie hoch geschätzt wird«, sagte Kenzaburo und lächelte. »Ein gläubiger Mann ist immer vertrauenswürdiger, ganz gleich, um welchen Glauben es sich handelt.«

»Ich werde Ihr Vertrauen nicht enttäuschen.« Mr. Mosse lächelte zurück.

»Ich danke Ihnen, dass Sie meinen Horizont mit Ihrer Weisheit erweitert haben, Mr. Mosse.« Kenzaburo verbeugte sich respektvoll vor seinem Lehrer.

»Sie sind sehr freundlich, Sir.« Mr. Mosse verbeugte sich gleichfalls. »Wie ist es möglich, wenn ich fragen darf, dass ein junger Japaner wie Sie so gut Englisch spricht?«

Kenzaburo war sichtlich erfreut über das Kompliment. »Ich habe die Grundlagen, wie Sie bereits wissen, von meinem Onkel in Osaka gelernt«, erzählte er.

»Ja, das wusste ich. Er spricht auch sehr gut Englisch, aber nicht so gut wie Sie, Sir«, sagte Mr. Mosse.

Kenzaburo bedankte sich. Die Offenheit des Mannes – bei Hauslehrern eine seltene Eigenschaft – beeindruckte ihn, und er fühlte sich nicht im Geringsten beleidigt von seiner freimütigen Bemerkung über das weniger gute Englisch seines Onkels. »Ich habe angefangen, mir mit den alten Heften meines Onkels und einem englischen Buch, das er mir gegeben hat, mein Englisch zusätzlich zu verbessern.«

»Wie heißt das Buch?«, erkundigte sich Mr. Mosse.

»*Der König des Goldstroms* von John Ruskin«, antwortete Kenzaburo. »Haben Sie es gelesen?«

»Nein, aber ich kenne einige von Ruskins anderen Werken.« Mr. Mosse nahm einen Schluck Tee. Das neue, leichtere Thema schien ihn zu entspannen.

»Ich finde die Geschichte seltsam«, sagte Kenzaburo und lächelte sanft. »Dennoch ist sie ein schönes Märchen, das uns lehrt, Fremden Verständnis und Freundlichkeit entgegenzubringen. Obwohl sie so kurz ist, habe ich lange gebraucht, um sie zu beenden. Es war bisher mein einziges englisches Buch.« Kenzaburo trank ebenfalls von seinem Tee und fuhr fort: »Ich würde den Westen, der darin beschrieben ist, sehr gern sehen. Sehen, wie die Menschen leben und wie sie ihren Alltag verbringen.«

»Haben Sie noch andere englische Texte gelesen, Sir?«

»Nur ein paar Kurzgeschichten und Zeitungsartikel, die mein Onkel mir gegeben hat. Mein Zugang zu englischem Schrifttum ist sehr begrenzt, wissen Sie. Ich würde wirklich gern mehr englische Bücher lesen. Besonders lieb wäre es mir, wenn Sie mir beibringen könnten, Bücher über westliche Philosophie zu lesen und zu verstehen. Ich würde zu gern wissen, was die großen Denker des Westens geschrieben haben«, sagte Kenzaburo. Seine Augen glänzten.

»Natürlich, Sir.« Mr. Mosse nickte beifällig. »Ich werde Ihren Unterricht mit größter Sorgfalt vorbereiten, um Ihren Bedürfnissen entgegenzukommen.«

Kobe, am 7. März 1897

Lieber Samuel,
wie die Zeit vergeht, guter Freund! Zehn Jahre ist es jetzt schon her, seit ich New York verlassen habe. Und du, alter Schurke, bist inzwischen Professor an der Universität von New York. Wer hätte das gedacht? Und wer hätte gedacht, dass aus mir das wird, was ich bin, und das am unwahrscheinlichsten Ort der Welt.

Gott überrascht uns doch immer wieder mit Seinem göttlichen Plan, mein Freund. Erst kürzlich hat Er mir ein neues Geschenk gemacht. Ich habe eine Stelle als Hauslehrer eines jungen Fürsten in Kobe angenommen. Ich werde hier auf dem Anwesen wohnen und ihn in den Gepflogenheiten des Westens unterrichten. Dieser junge Mann ist einer der intelligentesten Menschen, denen ich jemals begegnet bin und wahrscheinlich begegnen werde. Sogar meine allgemeine Wahrnehmung der japanischen Männer hat sich durch meine Gespräche mit ihm gewandelt.

Er heißt Kenzaburo Takeda. Ich bin überzeugt, dass er eines Tages ein sehr wichtiger Mann in Japan sein wird, das glaub mir. Er hat sich mehr oder weniger selbst Englisch beigebracht und spricht es wunderbar. Ich hörte, dass sein Onkel, der einer meiner Klienten ist, ihn die Grundlagen gelehrt hat, dennoch kann ich noch immer nicht ganz begreifen, wie ein junger Mensch sich eine Fremdsprache, die er nie hört, auf derart hohem Niveau beizubringen imstande war. Er beeindruckt mich in vieler Hinsicht. Neulich übersetzte er mir einige kurze Gedichte, die er verfasst hat, und sie waren von einer ganz wunderbaren Einsicht. Seine Art zu schreiben ist sehr elegant, wenngleich er nur wenige Worte benutzt. Mit-

unter erstaunt mich meine eigene Verwunderung. Wie du weißt, bin ich nicht leicht zu beeindrucken. Morgen soll ich bei Kenzaburos Kendo-Training – Kendo ist der japanische Schwertkampf – anwesend sein. Man hat mir bereits gesagt, dass er fast besser als sein Meister sei.

Sam, mein lieber Freund, in jedem Brief fragst du mich, wann ich in die Heimat zurückzukehren gedenke. Ich habe dir ja erzählt, dass ich mir selbst versprochen hatte, für mindestens zehn Jahre in Japan zu bleiben, denn naiv, wie ich war, nahm ich an, in diesem Zeitraum genug über das Land lernen zu können. Doch kaum habe ich einmal das Gefühl, genug von diesem bezaubernden Land gesehen zu haben, schickt Gott mir weitere Gründe zu bleiben. Ich bin überzeugt, dass es Sein Wille ist, der mich hier festhält. Das Geschäft mit der Rechtsberatung läuft sehr gut und bietet interessante Herausforderungen. Außerdem bereitet mir meine neue Aufgabe als Hauslehrer großes Vergnügen. Das Anwesen der Takedas ist herrlich. Das Zimmer, das der Fürst mir zugewiesen hat, besitzt sogar einen eigenen Garten. Ich wünschte, du könntest es sehen. Du würdest es erlesen finden.

Fürst Takeda organisiert häufig buddhistische Veranstaltungen, die wahrhaft faszinierend sind. Selbst aus meinem christlichen Blickwinkel wirken sie äußerst profund. Ich glaube, ich kann hier sehr viel lernen.

Ich hoffe, du befindest dich wohl, und bete, dass sich alle unsere Freunde und ihre Familien ebenfalls wohl befinden.

Dein treuer William

Mr. Mosse behandelte in seinem Philosophieunterricht ausführlich die großen Denker des Westens von Sokrates bis Descartes. Doch keiner von ihnen berührte Kenzaburo so tief wie Gautama Buddha. Von Kindheit an hatte er die buddhistischen Mönche und die hingebungsvolle Andacht bewundert, mit der sie ihre Zeremonien auf dem Anwesen der Takedas abhielten. Sein Interesse am Buddhismus vertiefte sich, als er ein Buch über das Leben des Siddhartha Gautama las. Vielleicht erkannte Kenzaburo eine Parallele zwischen dessen Leben und seinem eigenen und bildete sich ein, ebenso erleuchtet und rein zu sein wie sein Held. Nach tiefer Überlegung zog er in Betracht, buddhistischer Mönch zu werden, und beriet sich mit Mr. Mosse über die Möglichkeit, einen spirituellen Weg anzustreben statt eines hohen Regierungsamtes, wie sein Vater es von ihm erwartete.

Mr. Mosse erschrak keineswegs über Kenzaburos Fragen. Er verstand das Bedürfnis des jungen Mannes nach spiritueller Entwicklung und erkannte sogar die Ähnlichkeiten zwischen seinem Schüler und Siddhartha an. Außerdem sah er Kenzaburos Sehnsucht, sich von seiner Familie zu befreien, und wie sehr die an ihn gestellten hohen Erwartungen dem jungen Mann zu schaffen machten. Er wollte seinem Schüler helfen, so gut er konnte, und wich Kenzaburos Fragen daher niemals aus.

»Wenn das Ihr Wunsch ist, Sir«, antwortete er. »Sie sollten das tun, was Sie selbst für das Richtige halten.« Mr. Mosse fand, dass dies eine typisch amerikanische Antwort war, aber eine andere fiel ihm nicht ein.

»Aber ich fürchte, meine Familie zu sehr zu enttäuschen«, sagte Kenzaburo und senkte bekümmert den Blick.

»Das könnte durchaus geschehen«, sagte Mr. Mosse. »Aber es ist nicht richtig, nur für seine Familie zu leben. Wenn Sie wirklich glauben, dass es Ihre Berufung ist, Mönch zu werden, sollten Sie ihr folgen.« Er führte ein Beispiel aus einer seiner Vorlesungen an. »Wenn Siddhartha seinen Palast nicht verlassen hätte, um durch die äußere Welt zu wandern, wäre er nicht zum Erwachten, zum Buddha, geworden. Er folgte seinem Verlangen, die Wahrheit zu finden, und seiner höheren Berufung. Nicht viele Männer sind dazu in der Lage.«

»Aber Sie waren es, Mr. Mosse …« Kenzaburos gutaussehendes junges Gesicht war sehr nachdenklich.

»Ich?« Mr. Mosse lächelte über das Kompliment. »Nein, Sir. Ich bin nicht sehr mutig, auch wenn ich wünschte, ich wäre es …«

»Aber Sie haben Ihr Land verlassen und den riesigen Ozean überquert, um nach Japan zu kommen – um Ihren Traum zu verwirklichen!« Kenzaburos geschliffenes Englisch hatte einen rhetorischen Glanz. »Sie sind doch Ihrem eigenen Wunsch gefolgt, nicht wahr, Mr. Mosse? Ich glaube, viele würden das äußerst mutig von Ihnen finden.«

»Nun, ich würde das nicht gerade eine mutige Tat nennen, Sir.« Mr. Mosse schüttelte sacht den Kopf. »Ich bin nur einem Teil meiner Aufgabe als Missionar nachgekommen.«

»Aber das war doch auch etwas, das Sie selbst gewählt hatten?«, fragte Kenzaburo. »Etwas, woran Sie glaubten. Es war Ihre eigene Wahl, die weite Strecke nach Japan zu reisen, um die Botschaft Ihres Gottes zu verbreiten. Das stimmt doch, Mr. Mosse?«

»Gewiss, Sir.« Mr. Mosse nickte. »Und ich bereue es nicht, obwohl ich meine Mission nicht so beendet habe, wie ich es beabsichtigt hatte. Ich glaube, Gott weist uns viele verschiedene Wege, um unsere Träume zu erfüllen«, sagte er und lächelte zufrieden. »Sie zu unterrichten und den japanischen Menschen und meinen eigenen Landsleuten in geschäftlichen Dingen zu Diensten zu sein, ist äußerst lohnend und befriedigend für mich.«

»Was für ein Glück, dass Ihnen das, wozu Sie sich entschieden haben, Freude bereitet!«, rief der junge Mann leidenschaftlich. »Manchmal beneide ich andere um die Freiheit, sich nach ihren eigenen Wünschen zu entscheiden.« Kenzaburo stieß einen leisen Seufzer aus. »Mein Vater will, dass ich ein hohes Regierungsamt einnehme und eine Tochter aus einer sehr angesehenen Familie heirate. Und ich habe kaum eine andere Wahl, als das zu tun, was er befiehlt.«

Mr. Mosse erkannte an dem bitteren Lächeln des jungen Mannes, wie tief bekümmert er war. »Aber natürlich haben Sie die Wahl«, stieß er mit einem Anflug des amerikanischen Optimismus hervor, den er in all den Jahren im Ausland nicht hatte ablegen können. »Sie sind ein intelligenter und mutiger junger Mann. Ich bezweifle nicht, dass Sie alles erreichen können, was Sie sich vornehmen.«

»Es geht nicht darum, was ich kann oder nicht kann«, erklärte der junge Mann. »Es geht vielmehr darum, was mir erlaubt ist, Mr. Mosse. Mein Leben gehört mir nicht. Die Erwartungen meines Vaters und meiner Familie entscheiden über mich. Verstehen Sie das nicht?«

Mr. Mosse wusste genau, was Kenzaburo meinte. Nicht einmal er mit seinem unverwüstlichen Optimismus konnte leugnen, dass die Zukunft des jungen Mannes in den Händen seiner Familie lag.

»Ich bin überzeugt, Gott wird Ihnen den rechten Weg weisen, junger Herr«, antwortete Mr. Mosse wie gewöhnlich, wenn er keine bessere Antwort parat hatte.

Kenzaburo kicherte. »Aber das würde mein Problem auch nicht lösen.« Er hielt inne und erklärte Mr. Mosse seinen Standpunkt. »Ich hätte trotzdem keinen eigenen Willen, auch wenn Gott mir den Weg zeigen würde.« Kenzaburo lächelte seinen Lehrer an, der nie zugab, dass Gottes Wille und sein eigener getrennt verlaufen konnten.

»Entschuldigen Sie, so habe ich es nicht gemeint.« Mr. Mosse lächelte ebenfalls und ging auf die neue Vorstellung ein, die Kenzaburo ihm präsentierte. »Ich meinte nur, dass wir am Ende sehen werden, was das Schicksal uns bestimmt hat. Gott zwingt niemanden, Dinge zu tun, die er nicht tun will.« Er schüttelte den Kopf. »Aber Er weist uns den Weg, wenn wir an Ihn glauben.«

»Ich kenne Ihren Gott sehr gut, Mr. Mosse, aber ich bin nicht sicher, dass Er mich so gut kennt wie Sie. Aber ich kann Ihm dennoch vertrauen, und Er wird mir den rechten Weg weisen. Ist es das, was Sie meinen?« Kenzaburo sah seinen Lehrer erwartungsvoll an. Er versuchte, zum Grund ihres Gespräches vorzudringen.

»Gewiss, Sir.« Mr. Mosse nahm die Ironie im Tonfall des jungen Mannes wahr. »Wir haben ja schon darüber gesprochen, dass wir im Westen lernen, es gebe nur einen Gott. Doch hier habe ich erfahren, dass es in Japan viele Götter gibt. Zu Anfang bemühte ich mich, Ihre Landsleute zu korrigieren und sie zu meinem Gott, dem einzigen Gott, zu bekehren. Doch allmählich sah ich die Dinge in einem anderen Licht, und ich lernte zu akzeptieren, dass es eigentlich keine große Rolle spielt, an welchen Gott jemand glaubt, solange er auf Ihn vertraut und Ihm erlaubt, ihm die Macht des Mitgefühls und der Hoffnung zu geben.« Er beobachtete Kenzaburo, um zu sehen, ob dieser neue Kurs die gewünschte Wirkung hervorbrachte. »Wir brauchen Gott als Gegenstand unseres absoluten Vertrauens, damit Er uns mit Hoffnung erfüllt und uns Güte und Mitgefühl empfinden lässt. Denn wir sind zerbrechliche Wesen, die einen Glauben brauchen, um sich mit Gottes Hilfe zu bessern.«

»Sind Sie, Mr. Mosse, Ihrem Gott mit rückhaltlosem Vertrauen gefolgt, wenn ich fragen darf?« Kenzaburo sah seinem amerikanischen Lehrer in die blauen Augen, die ihn an einen klaren See an einem wolkenlosen Tag erinnerten.

»Ich glaube ja.« Mr. Mosse machte eine kurze Pause. »Ich glaube, durch die Führung Gottes bin ich ein besserer Mann geworden. Und ich glaube, dass Gott demjenigen den rechten Weg weist, der Ihn sucht.«

Leicht nickend dachte Kenzaburo eine Weile über die Worte seines Lehrers nach. »Ich möchte nicht arrogant erscheinen, Mr. Mosse.« Das Gesicht des Prinzen hellte sich auf. »Aber ich beabsichtige, den richtigen Weg in mir selbst zu suchen, durch die Kraft meines eigenen Willens.« Die Augen des jungen Mannes schimmerten wie nasse schwarze Kieselsteine in der Sonne. »Wenn absolutes Gottvertrauen die Macht hat, etwas wahr zu machen oder aus jemandem einen besseren Menschen zu machen, und wenn dieses Vertrauen durch den reinen Glauben an Gott erzeugt wird, dann glaube ich, dass man eher absolutes Vertrauen zu sich selbst als zu Gott haben kann.« Aufgeregt fuhr Kenzaburo fort: »Kann man nicht lieber sich selbst Vertrauen entgegenbringen, als es an Gott abzutreten?«

Später am Abend kniete Mr. Mosse auf den Tatami in

seinem Zimmer und betete. Der Duft des Tees mit geröstetem Reis, den das Dienstmädchen ihm für die Nacht gebracht hatte, erfüllte die feuchte Luft. Jenseits seiner geschlossenen Lider erschien das geisterhafte Bild seines Gottes. Er kämpfte gegen die Anfechtungen, die der junge Kenzaburo an diesem Tag geäußert hatte: dass man den absoluten Glauben an Gott auf sich selbst richten könnte. Er überlegte, ob sein Glaube tatsächlich auf diese Weise umgeleitet werden konnte. Doch als er um Führung bat, war sein Gott nicht da, er hatte sich im Labyrinth des Glaubens verirrt, das Mr. Mosse für Ihn, seinen Gott, errichtet hatte.

»Vater«, sprach Kenzaburo Fürst Takeda während einer ihrer seltenen Teestunden am Nachmittag an. »Ich würde gern etwas mit dir besprechen.«

Fürst Takeda setzte seine Teeschale auf dem Tisch zwischen sich und seinem Sohn ab. Er bedeutete Kenzaburo, fortzufahren.

»Ich habe in letzter Zeit viel über meine Zukunft nachgedacht«, begann Kenzaburo nervös. »Ich würde mich gern mehr mit dem Buddhismus beschäftigen und erwäge, Mönch zu werden.«

Fürst Takeda nahm einen Schluck von seinem Tee, ohne auf Kenzaburos Bemerkung zu reagieren.

»Ich würde mich dieser Herausforderung gern in einem …«

»Denk noch einmal genau nach«, unterbrach Fürst Takeda seinen Sohn.

»Vater …« Kenzaburo sah seinen Vater an und senkte dann den Blick auf die Beine des Tisches.

»Ich möchte, dass du deine Zukunftspläne noch einmal überdenkst, Kenzaburo. Ich habe nicht die Absicht, einen

Priester in meiner Familie zu haben. Priester kommen zu uns in Haus, um Zeremonien abzuhalten – es ist nicht nötig, dass einer von ihnen mein eigener Sohn ist.« Seine Stimme war ruhig wie das Meer vor einem Sturm.

»Vater«, sagte Kenzaburo. Seine Augen schienen das strenge Gesicht seines Vaters anzuflehen. »Es geht nicht darum, Zeremonien abzuhalten. Ich möchte mehr über den Buddhismus lernen und die Herausforderung …«

»Das nennst du eine Herausforderung?« Fürst Takeda schlug mit der Faust auf den Tisch. Die Teeschalen erzitterten klirrend auf der harten Platte.

Kenzaburo starrte auf die beiden Teeschalen, deren Inhalt auf den schwarzen Tisch geschwappt war.

»Wir sind die Nachfahren großer Krieger, der größten!« Fürst Takeda erhob die Stimme. »Uns sind größere Aufgaben auf dieser Welt anvertraut. Das sollte dir eigentlich gut bekannt sein!«

Kenzaburo ließ den Kopf hängen. Nun bereute er es, seinen Wunsch gegenüber seinem Vater geäußert zu haben. Auch wenn er die Reaktion vorausgeahnt hatte, hatte er doch gehofft, dass sein Vater ihn wenigstens anhören würde.

»Kenzaburo, hör mir zu.« Fürst Takeda milderte seine Stimme. »Du bist bereits zweiundzwanzig Jahre alt und solltest allmählich ernsthafter über deine Zukunft nachdenken. Du musst deine Begabung zum Ruhm und Wohl unserer Familie nutzen. Vergiss nicht, dass unsere Ahnen unser Verhalten stets beobachten.«

»Ja, Vater …«, sagte Kenzaburo demütig und senkte den Kopf noch tiefer, um seinen Kummer zu verbergen.

Fürst Takeda rief nach einem Bediensteten, damit er den Teetisch entferne. Nachdem dieser wieder gegangen war, sprach er weiter. »Tatsächlich denke ich schon seit Längerem über deine Zukunft nach. Du wirst Rechtswissenschaft studieren«, sagte er abschließend. »Wie du weißt, ist Japan dabei sich zu verändern, und die Regierung folgt zunehmend westlichem Muster. Jetzt ist genau die richtige Zeit, dein Geschick und deine Begabung einzusetzen. Du solltest nächstes Jahr das juristische Staatsexamen machen, und zwar ohne eine juristische Fakultät zu besuchen. Auf diese Weise wirst du sofort die Aufmerksamkeit der Regierung auf dich lenken. Ich weiß, dass du das Examen bestehen und bald Richter am Obersten Gerichtshof sein wirst.«

Kenzaburo wusste, dass die Entscheidung seines Vaters, ihn in der ziemlich neuen nach westlichem Vorbild organisierten Gerichtsbarkeit zu platzieren, ausgesprochen strategisch war. Allerdings war dies ganz und gar nicht das, was er wollte, aber er hielt den Mund und zügelte seinen Mut vor Fürst Takeda, der sein Leben lenkte.

»Ich werde einen Lehrer suchen, der dich auf das Examen vorbereitet«, sagte Fürst Takeda. »Vielleicht sollten wir uns von Mr. Mosse verabschieden.«

»Vater, Mr. Mosse hat mir in den vergangenen Jahren sehr viel beigebracht. Ich bin ihm äußerst verpflichtet. Außerdem würde ich sehr gern weiter bei ihm lernen, nachdem ich das Examen bestanden habe.«

Fürst Takeda dachte einen Moment über die Bitte seines Sohnes nach. »Also gut, wie du willst.« Er stieß einen langen Seufzer aus. Damit war die Angelegenheit beendet.

Kenzaburo sah seinen Vater an, den der Ausgang ihres Gesprächs wieder friedlich gestimmt hatte. »Eigentlich brauche ich keinen neuen Lehrer, nur die richtigen juristischen Bücher. Dann kann ich mir alles selbst beibringen.«

»Ich kenne dein Genie, Kenzaburo, aber ein guter Lehrer kann dir zeigen, wie du das Examen bestehst.«

»Bitte, Vater, ich kann das allein. Ich werde es dir beweisen und das Examen bestehen. Ich werde dich nicht enttäuschen«, sagte Kenzaburo energisch, denn er wollte es unbedingt vermeiden, einen neuen Lehrer zu bekommen.

»Also gut, wie du willst …« Fürst Takeda nickte einvernehmlich.

»Außerdem würde ich mich gern an einen ruhigen Ort begeben, um allein zu studieren. In der Abgeschiedenheit könnte ich mich besser konzentrieren und hätte weniger Ablenkung.«

»Ist das wirklich nötig?«, fragte Fürst Takeda mit tiefer, kraftvoller Stimme. Ruhig dachte er über die Bitte seines Sohnes nach.

Kenzaburo wusste, dass er keine andere Wahl hatte, als seinem Vater zu gehorchen. Also erklärte er sich damit einverstanden, für das juristische Examen zu lernen. Dafür handelte er einen Rückzug nach Kioto für den kommenden Frühling aus. Sogar die Begleitung eines Dieners lehnte er ab. Er bestand darauf, allein sein zu müssen, um sich voll und ganz auf sein Studium konzentrieren zu können. Ihm war klar, dass sein Vater seine Entscheidung, nach Kioto zu fahren, als Beweis für seine Entschlossenheit wertete, das schwierige Examen zu bestehen. Für Kenzaburo hingegen war diese Reise eine planvolle Flucht vor seiner Familie in Kobe.

Fürst Takeda wählte mit großer Sorgfalt die Pension Tamaraya für seinen Sohn aus und befahl der Wirtin, ihm die allerhöchste Fürsorge und Ruhe angedeihen zu lassen, während er sich auf sein Examen vorbereitete.

Kenzaburos Wunsch, buddhistischer Mönch zu werden, war beiläufig wie mit einem Besen beiseitegefegt worden. In Anbetracht dessen, wie lange Kenzaburo darüber nachgegrübelt hatte, ob er einen spirituellen Weg einschlagen solle, war es beinahe lachhaft, wie rasch Fürst Takeda über die Angelegenheit entschieden hatte.

»Vielleicht ist das alles Gottes Wille, wie Sie so gern sagen, Mr. Mosse«, erklärte Kenzaburo mit sehnsüchtig glänzenden Augen. »Ich habe viele schlaflose Nächte damit verbracht, über meine Sohnespflicht und meine Rechte als freies menschliches Wesen nachzudenken.« Er hielt inne. »Ich weiß, das ist keine Idee, mit der wir Japaner vertraut sind. Wir leben schließlich durch die Wahrnehmung, die andere Leute von uns haben.«

Die warme Nachmittagssonne beleuchtete Kenzaburos Profil. Es herrschte Stille im Raum, während Mr. Mosse um ein paar tröstliche Worte rang. Er saß zurückgelehnt auf seinem Stuhl und hielt die Hände vor sich auf dem westlichen Tisch gefaltet, der für ihren Unterricht aufgestellt worden war – ein Vorschlag, den Kenzaburo aus Rücksicht auf seinen Lehrer gemacht hatte, damit dieser nicht mehr auf dem Boden sitzen musste.

»Wir alle müssen zwischen diesen verschiedenen Auffassungen, Verpflichtungen und Werten abwägen, Sir.« Mr. Mosse sprach weise, wie es Kenzaburo erwartete. »Niemand weiß aus sich heraus, welches für ihn das höchste Gebot ist.«

»Sind wir wirklich solche verschwommenen Wesen? Ist unsere Welt wirklich so ungewiss, Mr. Mosse?« Kenzaburo lächelte traurig, seine anziehenden Züge in Melancholie versunken.

»Bitte, vergessen Sie nicht, dass die Dinge nicht immer sind, was sie scheinen, Sir. Gottes Segnungen stellen sich oft erst im Nachhinein heraus.« Mr. Mosse erkannte die stürmische Trauer der Jugend und versuchte, sich an sein früheres Ich zu erinnern. »Vielleicht sieht es jetzt aus, als wären alle Ihre Träume zunichte. Und etwas wäre an ihre Stelle getreten, das Sie nie wollten. Andererseits kann man nie wissen, wie eine Geschichte ausgeht, bevor sie zu Ende ist, nicht wahr? Was im Augenblick so schrecklich erscheint, könnte sich später als das Beste herausstellen, was Ihnen je passieren konnte.« Wieder einmal führte Mr. Mosse seinen amerikanischen Optimismus ins Feld.

Ein Lächeln umspielte die Lippen des jungen Mannes. »Ich bewundere Sie für Ihren Optimismus, Mr. Mosse.«

»Danke, Sir.« Mr. Mosse lächelte zurück. »Aber ich glaube wirklich ganz fest daran, dass auch dies zu Gottes Plan gehört, Sie auf den richtigen Weg zu führen. Ein kleiner Rückschlag wie dieser sollte Sie nicht entmutigen oder kränken. Gott stellt uns Hindernisse in den Weg, damit wir aus ihnen lernen. Bitte, seien Sie nicht enttäuscht von der Entscheidung Ihres Vaters. Ich bin überzeugt, er hat gründlich nachgedacht und die beste Wahl für Sie getroffen.«

Ohne auf den Zusammenhang zwischen seiner Entlassung und der bewussten Angelegenheit einzugehen, fügte er hinzu: »Es ist unsere letzte Stunde in diesem Jahr, aber es würde mich überaus freuen, unsere Gespräche in Form einer Korrespondenz fortsetzen zu können.«

Dankbar verbeugte Kenzaburo sich vor seinem Lehrer. »Ich werde Ihnen auf Englisch schreiben, Mr. Mosse. Und Sie werden mich doch weiter unterrichten, wenn ich nach Kobe zurückkomme, ja?«

»Das hoffe ich ganz gewiss, Sir. Ich werde auf Ihre Rückkehr warten.« Der Lehrer spürte, wie ihm angesichts der bevorstehenden Trennung Tränen in die Augen stiegen. Er holte tief Luft, um seine Gefühle zu beherrschen.

Kenzaburo und Mr. Mosse lächelten und neigten höflich die Köpfe. Einen Moment lang blickten sie einander an und wussten nicht, was sie sagen sollten.

»Haben Sie Heimweh nach Amerika, Mr. Mosse?« Kenzaburo brach das kurze Schweigen.

»Ja, Sir, durchaus«, erwiderte Mr. Mosse. Seine Stimme entspannte sich, als er Kenzaburo die Ansichten, Gerüche und Orte beschrieb, die ihm fehlten und von denen er am Tag und in der Nacht träumte. »Am allerliebsten wiedersehen würde ich die Brooklyn Bridge.« Mr. Mosse lächelte wehmütig. »Am Tag, bevor ich New York verließ, habe ich sie noch einmal zu Fuß überquert. Das war vor über zehn Jahren.«

Kenzaburo war wie verzaubert von dem fernen Land, das sein Lehrer ihm so farbenfroh schilderte. Er verspürte ein starkes Verlangen, die Welt zu bereisen. Besonders entzückte ihn die Vorstellung, dass er sich in einem Land, das so groß war wie die von Flüchtlingen bevölkerte Neue Welt, vielleicht frei fühlen würde.

»Mr. Mosse, ich erwäge, meine Ausbildung im Ausland fortzusetzen«, verkündete Kenzaburo. »Sobald ich das juristische Schlussexamen bestanden habe, möchte ich einen Weg finden, an eine Universität in Amerika oder England zu wechseln, um meine Ausbildung zu erweitern. Was meinen Sie, Mr. Mosse? Würde mein Vater zustimmen?« Er sah seinen Lehrer an, und bei der Aussicht, sein Vater könnte diesen Plan missbilligen, verdüsterte sich sein Gesicht.

Mr. Mosse hatte bereits geahnt, dass Kenzaburo irgendwann auf die Idee kommen würde, an eine ausländische Universität zu fliehen. »Es wäre mir ein Vergnügen, Ihnen eines Tages behilflich zu sein, eine geeignete Hochschule im Ausland auszuwählen«, sagte er. »Doch im Augenblick würde ich Ihnen raten, Sir, sich auf Ihr Examen im nächsten Jahr zu konzentrieren. Ihr Vater wäre sehr enttäuscht, wenn Sie es nicht bestünden.«

Kenzaburo sah zu Boden und nickte.

»Er will nur Ihr Bestes, Sir«, versuchte Mr. Mosse ihn zu trösten.

Kenzaburo lächelte seinen Lehrer an. »Vielleicht hat es wirklich sein Gutes, dass mein Vater mir verbietet, Mönch zu werden. Ich möchte die Welt sehen und Neues lernen.«

»Ausgezeichnet, Sir.« Lächelnd fragte sich Mr. Mosse, ob tatsächlich er den größeren Einfluss auf seinen Schüler hatte oder ob es nicht umgekehrt war. »Ich glaube, Sie haben eine glänzende Zukunft vor sich, und Ihr Land wird von Ihrer Begabung profitieren. Ich bin davon überzeugt, dass Fürst Takeda Ihre Idee, ins Ausland zu gehen, unterstützen wird. Ihr Vater ist ein brillanter Mann. Er ist traditionsbewusst und dennoch fortschrittlich gesinnt. Gewiss kann er die Bedeutung der Kenntnisse verstehen, die Sie im Ausland erwerben könnten. Soweit ich weiß, gibt es bereits mehrere intelligente junge Japaner, die im Ausland studieren, Sir.«

»Vielleicht hat mein Vater das schon für mich vorgesehen«, sagte Kenzaburo mit einem traurigen Lächeln. »Bitte, gehen Sie nicht zu bald nach Amerika zurück, Mr. Mosse. Warten Sie, bis ich aus Kioto zurückkomme.«

»Selbstverständlich warte ich. Machen Sie sich deshalb bitte keine Gedanken, Sir.« Der Lehrer lächelte zurück. »Ich habe etwas Dringendes in Osaka zu tun und muss heute Abend reisen. Aber ich werde nach Kobe zurückkommen und geduldig auf Ihre Rückkehr aus Kioto warten.«

»Wie die Brooklyn Bridge in New York auf Sie wartet, Mr. Mosse?«, fragte Kenzaburo.

»Ja, Sir. Genau so.« Mr. Mosse streckte seinem Schüler die Hand entgegen. Kenzaburo drückte sie, aber auf seinem jungen Gesicht lag tiefe Traurigkeit. Herzlich verabschiedete sich der Lehrer von seinem Schüler.

»Danke, Mr. Mosse«, sagte Kenzaburo. »Möge Ihr Gott Sie segnen.«

Kioto, am 10. Mai 1901

Lieber Mr. Mosse,
vermutlich sind Sie sicher in Osaka angekommen. Wie schade, dass Sie vor den Festlichkeiten zu Prinz Hirohitos Geburt im Takeda-Anwesen abreisen mussten.

Mein Vater hat ein großes Fest mit unzähligen Musikern und Schauspielern gegeben. Gefeiert wurde der neue Kronprinz, aber mein Vater hat die Gelegenheit ergriffen, unseren Verwandten meine Abreise nach Kioto zu verkünden. Alle schienen mit der Entscheidung meines Vaters einverstanden, mich Richter am Obersten Gerichtshof werden zu lassen.

Heute bin ich mit großem Gepäck, das meiste Bücher, und der Bürde meiner Pflichten auf dem Herzen abgereist. Doch sobald der Zug sich in Bewegung gesetzt hatte, hob sich meine Stimmung.

Als ich aus dem Fenster sah, kam mir der Gedanke, dass der Blick auf die vorüberziehende Landschaft aus einem Zug große Ähnlichkeit damit hat, den Lauf der Zeit betrachten – einiges lässt sich einfach nicht aufhalten. Man blickt zurück, nur um zu erkennen, wie vergänglich alles ist. Würden Sie mir da nicht zustimmen, Mr. Mosse?

Die vorüberziehende Landschaft ist herrlich, die schöne Kirschblüte und die üppig grünen Felder. Die Kirschblüten fallen wie Schneeflocken, wenn der Wind weht. Wunderschön. Ich fühle mich als freier Mann, wenn mir auch deutlich bewusst ist, dass meine Freiheit nur temporär ist – ebenso wie die Landschaft.

Ich hoffe, Sie genießen die Frühlingsblüten in Osaka, Mr. Mosse. Gibt es in Ihrer Heimat auch Kirschblüten? Ich glaube, Ihre Brücke würde mit Kirschblüten sogar noch schöner aussehen.

Stets Ihr
Kenzaburo Takeda

9

Die warme Nachmittagssonne ergoss sich auf das schneeweiße Hemd des neuen Gastes, als Michiko das Tor öffnete. Die Zeit schien stillzustehen. Der junge Mann war von einer strahlenden Schönheit und Anmut, wie sie sie noch nie gesehen hatte. Er trug ein durchgeknöpftes Hemd nach westlicher Mode, dessen Ärmel bis zum Ellbogen aufgerollt waren. Seine schwarze Jacke trug er gefaltet über dem nackten Unterarm. Michiko senkte rasch den Blick und errötete unwillkürlich. »Willkommen in der Pension Tamaraya«, leierte sie ihre übliche Begrüßung herunter. Sie verbeugte sich tief, machte einen Schritt zur Seite und hielt die Tür weit auf.

Nach einer leichten Verbeugung trat Kenzaburo ein. Der Rikschakuli, der ihn auf Anordnung Madame Tamarayas abgeholt hatte, brachte eilig das Gepäck und setzte es auf der Veranda ab, während Kenzaburo sich in dem kleinen Garten umschaute und den Duft des knospenden Flieders und des feuchten Mooses einatmete. Michiko verharrte in gebeugter Haltung, den Kopf tief gesenkt, und beobachtete ihn aus den Augenwinkeln. Sie neigte den Kopf noch tiefer, als sie

Madame Tamaraya mit einer Schachtel Süßigkeiten kommen sah, die sie eigens für ihren illustren Gast bereitgehalten hatte.

»Seien Sie herzlichst willkommen im Tamaraya, Fürst Takeda.« Die Wirtin begrüßte den neuen Gast mit einer Höflichkeit, wie sie Michiko fast noch nie bei ihr erlebt hatte. »Es ist eine solche Ehre, Sie bei uns begrüßen zu dürfen.«

»Ich danke Ihnen, Madame Tamaraya. Fürst Takeda ist mein Vater. Bitte nennen Sie mich Kenzaburo.«

Die Wirtin schien hochbeeindruckt von dem gutaussehenden jungen Mann. In seiner Gegenwart verwandelte sie sich in einen anderen Menschen, wirkte liebenswürdig und herzlich. Nachdem sie sie genau beobachtet hatte, war selbst Michiko im Zweifel, welche nun Madame Tamarayas wahre Persönlichkeit war. Ihre liebenswürdigen Manieren erschienen mehr als echt. Es war, als würde sie sich nur vorübergehend in ein bösartiges Ungeheuer verwandeln, sobald sie sich Michiko gegenübersah. Kein Gast hätte sich vorstellen können, wie grauenerregend sie wirklich war.

Madame Tamaraya bezahlte den Rikschakuli und geleitete Kenzaburo auf sein Zimmer. Michiko folgte ihnen mit seinem Gepäck. Wenngleich ihre Herrin nur wenige Schritte entfernt war, wagte Michiko einige verstohlene Blicke auf den neuen Gast, während er seine Schuhe vor dem Haus auszog. Seine sanftmütige Miene verhieß ausschließlich erhabene Gedanken, die fern von all den irdischen Nöten waren, an die Michiko gewöhnt war. Seine wohlgeformte Nase war die eines Edelmannes. Seine dunklen Augen blickten gütig, doch distanziert und ohne die Menschen um sich herum zu beachten. Dennoch wirkte er nicht überheblich, eher gleichgültig oder fast scheu. Ordentlich gekämmtes, schimmerndes Haar rahmte sein Gesicht. Außerdem besaß dieser junge Mann die zarteste Haut, die Michiko je gesehen hatte. Offenkundig war er noch nie Sonne oder Wind ausgesetzt gewesen. Michiko hatte das Gefühl, auf die ruhige morgendliche See vor ihrem Heimatdorf zu blicken – zumindest erinnerte sein Gesicht sie daran.

»Du brauchst meine Sachen nicht auszupacken«, wandte sich Kenzaburo höflich an Michiko, ehe er das Zimmer betrat. »Ich möchte es selbst tun.«

Heiß schoss es Michiko ins Gesicht, als sie sich verbeugte und das Gepäck des jungen Mannes in einen kleineren Nebenraum brachte, der durch eine Schiebetür von seinem Zimmer getrennt war. Bevor sie noch einen weiteren Blick auf den jungen Mann erhaschen konnte, schob Madame Tamaraya die Tür zu, wie um klarzustellen, dass Michiko einer anderen Sphäre angehörte, einer niedrigen, wo gemeine Wesen wie sie in feuchter Finsternis vegetierten.

Michiko stellte die Tasche neben den Schrank und schlich aus dem Zimmer. Als sie unten im Erdgeschoss ihre Pantinen anziehen wollte, fiel ihr Blick auf Kenzaburos glänzende Lederschuhe auf der Granitplattform. Daneben stand ein Paar seidene Pantöffelchen, die Madame Tamaraya zu besonderen Anlässen trug. Sie waren aus rotem Satin und hatten ein elegantes Kirschblütenmuster. Reizend und anmutig, ganz anders als ihre Besitzerin. Michiko starrte auf die schwarzen Oxfordschuhe mit ihren ordentlich gewachsten Schürsenkeln, als wären sie ein Teil von Kenzaburo. Sie ging in die Hocke, um sie zu putzen, während Madame Tamarayas einschmeichelndes Kichern noch immer aus dem Zimmer ertönte.

»Bitte, sagen Sie mir sofort Bescheid, falls Sie etwas benötigen sollten«, flötete die Wirtin in den höchsten Tönen. »Ihr gnädiger Herr Vater hat mich eigens angewiesen, dafür zu sorgen, dass Ihnen bei Ihren Studien die größtmögliche Ruhe zuteilwird. Und das ist genau das, was Sie hier erwarten können, junger Herr. Ich hoffe, das Zimmer gefällt Ihnen. Es ist unser bestes.«

»Es gefällt mir sehr. Danke«, sagte Kenzaburo in distanziertem Ton.

»Sie haben sich die schönste Zeit des Jahres auszusuchen geruht«, sagte Madame Tamaraya. »Wenngleich Kioto, wie Sie feststellen werden, immer die schönste Stadt Japans ist.« Die Wirtin beäugte Kenzaburo, der sich ruhig im Zimmer umsah. »Ihr Examen findet im Winter statt, nicht wahr?«, fragte sie.

»Ja.« Kenzaburo ging gelassen im Zimmer umher.

»Ich werde alle Anstrengungen unternehmen, um Ihnen Ihren Aufenthalt so angenehm wie möglich zu machen. Ihren Speiseplan habe ich bereits von Fürst Takeda erhalten. Er hat ausdrücklich Gerichte gewählt, die Ihr Gehirn anregen sollen. Bitte, sagen Sie mir, ob ich sonst noch etwas für Sie tun kann.«

Madame Tamaraya begann nun die Geschichte der Pension und der Umgebung zu erzählen. Michiko lauschte, während sie draußen kauerte und das Polieren von Kenzaburos Schuhen absichtlich in die Länge zog. Es waren die schönsten Schuhe, die sie je gesehen hatte. Sie zögerte einen Moment, ehe sie ihre Hand in einen der Schuhe legte. Er war noch warm. Sie schob die andere Hand in den anderen Schuh, und ihre Finger prickelten von der Wärme. Sie zog die Hände wieder heraus und kreuzte die Arme über der

Brust, spürte ihre reifenden Brüste unter ihren Fingerspitzen und das Schlagen ihres Herzens.

Michiko war unerwartet zur Frau herangewachsen, so wie Pfirsiche plötzlich am Ende des Sommers reif werden. Frau Yoshida neckte sie hin und wieder mit ihrer Verwandlung, aber Michiko fühlte sich noch immer wie ein kleines Mädchen. Die Jahre harter Arbeit, die sie so gut wie abgeschnitten von der Außenwelt verbracht hatte, hatten sie in vieler Hinsicht begrenzt, und die Veränderungen an ihrem Körper blieben fast unbeachtet. Doch durch Kenzaburos Erscheinen in diesem Frühling wurde alles anders. Wie eine zarte Frühlingsblume erblühte Michiko zu einer jungen Frau.

Zu Michikos Pflichten gehörte es, Kenzaburo täglich drei Mahlzeiten sowie den nachmittäglichen Tee und Süßigkeiten auf sein Zimmer zu bringen. Doch sie hob niemals das Gesicht. Madame Tamaraya hatte ihr strengstens untersagt, den jungen Herrn jemals anzusehen. Doch selbst wenn es ihr erlaubt gewesen wäre, hätte Michiko es nicht gewagt. Allein der Gedanke an ihn brachte sie zum Erröten und ließ ihr Herz hämmern.

Michiko ging behutsam auf die Knie und stellte die Speisen auf den Lacktisch. Sie tat alles wortlos, jedes Mal auf die gleiche Art. Es war, als wäre sie ein Automat, der immer wieder die gleiche Aufgabe erfüllte. Häufig fragte sie sich, ob der junge Herr sie beobachtete, wenn sie kniete oder sich tief verneigte, ehe sie die Schiebetür schloss. Doch sie traute sich nicht, aufzuschauen.

Selbst wenn ihre Aufgabe noch so eintönig war, war es Michikos größtes Vergnügen, jeden Morgen, sobald Kenzaburo nach dem Frühstück seinen Spaziergang unternahm, sein Zimmer sauber zu machen. Eigentlich sah sie nie die Habseligkeiten der Gäste an, aber nun konnte sie sich nicht enthalten, einen heimlichen Blick auf Kenzaburos Sachen zu werfen. Er besaß viele dicke Bücher, einige in einer fremden Sprache, und mit seiner anmutigen Handschrift gefüllte Notizblöcke. Obwohl sie kein Wort lesen konnte, nahm ihr die bloße Schönheit seiner Schrift den Atem. Michiko fuhr mit den Fingern über die zierlichen Zeichen und stellte sich vor, welche schönen Dinge er geschrieben hatte. Alles, was er besaß, war schön: seine westliche Kleidung, seine weichen Schuhe aus Kalbsleder, sein mit Elfenbein und Onyx verzierter Füller, der silberne Brieföffner mit dem grünen Jadegriff und sein schmaler Kamm aus dunklem Büffelhorn. Kenzaburos erlesene Welt schlug Michiko völlig in ihren Bann.

Aus Michikos mädchenhafter Neugier wurde Bewunderung, die sich bald in heimliche Sehnsucht verwandelte. Kenzaburo dagegen schien seine Umgebung nicht im Geringsten wahrzunehmen. Wenn er sich nicht in seinem Zimmer auf seine Studien konzentrierte, machte er lange Spaziergänge. Doch mehr als seine Gegenwart brauchte Michiko nicht zu ihrem Glück. Sie war froh, sein Dienstmädchen zu sein, sein Zimmer sauber zu halten, seine Kleider zu waschen, seine Schuhe zu putzen, ihm die Mahlzeiten zu servieren und die gleiche Luft zu atmen wie er. So fühlte sie sich, als wäre sie ein kleiner Teil seiner schönen Welt, ob er ihre Existenz nun bemerkte oder nicht.

Kenzaburo empfand große Erleichterung, nachdem er sich in Kioto eingelebt hatte. Er genoss es, allein durch die Stadt zu schlendern, ohne dass ihm auf Schritt und Tritt Bedienstete folgten. Er hatte Kioto auch früher schon oft besucht, aber die Stadt mit ihren zahlreichen Tempeln und Schreinen bezauberte ihn stets aufs Neue. Er unternahm ausgedehnte Spaziergänge zum Goldenen Pavillon, um dessen verschwommenes Spiegelbild im Teich zu betrachten. Er fand die goldene Oberfläche des Tempels zu prächtig und glänzend, um sie direkt anzuschauen. Doch der goldene Schimmer auf dem Wasser war weich und verhalten, der Umriss flüchtig und geheimnisvoll. Eine so vollkommene Schönheit sollte stets verschleiert sein, fand er.

Der Gedanke, dass er das Examen unter allen Umständen bestehen musste, nahm ihm mitunter den Atem. Noch mehr litt er unter der Vorstellung, danach für den Rest seines Lebens Richter sein zu müssen. Er versuchte sich selbst davon zu überzeugen, dass es sich um eine höchst ehrenwerte Stellung handele, durch die er Gerechtigkeit üben würde. Doch tief in seinem Inneren wusste er, dass er als Marionette familiärer Interessen enden würde. Er wünschte sich, in einer einfachen Bauernfamilie geboren zu sein, wie das Dienstmädchen, das ihm jeden Tag das Essen brachte.

Die junge Frau richtete nie ein einziges Wort an ihn und wich jedem Augenkontakt aus, aber ihre ungeschliffene Schönheit hielt Kenzaburo gefangen. Er beobachtete sie unauffällig, wie ein Kind ein exotisches Insekt, das flüchtig und scheu war, das davonfliegen würde, sobald man es berührte. Ihr gesunder Teint und ihre rauen Hände bezeugten ihre einfache Herkunft, aber ihren traurigen großen Augen mit den dunklen Wimpern war etwas Abgeklärtes zu eigen, das ihn beeindruckte. Neugierde, wie dieses Mädchen in die Pension gelangt war, regte sich in ihm, denn anscheinend lebte sie ohne ihre Familie hier. Je öfter er sie beobachtete, desto mehr geriet er in den Bann ihrer ungewöhnlichen Schönheit. Nicht lange, und er fühlte sich hoffnungslos zu ihr hingezogen. Es war etwas so Reines und Einnehmendes an dieser jungen Frau, dass sie Kenzaburo weit stärker fesselte als alle Mädchen, die er bisher gesehen hatte, in ihren erlesenen Seidenkimonos und mit all ihrem Gold und ihren Perlen.

Monate vergingen, bis Kenzaburo einen Blick, ganz zu schweigen ein Wort mit dem Mädchen wechselte. Er gab sich allen möglichen Phantasien über Michiko hin. Manchmal stellte er sich vor, sie sei eine himmlische Prinzessin, die zur Strafe, weil sie ihrem Vater nicht gehorcht hatte, auf die Erde verbannt worden war. Oder dass sie sich nur als Dienerin verkleidet hatte und bald ihre wahre Identität als abenteuerlustige Herrscherin offenbaren würde, die das Leben der unteren Schichten kennenlernen wollte. Immer häufiger schlenderte er ziellos durch die Pension, in der Hoffnung, einen Blick auf sie zu erhaschen.

Die beiden jungen Leute hielten ihre geheimen Wünsche sorgfältig verborgen und zeigten einander nie, was sie empfanden. Beide lebten ihre eigenen Leben, die sich wie um tausend Jahre getrennt voneinander ereigneten, wenngleich sie sich in ihren Herzen danach verzehrten, einander nah zu sein und einander zu berühren. Eines Nachmittags im Spätsommer jedoch, als die rosafarbenen Kosmeen an den Wänden des Tamaraya in voller Blüte standen, wurde alles anders.

Der herrliche Sommer neigte sich seinem Ende zu, aber Kenzaburo war mit seinen Studien nicht viel weiter gekommen. Er hatte viel Zeit mit Lesen und dem Verfassen von

Gedichten zugebracht, ohne sich auf seinen juristischen Stoff konzentrieren zu können. Als er an einem kühlen Nachmittag von einem langen Spaziergang in die Pension zurückkehrte, verspürte er den Druck des nahenden Examens stärker als sonst.

Kenzaburo wusch sich gerade die Hände am Brunnen neben dem Eingang, als er ein leises Weinen vernahm. Er folgte dem Geräusch. Er wusste, dass Madame Tamaraya jeden Nachmittag mit der Köchin zum Markt ging. Es war daher die einzige Zeit des Tages, zu der das junge Dienstmädchen allein im Haus war. Er fand sie an der Mauer neben einigen hellrosa Kosmeen kauernd, die in der leichten Brise schwankten. Sie hatte ihr Gesicht in den Armen vergraben, vielleicht in dem Versuch, ihr Weinen zu ersticken. Als sie seine Schritte hörte, hob sie langsam den Kopf und sah ihn. Sie sprang auf wie ein erschrockener Hase. Mit einer Hand wischte sie sich die Tränen ab, senkte den Kopf und verbeugte sich tief, um ihr Gesicht zu verbergen.

Vorsichtig, wie ein Junge, der einen verletzten Vogel gefunden hat, jedoch fürchtet, er könnte mit seinem gebrochenen Flügel davonflattern, ging Kenzaburo auf sie zu. Auch wenn Michiko ihr Gesicht verbarg, erkannte er doch, dass sie geschlagen worden war. Ohne ein Wort reichte Kenzaburo ihr sein weißes Leinentaschentuch.

Michiko neigte den Kopf noch tiefer. Statt das Taschentuch zu nehmen, trat sie einen Schritt zurück und wandte noch immer zitternd ihr geschwollenes Gesicht ab. Zu seiner eigenen Überraschung fasste Kenzaburo sie am Kinn und hob es an, als würde seine Hand magnetisch angezogen. Er sah die rosigen Wangen des verängstigten Mädchens und seine unendlich traurigen Augen. Michiko drehte den Kopf zur Seite und wischte sich wieder die Tränen ab. Kenzaburo seufzte. Er wusste, dass nur Madame Tamaraya das Mädchen geschlagen haben konnte, auch wenn sie ihm gegenüber stets nur die allergrößte Höflichkeit an den Tag legte. Falsche Freundlichkeit durchschaute er immer.

»Du wirst es brauchen«, sagte Kenzaburo und drückte ihr sanft das Taschentuch in die Hand. »Du musst mir heute Nachmittag keinen Tee bringen. Ruh dich lieber ein bisschen aus, bevor deine Herrin zurückkommt.« Kenzaburo ging davon.

Michiko sah ihm nach. Er hielt den Kopf gesenkt und hatte die Hände auf dem Rücken zusammengelegt, als wäre er tief in Gedanken versunken. Als er verschwunden war, öffnete sie die Hand und starrte auf das weiße Taschentuch. Sie bewunderte die Umrandung aus grauer Seidenstickerei, hielt es sich an die Nase, dann an den Mund und spürte seine glatte, gestärkte Oberfläche auf ihren Lippen. Sie wagte nicht, sich das Gesicht damit zu trocknen, und barg es stattdessen in ihrem Kimonoausschnitt an ihrem pochenden Herzen, als verstecke sie ein Juwel. Sie lief zu dem kleinen Brunnen, um ihr Gesicht zu kühlen. Ihr Herz klopfte noch immer heftig unter dem Taschentuch. Als sie es hervorzog und nun doch ihr Gesicht damit trocknete, dachte sie an die Berührung seiner Hand.

Als Michiko das Abendessen in Kenzaburos Zimmer brachte, gab sie ihm das mit größter Sorgfalt gewaschene, gebügelte und gestärkte Taschentuch zurück. Zum ersten Mal sah sie den jungen Mann an. Er blickte reglos mit einem leichten traurigen Lächeln zurück. Michiko senkte hastig die Lider, während sein Lächeln in ihrem Gedächtnis verharrte wie ein flüchtiger Tagtraum. »Verzeihen Sie bitte, junger Herr«, sagte sie und legte das Taschentuch mit einer tiefen Verbeugung, bei der ihre Stirn fast die Tatami berührte, vor ihn hin. »Ich danke Ihnen für …« Ihre Stimme brach, und Tränen strömten ihr über das Gesicht.

Michiko begriff nicht, warum sie nun so sehr weinte. All die Tränen, die sie über die Jahre unterdrückt hatte, der ganze Kummer, den sie erlitten hatte, brachen sich unwillkürlich Bahn. Sie tupfte sich die Tränen mit dem Ärmel ab und verbeugte sich abermals. Sie fühlte sich verletzlich und beschämt. Dann brach sie in einen weiteren Tränenstrom aus.

Kenzaburo erhob sich und nahm das Taschentuch. Er kniete sich vor sie. Sie schluchzte mit bebenden Schultern. »Das Taschentuch gehört dir. Du brauchst es nötiger als ich.« Er spürte, wie ihm beim Anblick des weinenden Mädchens das Herz wehtat.

»Vergeben Sie mir, junger Herr, aber ich kann es nicht annehmen.« Michiko schüttelte den Kopf und blickte zu Boden.

»Die Wirtin wird nichts davon erfahren, wenn du ihr nichts sagst«, sagte Kenzaburo und drückte ihr das Taschentuch wieder in die Hand. »Ich möchte, dass du es behältst.«

Michiko beobachtete, wie Kenzaburo seine zarten Finger von ihrer Hand löste. Sie hob den Kopf und sah ihm in die Augen. Ihr Gesicht war rot wie eine reife Persimone, während ihr Herz lauter und schneller schlug als eine Taiko-Trommel.

Kenzaburo schaute auf ihre Hände mit dem Taschentuch. »Es würde mich sehr traurig machen, wenn du es nicht nimmst.« Er schloss Michikos zögernde Hand um das Taschentuch.

Mit einer tiefen Verbeugung steckte sie es wieder in ihren

Kimonoausschnitt. Kenzaburo sah Michiko an, als würde er in eine Schmuckschatulle schauen, die er gerade im Schlamm entdeckt hatte. Sein Blick begegnete Michikos feuchten Augen. An den langen, sie beschattenden Wimpern hing noch eine Träne. Als sie voll Scheu die Lider senkte, regte sich in ihm das Verlangen, sie sacht auf das Auge zu küssen und ihre Träne zu schmecken. Stattdessen setzte er sich wieder auf seinen Platz und beobachtete, wie Michiko die Schalen und Teller mit seinem Abendessen auf dem Tisch arrangierte. Als sie damit fertig war, verließ sie, ohne einen weiteren Blick oder ein Wort, mit einer tiefen Verbeugung den Raum.

In dieser Nacht fand Michiko keinen Schlaf. Sie hielt Kenzaburos Taschentuch eng an ihr Herz gepresst und ließ die Ereignisse des Tages immer wieder an sich vorüberziehen. Unerreichbar wie eine Fata Morgana erschien und verschwand sein Gesicht vor ihr. In dieser Nacht dachte sie auch an ihren Vater und versuchte, sich sein Bild ins Gedächtnis zu rufen. Doch immer wieder schob sich Kenzaburos hellhäutiges Gesicht und sein schwarzes Haar vor die dunklen Züge ihres lächelnden Vaters. Die Erinnerung an ihn und den Geruch des Meeres fiel in die ferne Vergangenheit zurück, und Kenzaburos Gegenwart beherrschte ihre Sinne, wie der durchdringende Duft voll erblühter wilder Lilien.

Gegen Mitternacht warf Michiko schließlich ihre Decke zurück und zog ihre Jacke an. Die klare frühherbstliche Nachtluft würde ihr erhitztes Gemüt kühlen. Vom Schein des Vollmondes geleitet, schlich sie sich in den Bambuswald hinter der Pension und zu ihrem Geheimplatz – einem Felsbrocken, der in einer Lichtung inmitten der dichten Bambusstauden lag.

Michiko hatte die Stelle bei einem ihrer Fluchtversuche entdeckt. Einige Jahre zuvor hatte sie nach einem Weg durch den Bambuswald gesucht, war aber nur an den steilen, felsigen Abbruch eines Hügels gelangt. Auch wenn sie nun sicher wusste, dass sie niemals durch den Bambuswald entkommen könnte, kehrte sie oft zur der kleinen, felsigen Lichtung zurück. Dort konnte sie, umgeben vom Rascheln der Blätter, zum Himmel hinaufschauen und sich vorstellen, in ihrem Heimatdorf am Meer zu sein – von der Welt träumen, aus der man sie ausgeschlossen hatte.

Über die Jahre war die Erinnerung an ihre Familie verblasst wie eine alte Fotografie in einem sonnigen Korridor. Aber in dieser Nacht stand sie Michiko so lebhaft vor Augen wie noch nie. Sie sah ihre Mutter vor sich, wie sie bei Vollmond vor einer Schale klaren Wassers betete, und fragte sich, ob Chiyo auf ihrer Heimatinsel in diesem Moment wohl auch den Mond betrachtete.

Michiko sog die feuchte Luft ein, als könne sie so etwas vom Salz des fernen Meeres darin entdecken. Ehe sie ganz ausgeatmet hatte, hörte sie etwas rascheln. Sie lauschte mit angehaltenem Atem. Da waren Schritte, die behutsamen Schritte eines Menschen. Sie waren so leise, dass sie die Stille der Nacht nicht störten, aber es war auch nicht das Schleichen von jemandem, der sich in dunkler Nacht zu verbergen suchte. Michiko wusste, dass weder Madame Tamaraya noch Frau Yoshida um diese Zeit unterwegs waren. Sie duckte sich, zog sich in den Wald zurück und versteckte sich, noch ehe die Schritte ihre geheime Lichtung erreichten. Eine hochgewachsene Gestalt erschien auf der anderen Seite des Waldes. Michiko stockte der Atem: Kenzaburo.

Ihr Herz schlug schneller, und ihre Handflächen wurden

feucht. So sachte wie möglich trat sie einen Schritt zurück, aber es war nicht leicht, in dieser Stille kein Geräusch zu verursachen. Durch die Blätter sah sie, wie Kenzaburo sich in ihre Richtung wandte.

»Wer ist da? Ist da jemand?«, fragte er leise und trat einen Schritt auf sie zu.

Michiko wusste nicht, was sie tun sollte. Sie rollte sich einfach zusammen und versuchte ihr Gesicht zu verstecken, wie sie es am Tag schon getan hatte. Doch im Mondlicht entdeckte Kenzaburo sie sogleich.

»Du bist es!«, sagte er und bog den Bambus beiseite, sodass Michiko auf die Lichtung treten konnte. Stehend verbeugte sie sich, wagte aber nicht, ihn anzuschauen. »Vergeben Sie mir, junger Herr. Bitte, vergeben Sie mir.«

»Nein, ich muss um Verzeihung bitten. Bestimmt habe ich dich erschreckt.« Seine Stimme war so sanft wie die nächtliche Brise.

Michiko konnte nicht aufschauen, aber sie spürte seinen Blick. Mit hängendem Kopf starrte sie auf seine Schuhe, in denen sich das Mondlicht spiegelte.

»Ich dachte, ich wäre der Einzige, der diese Stelle kennt«, sagte Kenzaburo und setzte sich auf den Felsen. »Der Mond scheint so hell heute Nacht.«

»Verzeihen Sie, junger Herr. Bitte, entschuldigen Sie.« Michiko verbeugte sich tief und trat einen Schritt zurück, bevor sie sich umdrehte.

»Warte.« Kenzaburo sprang auf. »Du musst meinetwegen nicht gehen. Ich bin derjenige, der gehen sollte. Ich habe dich dabei gestört, den Mond zu betrachten.«

»Nein, Herr.« Michiko schüttelte den Kopf. »Sie sollten nicht gehen.«

»Ich sollte nicht?«, fragte er. Seine Augen waren so mild, als würde er den Mond anschauen.

»Nein, Herr. Bitte, vergeben Sie mir.«

Kenzaburo schwieg. Nur das Rascheln der Bambusblätter war zu hören. Michiko hob furchtsam den Blick von seinen Füßen, ließ ihn über seinen Rumpf hinauf zu seinem Gesicht gleiten. Er hatte es dem Mond zugewandt, und sein Profil war in ein geisterhaftes Licht getaucht. Er drehte sich ihr abrupt zu und fing ihren Blick auf, ehe sie ihn wieder senken konnte.

»Können wir nicht beide hierbleiben und den Mond bewundern?«, fragte er. »Bitte, bleib doch.«

Michiko fehlten die Worte. Sie senkte ihr Kinn auf die Brust, in der Hoffnung, ihr flammend rotes Gesicht zu verbergen.

»Wegen Madame Tamaraya brauchst du dir keine Sorgen zu machen. Sie schläft bestimmt tief und fest. Außerdem ist diese Stelle von nirgendwoher einsehbar.« Kenzaburo setzte sich auf den Felsen. »Bitte setz dich und betrachte den Mond mit mir.«

Michiko setzte sich auf den entgegengesetzten Rand des Felsens, weit von Kenzaburo entfernt, damit er das Schlagen ihres Herzens nicht hörte. Sie stellte die Füße auf das wilde Gras, das den Felsen umgab, wagte jedoch nicht, den Kopf zu heben. Sie spürte, dass ihr Gesicht feuerrot war, so als hätte sie hohes Fieber. Hoffentlich war das Mondlicht nicht hell genug, um die Röte ihrer Wangen zu beleuchten.

»Ich muss zugeben, dass ich den Mond noch nie so hell gesehen habe«, sagte Kenzaburo. »Sieh nur, wie groß und hell er ist.« Seine Stimme beruhigte sie wie warmer Tee in kalter Nacht. Michiko folgte seinem Blick und konnte dabei nicht umhin, ihn verstohlen zu beobachten.

»Wie heißt du?«, fragte Kenzaburo, als hätte er ihren Blick bemerkt.

»Michiko, ich heiße Michiko, junger Herr.«

»Michiko. Nach all den Monaten weiß ich endlich deinen Namen.« Er lächelte ihr zu.

»Verzeihen Sie, junger Herr«, entschuldigte sich Michiko aus Gewohnheit und wich seinem Blick aus.

»Dafür kannst du doch nichts. Ich habe ja auch nie gefragt«, sagte er. Er machte eine Pause. »Woher kommst du? Aus Kioto?«, fragte er dann.

»Nein, junger Herr. Ich komme von einer Insel. Sie heißt Yamatojima.«

»Yamatojima …« Kenzaburo grub in seinem Gedächtnis. »Ich habe noch nie von einer Insel dieses Namens gehört.«

»Sie ist auch sehr klein und liegt weit von der Hauptinsel entfernt.«

»Weit von der Hauptinsel …«, wiederholte er. »Es muss eine sehr schöne Insel sein.«

»Ja, junger Herr.« Michiko lächelte. »Aber ich erinnere mich nicht mehr so gut daran. Ich bin schon lange fort.«

»Wann bist du denn nach Kioto gekommen?«

»Vor sechs Jahren, Herr«, sagte Michiko mit bedrückter Stimme.

»Und seither arbeitest du hier?«

Michiko nickte, das Herz schwer von Hoffnungslosigkeit.

Eine vorüberziehende Wolke verfinsterte den Mond. Kenzaburo wartete, bis sie sich verzogen hatte – als wäre der unverstellte Blick auf den Mond die einzige Brücke zwischen ihnen. »Du musst noch ein Kind gewesen sein, als du herkamst. Hast du Sehnsucht nach deiner Familie? Möchtest du wieder nach Hause, zurück auf deine Insel?«

Statt einer Antwort blickte Michiko sehnsüchtig zum Mond hinauf. Sie hörte, wie Kenzaburo einen leisen, mitfühlenden Seufzer ausstieß. Plötzlich wurde ihr klar, dass sie mit der falschen Person am falschen Ort war und etwas Unerlaubtes tat. Dieser Moment, erkannte sie, war mehr als ausreichend, um ihr wieder heftige Schläge einzutragen. Michiko brach das kurze Schweigen und sprang auf, als ihr die furchterregende Wahrheit klar wurde.

»Verzeihen Sie mir, junger Herr. Ich muss gehen.«

»Möchtest du dich nicht noch ein Weilchen am Vollmond erfreuen?«, fragte Kenzaburo entgeistert.

»Ich sollte gar nicht hier sein. Ich brauche meinen Schlaf.«

»Ich verstehe.« Seine Stimme klang niedergeschlagen. »Michiko, darf ich dich fragen …?« Er sah sie an, und sie sah ihn an. Er zögerte einen Moment, bevor er sprach. »Ich würde gern mehr über dein Heimatdorf auf der Insel und deine Familie erfahren. Können wir uns morgen Nacht wieder hier treffen?«

Michiko verbeugte sich unentschlossen und entschuldigend. Was sollte sie tun? Ihre Angst vor Madame Tamaraya war übermächtig, aber Kenzaburos Gegenwart war mächtiger als alles, was sie bisher erfahren hatte.

»Ich warte hier auf dich«, versprach er. »Ich hoffe, du kommst, Michiko.«

Ohne zu antworten, verbeugte Michiko sich und lief durch den Bambuswald zurück in die Pension, zurück in ihre Wirklichkeit. Vielleicht habe ich das alles geträumt, dachte sie. Es war ein Traum, aus dem sie nicht erwachen wollte.

10

Osaka, am 17. August 1901

Lieber Herr Takeda,
die Zeit ist geflogen seit Ihrer Abreise nach Kioto. Bitte verzeihen Sie mir meine verspätete Antwort. Man hatte mich beauftragt, für einige Landsleute von mir nach Tokio zu reisen und beinahe zwei Monate dort zu verweilen. Alle waren Militärs bis auf einen. Er arbeitete in Virginia für die Regierung. Sie waren großteils gutmütige Menschen, und es beflügelte mich, Nachrichten aus meiner alten Heimat zu vernehmen.

In ihrer Gegenwart erkannte ich bald, dass diese Männer für mich mein Land repräsentierten, wohingegen ich für sie Japan repräsentierte. Ist das nicht amüsant? Ich nehme an, weil ich Japanisch spreche. Sie waren ziemlich beeindruckt und vielleicht auch erheitert. Gespiegelt zu sehen, wie sehr ich über die Jahre zum Japaner geworden bin, war eine angenehme Überraschung für mich. Denn selbst nach all den Jahren hier habe ich mich nie amerikanischer gefühlt, ganz zu schweigen von meinem Aussehen. Dennoch erscheine ich Menschen aus dem Westen offenbar sehr wenig westlich. Ein interessantes Paradox.

Am Ende eines Tages saßen wir nach getaner Arbeit meist zusammen beim Abendessen und leerten ein paar Becher Sake. Wir fühlten uns sehr patriotisch und amerikanisch. Sie lobten die exotische Schönheit des Orients, sehnten sich aber sehr nach ihrer Heimat. Zu Hause ist es eben doch immer am schönsten.

Der Sommer war wunderschön, und ich bin überzeugt, dass Sie auch in Kioto herrliches Wetter hatten. Wie gern wäre ich in dieser zauberhaften Stadt bei Ihnen. Gegenwärtig jedoch hält meine Arbeit mich in Osaka fest, und vor dem Ende des Jahres muss ich noch einmal nach Tokio.

Ich möchte noch erwähnen, dass ich einem Jugendfreund von mir, der Professor an der Universität von New York ist, von Ihnen berichtet habe. Ich habe ihm kurz die strenge traditionelle Erziehung geschildert, die Sie erhalten haben. Er glaubt nicht, dass es schwierig wäre, Sie an einer amerikanischen Universität unterzubringen, wenn Sie einmal das japanische juristische Staatsexamen und einen Sprachtest bestanden haben. (Ich habe ihm berichtet, wie fließend Ihr Englisch ist.) Ich lege Ihnen die Adresse von Professor Samuel Oldman an der Universität New York bei. Bitte, zögern Sie nicht ihm zu schreiben, falls Sie irgendwelche Fragen haben sollten.

Ebenfalls lege ich ein neueres Foto von der Brooklyn Bridge bei, das ich von meiner Schwester erhalten habe. Ich wünschte, ich könnte an einem sonnigen Tag die Promenade entlangschlendern, wie die Leute auf dem Bild, oder auf einer Bank auf der Brücke sitzen und die Aussicht bewundern, während die Boote vorbeifahren. Allein diese Sehnsüchte zu haben, wirkt schon angenehm. Wie gern ich sie sehen würde, jetzt wo ich so weit fort bin. Ich habe die Brücke immer gemocht, aber nicht halb so sehr wie jetzt. Entfernung spielt offenbar eine entscheidende Rolle bei meinem Heimweh.

Gerade fällt mir ein, dass Sie bald Geburtstag haben. Ich wünsche Ihnen dazu alles Gute. Ich hoffe, Sie kommen mit Ihren Studien gut voran – aber da habe ich keinen Zweifel.

Ich hoffe, dass dieser Brief Sie bei bester Gesundheit findet.

Stets
Ihr treuer William S. Mosse

Kioto, am 19. September 1901

Lieber Mr. Mosse,
vielen Dank für Ihren Brief und die Fotografie von der Brooklyn Bridge. Sie ist einfach wunderbar. Ich freue mich darauf, sie eines Tages selbst zu sehen.

Meine Familie hat mir Geld zum Geburtstag geschickt. Ich soll es für etwas ausgeben, das ich mir wünsche, aber ich weiß nicht, was ich damit anfangen soll. Vielleicht sollte ich es für meine Reise nach Amerika sparen.

Mit jedem Regen spüre ich, dass der Herbst näher kommt. Obwohl es tagsüber noch ziemlich heiß ist, kann man in der Nacht die Kühle spüren und die Grillen sind nicht mehr so laut. Immer wenn ich nicht schlafen kann, öffne ich die Tür zum Garten und atme den berauschenden Duft der Mondblumen ein.

Vielen Dank für die Adresse von Professor Oldman an der Universität New York. Ich weiß Ihre Fürsorge zu schätzen.

Ich hoffe, Sie sind wohlauf, lieber Mr. Mosse.

Stets
Ihr Kenzaburo Takeda

Kioto, am 21. September 1901

Lieber Mr. Mosse,
ich habe Ihnen bereits vor einigen Tagen einen Brief geschrieben, aber es gibt noch etwas, das ich Ihnen erzählen muss. Es raubt mir den Schlaf, und ich kann es nicht länger für mich behalten.

Es ist mir voll und ganz bewusst, dass Sie mich vielleicht kindisch und verantwortungslos finden werden. Bitte, seien Sie sich dessen gewiss. Ich möchte Sie nicht mit meinen persönlichen Angelegenheiten belasten, aber wie Sie wissen, sind Sie der einzige Mensch, dem ich solche Dinge anvertrauen kann. Es fällt mir nicht leicht, meine Gedanken auf diese Weise zu äußern – Sie wissen ja, wie schrecklich schwer es Japanern manchmal fällt, über ihre Gefühle zu sprechen –, aber ich brauche Ihren Rat. Lesen Sie es wie eine alberne Romanze, denn so hört es sich bestimmt an.

Neuerdings verbringe ich den ganzen Morgen damit, ungeduldig zu warten, dass ein junges Dienstmädchen sich vor meiner Tür ankündigt. Mein Tag vergeht voller Gedanken an sie, während ich darauf warte, dass sie mir den Nachmit-

tagstee serviert. Anschließend warte ich auf das Abendessen, denn dann sehe ich sie wieder. Unsere Begegnungen sind kurz, wir tauschen nur flüchtige Blicke. Aber sie zu sehen und sie in meiner Nähe zu haben, ist meine größte Freude. Ich habe noch nie ein so starkes Verlangen verspürt, mit einer Frau zusammen zu sein, sie zu beschützen und glücklich zu machen. Allein der Gedanke, dass ich diese Pension eines Tages verlassen muss, macht mich krank. Ich weiß, wie unklug es von mir ist, so zu empfinden, aber ich kann einfach nicht anders.

Vor einigen Nächten verließ ich mein Zimmer, um einen Spaziergang in dem Bambuswald hinter dem Haus zu machen und frische Luft zu schöpfen. Dieser Wald ist wunderschön und friedlich. Er dient als natürliche Einfriedung auf der Rückseite der Pension. Langsam arbeitete ich mich zu einer Lichtung mit ein paar Felsen vor, wo man bequem sitzen und den Himmel sehen kann. Seit ich diese Stelle kürzlich entdeckt habe, suche ich sie auf, sooft ich das Bedürfnis habe, allein und in der Natur zu sein. Aber als ich in jener Nacht dort ankam, vernahm ich ein Geräusch zwischen den Bambusstauden. Aus irgendeinem seltsamen Grund wusste ich gleich, dass es sich nicht um ein Tier handelte, und die erste Person, die mir in den Sinn kam, war das Dienstmädchen. Und tatsächlich war sie es, die sich im Bambus verbarg. Wahrscheinlich hatte mein plötzliches Auftauchen sie erschreckt. Dennoch muss sie gewusst haben, dass ich ihr nichts Böses wollte, denn sie lief nicht vor mir davon.

Sie war sehr verängstigt, aber ich bat sie zu bleiben, und wir betrachteten zusammen den Vollmond, während der Bambus im Wind schwankte. Mir war, als wäre die Zeit stehen geblieben. Ich kann es nicht mit Worten beschreiben –

aber es war einer der verzaubertsten Momente meines Lebens. Schließlich fragte ich sie nach ihrem Namen – sie heißt Michiko – und bat sie, in der folgenden Nacht wieder auf die Lichtung zu kommen. Es ist mir unerklärlich, wie ich den Mut dazu aufbrachte. Als sie mir am nächsten Morgen das Frühstück brachte, wagte sie es nicht, mich anzuschauen. Ich schämte mich und sagte auch kein Wort. Aber als sie am Abend mit meiner Mahlzeit hereinkam, sagte ich ihren Namen und erinnerte noch einmal an unser Stelldichein in der kommenden Nacht.

Seit unserer ersten Begegnung im Bambuswald haben wir uns nun jede Nacht getroffen. Zwischen uns herrschten von Anfang an Zuneigung und Vertrauen. Michiko hat mir von ihrer Familie auf der kleinen Insel erzählt, auf der sie geboren und aufgewachsen ist, bis man sie an diese Pension in Kioto verkaufte und fortbrachte. Ihre Geschichten sind herzzerreißend schön und traurig. Ich muss darüber weinen, und ihre Kraft beschämt mich. Sie stammt aus einer armen, ungebildeten Familie, aber ihr Geist ist klar und rein wie Quellwasser. Ich bewundere ihre Widerstandskraft und verehre ihre Unschuld.

In den jüngsten Nächten habe ich nicht viel geschlafen, aber ich strahle geradezu vor Energie und Glück, wie ich es nie zuvor erlebt habe. Sobald ich mit diesem Brief fertig bin und das ganze Kaiserreich in tiefem Schlaf liegt, werde ich, liebeskrank wie ich bin, Michiko im Bambuswald wiedersehen. Ich weiß sehr wohl, dass meine Liebesgeschichte mehr als unwahrscheinlich klingt. Doch läge die Entscheidung allein bei mir, würde ich sie heiraten und aus dieser Pension fortbringen. Die Wirtin schlägt sie häufig, und Michiko fürchtet ihren Zorn sehr. Ich möchte ihr Leben ändern.

Aber wie kann ich das, wenn ich nicht einmal mein eigenes ändern kann? Ich war nie so davon überzeugt, dass ich meinem Schicksal begegnet bin, aber weder besitze ich die Mittel noch den Mut, ihm zu folgen. Mr. Mosse, ich bitte Sie um Ihren weisen Rat. Sie sind ein Mann, der logisch denkt und von einer Offenheit ist, die ich von niemand anderem erwarten kann.

Verzeihen Sie mir, wenn ich Ihnen mit meinem Brief Sorge bereite. Bitte haben Sie Verständnis dafür, dass mein Verhalten sich im Augenblick gleichsam meiner Kontrolle entzieht.

Stets
Ihr Kenzaburo Takeda

Osaka, am 8. Oktober 1901

Lieber Herr Takeda,
ehe ich mich niedersetzte, um diesen Brief zu schreiben, habe ich zu Gott gebetet, Er möge mir die Weisheit und Kraft geben, Ihnen einen richtigen Weg zu weisen. Ich fühle mich geehrt und beschämt, dass Sie sich mir anvertraut haben. Zugleich fühle ich mich verpflichtet und sogar gedrängt, Ihnen die richtige Antwort zu geben.

Wie Sie wissen, habe ich den größten Teil meines Lebens im Zölibat verbracht – auch wenn ich als junger Mann einige Affären hatte und nicht gerade ein musterhafter Christ gewesen bin, der sich hier und da eine Flasche Whiskey genehmigt hat. Ich fürchte, Ihnen einen falschen Rat zu geben und Ihnen und Ihrer Familie Kummer zu bereiten.

Indessen möchte ich als Ihr Lehrer und Freund tun, was ich kann, um Ihnen bei Ihrer Entscheidung zu helfen, das zu tun, was für Sie das Richtige ist. Ich vertraue auf Ihre Klugheit und die Güte, die Sie jedem Menschen, dem Sie begegnen, entgegenbringen.

Ich weiß, dass es nicht leicht wäre, sich mit Ihrer Familie auseinanderzusetzen, aber haben Sie die Möglichkeit erwogen, die Angelegenheit mit ihr zu besprechen? Vielleicht wäre Ihr Vater gar nicht so abgeneigt, wie Sie denken. Ehrlich währt am längsten, wie ein altes Sprichwort sagt. Ich würde Ihnen das Gleiche empfehlen.

Ich hoffe, dieser Brief findet Sie bei guter Gesundheit.

Ich verbleibe stets
Ihr treuer William M. Mosse

Osaka, am 29. Oktober 1901

Lieber Mr. Mosse,
nachdem ich meinen letzten Brief aufgegeben hatte, wurde mir bewusst, dass es ein Fehler war, Sie mit meinen Sorgen zu belasten. Ich schäme mich, dass ich Ihnen derart vertrauliche Einzelheiten mitgeteilt habe. Es war, als hätte ich das Bedürfnis, meine Handlungen zu rechtfertigen, indem ich sie jemand anderem anvertraute. Jetzt begreife ich, dass alles aus Gründen geschieht, die wir erst im Nachhinein verstehen können.

Um die Zeit meines Geburtstages war die Wirtin eine Weile krank und begab sich dann zur Erholung in einen nahen Ort, in dem es heiße Quellen gibt. Die Leitung der un-

gewöhnlich leeren Pension übertrug sie der alten Köchin und dem jungen Dienstmädchen, das ich liebe.

Michiko und ich haben uns mit einer natürlichen Intensität ineinander verliebt, die ich nur durch einen Vergleich beschreiben kann: Wir sind dazu bestimmt, einander zu lieben, wie es den Vögeln bestimmt ist, zu fliegen und den Fischen, zu schwimmen. Ich hätte mich nicht anders verhalten können und bereue nicht, mich verliebt zu haben und eins mit ihr geworden zu sein. Wenn ich mit ihr zusammen bin, bin ich der glücklichste Mann der Welt, und allem Anschein nach mache auch ich sie froh.

Doch nun ist die Wirtin zurück, und es ist wieder schwieriger, Michiko zu sehen. Sie hat große Angst vor ihrer grausamen Herrin. Es macht mich krank, sie dieser Qual ausgesetzt zu sehen. Zum ersten Mal in meinem Leben tut mir das Herz weh. Ich muss ihr helfen, aus dieser Pension zu entfliehen.

Mr. Mosse, ich weiß Ihren scharfsichtigen Rat zu schätzen. Ich bin überzeugt, Ihr Rat, offen und ehrlich mit meiner Familie zu sprechen, ist das Resultat langer Überlegungen. Dennoch scheidet diese Möglichkeit aus, fürchte ich. Wie Sie wissen, spielen im Haus Takeda Ehre und Tradition die führende Rolle, und man erwartet, dass man auf individuelle Ansprüche und Wünsche verzichtet und sie einem höheren Ziel opfert.

Ich habe dem Namen meiner Familie Schande bereitet. Indessen bin ich überzeugt, dass ich nach Kioto gekommen bin, um meinem Schicksal zu begegnen und der Mann zu werden, der ich sein soll.

Ich bitte Sie, meiner Familie nichts von alldem mitzuteilen. Dies würde nur noch größere Konflikte hervorrufen.

Wenn die Zeit reif ist, werde ich mich meinem Vater stellen, aber noch ist es nicht so weit. Bisher ist keine Lösung in Sicht, aber es tröstet mich, meine Geschichte einem Menschen anvertraut zu haben, der tiefen Anteil daran nimmt.

Die Zeit, meine eigenen Entscheidungen zu treffen, ist gekommen. Ich bin Ihnen aufrichtig dankbar für Ihre Freundschaft, Mr. Mosse.

In der Hoffnung, Sie bald wiederzusehen, bleibe ich
stets Ihr
Kenzaburo Takeda

11

Während Madame Tamaraya krank in ihrem Zimmer lag, verringerte sich die Zahl der Gäste langsam, aber merklich. Schlechte Nachrichten verbreiten sich rasch und werden oft aufgebauscht. Die Hautkrankheit der Wirtin war zwar nicht ansteckend, diente vielen Gästen jedoch als Grund, eine andere Pension zu wählen.

An vielen Tagen war Kenzaburo der einzige Gast in der Pension, sodass Michiko und Frau Yoshida weit weniger Arbeit hatten als gewöhnlich. Michiko und Kenzaburo fanden häufiger Gelegenheit, zusammen zu sein, und Frau Yoshida hatte mehr Zeit zu trinken. Während Madame Tamaraya allein in ihrem Zimmer lag, weil sie wegen des quälenden Hautausschlags die Sonne meiden musste, neigte sich der lange Sommer, der Michikos und Kenzaburos Liebe genährt hatte, seinem Ende zu.

Mit aller Pracht zog der Herbst ins Land. Die golden wogenden Reisfelder entlockten so manchem Bauern ein zufriedenes Lächeln. Die Blätter leuchteten gelb und rot vor der Wölbung des klaren blauen Himmels. Doch auch beim

Wechsel der Jahreszeiten kühlte Michikos und Kenzaburos Leidenschaft nicht ab. Es schien, als wäre es der einzige Sinn ihres Daseins, einander im Laufe des Tages für einige kurze verstohlene Momente zu sehen und zu berühren. Michiko blühte durch ihre neue Liebe auf und reifte zu einer schönen Frau heran.

»Der Granatapfelbaum trägt dieses Jahr so viele Früchte«, sagte Michiko zu Frau Yoshida, als sie mit einem Korb voller Früchte die Küche betrat.

Frau Yoshida saß untätig in der Küche und genoss bei einem Becher Sake die Nachmittagssonne. »Der lange Sommer hat ihnen wohl gutgetan«, sagte sie und nahm einen Granatapfel aus dem locker geflochtenen Bambuskorb, den Michiko hereinbrachte.

Sie brach die Frucht auf, und die roten Perlen wurden sichtbar. Frau Yoshida roch daran, fuhr mit ihrer blassrosa Zunge darüber und verzog das Gesicht. Die Frucht war sauer.

»Die ist nichts. Wer will denn solche sauren Dinger essen? Warum hast du sie gepflückt, Michiko? Du wirst sie doch sicher nicht essen, oder?«, fragte sie und legte den Granatapfel zurück in den Korb.

»Die haben alle auf dem Boden gelegen, weil Madame Tamaraya sie in diesem Jahr nicht für ihre Ikebana-Gestecke geschnitten hat.«

»Ikebana wäre vielleicht schlecht für ihren Ausschlag, je nachdem, welche Materialien sie benutzt. Es war ein schlimmes Jahr für sie. In ihrem Alter einen solchen Ausschlag zu bekommen.« Frau Yoshida goss Sake in eine braune Teeschale. »Es muss schlimmer sein, als es aussieht. Wer hätte je gedacht, dass sie uns die Pension überlässt und über einen

Monat lang nach Hakone fährt? Es ist das erste Mal, dass die Gnädige die Pension so lange allein lässt, weißt du. Sie muss wirklich sehr krank gewesen sein.«

Michiko nickte zustimmend und fand, dass die Krankheit der Wirtin sich genau zur richtigen Zeit eingestellt hatte. Sie dachte an Kenzaburo und die geraubten Augenblicke, die sie in jenen Sommernächten miteinander verbracht hatten.

Die alte Köchin nippte an ihrer Teeschale und senkte die Stimme. »Es ist ihr Geist, der krank ist. Diese Krankheit des Geistes zeigt sich auf ihrem Körper, auf ihrer Haut!« Seufzend schüttelte sie den Kopf. »Aber wenn man sich's recht überlegt, ist sie auch eine arme Frau. Welche Frau würde nicht krank werden, wenn ihr Mann mit einer anderen durchbrennt?«

»Ihr Mann hat sie wegen einer anderen Frau verlassen?« Michiko schnappte nach Luft und schlug die Hände vor den Mund.

»Pscht …!« Frau Yoshida warf einen Blick zur Tür und räusperte sich. »Nicht nur wegen irgendeiner anderen Frau, sondern wegen eines jungen Dienstmädchens, das hier gearbeitet hat.«

»Warum hat das Mädchen das getan?«

»Weißt du wirklich nicht, warum, Michiko?« Frau Yoshida lachte laut. »Warum sollte jemand nicht vor ihr davonlaufen?«

Michiko lächelte, und Frau Yoshida schmunzelte ihr listig zu.

»Die Eltern der Gnädigen hatten sie mit dem Sohn eines bekannten Porzellan-Herstellers aus Nara verheiratet«, begann Frau Yoshida mit ihrer Geschichte. »Er sollte ein Meister werden wie sein Vater und seine Brüder. Der Betrieb war schon seit vielen Generationen in den Händen der Familie. Aber er zog nach Kioto, um mit der Gnädigen die Pension zu führen. Vielleicht wollte er etwas anderes machen, als Porzellan herzustellen. Wer weiß? Jedenfalls heirateten sie, und er kam nach Kioto, nur um festzustellen, dass die Pension bereits erfolgreich war und er nichts zu tun hatte.«

»Nichts?«, fragte Michiko.

»Du weißt ja, wie herrschsüchtig sie ist …« Frau Yoshida äffte die ernste Miene ihrer Herrin nach. »Sie gönnte ihrem Mann keinerlei Verantwortung.«

Michiko nickte und versuchte, sich den niedergeschlagenen Mann vorzustellen. »Er muss sich nutzlos vorgekommen sein.«

»Das kannst du laut sagen! Die Gnädige war das einzige Kind ihrer Eltern und stand ihnen sehr nah. Ihr Mann hatte sich wahrscheinlich gedacht, es könnte gut sein, die Pension mit seiner Frau zu führen, die einmal alles erben würde. Aber die Gnädige wollte, dass die Pension ganz unter ihrer Herrschaft stand. Was soll ein Mann machen, der keine Aufgabe hat und eine Frau, die viel verdient?«

»Ist er deshalb durchgebrannt?«, fragte Michiko.

»Nicht so schnell.« Frau Yoshida nahm einen Schluck Sake, um sich die Lippen zu befeuchten. »Er hat angefangen zu spielen, was sonst?«

Michiko lächelte über Frau Yoshidas Begeisterung.

»Und weißt du, was die Gnädige gemacht hat?«

Michiko schüttelte den Kopf.

»Sie hat ihm ein kleines Zimmer in Gion gemietet, weil er die Gäste störte, wenn er betrunken nach Hause kam.«

»Sie hat ihn also aus dem Haus geworfen.«

»Aber nein.« Frau Yoshida winkte ab. »Er hatte nur sein Zimmer in Gion, wo er übernachten und tun und lassen konnte, was er wollte, aber sonst kam er regelmäßig vorbei, um sein Taschengeld zu kassieren.«

»Und das hat sie ihm gegeben?« Michiko riss entgeistert die Augen auf. Sie konnte sich einfach nicht vorstellen, dass Madame Tamaraya sich so nachsichtig verhielt.

»Keiner verstand, warum. Er war der einzige Mensch, zu dem sie großzügig war.«

»Meinen Sie, sie hat ihn geliebt?«

»Geliebt?« Frau Yoshida brach in Gelächter aus. »Geliebt …« Sie kicherte noch einmal. »Warum nicht? Vielleicht.«

»Aber er ist trotzdem mit dem Dienstmädchen durchgebrannt?«

Die alte Köchin nickte. »Die Gnädige bemerkte die Beziehung zwischen ihrem Mann und dem Mädchen nicht einmal. Anfangs glaubte sie, ihr wäre einfach nur mal wieder ein kleines Dienstmädchen davongelaufen. Erst später, als sie ihren Mann in Nara aufspürte, fand sie heraus, dass die Kleine mit ihm abgehauen war.«

Michiko schüttelte den Kopf. Jetzt, wo sie selbst Liebe empfand, konnte sie sogar in Betracht ziehen, Madame Tamaraya zu bedauern.

»Danach hatte sie nacheinander fünf Dienstmädchen. Glaub nicht, dass du die Einzige bist, an der sie es auslässt. Keines der Mädchen hat länger als drei Monate durchgehalten. Du hattest bis jetzt die größte Ausdauer.«

Michiko beobachtete, wie Frau Yoshida den Sake in einem Zug austrank und sich dann zufrieden mit der Hand über den Mund wischte. Die alte Frau war guter Stimmung und fing an, alte Lieder zu singen, wie sie es häufig tat, wenn sie betrunken war.

»Im Frühling traf ich meinen Liebsten unter den Kirschblüten«, trällerte Frau Yoshida mit geschlossenen Augen. Die tiefen Falten der alten Frau entspannten sich in der milden Herbstsonne. »Im Sommer verliebten wir uns unter der Weide.« Sie lächelte, als erinnere sie sich an eine eigene Liebesgeschichte. »Im Herbst nahm mein Liebster Abschied unter dem roten Ahornbaum …«

Mit einem neckischen Seufzer brach Frau Yoshida ab und füllte noch einmal ihre Teeschale mit Sake.

Bei Frau Yoshidas Lied verspürte Michiko das plötzliche Verlangen, von den sauren Früchten zu essen. Sie brach einen großen Granatapfel auf, schälte mit den Fingern die Kerne heraus und schob sie sich in den Mund. Der frische rote Saft kitzelte auf ihrer Zunge, als sie die Kerne zerbiss. Er war so sauer, dass ihr das Wasser in die Augen stieg. Aber Michiko fand den Geschmack köstlich und verschlang mehr von den Kernen.

Frau Yoshida verzog das Gesicht bei diesem Anblick.

»Michiko, mir rinnt das Wasser im Mund zusammen, wenn ich dich nur sehe. Wie kannst du dieses saure Zeug nur essen?«

»Ich mag die Säure«, sagte Michiko und steckte sich immer mehr von den Kernen in den Mund. »Schmeckt richtig gut«, wiederholte sie. »Komisch …«

»Du benimmst dich wie eine Schwangere, Michiko.« Frau Yoshida nippte kichernd an ihrem Sake. »Du bist doch nicht schwanger, oder?«

Michiko schüttelte den Kopf, aber es dämmerte ihr, dass

Frau Yoshida womöglich recht hatte. Sie lächelte unbehaglich und fühlte sich schuldig. Sie hatte die alte Köchin hintergangen und ihr nichts von ihrem Verhältnis mit Kenzaburo gesagt.

Diese prustete vor Lachen. »Schau dich an, Michiko! Du wirst ja sogar rot. Ich necke dich doch nur«, sagte Frau Yoshida und lächelte gutmütig. »Beeil dich lieber und such dir einen guten Mann, solange du jung und schön bist. Werde bloß nicht wie ich, alt und ganz allein auf der Welt.« Sie seufzte tief, war aber gleich wieder ihr altes, fröhliches Selbst. »Das Gute daran ist allerdings, dass ich niemanden habe, der mir alten Frau lästig fällt.«

»Warum haben Sie eigentlich nicht geheiratet, Frau Yoshida?«, fragte Michiko, während die alte Köchin noch einmal ihre Teeschale leerte.

»Manche Menschen haben eben einfach kein Glück in der Liebe, weißt du. Wie ich und die Gnädige. Du solltest nicht so enden wie wir. Es gibt nichts Schlimmeres als eine alte einsame Frau, besonders wenn sie so verbittert ist wie sie …« Frau Yoshida deutete mit dem Kinn in die Richtung von Madame Tamarayas Zimmer.

Michiko zerdrückte eine Granatapfelperle zwischen den Fingern. Der rote Saft rann ihr wie Blut über die Haut. »Wie kann ich einen Mann finden und eine Familie gründen? Ich kann ja nicht mal diese Pension verlassen.« Michikos Stimme klang dunkel vor Verzweiflung.

»Dinge können sich ändern«, sagte Frau Yoshida mit der Abgeklärtheit einer Trinkerin und der Weisheit einer alten Frau. »Niemand weiß, was morgen geschehen wird. Für den, der viel zu verlieren hat, mögen Veränderungen furchterregend sein. Aber für die, die nichts zu verlieren haben, können sie etwas Neues bedeuten. Alles Mögliche könnte morgen geschehen, und das wäre dann wahrscheinlich besser als heute. Meinst du nicht?«

Michiko nickte lächelnd. Frau Yoshidas Zuversicht gefiel ihr.

»Wer weiß?« Die Köchin senkte verschwörerisch die Stimme. »Die Gnädige könnte morgen tot umfallen.«

Michiko schlug die Hände vor den Mund, als hätte sie selbst das Undenkbare ausgesprochen.

Die Köchin wollte sich ausschütten vor Lachen. »Siehst du, was ein kräftiger Schluck Sake mit einer alten Frau macht? Ich sollte nicht so viel trinken, aber ohne Sake kann ich nicht leben.« Frau Yoshida hob triumphierend ihre Teeschale. »Ich will ja nur sagen, dass du nie die Hoffnung aufgeben darfst, Michiko. Glaub mir, du wirst nicht mehr allzu lange in dieser Pension eingesperrt sein. Dinge ändern sich. Wenn nicht morgen, dann an irgendeinem anderen Tag. Wenn die Gnädige ihre Ansichten nicht ändert, wird irgendetwas sie dazu zwingen. Glaub ja nicht, dass du dein Leben hier beschließen wirst.«

Frau Yoshida wollte sich wieder einschenken, musste aber feststellen, dass sie die ganze Flasche geleert hatte. Sie erhob sich benebelt. »Dann gehen wir mal lieber an die Arbeit, ehe ich noch mehr trinke und dir noch mehr Unsinn erzähle. Vielleicht kommt die Gnädige in die Küche, um uns zu kontrollieren. Wir tun lieber so, als wären wir emsig bei der Arbeit«, sagte sie und räumte ihre Sakeflasche beiseite.

»Was sollen wir mit den Granatäpfeln machen?«, fragte Michiko und hob den Korb an.

»Ich werde Granatapfeltee machen. Ein bisschen Honig wird die Säure mildern. Nimm dir ein paar mit auf dein

Zimmer, wenn du sie frisch essen willst«, sagte Frau Yoshida und band ihre Schürze um. »Komisch, dass dir diese sauren Granatäpfel schmecken. Vor dir gab es schon einmal ein junges Dienstmädchen, das plötzlich anfing, davon zu essen.« Sie flüsterte nun. »Und bald ist sie mit einem Mann durchgebrannt.«

»Mit … mit wem?«, fragte Michiko und versuchte, ihre Schamesröte zu überspielen, indem sie sich weitere Granatapfelkerne in den Mund warf. »Mit einem Gast?«

Frau Yoshida schüttelte den Kopf. »Du weißt doch, mit wem …«

»Aha.« Michiko schwieg. Sie wusste es.

»Es wäre nicht so schlimm gewesen, wenn es ein Gast gewesen wäre«, murmelte Frau Yoshida bei sich.

Michiko fürchtete, dass die alte Frau etwas von ihrem Verhältnis mit Kenzaburo ahnte. Aber eigentlich erschien sie arglos. Plötzlich nüchtern, verwandelte sich Frau Yoshida in einen Feldwebel. »Hol mehr Holz, Michiko. Wir müssen den Herd einheizen.«

Michikos und Kenzaburos heimliche Liebe zog sich über den ganzen Herbst bis zum Beginn des Winters hin. Abgefallenes Laub bedeckte nun die Straßen, und die Bäume reckten ihre kahlen Äste gen Himmel. Nicht gepflückte reife Persimonen fröstelten in den Baumspitzen und warteten darauf, von hungrigen Krähen verspeist zu werden. Und mit jeder heimlichen Nacht, in der die beiden jungen Leute eins wurden, vertiefte sich ihre Liebe.

Am Morgen von Shosetsu, dem Tag, an dem es, dem Mondkalender nach, leicht hätte schneien sollen, was nicht geschah, musste sich Michiko übergeben. Die gleiche Übelkeit kehrte am nächsten Morgen wieder. Frau Yoshida war die Erste, der diese Veränderung auffiel.

»Ich glaube nicht, dass es am Essen liegt. Das geht jetzt schon seit Tagen so.« Die alte Köchin trat näher an Michiko heran. »Wäre es denn möglich, dass du …?«

Frau Yoshida musterte Michiko von oben bis unten. Dann befühlte sie unvermutet die Brüste und den Bauch des Mädchens. Michiko blieb vor Schreck und Scham die Luft weg, aber sie ließ sich von der alten Frau untersuchen wie von einem Arzt.

»Du hast seit einigen Monaten keine Blutung gehabt, nicht wahr?«

Michiko senkte den Blick.

»Du dummes Ding! Warum hast du mir nichts gesagt? Ist *er* der …?« Frau Yoshida nickte, ohne ihre Frage zu beenden. »Ich verstehe …« Sie seufzte hörbar, schenkte sich Sake ein und nahm einen Schluck, bevor sie weiterfragte. »Weiß er es?«

Michiko schüttelte den Kopf.

»Du musst es ihm sagen und bald eine Lösung finden.« Frau Yoshida genehmigte sich noch einen Schluck. »Aber sei nicht überrascht, wenn er mit dir und dem Kind nichts zu tun haben will. Ich weiß, wie diese edlen Herren sind. Sie wollen ihr Blut nicht mit dem von Leuten wie uns verunreinigen.«

Sofort stiegen Tränen in Michikos Augen und rannen ihre Wangen hinunter.

»Du hast jetzt keine Zeit zu weinen. Ihr müsst eine Lösung finden, bevor die Gnädige es herausbekommt. Der Junge muss aus einer schwerreichen Familie stammen, also sollte er in der Lage sein, dich von hier fortzubringen. Vielleicht gibt er dir sogar genug Geld, dass du irgendwo weit fort ein neues Leben anfangen kannst.«

Michiko schluchzte. Nicht wegen der Schwangerschaft oder aus Angst, von Madame Tamaraya entdeckt zu werden, sondern weil allein der Gedanke, dass Kenzaburo sie und das Kind im Stich lassen könnte, so entsetzlich war. Sie wusste, dass sie ohne ihn nicht leben konnte. Frau Yoshida tröstete sie, dem Vorfall wohne vielleicht ein verborgener Segen inne, das sei vielleicht ihre Gelegenheit, die Pension Tamaraya endgültig zu verlassen.

In dieser Nacht erzählte Michiko Kenzaburo von dem Kind.

Nach langem Grübeln beschloss Kenzaburo, dass die einzige Lösung darin bestand, mit Michiko nach Amerika zu fliehen. Sorgfältig plante er ihre Flucht nach Osaka, wo sie an Bord eines Schiffes nach Hawaii gehen würden. Von dort würden sie auf das amerikanische Festland reisen und schließlich nach New York gelangen. Bis er ihre Einwanderung in die USA organisiert hatte, ein Vorgang, der einige Zeit in Anspruch nehmen würde, wäre ihr Kind sicher schon auf der Welt. Er hatte eine beträchtliche Geldsumme gespart, die jedoch nicht allzu lange reichen würde, besonders wenn er Michiko bei ihrer Wirtin auslösen würde. Er musste seine Pläne präzise und rasch in die Tat umsetzen, wie ein geschickter Schwertkämpfer blitzartig ausholt und seinem Feind mit einem Schwung den Kopf abschlägt. Dies war der einzige Weg, ein Eingreifen seiner Familie zu verhindern.

Als Michiko ihm wenige Tage vor dem Examen, das Frühstück auf sein Zimmer brachte, weihte er sie in seinen Plan ein.

»Wir müssen noch heute Nacht fort«, sagte er.

Michikos Hände, in denen sie einen Teller mit eingelegtem Gemüse hielt, erstarrten mitten in ihrer Bewegung. Sie wurde blass.

Er nahm ihr den Oshinko-Teller aus der Hand und stellte ihn auf den Tisch. »Wir werden Kioto heute Nacht verlassen.« Sobald Michiko am Tisch kniete, begann er ihr seinen Plan zu erläutern. »Ich weiß, es klingt überstürzt, aber wir müssen handeln. Wir nehmen den letzten Zug nach Osaka.«

»Aber die Gnädige wird uns aufspüren. Sie wird mich finden, ich weiß es genau.« Michikos Stimme zitterte vor Furcht.

»Du brauchst deshalb keine Angst zu haben, Michiko. Wir laufen nicht davon. Ich löse dich aus.« Kenzaburo nahm ihre Hände. »Wir brennen nicht durch«, wiederholte er, wie um sich selbst ebenso wie Michiko zu überzeugen. »Du wirst frei sein, und sie hat dann kein Recht mehr, dich hier festzuhalten.«

»Aber wo können wir hin in Osaka?«, fragte Michiko und legte die Hände auf ihren Bauch. »Ich habe Angst. Mein Bauch wird bald dicker sein. Wie soll das werden?«

»Wir finden eine Unterkunft in Osaka und bleiben eine Weile dort. Dann reisen wir mit einem Schiff nach Amerika.«

»A…Amerika?«

»Ja. Ein großes Land im Westen, weit fort von Japan. Niemand wird uns finden. Wir fangen ein neues Leben an: du, ich und unser Kind.« Kenzaburo brachte ein überzeugendes Lächeln zustande, aber seine Augen waren feucht, und er blickte unsicher drein. »In Amerika werden wir so frei sein wie alle anderen.«

»Mit dir würde ich überallhin gehen«, sagte Michiko, während ihr die Tränen über die Wangen rollten. »Ich folge dir, wohin du willst.«

»Ich danke dir für dein Vertrauen«, sagte Kenzaburo. Er umschloss ihre Hand fest und zugleich sanft. »Michiko, weine nicht und hör mir jetzt gut zu.«

Sie nickte, eine Träne noch reglos auf ihrer Wange. Kenzaburo küsste sie und nahm die warme, salzige Flüssigkeit auf. Er führte Michikos Hand an sein Herz und flüsterte in ihr Ohr, als fürchtete er, von jemandem belauscht zu werden. »Du machst ganz normal und wie immer bis abends deine Arbeit. Dann packst du deine Sachen und wartest in deinem Zimmer auf mich. Ich komme dich holen. Wir müssen den Nachtzug nach Osaka nehmen. Wir haben keine Zeit zu verlieren.«

»Kann ich heute Nacht wirklich die Pension verlassen? Mit dir?«, fragte Michiko mit dünner Stimme. Dann brach sie in haltloses Schluchzen aus.

Kenzaburo nahm sie in die Arme. »Ja, wir gehen zusammen. Wir werden zusammen frei sein.«

Michiko kehrte in die Küche zurück. Frau Yoshida kauerte neben dem Lehmofen wie eine alte Katze. Sie hatte schon angefangen, zu frühstücken.

»Da bist du ja! Wo warst du so lange? Ich musste anfangen, sonst wäre die Suppe kalt geworden«, sagte sie und nahm den letzten Schluck von ihrer Misosuppe. »Komm, setz dich her, ich habe dir das Frühstück am Herd warm gehalten.«

Michiko sah zu, wie sie ihr das Frühstück auf einem Tablett anrichtete. Sie ließ sich neben Frau Yoshida zu Boden sinken und brach wieder in heftiges Schluchzen aus.

»Was ist los, Michiko?«, fragte Frau Yoshida erstaunt, änderte aber dann rasch ihren Ton. »Was hat er gesagt? Hat er …?«

Michiko konnte nicht aufhören. Sie vergrub ihr Gesicht in den Händen und weinte.

»Er will nichts mehr mit dir zu tun haben? Weinst du deshalb?«

Michiko schüttelte den Kopf und wischte sich die Tränen ab. »Er will die Pension heute Nacht verlassen und mich mitnehmen.«

»Heute Nacht? So bald schon?« Frau Yoshida senkte die Stimme und blickte zur Tür, um sich zu vergewissern, dass Madame Tamaraya nicht in der Nähe war.

Michiko nickte und sah die alte Köchin traurig an.

»Das ist ein guter Tag. Du solltest dich freuen.« Frau Yoshida lächelte, aber auch ihr wurden die Augen feucht.

»Ohne Sie hätte ich hier niemals so lange überlebt. Ich danke Ihnen für Ihre große Güte. Ich werde niemals vergessen, was Sie für mich getan haben.« Michiko verbeugte sich tief.

»Ich bin so froh, Michiko, dass du mit dem Mann, den du liebst, ein neues Leben anfängst. Er muss dich wirklich lieben.« Sie lächelte. »Aber ich bin auch traurig, dass du gehst. Wer wird mir alten Schnapsdrossel nun zuhören?«

Michiko lächelte Frau Yoshida an, aber neue Tränen füllten ihre Augen.

»Weine nicht, Michiko.« Frau Yoshida tupfte ihr sanft die Tränen ab. »Heute ist ein guter Tag. Der Tag, an dem dein neues Leben beginnt. Ich werde dich nicht fragen, wohin ihr geht. Es ist besser, wenn ich es nicht weiß. Geh weit fort und vergiss diesen Ort.«

Michiko verspürte die gleiche Traurigkeit wie damals, als sie ihre Heimatinsel verlassen hatte. Doch anders als damals ihren Geschwistern, versprach sie kein künftiges Wiedersehen. Sie wusste, dass sie Frau Yoshida an diesem Tag zum letzten Mal sehen würde. Und Frau Yoshida wusste es auch.

Nachdem sie all ihre Habseligkeiten zu einem kleinen Bündel zusammengeschnürt hatte, verbrachte Michiko den Tag damit, für Frau Yoshida die Messingtöpfe zu polieren und die Messer zu schleifen. Als sie dabei war, die frisch geschärften Messer einzuräumen, kam die Köchin in die Küche. Sie hielt etwas unter ihrem Kimono versteckt. Sie schloss die Tür und zog einen gesteppten Winter-Haori hervor.

»Den ziehst du an, wenn du gehst«, sagte sie und reichte Michiko die warme Jacke. »Von jetzt an wird es immer kälter.«

Michiko hielt die braune Jacke mit dem tief orangeroten Bambusmuster in der Hand. Sie wusste nicht, was sie sagen sollte. Sie war noch warm von Frau Yoshidas Körper und roch leicht nach Sake.

»Wäre es nicht schöner, wenn du im Frühling, wenn überall die Sakura blühen, fortgehen würdest?« Frau Yoshida lächelte, goss sich hastig etwas Sake in eine Teeschale und nahm einen großen Schluck. »Selbst der Sake schmeckt besser zur Kirschblütenzeit.«

Es war Taisetsu, der Tag, der dem Namen nach großen Schneefall bringt. Dennoch schneite es kein bisschen, obwohl der Himmel verhangen blieb.

Nach dem Abendessen rief Kenzaburo Madame Tamaraya zu sich, deren Ausschlag sich dank der Kälte etwas gebessert hatte. Als er der Wirtin seinen Plan verkündete, die Pension mit Michiko zu verlassen, war diese wie vom Donner gerührt. Das Blut schoss ihr in das schwammige Gesicht. Offenbar reizte ihr Ausschlag die Haut unter ihrem Kimono, sodass sie sich hin und wieder nervös kratzte.

Kenzaburo bot ihr eine Summe an, die zu groß war, als dass sie sie hätte ausschlagen können. Er wusste ganz genau, dass sie trotz allem eine gewiefte Geschäftsfrau war. Sodann zahlte er ihr einen weiteren hohen Betrag dafür, dass sie die Sache vertraulich behandelte. Er warnte sie, sich in seine Familienangelegenheiten einzumischen, indem sie Informationen über seine Abreise weitergab. Falls seine Familie sich mit ihr in Verbindung setzen würde, sollte Madame Tamaraya lediglich sagen, er habe die Pension unangekündigt verlassen.

Alles Übrige ging so schnell vonstatten, dass Madame Tamaraya hinterher nicht einmal mehr wusste, was eigentlich vorgegangen war. Mit einem dicken Umschlag im Ausschnitt ihres winterlichen Kimonos sah sie zu, wie Michiko und Kenzaburo wie zwei Gespenster in einer nebligen Nacht durch das Tor schlüpften. Sie hatte mehr Geld bekommen, als sie hätte verlangen können, aber es trug nicht dazu bei, ihre Wut zu besänftigen.

Sie brüllte vor giftigem Gelächter. »Wer hat gesagt, dass die Mädchen aus kleinen Fischerdörfern unschuldig sind? Ich hätte es wissen müssen! Wieso merke ich erst heute, dass die schwanger ist? Wer hätte das gedacht? Und du hast überhaupt nichts davon bemerkt? Hast du es nicht an ihrem Bauch gesehen?« Madame Tamaraya wandte sich Frau Yoshida zu. Ihre Augen funkelten vor Zorn.

»Nein, gnädige Frau, ich hatte keine Ahnung«, entgegnete Frau Yoshida ruhig und blickte Michiko, die ihren braunen Haori trug, nach. Ihre alten Augen erkannten die beiden Gestalten in der Rikscha nur schemenhaft, aber sie wusste, dass Michiko sich zu ihr umdrehte und ihr stumm Lebewohl sagte. Die Rikscha mit Michiko und Kenzaburo setzte sich in Bewegung, und Frau Yoshida hatte das Gefühl, ein großes Loch bliebe in ihrem Herzen zurück.

»Dieses Miststück hat uns alle zum Narren gehalten!« Madame Tamaraya spie Gift und Galle. »Dieser Landtrampel hat sich einen jungen Edelmann geangelt und sich von ihm schwängern lassen. Die kleine Füchsin. Man kann diese schlauen Dinger einfach nicht durchschauen.« Madame Tamaraya schüttelte angewidert den Kopf. Ihre Hängebacken glühten vor Zorn. Es war die gleiche heiße Wut, die sie verspürt hatte, als ihr Mann mit dem Dienstmädchen durchgebrannt war.

Frau Yoshida blickte die leere Straße entlang. Die Rikscha war in der Ferne verschwunden.

»Es war wohl ihr Schicksal, gnädige Frau«, sagte die alte Köchin und schüttelte resigniert, doch zufrieden den Kopf. »Und sein Schicksal auch. Vielleicht sind sie beide hierhergekommen, weil es vorherbestimmt war, dass ihre Wege sich kreuzen …«

»Blödsinn!«, schrie Madame Tamaraya. »Ich habe sie bestimmt nicht hergeholt, damit sie den unschuldigen jungen Mann verführt. Die kleine Fischerhure.«

Frau Yoshida lief es kalt den Rücken hinunter. »Aber Sie haben doch auch eine große Rolle dabei gespielt, gnädige Frau. Sehen Sie das nicht?« Die Köchin wandte sich ihrer Herrin zu. »Hätten Sie Michiko nicht so schlecht behandelt und sie so grausam geschlagen, hätte das Mädchen den jungen Mann wahrscheinlich nicht für ihren einzigen Retter gehalten und sich so sehr in ihn verliebt. Und der junge Herr musste das Mädchen von diesem schrecklichen Ort retten und …«

»Schrecklicher Ort? Ich habe sie aus dem stinkenden Fischerkaff gerettet. Diese undankbare Hure!« Flüche unterstrichen Madame Tamarayas Gedanken. »Und dann wird sie schwanger. Die hat das alles geplant. Diese Fischerhure hat den jungen Dummkopf benutzt. Du hältst lieber den Mund, wenn du nicht weißt, wovon du redest!«

»Na dann.« Frau Yoshida schaute zu Boden. »Dann bin ich froh, dass Michiko eine Hure war und nicht das unschuldige, brave Mädchen, als das sie erschien.« Die Köchin lächelte bitter. »Ich bin froh, dass Sie so sind, wie Sie sind, und alles so ausgegangen ist. So nimmt alles für alle ein glückliches Ende, nicht wahr?« Frau Yoshida begann, leicht zu lallen. »Die Hure hat den Mann bekommen, und Sie haben eine Menge Geld gekriegt, dafür, dass Sie die Hure verkauft haben …«

»Hast du wieder den ganzen Tag gesoffen?«, blaffte Madame Tamaraya.

»Ja, habe ich.« Die alte Köchin nickte zufrieden. »Ich musste doch feiern. Wer hätte gedacht, dass Michiko solches Glück haben würde!« Frau Yoshida atmete tief ein. Die frische Luft ernüchterte sie so weit, dass sie wieder zu ihrem unterwürfigen Tonfall zurückfand. »Verzeihen Sie, gnädige Frau. Ich gehe jetzt lieber schlafen. Eine dumme alte Frau wie ich braucht Ruhe. In meinem Alter tut einem allmählich alles weh, wissen Sie.« Sie rieb sich den Nacken. »Was für ein außergewöhnlicher Tag das war …«

»Du alte Säuferin!«, stieß Madame Tamaraya hervor und verzog vor Ekel das Gesicht.

»Es tut mir leid, gnädige Frau. Ich entschuldige mich. Bitte vergeben Sie mir.« Sie verneigte sich vor ihrer Herrin.

»Du solltest aufhören zu trinken!«, schnauzte die Wirtin sie an. »Du wirst langsam verrückt.«

»Ja, gnädige Frau. Sie haben völlig recht. Ich sollte aufhören.« Frau Yoshida zog sich vor der Wirtin zurück. »Gute Nacht, gnädige Frau.« Sie verbeugte sich erneut und ging ins Haus. Sie hielt den Kopf tief gesenkt und zog ihre alten Schultern fast bis zu den Ohren hinauf.

Madame Tamaraya glotzte Frau Yoshida hinterher, bis sie in einer Seitentür neben der Küche verschwunden war. Ihr lodernder Zorn war noch nicht verraucht, dennoch tat ihr die alte Frau, die keine andere Freude in ihrem Leben hatte, als zu trinken, auf einmal leid. Dieser Gedankengang führte sie zu sich selbst – auch sie wurde alt und hatte niemanden, der sich um sie kümmern und ihre sterblichen Überreste bestatten würde.

Madame Tamaraya stand fröstelnd in der Kälte und lauschte dem Wind, der durch die schmalen Gassen fegte. Der Gedanke an ihre gegenwärtigen Umstände war wie ein scharfer Dorn – der Stich ließ sie zusammenfahren –, und es grauste ihr davor, in die Zukunft zu schauen, die sich dunkel wie die Nacht vor ihr erstreckte. Sie dachte an Michiko und an den Tag, an dem sie in Kioto angekommen war. Wie kalt sie damals das verzweifelte kleine Mädchen behandelt hatte. Frau Yoshidas Bemerkungen hatten zwar ihren Zorn erregt, und doch wusste sie, dass die alte Köchin nicht ganz unrecht hatte. Sie begann zu begreifen, wie sehr sie mit ihrem eigenen Verhalten zur Flucht des Paares beigetragen hatte.

Die Glocke des nahen Tempels hallte in Madame Tamarayas Ohren. Sie empfand ein unheimliches Erwachen. Noch ehe die Schläge in der feuchten Luft verklungen waren, fing es an, zu schneien. Dicke Flocken fielen auf ihr ergrauendes Haar und hüllten die Nacht in einen weißen Schleier. Es war schließlich Taisetsu, der Tag des großen Schneefalls. Madame Tamaraya schloss die Schiebetür und schlurfte in ihr Schlafzimmer.

Als Kenzaburo und Michiko am Bahnhof ankamen, waren die Straßen bereits schneebedeckt. Ungläubig starrte Michiko auf den verschneiten Bahnsteig. Sie dachte an den Tag ihrer Ankunft vor sechs Jahren. Der Bahnhof hatte sich nicht verändert. Doch nun fühlte sie sich fern von der lähmenden Furcht und Ungewissheit, die sie damals so heftig empfunden hatte. Michiko hielt sich eng an das Gepäck und Kenzaburo. Nachdem er die Fahrkarten gekauft hatte, folgte sie ihm auf den leeren Bahnsteig, wo sie unruhig nach dem Zug ausspähten.

»Der Zug muss gleich kommen«, brach Kenzaburo das Schweigen. »Alles wird gut gehen, keine Sorge.«

Michiko rang sich ein zuversichtliches Lächeln ab.

»Allmählich kann ich nachvollziehen, wie Siddhartha sich gefühlt haben muss«, sagte Kenzaburo mit einem Blick auf die leeren Gleise.

»Siddhartha?«

»Ja, Siddhartha. Ein Prinz in einem fernen Land«, erklärte Kenzaburo und blickte auf Michikos schönes Gesicht. »Er besaß alles, was man sich vorstellen kann. Aber er verzichtete auf sein Königreich und entsagte allem, um das wahre Glück zu finden.«

»Wohin ist er gegangen?«, fragte Michiko, und ihre Augen sprühten vor Neugier.

»Er wanderte umher und begegnete vielen Menschen.«

»Was für Menschen denn?«

»Verschiedenen Menschen, die er in seinem behüteten Palast nie gesehen hatte – Alten, Kranken und Toten.« Kenzaburos Stimme wurde tiefer. »Siddhartha hatte nicht gewusst, dass Menschen alt werden, leiden und sterben, weil sein Vater all das vor ihm verborgen hielt. Wie töricht dieser Vater war. Er hätte wissen müssen, dass er seinen Sohn nicht für immer vor der Wirklichkeit beschützen konnte.«

Kenzaburo verstummte, als ein Mann in mittleren Jahren und westlicher Kleidung an ihnen vorüberging. Wenige Schritte hinter ihm folgte ein Träger. Michiko verbarg ihr Gesicht. Sie war eine Frau auf der Flucht.

»Siddhartha war ein mutiger Mann«, fuhr Kenzaburo fort. »Und später wurde er durch Meditation ein Erleuchteter – ein Buddha.«

»Ah, Buddha.« Michiko nickte.

»Ich habe mich oft gefragt, ob Siddhartha seinen Palast verlassen hätte, wenn er schon vorher etwas vom Leiden und dem Schmerz in der Welt draußen gewusst hätte. Was wäre gewesen, wenn sein Vater ihn nicht so abgeschirmt hätte?«, fragte Kenzaburo. »Ich glaube, es ist unser Instinkt, sehen zu wollen, was hinter den Mauern liegt, oder?« Kenzaburo redete weiter, ohne Michikos Antwort abzuwarten. »Ich glaube, Siddharthas Vater war Teil seiner Aufgabe, das Nirwana zu finden. Alles Gute kommt nach dem Sieg über Hindernisse. Und sein Vater war auf jeden Fall eines der Hindernisse, mit denen er sich auseinanderzusetzen hatte.«

Der Bahnhofsvorsteher blies in seine Trillerpfeife, und am Ende der Gleise tauchte ein Zug auf. Michiko und Kenzaburo warteten, bis er zum Stillstand gekommen war, und stiegen ein. Schweigend saßen sie nebeneinander, insgeheim fürchtend, dass etwas Unerwartetes geschehen könne. Vielleicht würden sie von der Bahnpolizei oder von Fürst Takedas Schergen aus dem Zug gezerrt. Als der Zug sich endlich in Bewegung setzte, stieß Michiko einen Seufzer der Erleichterung aus.

»Hat Siddharthas Vater ihn am Ende gefunden?«, fragte sie. »Ist er in den Palast zurückgekehrt? Zu seinem Vater?«

»Nein«, sagte Kenzaburo und drückte ihre Hand. »Er wurde erleuchtet. Er wurde zu einem Buddha und löste sich von allem, sogar von seiner Familie.«

»Konnte er als Erleuchteter denn nicht nach Hause zurückkehren?«

»Nein«, sagte Kenzaburo entschieden. »Sobald jemand ein erleuchtetes Wesen ist, kann er nicht in sein vergangenes weltliches Leben zurückkehren. Man kann sich nur vorwärtsentwickeln, nicht zurück.«

»Aber hat er seine Familie denn nicht geliebt? Die Familie muss sich doch schrecklich nach ihm gesehnt haben«, sagte Michiko. Ihre Gedanken waren bei ihrer Insel.

»Die Rückkehr zu seiner Familie war nicht der einzige Weg, dieser seine Liebe zu zeigen«, entgegnete Kenzaburo. »Er hatte eine höhere Berufung, er musste seine Grenzen überwinden. Wenn seine Familie ihn wirklich liebte, musste sie sich freuen, wie weit er gekommen und was für ein außergewöhnliches Wesen aus ihm geworden war.«

Mit geschlossenen Augen und den Kopf an die Scheibe gelehnt, stellte sich Michiko diesen erleuchteten Mann aus dem fernen Land vor. Wie eine Reisende am Ende einer langen Fahrt gähnte sie und schlief ein, als hätte sie tagelang nicht geschlafen.

Kenzaburo betrachtete ihr schlafendes Gesicht und legte zärtlich die Hand auf ihren warmen Bauch. Aus dem dunklen Zugfenster blickte ihm sein Spiegelbild entgegen. Sein Gesicht wirkte fremd, anders, als er es je gesehen hatte. Er hatte das Gefühl, aus großer Nähe einen anderen zu betrachten. Einen Mann, der sein Schicksal in die eigenen Hände genommen hatte.

Kioto, am 6. Dezember 1901

Lieber Mr. Mosse,
mehrere Monate sind vergangen, seit ich Ihren letzten Brief erhalten habe. Bitte nehmen Sie meine aufrichtige Entschuldigung entgegen, dass ich Ihnen nicht früher geantwortet habe. Ich habe stets an Sie gedacht und kann nicht zählen, wie oft ich mir gewünscht habe, mit Ihnen über das zu sprechen, was sich im vergangenen Sommer ereignet hat.

Mir ist der unglaublichste Zufall meines Lebens zugestoßen. Ich nenne es einen Zufall, da er mich ohne Vorwarnung überfallen hat. Ich wünschte, ich könnte meinen Gefühlen so gut Ausdruck verleihen wie die westlichen Schriftsteller, aber mir fehlen die Worte, wenn ich diese Dinge zu beschreiben versuche. Vielleicht schäme ich mich auch nur für mein Verhalten oder muss einfach lernen, so geradeheraus zu sein wie jemand aus dem Westen.

Bevor ich Ihnen berichte, was ich in den vergangenen Monaten erlebt habe, möchte ich Sie bitten, das, was ich Ihnen erzähle, für sich zu behalten. Sie sind der einzige Mensch, dem ich mich anvertrauen kann. Ich brauche dringend jemanden, der sich meine Geschichte anhört. Ich verspreche, dass Ihnen keine Schwierigkeiten mit meiner Familie daraus entstehen werden.

Mr. Mosse, die Frau, die ich in meinem letzten Brief erwähnt habe, ist schwanger von mir, und wir sind auf dem Weg nach Osaka. Jetzt bekommen Sie wahrscheinlich einen Schreck. Noch einmal bitte ich Sie, meiner Familie nichts davon zu sagen. Geben Sie kein einziges Detail dieses Briefes preis. Als ich beschlossen habe, mit Michiko zu fliehen, wusste ich sehr genau, dass ich damit alle Bindungen an meine Familie durchtrenne. Ich bin mir der Konsequenzen völlig bewusst.

Sie werden mich vielleicht fragen, warum ich etwas so Unbesonnenes und Törichtes tue, aber ich bin zuversichtlich, das Richtige getan zu haben, und bereue nichts.

Sie haben einmal zu mir gesagt, Gott würde mir den richtigen Weg weisen, wenn ich Ihm nur ganz vertrauen würde. Mr. Mosse, ich vertraue ganz auf meine Entscheidung. Ich vertraue darauf, dass sich alles zum Guten wenden wird und ich ein Leben ohne Reue führen werde. Jetzt fühle ich mich sogar ein wenig wie Siddhartha, nachdem er den Palast verlassen hat. Die Hauptlast meiner Aufgabe habe ich noch vor mir, davon bin ich überzeugt. Aber ich habe keine Angst.

Allerdings muss ich meine Zukunft sehr sorgfältig planen, denn ich bin mir darüber im Klaren, dass meine Familie versuchen wird, mich zu bestrafen und mich nach Kobe zurückzubringen, falls sie mich findet. Ich habe vor, nach Amerika zu gehen, sobald unser Kind alt genug ist für die Überfahrt.

Es beschämt mich zutiefst, Sie um Ihren Beistand bitten zu müssen, Mr. Mosse, aber bitte helfen Sie mir dabei, den Ozean nach Amerika zu überqueren. Ich möchte mit meiner Familie ein neues Leben in einem neuen Land anfangen, in dem ich sein kann, wer ich bin. Ich werde mich bei Ihnen melden, sobald ich mich in Osaka eingerichtet habe, der Stadt, in der Sie leben. Ich hoffe, eines Tages an Bord eines Schiffes zu gehen, das in Ihr Land fährt. Voll Unruhe erwarte ich den Tag, an dem wir uns wiedersehen.

Stets
Ihr Kenzaburo Takeda

12

Michikos und Kenzaburos Leben in Osaka begann mit dem ersten Schneesturm des Jahres. Der Himmel hing ebenso schwer wie ihre ungewisse Zukunft über ihnen. Aber das junge Paar gewöhnte sich bald an sein neues Leben und ließ sich in einem hügeligen Viertel in der Nähe des Hafens nieder.

Die beiden mieteten ein kleines altes Haus mit einem sechs Tatami großen Wohnraum, einer schmalen Holzveranda und einem winzigen Hof. Am Tag ihres Einzugs schenkte Kenzaburo Michiko einen silbernen Ring zum Zeichen ihrer Vermählung. Kenzaburo hatte noch nie in derart ärmlichen Verhältnissen gelebt, passte sich aber schnell an. Er bewunderte Michikos Erfindungsreichtum und Eifer sehr.

Emsig wienerte sie jeden Winkel des Hauses und verwandelte es so in eine gemütliche Zuflucht, die ihnen half, die Vergangenheit zu vergessen. Sie merkten, wie sehr sie ihre neue Freiheit genossen. Zu Toji, der längsten Nacht des Jahres, aßen sie geschmorten roten Kürbis, und den Neujahrsabend begingen sie mit Soba, Buchweizennudeln, die sie selbst gemacht hatten.

»Das sind die besten Soba, die ich je gegessen habe«, schwärmte Kenzaburo nach dem ersten Bissen.

Michiko lächelte schüchtern, den Mund mit der Hand bedeckend. »Wirklich?«

Kenzaburo nickte. »Ich habe nie gelernt, wie gut die Früchte eigener Arbeit schmecken. Die bescheidene Tätigkeit, Nudelteig mit den eigenen Händen herzustellen.« Er lächelte stolz. »Ich habe bisher die Freuden des einfachen Lebens versäumt.«

Michiko pflichtete ihm bei. »Ich habe auch noch nie bessere Soba gegessen. Dabei bin ich an harte Arbeit gewöhnt, aber solche Freuden habe ich auch nie gekannt. Wahrscheinlich sind die Freuden des einfachen Lebens sinnlos, wenn man sie mit niemandem teilen kann.«

»Stimmt. Diese Nudeln sind nur so köstlich, weil wir zusammen sind.« Kenzaburo erhob seinen Teebecher und brachte einen Trinkspruch auf ihr neues Leben im neuen Jahr aus. »Auf ein wunderschönes gemeinsames Jahr!«, sagte er.

»Auf uns und unser Kind«, fügte Michiko hinzu. Errötend legte sie die Hand auf ihren sich wölbenden Bauch.

»Ja, auf uns drei.« Er stupste mit dem Teebecher an ihren Bauch und nahm dann einen Schluck.

Kenzaburo und Michiko aßen ihre Soba auf, ehe das alte Jahr zu Ende ging. Gleich nach Mitternacht führte Kenzaburo Michiko zu einem kleinen Schrein in der Nähe ihres Hauses. In der Kälte der Nacht beteten sie für die Erfüllung ihrer Wünsche.

»Was hast du dir gewünscht?«, fragte Kenzaburo, als Michiko ihr Gebet beendet hatte.

»Dass wir glücklich und gesund zusammenleben, unser Kind gesund auf die Welt kommt und ein langes Leben hat.«

Michikos Augen schimmerten feucht in der Dunkelheit. »Auch für Frau Yoshida habe ich gebetet.« Sie schaute auf den braunen Haori, den Frau Yoshida ihr am Tag ihrer Abreise aus Kioto geschenkt hatte. »Ich hoffe, es geht ihr gut und sie hat ein neues Mädchen, das ihr hilft.« Michiko sehnte sich nach der alten Köchin, und die Erinnerung an die Vergangenheit trübte ihre heitere Stimmung. »Was hast du dir gewünscht?«, fragte sie schnell.

»Dass das neue Jahr uns ein neues Leben in einer neuen Welt bringt«, sagte Kenzaburo. Er hielt Michikos Hand im flackernden Kerzenlicht vor dem Schrein. »Michiko, ich möchte dir den Großen Schrein in Ise zeigen, bevor wir nach Amerika gehen. Es ist ein heiliger Ort. Wir wollen ihn vor unserer Reise besuchen und dort unsere Gebete zum Himmel schicken.«

Michiko nickte lächelnd. »Bevor ich nach Kioto kam, glaubte ich, ich würde den Goldenen Pavillon sehen, und alle meine Freunde beneideten mich darum. Aber ich habe sechs Jahre in Kioto gelebt und diesen Tempel nie gesehen.« Sie seufzte. »Das Tamaraya war mein Kioto, mein Gefängnis.«

Kenzaburo hielt ihre kalten Hände. »Vielleicht werden wir eines Tages, wenn wir alt und grau sind, zusammen nach Kioto zurückkehren. Der Goldene Tempel wird immer dort stehen.«

»Ja, eines Tages«, sagte Michiko träumerisch.

»Wenn unsere Einwanderung genehmigt ist und wir die Papiere haben«, sagte Kenzaburo und brachte seine Pläne aus dem Reich der Träume in die Realität zurück, »werden wir auf dem Weg nach Yokohama für ein paar Tage in Ise Station machen.«

»Yokohama?«

»Ja. Die Schiffe nach Amerika gehen von Yokohama aus. Am besten verlassen wir Osaka, bald nachdem das Kind geboren ist. Meinem Gefühl nach sind wir noch zu nah an Kobe – ich habe sogar Verwandte hier in Osaka, obwohl wir ihnen sicher nie begegnen, solange wir hier unter der arbeitenden Bevölkerung leben.«

Michiko ließ den Kopf hängen. Ihre ungewisse Zukunft machte ihr Angst.

»Sorge dich nicht, Michiko. Es mag eine Weile dauern, bis wir an Bord eines Schiffes nach Amerika gehen, aber wir haben unsere gemeinsame Zukunft und unsere Freiheit«, sagte Kenzaburo. »Lass uns jeden Tag so verbringen wie diesen Neujahrstag – wir wollen immer so leben, als hätten wir gerade ein neues Leben angefangen. Wir haben unsere Vergangenheit hinter uns gelassen. Ich habe nicht die Absicht, zurückzuschauen.«

Kenzaburo blickte wirklich nicht zurück. Er meldete sich nicht einmal bei Mr. Mosse, wie er es eigentlich vorgehabt hatte. Mr. Mosse hätte ihnen helfen können, in die Vereinigten Staaten einzuwandern, aber Kenzaburo fand es richtiger, ihn aus ihren Angelegenheiten herauszuhalten, vor allem wegen seiner geschäftlichen Verbindungen zur Familie Takeda. Statt den Beistand seines alten Lehrers zu suchen und damit eine raschere, standesgemäßere Ausreise aus Japan zu erwirken, beschloss Kenzaburo, den gleichen langen, schwierigen Weg zu beschreiten wie alle anderen auch. Doch bis zu ihrer Abreise musste er sich, Michiko und ihr Kind ernähren. Deshalb ging er zum Hafen, um sich Arbeit zu suchen.

»Entschuldigen Sie.« Kenzaburo verbeugte sich, als er Herrn Matsuis bescheidenes Büro betrat.

Ein dampfender Kessel sang auf einem Ofen in der Mitte des Raumes. Der Hafenmeister war ein kleiner grauhaariger Mann mit zerfurchtem Gesicht. Er schien überrascht beim Anblick dieses jungen Herrn in einem langen Wintermantel westlichen Schnitts und in Lederschuhen.

»Ah, ja. Matsui, angenehm.« Er stand auf und verbeugte sich ebenfalls.

»Ganz meinerseits.« Kenzaburo verbeugte sich abermals in dem Versuch, seine vornehme Herkunft zu verbergen.

Herr Matsui war verwundert, dass ein offensichtlich bedeutender junger Mann aus der Oberschicht ihm mit solcher Höflichkeit begegnete. »Äh, ja, Herr …?«

»Meine Name ist Ta…«, Kenzaburo beeilte sich, einen Namen zu nennen, der Ähnlichkeit mit seinem eigenen hatte, »Tanaka, aber bitte, sagen Sie doch Kenzaburo zu mir.«

Auch wenn Kenzaburo viele Jahre jünger war als er, brachte Herr Matsui es nicht über sich, diesen eleganten Herrn beim Vornamen zu nennen. »Herr Tanaka, was kann ich für Sie tun?«

»Ich brauche Arbeit«, sagte Kenzaburo geradeheraus.

»Aha. Aber da bin ich wohl nicht die richtige Anlaufstelle für Sie, junger Herr. Ich vermittle nur die Dockarbeiter.«

»Mir ist jede Arbeit recht, Herr Matsui. Ich kann alles hier im Hafen machen«, erklärte Kenzaburo.

Matsui dachte, der junge Mann erlaube sich einen Scherz mit ihm. »Ich verstehe nicht, warum Sie hier arbeiten sollten«, sagte er und verzog ungläubig das Gesicht.

»Ich brauche Arbeit wie jedermann«, verteidigte sich Kenzaburo.

»Aber so schauen Sie sich doch an!«, stieß Herr Matsui hervor und deutete auf Kenzaburos Schuhe und maßgeschneiderte Kleidung. »Dann schauen Sie sich die Männer an, die im Hafen arbeiten. Sie gehören einfach nicht hierher.«

»In meinem Leben hat es eine Veränderung gegeben, und ich muss arbeiten, um meine Familie zu ernähren, Herr Matsui.«

»Ich weiß nicht, was für eine Veränderung das ist, aber ich glaube nicht, dass Sie hier eine passende Beschäftigung finden werden. Hafenarbeit ist Knochenarbeit. Der Hafen ist kein Ort für einen jungen Mann wie Sie.«

»Herr Matsui«, widersprach Kenzaburo, »ich versichere Ihnen, dass ich jede Arbeit verrichten kann, ganz gleich, wie schwer sie ist.«

»Sie haben keine Ahnung, wovon Sie reden, Herr Tanaka«, entgegnete der Hafenmeister unverblümt. »Verzeihen Sie die Frage, aber haben Sie in Ihrem Leben schon einmal einen einzigen Tag schwer gearbeitet?«

Anstelle einer Antwort senkte Kenzaburo den Kopf.

»Das habe ich mir gedacht.« Herr Matsui nickte. »Sie würden nicht einen Tag durchstehen.«

Kenzaburo hob wieder den Kopf. »Dann lassen Sie mich drei Tage hier arbeiten. Ich zeige Ihnen, dass ich hart genug bin für jede Art von Arbeit. Und wenn Sie nach den drei Tagen nicht mit mir zufrieden sind, brauchen Sie mich nicht anzustellen.«

Herr Matsui sah Kenzaburo an, dass er es ernst meinte. Er zündete seine Pfeife an, während der junge Mann aufgeregt auf Antwort wartete. Matsui arbeitete im Hafen, seit er ein kleiner Junge war. Mit Ende fünfzig war er zum

Hafenmeister ernannt worden. Er hatte in seiner Laufbahn zahllose einheimische Tagelöhner und Wanderarbeiter vom Land gesehen, aber jemand wie Kenzaburo war ihm noch nicht begegnet. Er hätte gern gewusst, warum dieser junge Mann in seinem Büro gelandet war und um Arbeit bettelte.

»Bitte, geben Sie mir eine Chance«, sagte Kenzaburo.

Matsui hörte die Verzweiflung in seiner Stimme und bekam nun doch Mitleid. »Kommen Sie morgen früh nach Sonnenaufgang zum großen Dock. Dort muss eine Ladung aus Yokohama gelöscht werden.«

»Ich danke Ihnen, Herr Matsui.« Kenzaburo verbeugte sich tief. »Ich werde in aller Frühe dort sein.« Und dann wiederholte er, als sei es ihm gerade noch eingefallen: »Kenzaburo Tanaka, mein Name.«

Er betonte den Nachnamen, den er sich gerade gegeben hatte. Er verspürte ein vages Gefühl von Freiheit, als er den neuen Namen aussprach.

»Herr Tanaka! Ihre feinen Kleider lassen Sie lieber zu Hause, wenn Sie hier arbeiten wollen!«, rief ihm Matsui hinterher, als er hinausging.

Früh am nächsten Morgen, vor Sonnenaufgang, fand Kenzaburo sich im Hafen ein. Er schritt in der neuen Arbeitsjacke, die er, um sich anzupassen, am Tag zuvor erstanden hatte, über das Gelände. Der eisige Wind blies ihm durch die Kleider, und er fror entsetzlich. Forsch marschierte er hin und her, bis nacheinander die anderen Männer auftauchten. Als sich ungefähr zwanzig von ihnen versammelt hatten, traf auch Matsui ein.

»Heute brauche ich nur zehn«, verkündete er. Vernehmliches Murren ertönte. Die Arbeiter sahen einander an, manche fingen an zu zählen.

»Die Hälfte, die ich nicht aufrufe, muss sich eben morgen wieder melden.«

Herr Matsui begann Namen von einer Liste aufzurufen.

»Kuno!«

»Ja!« Ein Mann in Kenzaburos Alter hob die Hand und verbeugte sich vor Matsui.

»Mazuka!«

Ein älterer Mann neben Kenzaburo meldete sich mit einem knappen Nicken.

»Omura!«

»Noguchi!«

»Shirai!«

»Kuramoto!«

»Ono!«

»Tomonaga!«

»Arai!«

»Und Hamada!«

Nachdem er die Namen aufgerufen hatte, faltete Matsui die Liste zusammen.

»Die Aufgerufenen folgen mir ins Büro!« Matsui führte die zehn in sein Büro, während der Rest mit hängenden Köpfen davontrabte.

Kenzaburo lief Matsui nach und stellte sich ihm in den Weg. »Herr Matsui, ich bin's, Tanaka. Ich war doch gestern in Ihrem Büro.«

»Ja, ich weiß«, sagte Matsui ungerührt.

»Entschuldigen Sie, wenn ich unhöflich bin, aber Sie haben gesagt, dass ich heute Arbeit bekäme.«

»Ja, Herr Tanaka. Haben Sie nicht gesagt, Sie bräuchten Arbeit wie jeder andere auch?«

»Ja, Herr Matsui. Und Sie haben gesagt, ich solle heute Morgen wiederkommen, und hier bin ich.«

»Das sehe ich.« Der Hafenmeister musterte Kenzaburo und bemerkte seine schlichte Kluft. »Sehen Sie diese Leute da?«, fragte er und deutete auf die Männer, die unverrichteter Dinge abzogen. »Auch die sind hergekommen, um zu arbeiten, aber heute gibt es nicht genug zu tun. Also müssen Sie morgen wiederkommen. Das tun alle, die Arbeit brauchen.«

Kenzaburo wusste nicht, was er sagen sollte. Er kam sich vor wie ein verwöhntes Kind, das kein Nein kannte und dem zum ersten Mal etwas verweigert wurde.

»Bitte, kommen Sie morgen wieder. Vielleicht haben Sie dann mehr Glück.« Matsui nickte Kenzaburo kurz zu und ging mit seinen zehn Arbeitern davon.

Kenzaburo kam nun jeden Tag zum Hafen, aber es dauerte eine Woche, bis er angeheuert wurde. Er gestattete sich keinen Unmut und versuchte stattdessen, sich unter die Arbeiter zu mischen, um mehr über ihr Leben zu erfahren. Selbst die einfachsten unter ihnen bemerkten, wie intelligent und gutmütig Kenzaburo war, wenn sie mit ihm sprachen.

»Du scheinst ein gebildeter Mann zu sein«, sagte ein Mann namens Kubota zu ihm. »Warum willst du ausgerechnet hier arbeiten?«

»Ich bin nur jemand, der Arbeit braucht, um seine Familie zu ernähren, genau wie ihr alle.« Kenzaburo lächelte.

»Das glaube ich dir nicht. Bei einem wie dir steckt doch sicher eine Geschichte dahinter.«

»Ja, genau«, sagte ein junger Bursche namens Hirano mit listigem Grinsen. »Erzähl uns deine Geschichte. Warum bist du hier?«

»Warum wollt ihr das wissen?« Kenzaburo umging eine direkte Antwort.

»Da haben wir's. Du hast etwas zu verbergen. Denkst du, du kannst dich zu uns gesellen, und wir halten dich sofort für einen von uns? Wir müssen wissen, was du im Schilde führst. Vielleicht bist du ein Spitzel, der herausfinden soll, ob hier irgendjemand Zeug aus der Ladung klaut. Wer weiß?« Hirano sah die anderen Arbeiter an. Sie nickten beifällig.

Kenzaburo schüttelte lächelnd den Kopf. »Nein, ich versichere euch, das ist nicht der Fall.«

»Dann erzähl uns, warum du hier bist«, drängte Hirano.

»Nun.« Kenzaburo zuckte die Achseln. »Ich wollte lernen, wie das Löschen und Laden am Hafen funktioniert«, schwindelte er aufs Geratewohl.

»Als Tagelöhner lernt man nicht gerade viel«, zischte Hirano. »Das hast du wahrscheinlich schon mitgekriegt.«

»Eigentlich nicht«, räumte er ein. »Ich warte jetzt schon seit sieben Tagen, aber ich habe noch keine Arbeit bekommen.«

»Du wirst schon sehen, Tanaka. Ich bin einer Meinung mit Hirano. Ich weiß nicht, was einer über Löschen und Laden lernen kann, wenn einer den ganzen Tage Säcke schleppt – hin und her.« Der ältere Mann legte Kenzaburo eine Hand auf die Schulter. »Also, sag mir, warum bist du wirklich hier?«

Alle Augen waren auf Kenzaburo gerichtet. Auch wenn Kubotas Geste freundschaftlich war, verspürte Kenzaburo doch den Druck, mit einer Geschichte aufzuwarten, die sie hören wollten – der Geschichte vom gescheiterten Edelmann.

»Ich habe mein gesamtes Familienvermögen verspielt«, sagte Kenzaburo. »Und ich will in Amerika ein neues Leben anfangen. Deshalb bin ich hier. Ich will Geld verdienen, um nach Amerika zu gehen.«

»Ein armseliger Spieler!«, brüllte jemand, und alle brachen in Gelächter aus.

»Ich bin ein neuer Mensch«, sagte Kenzaburo mit einem gewinnenden Lächeln. Diesmal schienen alle seine Geschichte zu glauben. »Ich bin jetzt ein armer Mann, der seine Familie ernähren muss, wie ihr alle. Ja, ein armseliger Spieler, der all sein Geld verloren hat.«

Wieder lachten alle.

»Du hast gerade das Schiff von Yokohama nach Hawaii verpasst«, sagte Hirano, nachdem das Gelächter in der kalten Luft verklungen war. »Es hat im Herbst abgelegt, und mein Vetter war an Bord.«

»Weißt du, wann das nächste geht?«, fragte Kenzaburo.

»Das weiß niemand.« Hirano schüttelte den Kopf. »Es kommt ja auch nie einer zurück.«

»Dort muss entweder das Paradies oder die Hölle sein«, sagte Kubota sarkastisch. »Warum willst du überhaupt nach Amerika?«

Bevor Kenzaburo antworten konnte, erschien Matsui mit seiner Liste und rief endlich auch seinen Namen auf. Nachdem er sieben Tage lang in der morgendlichen Kälte gewartet hatte, bekam Kenzaburo zum ersten Mal Arbeit.

Er wurde immer öfter aufgerufen, auch wenn die Bezahlung erheblich geringer war, als Kenzaburo erwartet hatte. Das Leben eines Hafenarbeiters war härter als vermutet. Zugleich musste er erfahren, dass es nicht so leicht war, nach Amerika auszuwandern. Es würde viele Monate, wenn nicht Jahre dauern, bis er die Brooklyn Bridge in New York zu sehen bekäme. Aber er tröstete sich damit, dass auf diese Weise ihr Kind genug Zeit haben würde, groß und stark zu werden.

Emsig ging Kenzaburo seiner schweren Arbeit an der Seite sehr rauer Männer nach. Seine zarten Hände waren bald von Schwielen bedeckt, und seine Haut verwandelte sich von der eines Gelehrten in die eines Tagelöhners. Aber er sprach, aß, trank noch immer anders, ganz gleich, wie viel Zeit er mit den Hafenarbeitern verbrachte. Die anfänglichen Schikanen hörten auf. Die Männer erkannten, wie durch und durch aufrichtig er war. Trotz der kräftezehrenden Arbeit war Kenzaburo so glücklich wie noch nie – solange er nicht an seine Familie in Kobe dachte.

Ein halbes Jahr nachdem sie Kioto verlassen hatten, brachte Michiko an einem wunderschönen Frühlingsmorgen ihre Tochter Asako zur Welt. Michiko konnte ihr Glück kaum fassen. Sie musste sich von Zeit zu Zeit kneifen, um sich zu vergewissern, dass alles wahr war. Michiko dachte oft an Frau Yoshida. Tatsächlich erinnerte sie sich jedes Mal, wenn sie eine ältere Frau auf der Straße sah oder Kenzaburo Sake einschenkte, an die alte Köchin in Kioto. Auch sooft sie Fisch grillte oder Gemüse einlegte, dachte sie an die gütige Alte, die ihr all das beigebracht hatte. Was Michiko an ihrer Zeit in Kioto am meisten reute, war nicht etwa der Umstand, dass sie den Goldenen Pavillon nicht gesehen hatte, sondern der, dass sie Frau Yoshida nicht von Anfang an von ihrer Liebe zu Kenzaburo erzählt hatte. Aber hatte sie eine Wahl gehabt?

Michiko dachte auch häufiger, als ihr lieb war, an ihre

Familie auf der Insel. Was würde ihre Mutter sagen, wenn sie ihre Enkelin Asako sehen könnte? Ob ihr Vater froh wäre, würde er noch leben, dass sie mit Kenzaburo verheiratet war? Ob sich ihre Schwester und ihre kleinen Brüder an ihre älteste Schwester erinnerten, die fortgegangen war, als sie noch so klein waren? Dennoch sprach sie mit Kenzaburo nie über ihre Familie. Und er sprach nie über seine.

Monat um Monat wartete Mr. Mosse voller Sorge, dass Kenzaburo sich bei ihm melden würde. Er wollte seinem ehemaligen Schüler von der Verzweiflung seiner Familie berichten. Vielleicht konnte er ihn zu einer Rückkehr nach Kobe überreden. Aber Kenzaburo schien verschwunden zu sein, ohne eine Erklärung, ohne einen Brief. Ein halbes Jahr war bereits ohne eine Nachricht von ihm vergangen. Aber Mr. Mosse glaubte an Kenzaburo und fand sich mit seinem Schweigen ab, indem er geduldig um das Wohlergehen seines Schülers betete.

Fürst Takeda hielt Kenzaburos Verschwinden geheim, um unnötigen Klatsch zu vermeiden. Als Kenzaburo nicht am vereinbarten Tag nach Kobe zurückgekehrt war, schickte er sogleich einen Boten zum Tamaraya, nur um zu erfahren, dass Kenzaburo die Pension bereits einige Tage zuvor verlassen hatte.

Heimlich reiste er selbst nach Kioto und fand heraus, was der Grund für Kenzaburos Verschwinden war. Seinen Zorn zügelnd, zahlte Fürst Takeda Madame Tamaraya eine größere Summe, damit sie den Mund hielt. Es war nicht schwer gewesen, die Wirtin zu überreden, ihr Versprechen absoluter Geheimhaltung zu brechen.

Als Fürst Takeda wieder in Kobe war, befahl er seiner

Familie, Kenzaburos Namen nie wieder zu erwähnen. Er solle von nun an als tot gelten, da er den Namen der Familie entehrt habe. Jeder Dienstbote, der über Kenzaburo sprach, hätte sein Leben verwirkt.

Alle wussten, was ihm Ehre und Loyalität bedeuteten. Ohne das Einverständnis seiner Verwandten einzuholen, tilgte Fürst Takeda den Namen seines Sohnes aus dem Familienregister.

Über ein Jahr war vergangen, seit Michiko und Kenzaburo nach Osaka gekommen waren. Ihr ursprünglicher Plan, Japan zu verlassen, verlor an Sinn, als sie sich immer besser in ihrer neuen Umgebung einrichteten, in der vor allem Arbeiterfamilien lebten. Während sich die Ausreise nach Amerika zunehmend als schwierig herausstellte, umso mehr mit einer Frau und einem kleinen Kind, stieg Kenzaburo zu einem wichtigen Mann im Hafen auf. Nach mehreren Monaten harter Arbeit unter den einfachen Tagelöhnern zeigte sich, dass Kenzaburo auch in der Lage war, Büroarbeit, die Registrierung von Ladungen und andere Vorgänge im Hafen zu meistern. Er war der Einzige dort, der Englisch lesen konnte, und wenn hin und wieder eine Fracht aus Übersee eintraf, waren seine Sprachkenntnisse äußerst geschätzt. Es dauerte nicht lange, und Kenzaburo wurde auf einen leitenden Posten befördert. Er hatte sich den Ruf eines äußerst tüchtigen Arbeiters mit besonderen Fähigkeiten erworben. Michikos Gedanken dagegen waren weit fort vom Hafen, sie genoss ihre Mutterrolle mehr, als sie es je für möglich gehalten hatte. Sie konnte kaum glauben, dass die überschäumende Liebe, die sie für ihre Tochter Asako empfand, ihr nicht das Herz sprengte.

»Sollten wir Asako nicht bald registrieren lassen?«, wandte Michiko sich eines Tages an Kenzaburo, während sie Asako stillte.

Er hob den Kopf über der englischen Ausgabe von *Les Misérables*, die ein Hafenarbeiter in einer Ladung aus Yokohama entdeckt hatte. Er sah zu Michiko, die Asako in den Armen hielt. Ein Lächeln breitete sich auf seinem Gesicht aus. Seine Frau und seine kleine Tochter waren die Quelle seines Glücks. Aber diese bürokratischen Kleinigkeiten erinnerten ihn an ihre Lage.

»Vielleicht wäre es besser, sie einzutragen, sobald wir wissen, wann wir an Bord eines Schiffes nach Amerika gehen können«, erwiderte er.

»Du hast recht. Natürlich, das ist sinnvoller.« Michiko erkannte sofort, dass sie eine unbequeme Frage gestellt hatte. »Wie dumm von mir.« Sie schaute zu Asako hinunter, die eingeschlafen war.

»Ich habe meinen Nachnamen geändert«, sagte Kenzaburo. »Bei der Bewerbung habe ich mich Tanaka genannt, und inzwischen gefällt mir der Name ganz gut.«

»Tanaka?«

»Ich habe gar nicht groß darüber nachgedacht«, erklärte er. »Aber er ist irgendwie an mir hängen geblieben. Magst du ihn nicht, Michiko?«

»Ich bin nur ein bisschen überrascht. Das ist alles.«

»Wir sind die Tanakas!«, rief Kenzaburo fröhlich.

»Wenn er dir gefällt, gefällt er mir auch.« Michiko lächelte.

»Asako Tanaka! Das ist der Name, unter dem wir sie eintragen lassen«, sagte Kenzaburo. »Was meinst du? Mit diesem Namen kann sie ein ganz gewöhnliches Leben führen, stimmt's?«

»Ein Leben ohne Leid, hoffe ich.«

»Es gibt kein Leben ohne Leid, Michiko«, unterbrach Kenzaburo sie. »Ganz gleich, wie gewöhnlich oder außergewöhnlich es ist.«

»Um die Wahrheit zu sagen«, fuhr Michiko fort, nachdem sie eine Weile geschwiegen hatte, »hätte ich mir, als ich dich das erste Mal sah, nie vorstellen können, dass es in deinem Leben irgendwelchen Kummer gab. Für mich schienst du aus einer wunderschönen Welt zu kommen, so ganz anders als meine.«

»Selbst die schönste Welt hat ihre schmerzhaften und hässlichen Seiten. Es mag schwer vorstellbar sein, aber auch mein Leben war manchmal kummervoll.« Kenzaburo rückte näher an Michiko heran. »Ich weiß, du hast in der Vergangenheit sehr viel gelitten, aber es gibt kein Leid, das sich nicht überwinden lässt. Wir dürfen nur nicht vergessen, dass uns am Ende unserer Mühen ein großes Glück erwartet.«

Michikos Augen füllten sich mit Tränen, dennoch gelang es ihr, Kenzaburo ein strahlendes Lächeln zu schenken. »Ich werde es nicht vergessen«, versprach sie.

Auch Kenzaburo lächelte und betrachtete das Gesichtchen der schlafenden Asako. Er versuchte das Bild seiner eigenen Familie auszulöschen – und das luxuriöse Leid, dem er ausgesetzt gewesen war. Doch je stärker er danach trachtete, seine Vergangenheit zu verdrängen, desto lebhafter suchten ihn seine Erinnerungen heim. Sie schienen sein gegenwärtiges Glück zu überschatten, flackerten immer wieder auf und schmerzten, auch wenn er sich noch so bemühte, sie zu begraben.

An einem regnerischen Tag im Frühling 1902, als Asako zehn Monate alt war, hastete ein Hafenarbeiter patschnass und völlig außer Atem durch ihre Tür. Michiko war gerade dabei, Reis zu waschen, um ihn für das Abendessen einzuweichen. Der Aufruhr beim Eintritt des Mannes weckte Asako, und sie fing an zu weinen.

»Kk…Ken…Kenzaburo! Schnell, ko…kommen Sie!«

Michiko verstand nicht sofort, was der Mann da stotterte, aber es handelte sich eindeutig um etwas Dringendes.

»Kk…Ken…Kenzaburo!«, stammelte er wieder.

»Was ist mit ihm?«, rief Michiko angstvoll. Sie spürte, dass etwas Schreckliches geschehen sein musste.

»Kenzaburo … Kenzaburo ist … tot!«, stieß der Mann endlich hervor.

In diesem Moment verstummten alle Geräusche, und alles um Michiko herum verschwamm. Es fühlte sich an, als hätte man ihr einen Dolch mitten ins Herz gestoßen. Sie begann zu zittern, und es drehte sich ihr der Magen um. Sie schüttelte den Kopf und starrte den Hafenarbeiter an, sprechen konnte sie nicht.

Michiko spürte, wie alle Kraft aus ihrem Körper entwich. Die Schüssel mit dem Reis glitt ihr aus der Hand, und die Körner ergossen sich über den Lehmboden der Küche. Sie stürzte zur Tür und ließ Asako weinend neben dem verstreuten Reis zurück. Auf dem Weg aus dem Haus riss der Riemen ihrer Holzsandale aus. Sie warf beide Pantinen von sich. Ihre bloßen Füße rutschten auf der nassen Erde, trotzdem rannte sie barfuß weiter den Hang hinunter. Der Bote lief hinter ihr her, aber er konnte mit der schreienden und weinenden Frau nicht Schritt halten.

Als Michiko im Hafen ankam, führte man sie zu ihrem

Mann. Sie war bleich wie ein Gespenst. Kenzaburos Leiche war mit zwei einfachen Strohmatten bedeckt, unter denen nur seine alten Lederschuhe hervorschauten. Es waren die schwarzen Schuhe, in die Michiko damals so schüchtern ihre Hände gelegt hatte, als Kenzaburo in der Pension Tamaraya angekommen war. Michiko sank zu Boden, als einer der Männer die Matten anhob. Kenzaburos Kehle war durchtrennt, so tief, dass das milchweiße Rückgrat zu sehen war. Seine offenen Augen blickten traurig zum grauen Himmel. Sein Mund war leicht geöffnet, als wollte er ihr etwas sagen.

Selbst die raubeinigsten Seeleute mussten die Gesichter abwenden und ihre Tränen im Regen verbergen, als sie Michiko, den blutüberströmten Leichnam in den Armen, weinen sahen.

Nachdem Fürst Takeda durch einen Zufall herausgefunden hatte, dass der junge Angestellte im Hafen von Osaka, den seine Geschäftspartner so sehr lobten, sein jüngster Sohn Kenzaburo Takeda war, hatte er Schwertkämpfer ausgesandt, die Kenzaburo ermorden sollten.

Fürst Takeda hatte sein Urteil gefällt. Es war besser, das Leben seines Sohnes zu beenden, als ihn in Schande leben zu lassen. Kenzaburo hatte einen ungeheuren Preis für seine Liebe und seine Freiheit gezahlt. An diesem regnerischen Tag war er auf der nassen Erde im Hafen von Osaka verblutet, ohne je einen Fuß auf amerikanischen Boden gesetzt und die Brooklyn Bridge überquert zu haben.

13

Als die Nacht hereinbrach, ging der Frühlingsregen in einen Wolkenbruch über, der Kenzaburos Blut in den Abfluss wusch.

In Frau Sakais Schänke roch es nach gebratenem Fisch und betrunkenen Hafenarbeitern. Alle sprachen über den Mord an Kenzaburo. Sein Tod wurde zu einem jener unvergessenen Ereignisse, die wieder und wieder erzählt wurden, wie die Geschichte vom Großen Kita-Feuer, einem verheerenden Brand im Nordteil von Osaka.

»Wie konnte das nur geschehen?« Frau Sakai schüttelte den Kopf, als sie davon erfuhr. Sie war für viele die Großmutter, die sie nie gehabt hatten. »Ich kann mich noch gut an diesen netten jungen Mann erinnern«, sagte sie.

»Den hat keiner so leicht vergessen, besonders in dieser Gegend nicht«, sagte Kubota. »Er war so anders als wir, wissen Sie.« Er wischte sich die Stirn mit einem Lappen aus seiner Tasche. »Man könnte fast meinen, eine Art Gott wäre für eine Weile zu uns herabgestiegen und jetzt wieder in den Himmel zurückgekehrt, wo er hingehört. Vielleicht war er zu gut für diese Welt.« Er schüttelte fassungslos den

Kopf, während ein paar andere Männer am Tisch zustimmend nickten und ihre Becher leerten. »Aber ich kann einfach nicht verstehen, warum seine Familie ihn so brutal verstoßen hat.«

»Seine eigene Familie hat ihn töten lassen? Es war ein Ehrenmord?«, fragte Frau Sakai, und ihre Hand mit dem Sakekrug erstarrte in der Luft.

»Etwas anderes ist unter diesen Umständen nicht anzunehmen.« Kubota zog die Augenbrauen hoch und sah in die Runde der abgearbeiteten Gesichter. Hatte einer von ihnen eine andere Erklärung?

»Das war ganz bestimmt ein Ehrenmord«, pflichtete ihm ein alter Mann am Kopfende des Tisches bei. Frau Sakai schenkte ihm Sake nach.

»Ein Mann wie Tanaka lebt nicht in einer Gegend wie dieser und macht niedere Arbeiten wie unsereins«, fügte Kubota hinzu. Er sah sich in dem verrauchten Raum um und senkte die Stimme. »Ich habe gesehen, wie Tanaka einen Umschlag öffnete, den einer der Bewaffneten ihm gab. Er las den Brief und sagte etwas zu ihnen.« Kubota sprach schneller. »Tanaka sah aus, als wollte er sich rauswinden, aber am Ende nickte er und gab den Brief an einen der Burschen zurück. Anscheinend weigerte er sich zu tun, was darin stand. An seinem Blick konnte ich erkennen, dass da irgendetwas ganz und gar nicht stimmte, aber ich hatte nicht den Mut, ihm beizuspringen. Zum Teufel mit ihnen, diesen Mordbuben …« Kubota schlug mit der flachen Hand auf den Tisch. »Es ging alles so schnell! Unsereins wagt sich nicht mal in die Nähe von denen. Man weiß genau, dass man sich fernhalten muss. Ein paar von uns haben zugesehen. Keiner wusste, was er tun sollte.« Er kippte seinen Sake hinunter und bedeckte das Gesicht mit den Händen. »Aber wenn ich gewusst hätte, was geschieht …«

»Was hätten wir schon gegen zwei Schwertkämpfer ausrichten können?«, rief der alte Mann vom Kopfende des Tisches. »Die hätten doch jeden umgebracht, der versucht hätte, sie aufzuhalten. Solche niedrigen Wesen wie uns zu töten, bedeutet denen doch nicht mehr, als ein paar Fliegen zu erschlagen! Tanaka stammte wohl aus einer sehr mächtigen Familie. Aus einer, deren Macht außerhalb der Gesetze steht. Sogar die Polizei war auf ihrer Seite. Sie haben seinen Leichnam und alle seine Sachen aus seinem Haus mitgenommen.« Die Stimme des Alten wurde sehr scharf. »Ich habe gehört, wie die Polizei zu Tanakas Frau gesagt hat, sein Leichnam würde seiner eigenen Familie übergeben und sie solle den Mund halten.«

»Aber das ist doch alles so widersinnig!«, rief Frau Sakai. »Wie soll sie sich alleine mit der Kleinen durchschlagen?«

»Das ist denen doch egal. So sind diese Leute eben«, fuhr der alte Mann fort, das Gesicht vom Sake gerötet. »Glaubt ihr, diese feinen Pinkel zucken auch nur mit der Wimper, wenn die junge Frau und das Kind verhungern?«

»Aber das Kind ist doch ihr eigenes Fleisch und Blut«, wandte Frau Sakai ein.

»Glaubt mir, die halten sich noch für großmütig, weil sie die Mutter und das Kleine nicht auch noch umbringen«, sagte der alte Mann angeekelt.

»Sprich gefälligst leiser«, flüsterte ein Mann vom Nebentisch herüber. »Wir sollten aufpassen, was wir reden, wenn wir nicht wollen, dass sie uns auch die Kehle aufschlitzen.«

Augenblicklich breitete sich Stille im Raum aus. Frau Sakai goss dem Alten wortlos nach und dachte an Kenzaburo, obwohl er nur ein- oder zweimal mit einer Gruppe anderer Hafenarbeiter in ihrem Wirtshaus gegessen hatte. Er war ein stiller Beobachter gewesen, hatte sich aber gerade aus diesem Grund von der Menge abgehoben. Sie hatte gleich gemerkt, dass der junge Mann etwas Besonderes war. Frau Sakai hatte Kenzaburo kaum gekannt, dennoch konnte sie den tragischen Vorfall nicht abschütteln. Sie wusste, dass sie etwas für seine junge Frau und das Baby tun musste.

»Wo ist eigentlich Ihre Jüngste, Frau Sakai?«, fragte der alte Mann, um das Thema zu wechseln. »Ist sie inzwischen nicht alt genug, um Ihnen zu helfen?«

»Midori ist erst sechzehn, noch ein Kind.« Frau Sakai lächelte.

»Ein Kind? Wie kommen Sie denn da drauf? Mit sechzehn ist man doch kein Kind mehr. Sie ist alt genug, um zu heiraten«, posaunte der Alte. »Sie sollte Ihnen wirklich zur Hand gehen. Wie kommt es, dass sie ihre alte Mutter alleine arbeiten lässt? Na ja, die Nesthäkchen werden immer verwöhnt«, erklärte er, als kenne er sich aus.

»Ja, ich weiß. Aber wenn Sie in Ihrem Alter eine Tochter hätten, würden Sie sie auch verwöhnen. Dagegen kann man nichts machen.« Frau Sakai lächelte entschuldigend. »Ich muss jemanden einstellen. Es ist einfach zu viel Arbeit für mich allein, ohne meinen Mann.«

Schweigen senkte sich über den Tisch. Frau Sakais Mann war erst vor einem Monat gestorben. Alle wussten, wie nah sich das Ehepaar gestanden hatte. Die beiden hatten die Schänke gemeinsam geführt und waren stets fröhlich gewesen, bis Herr Sakai sehr plötzlich schwer krank geworden war.

»Soll ich euch noch Sake bringen?« Frau Sakai verbarg

ihre Trauer hinter einem Lächeln. »Die Toten sind tot, was können wir da tun? Wir Lebenden sollten auf sie trinken, ja?«

»Da haben Sie recht«, sagte der Alte. »Bringen Sie noch mehr Sake – den können wir an einem Tag wie diesem gebrauchen.«

Der Frühlingsregen, der am letzten Tag von Kenzaburos kurzem Leben eingesetzt hatte, hielt drei Tage an. Als endlich die Sonne wieder hervorkam, machte Frau Sakai sich mit einem Bento voll gesalzener Reisklöße und einer bescheidenen Geldsumme in einem Umschlag auf den Weg zu Michikos Haus. Die Erde war noch feucht nach dem Regen, aber die Sonne strahlte wie nie zuvor und brachte viele Frühlingsblumen zum Erblühen.

Frau Sakai wartete geduldig, bis Michiko an die Tür kam. Wie sie es erwartet hatte, wirkte die junge Mutter vollkommen gebrochen. Ihre kleine Tochter schlief in ein langes Musselintuch gewickelt auf ihrem Rücken. Michiko sah aus, als hätte sie tagelang nichts gegessen, ihre Lippen waren aufgesprungen, und ihr Gesicht war leblos.

»Ich heiße Sakai«, sagte die ältere Frau. »Ich führe ein kleines Gasthaus am Hafen.« Vergebens versuchte sie, Michikos Blick aufzufangen. »Entschuldigen Sie, dass ich Sie einfach so überfalle, aber darf ich eintreten?«

Michiko schien egal zu sein, wer oder was sie war. Sie ließ die Besucherin ins Haus, ohne sie auch nur anzusehen. Sie führte Frau Sakai auf die Veranda, die auf den kleinen Vorgarten hinausging. An dessen Baumbuszaun stand eine Magnolie. Weiße Blüten schaukelten an den Ästen und verströmten ihren frischen Duft.

»Hier, ich habe Ihnen etwas zu essen mitgebracht.« Frau Sakai stellte die Reisklöße neben Michiko ab und reichte ihr den Umschlag. »Was geschehen ist, tut uns allen sehr leid. Es ist nicht viel, aber bitte nehmen Sie es an.«

Michiko verbeugte sich tief, sie wusste nicht, was sie sonst hätte tun sollen, aber ehe sie den Kopf wieder heben konnte, brach sie in Schluchzen aus.

»Ich weiß. Ich weiß.« Frau Sakai betrachtete das schlafende Baby. »Ihr Schmerz muss unerträglich sein, aber Sie müssen durchhalten. Denken Sie an die Kleine.« Die ältere Frau fuhr sanft mit der Hand über das zarte Köpfchen des Kindes.

Doch Michiko konnte ihre Tränen nicht zurückhalten. Sie schlug die Hand vor den Mund, um ihr Schluchzen zu ersticken. Asako sollte nicht aufwachen.

»Ich habe auch vor Kurzem meinen Mann verloren«, sagte Frau Sakai. »Obwohl seine Zeit gekommen war.« Sie stockte, sah Michiko an und blickte dann hinaus auf den Hof. »Mein Mann war schon alt, und ich wusste, er würde nicht mehr lange bei mir sein. Doch als er fort war, erst dann, wurde mir klar, welchen Verlust ich erlitten hatte.« Sie lächelte voll Wehmut und atmete den Duft der Magnolienblüten ein.

Michiko wischte sich die Tränen ab und sah zu Frau Sakai auf, die ganz im Bann der Magnolie stand. Auf ihrem ruhigen, faltigen Gesicht zeichnete sich die tiefe Sehnsucht nach einem Leben ab, das für immer verloren war. Aber in ihrem Blick lag eine Ergebenheit, die Michiko nicht zu empfinden vermochte. Sie bezweifelte, dass ihr das je gelingen würde.

»Mein verstorbener Mann und ich hatten das Gasthaus zusammen eröffnet und viele Jahre dort gearbeitet. Drei meiner Kinder sind verheiratet, aber meine jüngste Tochter lebt noch bei mir. Aber das ist nicht das Gleiche.« Frau Sakai schüttelte den Kopf und seufzte mitfühlend. »Kinder können den Ehegatten nicht ersetzen.«

Die Stimme der älteren Frau war sorgenvoll. »Ich kann mir vorstellen, wie Sie sich fühlen, besonders wo Sie noch so jung sind. Aber Sie müssen jetzt an die Zukunft denken. Legen Sie die Vergangenheit beiseite, gleich, wie schmerzhaft sie ist. Sie dürfen nicht zulassen, dass sie Ihr Leben für immer ruiniert.« Sie klang aufmunternd. »Ihr verstorbener Mann wird vom Himmel aus dafür sorgen, dass Sie durchhalten und ein glückliches Leben mit Ihrer Tochter führen, meinen Sie nicht?«

Michiko nickte, aber die Tränen strömten ihr über das Gesicht.

»Wie heißt denn die Kleine?«, fragte Frau Sakai.

»Asako«, würgte Michiko hervor.

»Und wie heißen Sie?«

»Michiko.«

»Und mit Familiennamen?«

»Tanaka«, sagte Michiko und dachte an den Tag, an dem Kenzaburo ihr von ihrem neuen Namen erzählt hatte.

»Michiko, Ihre Tochter muss den Nachnamen Ihres Mannes behalten. Sie ist der Teil von Ihnen und Ihrem Mann, der weiterleben wird. Verstehen Sie?«

Michiko erzählte Frau Sakai nicht, dass Tanaka nicht der richtige Name ihres Mannes gewesen war. Stattdessen weinte sie wieder, bemühte sich dabei aber, Asako auf ihrem Rücken nicht zu wecken.

»Sie müssen nun, so gut Sie können, allein für Asako sorgen.« Frau Sakai schien ungerührt von Michikos Tränen.

»Ihre Zeit auf dieser Erde ist noch nicht vorüber.« Sie hielt inne. »Michiko, ich bin gekommen, um Ihnen Arbeit in meinem Gasthaus anzubieten. Ich kann Ihnen ein Zimmer geben, in dem Sie mit Ihrer Tochter wohnen können. Zumindest werden Sie jeden Tag warme Mahlzeiten haben und ein Dach über dem Kopf.«

»Ich danke Ihnen so sehr.« Michiko verbeugte sich tief. »Wie kann ich Ihnen Ihre Güte je vergelten?«

»Indem Sie wieder auf die Füße kommen und leben.« Frau Sakai lächelte und zeigte auf die Magnolie. »Schauen Sie den Baum an – seine zarten weißen Blüten sind nach dem langen strengen Winter wieder erblüht. Sie kehren immer wieder, nach jedem Winter. Ist das nicht ganz erstaunlich?« Frau Sakai legte den Kopf schräg und betrachtete verträumt wie ein junges Mädchen die Blüten. Sie erinnerte Michiko ein wenig an Frau Yoshida.

»Ich werde mein Bestes tun, um Asako großzuziehen. Sie haben recht. Es ist meine Pflicht, für sie zu sorgen. Mein Mann wird uns vom Himmel aus zusehen, und für ihn werde ich leben.«

»Gut.« Frau Sakai lächelte Michiko zu. »Sie können jederzeit einziehen. Ich mache das Zimmer gleich fertig. Sicher haben Sie das Gasthaus Sakai am Hafen schon gesehen.«

Michiko nickte.

»Kommen Sie einfach, wann Sie können. Ich warte auf Sie.« Frau Sakai erhob sich.

Dankbar für die neue Chance im Leben, verbeugte Michiko sich. Sie wischte sich die Tränen ab und holte tief Luft. Es roch wie an jenem Frühlingstag, an dem sie Kenzaburo zum ersten Mal begegnet war.

In dieser Nacht grübelte Michiko über die Götter und die von ihnen beherrschte Welt nach. An der Güte fremder Menschen wie Frau Sakai spürte sie die Gegenwart der Götter. Bei all ihrem Unglück glaubte sie, dass es einen Gott geben musste, der ihr half, indem er ihr weise und mitfühlende Frauen schickte, die sie lehrten und vor der Verzweiflung retteten.

Sollte das vielleicht die Entschädigung dafür sein, dass ihr schon in so jungen Jahren die Familie genommen worden war? Und Kenzaburo? Warum hatte der Gott ihr das größte Geschenk von allen gemacht, um es ihr dann auf so grausame Weise wieder zu entreißen? Was hatte sie getan, um diese Qual zu verdienen?

Michiko hatte das Gefühl, zwischen zwei Göttern gefangen zu sein: einem, der ihr das Leben zur Hölle machte, indem er sich in eine große Welle verwandelte, die ihren Vater verschlang, in eine bösartige Wirtin in Kioto, in zwei Schwertkämpfer, die ihre kalten Klingen durch Kenzaburos warmes Fleisch zogen, und einem anderen, der ihr die Hilfe gütiger Fremder wie Frau Yoshida und Frau Sakai schickte.

Schließlich dachte sie an ihre eigene Familie, vor allem an ihre Mutter. Michiko konnte nicht anders, als Zorn zu empfinden. Ihr war, als hätte sie endlich den Ursprung ihres tragischen Daseins gefunden. All ihr Elend schien letztendlich auf die Entscheidung ihrer Mutter zurückzugehen, sie nach Kioto zu schicken.

Auf der Stelle beschloss Michiko, sich niemals von Asako zu trennen, ganz gleich, wie schwer es sein würde, an der Seite ihres Kindes zu bleiben. Sie konnte die Vorstellung nicht ertragen, dass Asako einmal so leiden könnte wie sie selbst. Michiko schlief die gesamte Nacht nicht, fröstelnd vom Gift des Gedankens, dass ihr dieses ganze Leid nur zugestoßen war, weil ihre Mutter sie nicht genügend geliebt hatte.

Im Frau Sakais Wirtshaus bewohnte Michiko einen kahlen, fensterlosen Raum neben der Küche. So konnte sie sehr gut arbeiten und sich gleichzeitig um Asako kümmern. Anders als die elegante, ruhige Pension Tamaraya, war das Wirtshaus eine ziemlich heruntergekommene Schänke für Hafenarbeiter.

Es gab nur zwei Gästezimmer, die für Wanderarbeiter vorgesehen waren. Das eigentliche Geschäft war der Ausschank. Doch in betriebsamen Zeiten drängten sich in jedem der Zimmer ein halbes Dutzend Wanderarbeiter, eingequetscht wie Ölsardinen. Einige schliefen ohne Bettzeug, direkt auf den alten Tatami, auf denen die Pfeifenraucher zahllose Brandlöcher hinterlassen hatten. Binnen Kurzem stellte Michiko fest, dass das Gasthaus Sakai beinahe das genaue Gegenteil von der Pension Tamaraya war. Dennoch gefiel ihr das Durcheinander. Sie hoffte, das sprühende Leben im Gasthaus würde ihr aus ihrer bodenlosen Trauer heraushelfen, und so war es auch – bis zu einem gewissen Grad.

Michiko arbeitete vor allem in der Küche und ersetzte die Hilfskraft, die Frau Sakai nach dem Tode ihres Mannes vorübergehend eingestellt hatte. Hin und wieder musste sie jedoch, wenn es besonders voll war, auch in der großen Schankstube bedienen, in der das Essen serviert wurde. Dann musste sie die Neckereien und Anzüglichkeiten der Saisonarbeiter über sich ergehen lassen, etwas, das an einem

Ort wie diesem nicht ungewöhnlich war. Und weil Michiko jung und gutaussehend war, versuchten viele der Wanderarbeiter mit ihr anzubändeln. Doch diejenigen, die Kenzaburo gekannt hatten, mahnten, Michiko aus Respekt vor ihrem verstorbenen Mann in Ruhe zu lassen. Die meisten hielten sich daran.

Nach außen hin wirkte es, als hätte Michiko im Gasthaus Sakai einen neuen Anfang gefunden. Aber tief in ihrem Inneren wusste sie, dass ihr Leben mit Kenzaburos Tod geendet hatte. Der einzige Grund, aus dem sie weiterleben musste, war Asako. Ihre kleine Tochter zeigte keinerlei Ähnlichkeit mit Kenzaburo, und Michiko fürchtete, dass Asakos Leben dem ihren gleichen würde. In ihrem Gesichtchen war keine Spur von Kenzaburos edlen Zügen zu entdecken. Asako ähnelte eher Michiko mit ihren großen traurigen Augen.

Bei der anstrengenden Arbeit in der Küche verging die Zeit wie im Flug, doch Michiko fand keinen Frieden. Oft lief sie hinunter zum Hafen und stierte auf die Stelle, an der Kenzaburo seinen letzten Atemzug getan hatte. Für sie war dort sein Grab, ganz gleich, was seine Familie mit seinem Leichnam getan hatte. Dort hatte sie ihn zum letzten Mal in Fleisch und Blut gesehen und für immer von ihm Abschied genommen.

Michiko konnte noch so erschöpft sein, sie war außerstande, eine Nacht durchzuschlafen. Sie litt unter wiederkehrenden Albträumen und durchlebte stets aufs Neue grauenhafte Visionen von Kenzaburos Tod. Im Laufe der Zeit bekämpfte sie ihre schlaflosen Nächte mit immer größeren Mengen billigem Sake, weil sie nach einer bestimmten Menge Alkohol einschlafen konnte. Michiko verstand nun, warum Frau Yoshida getrunken hatte – um zu vergessen. Sie fragte sich, welche schrecklichen Erinnerungen die alte Köchin wohl hatte tilgen wollen.

Zehn Jahre waren seit Kenzaburos Tod vergangen, und Michiko war unleugbar gealtert. Ihre gesunde Gesichtsfarbe war der stumpfen Haut einer Trinkerin gewichen, und sie war schon sehr ergraut, noch ehe sie dreißig wurde. Michikos Kummer war unheilbar und ließ auch mit der Zeit nicht nach. Obwohl Michikos Fleiß nicht aufhörte, entging Frau Sakai ihre zunehmende Abhängigkeit vom Alkohol nicht. Michiko vergiftete sich langsam und begrub ihre Jugend.

»Denken Sie doch an die kleine Asako«, flehte Frau Sakai. »Sie ist jetzt in einem Alter, in dem sie alles mitbekommt.« Manchmal schalt sie Michiko auch. »Was kann sie von einer Mutter lernen, die ständig betrunken ist? Ich weiß, Sie denken, damit können Sie Ihren Schmerz stillen, aber das ist nicht wahr. Sie müssen ihn aus eigener Kraft überwinden. Sie können doch nicht immer weiter trinken.«

»Verzeihen Sie mir, Frau Sakai. Es tut mir so leid. Ich werde es nicht mehr tun.« Doch auf Michikos einsichtige Worte konnte man nichts mehr geben, sie war längst süchtig nach Alkohol. Und Frau Sakai wusste, dass er Michikos einzige Zuflucht vor ihrem unstillbaren Kummer war. Die alte Wirtin war inzwischen selbst nicht mehr gesund und hatte eine Hilfskraft für das Lokal eingestellt. Sie verbrachte nun die meiste Zeit in ihrem Zimmer und spielte mit Asako. Sie behandelte die Kleine wie eine Enkeltochter. Auch ihre jüngste Tochter Midori ermunterte sie, in Asako eine kleine Schwester zu sehen. Aber Midori hatte andere Dinge im Sinn.

»Ich werde alt und schwach. Neuerdings tut mir alles weh«, sagte Frau Sakai eines Tages zu Midori, als ihr wegen des Wetters alle Knochen schmerzten. »Du wirst das Gasthaus übernehmen, wenn ich nicht mehr da bin. Aber ich würde es gern sehen, dass du heiratest, bevor ich sterbe.«

»Im Augenblick gefällt es mir ausgezeichnet, nur mit dir zusammenzuleben. Ich brauche keinen Mann«, entgegnete Midori.

Midori sah in der Tat keinen Grund, wie ihre älteren Schwestern zu heiraten. Sie wusste, dass sie, auch ohne einen Mann, der für sie sorgte, das Gasthaus erben würde. Also blieb sie ledig und gab das schwer verdiente Geld ihrer Mutter für seidene Kimonos und Haarschmuck aus. Wie die meisten verwöhnten Kinder dachte Midori nur an ihre eigenen Wünsche. Auch wenn sie mit ihrer niedrigen Stirn und dem kantigen Kinn nicht sonderlich attraktiv war, wirkte sie in ihren erlesenen Kimonos wie eine exotische Blume in der Schänke, wo die meisten Leute einfache Baumwollkleidung und abgetretene Holzpantinen trugen, und sie führte sich in dieser bescheidenen Umgebung auf wie eine Prinzessin. Es bereitete ihr Vergnügen, ihr Leben mit Dingen zu füllen, die ihrer Eitelkeit schmeichelten.

»Midori, glaub nicht, dass du ewig jung bleibst. Jetzt, wo du noch in den Zwanzigern bist und frisch wie eine Frühlingsblume, kannst du dir wahrscheinlich nicht vorstellen, alt zu werden wie ich. Aber mit der Zeit ändert sich alles. Und was du jetzt mit deiner Zeit anfängst, bestimmt deine späteren Jahre.«

»Mach dir keine Sorgen um mich, Mutter. Ich kann sehr gut auf mich selbst aufpassen«, erwiderte Midori patzig.

»Das ist nicht das Einzige, worum ich mir Sorgen mache«, sagte Frau Sakai. »Mit dem Gasthaus hast du, auch wenn es nicht groß ist, genug, um gut zu leben. Und glücklicherweise haben wir Michiko, die alles für dich tun und dich nie betrügen würde. Ich sorge mich, weil du zu sehr auf dich selbst bezogen bist.« Frau Sakai lächelte bekümmert, als Midori beleidigt den Kopf abwandte. »Als du auf die Welt kamst, florierte unser Lokal, und dein Vater und ich haben dich furchtbar verwöhnt. Davor hatten wir nie viel Geld, und als du dann da warst, kauften wir dir alles, was du wolltest. Aber das Leben dreht sich nicht nur um dich, verstehst du?« Die alte Frau versuchte sich ihrer Tochter zu nähern. »Du musst lernen, mit anderen zu teilen. Ich habe dir schon so oft gesagt, du sollst Asako lesen beibringen, aber du machst es einfach nicht. Warum nicht, Midori? Asako ist doch wie eine kleine Schwester für dich.«

»Mutter, Asako ist nicht meine Schwester!« Midori rückte von ihrer Mutter ab und sah ihr direkt in die Augen. »Sie ist bloß die Tochter eines Dienstmädchens. Warum sollte ich ihre Schwester sein?«

»Und weil Asako die Tochter eines Dienstmädchens ist, willst du ihr das Lesen nicht beibringen?«

»Ja, ganz genau. Man sollte sich nicht mit seinen Angestellten gemeinmachen. Du kannst nicht einfach irgendwen in unsere Familie aufnehmen, Mutter. Ich will nicht so tun, als wäre Asako meine Schwester.«

»Wie kannst du so etwas sagen, Midori?«, fragte Frau Sakai verletzt. »Als Michiko und Asako vor zehn Jahren zu uns gekommen sind, hast du immer mit der Kleinen gespielt. Du hast sie aufwachsen sehen. Und Michiko hat sich um dich gekümmert, als wärst du ihre eigene jüngere Schwester. Hat sie nicht alles getan, was du von ihr verlangt hast?«

Midori wandte das Gesicht ab und schwieg.

Frau Sakai kannte die Antwort und fuhr fort: »Du hast ihr ständig alles Mögliche aufgetragen, und Michiko hat sich immer bemüht, es dir recht zu machen, weil du meine Tochter bist. Wie kannst du die beiden nach all den Jahren als Dienstboten abtun?«

»Wie ich das kann, Mutter? Weil sie es sind, deshalb«, widersprach Midori. »Du hast Michiko angestellt, damit sie in der Küche arbeitet, und hast ihr und Asako Unterkunft und Essen gegeben. Michiko arbeitet für uns! Mehr nicht! Michiko und Asako gehören nicht zu unserer Familie. Andere arbeiten auch hier. Gehören die jetzt auch zur Familie?«

»Aber das ist doch etwas vollkommen anderes, Midori. Diese Menschen haben ihre eigenen Familien, und sie verrichten bestimmte Arbeiten, die wir ihnen auftragen. Aber Michiko tut alles, worum ich sie bitte. Dank ihr kann ich mich in meinem Zimmer ausruhen, ohne mich ums Geschäft sorgen zu müssen. Verstehst du das nicht?«

»Mutter, du hast ihnen das Leben gerettet. Das ist doch das Mindeste, was sie tun kann.«

Frau Sakai seufzte. Sie wusste nicht, was sie noch sagen sollte, und fühlte sich schwach. Aber Midori stritt weiter mit ihr. »Mutter, ich glaube, es ist wichtig, dass sie wissen, wer hier der Herr im Haus ist. Dafür werde ich schon sorgen, wenn ich das Gasthaus übernehme.«

»Es stimmt mich sehr traurig, das zu hören, Midori. Michiko und Asako haben niemanden auf der Welt außer uns. Sie können nirgendwohin. Auch du wirst jemanden brauchen, der dir hilft, das Gasthaus zu führen, und Michiko wird dich unterstützen und anleiten wie eine ältere Schwester. Sie wird dir helfen, so viel sie kann, und auch Asako wird eine große Hilfe sein, wenn sie erwachsen und gebildet ist wie du. Michiko hatte nie Gelegenheit zu lernen, und auch ich bin eine unwissende Frau, die nur einfache Arbeiten verrichten kann, aber du und Asako, ihr könntet beide anders sein, wenn sie die Chance hätte, etwas zu lernen.«

»Mutter! Wie kannst du Asako mit mir auf eine Stufe stellen? Ich bin deine Tochter, und Asako ist bloß die Tochter eines Dienstmädchens. Wie kannst du nur glauben, die Tochter eines Dienstmädchens sollte das Gleiche lernen wie ich?«

Frau Sakai schüttelte den Kopf, enttäuscht, solche Ansichten aus dem Mund ihrer eigenen Tochter zu hören. »Midori, ich denke nicht, dass ihr beide gleich seid. Aber die arme Asako hat niemanden außer ihrer Mutter.« Frau Sakai konnte nicht weitersprechen. Sie wusste nicht, ob sie nur ihre üblichen Schmerzen hatte oder ob ihr die Herzlosigkeit ihrer Tochter so wehtat.

»Wir können doch nichts dafür, dass Michiko trinkt. Das hat sie sich doch selbst zuzuschreiben.«

»Ich muss mich hinlegen, Midori«, sagte Frau Sakai und faltete einen Zabuton, ein Kissen, zusammen. »Denk über das, was ich gesagt habe, nach. Ich hoffe, du änderst deine Meinung.« Sie legte sich auf die Seite und schloss die Augen.

Midori biss sich wütend auf die Lippen. Die Zuneigung, die ihre Mutter für die kleine Asako hegte, erregte ihre Eifersucht. Deswegen sorgte Midori erst recht dafür, dass Asako nichts lernte, was ihr für die Leitung des Gasthauses nützlich sein konnte. Sollte ihre Mutter noch weitere zehn Jahre leben, so fürchtete sie, würde sie am Ende noch Asako das Gasthaus vermachen. Nur wenn sie Asako nichts beibrachte, sie einschüchterte und von Frau Sakai fernhielt, würde sie, Midori, die rechtmäßige Erbin, die Oberhand behalten. Midori verhielt sich teuflisch gegenüber Asako. Sie verbot ihr, Frau Sakais Zimmer zu betreten, und ließ sie den ganzen Tag arbeiten.

Je schwächer Frau Sakais Gesundheit wurde, desto unsicherer fühlte sich Michiko. Wegen ihrer schmerzenden Knie war Frau Sakai nicht mehr so beweglich wie früher, und Midori bestand darauf, ihr die Mahlzeiten selbst zu servieren. Sie befahl Michiko zwar, das Essen für Frau Sakai zu bringen, trug das Tablett aber eigenhändig ins Zimmer ihrer Mutter und unterband damit jede Kommunikation zwischen dieser und Michiko.

»Midori, warum ist Michiko nicht hereingekommen?«, fragte Frau Sakai mit heiserer Stimme.

»Sie musste in die Küche zurück. Es ist gerade sehr viel zu tun«, erwiderte Midori.

»Und warum sehe ich Asako nie mehr? Wo ist sie?«

»Ich wünschte, ich wüsste es, Mutter. Asako gehorcht überhaupt nicht. Sie weigert sich zu erledigen, was ich ihr auftrage. Sie ist so faul. Dauernd spielt sie irgendwo draußen auf der Straße und drückt sich vor der Arbeit.«

»Meine kleine Asako?« Frau Sakai schüttelte den Kopf. »Nein, das kann nicht sein.«

»Du hast keine Ahnung, Mutter, wie sie wirklich ist. Ich bin die Einzige, die sich um dich kümmert. Michiko arbeitet entweder in der Küche, oder sie trinkt. Und Asako ist alles egal. Was für ein undankbares Kind.«

»Aber Midori«, bat Frau Sakai, »deshalb musst du Asako unterrichten, als wäre sie deine kleine Schwester. Kinder müssen lernen, aber wenn niemand ihnen etwas beibringt, werden sie frech und geraten auf die schiefe Bahn.«

»Mutter, ich habe mich so sehr bemüht, ihr etwas beizubringen. Aber Asako ist nun mal zu faul zum Lernen.«

Wieder schüttelte Frau Sakai den Kopf. »Sagst du mir auch wirklich die Wahrheit, Midori?« Ihre alten Augen sahen ihre Tochter an.

Midori errötete beim Vorwurf ihrer Mutter. »Glaubst du deiner eigenen Tochter etwa nicht?«

»Vielleicht ist etwas Wahres daran, aber ich kenne Asako sehr gut. Sie ist ein braves Mädchen. Sie braucht nur jemanden, der sie anleitet. Ihre Mutter ist doch mit ihren Gedanken immer woanders.«

»Das ist ihre Angelegenheit, Mutter! Warum soll ich mich mit ihren Problemen herumschlagen? Sie sollen bloß ihre Arbeit machen, wie es sich gehört. Ich bin nicht verpflichtet, Asako zu erziehen. Wenn sie nicht allein zurechtkommen, suche ich mir eben jemand anderen, der die Arbeit macht.«

Der alten Frau brach fast das Herz, als sie die harten Worte ihrer Tochter vernahm. »Warum benimmst du dich so, Midori? Unser Gasthaus verdankt seinen Erfolg dem guten Willen der Menschen, die hier arbeiten. Dein Vater und ich haben es für die hungrigen Hafenarbeiter eröffnet, die wenig Geld übrig haben. Wir haben unsere Zimmer geräumt, um ihnen ein Dach über dem Kopf zu geben. So haben wir angefangen, und das ist unser Geschäft.« Sie fuhr beharrlich fort: »Es geht nicht darum, dass du Macht über Michiko und Asako ausübst. Wie kann ich dir das Gasthaus hinterlassen, wenn du sie so schlecht behandelst?«

»Was willst du damit sagen, Mutter?« Midori traute ihren Ohren nicht. »Wem solltest du das Lokal hinterlassen, wenn nicht deiner eigenen Tochter? Michiko und Asako vielleicht?«

»Das will ich damit gerade nicht sagen, Midori. Um deinetwillen möchte ich, dass du Asako lesen und schreiben beibringst, damit sie dir helfen kann, das Lokal zu führen. Es ist nicht mehr wie früher. Die Welt ändert sich schnell, und Frauen brauchen eine Ausbildung. Das Lokal läuft immer besser, und du wirst alle Hilfe brauchen, die du bekommen kannst. Willst du nicht, dass Asako dir hilft, das Geschäft zu vergrößern, und dass sie mehr ist als eine Küchenmagd?«

»Nein, ich brauche niemanden, der mir hilft«, schrie Midori. »Asako ist die Tochter einer Dienstmagd, und eine dumme Magd soll sie auch bleiben.«

Mit zusammengepressten Zähnen wandte Midori sich ab. Ungläubig starrte Frau Sakai ihre Tochter an. Sie schob den Esstisch von sich und legte erschöpft den Kopf auf ihr Holzkissen.

»Ich habe keinen Appetit. Hol Asako her«, befahl sie ihrer Tochter. Voller Wut verließ Midori das Zimmer ihrer Mutter. Sie schickte Asako nicht zu ihr, aber gegen Ende des Abends suchte sie Michiko und Asako in ihrem Zimmer auf.

Als sie eintrat, sprang Asako erschrocken auf, und Michiko verbarg hastig eine Sakeflasche hinter ihrem Rücken. Ratlos starrten die beiden Midori an, die eine seidene Kimonojacke in der Hand hielt.

»Asako!«, kreischte Midori. »Was hast du mit meinem Kimono gemacht?« Sie faltete das himmelblaue Kleidungsstück auseinander, und ein Muster aus sich weiß brechenden Wellen kam zutage. Sie zeigte auf ein paar große braune Flecken am Rücken.

»Das war ich nicht«, rief Asako. »Ich schwöre, ich habe diesen Kimono noch nie gesehen, Fräulein Midori.«

»Du kleine Lügnerin! Du dachtest, ich würde ihn dir schenken, wenn er fleckig wäre. Deshalb hast du ihn absichtlich schmutzig gemacht.« Midori machte einen Schritt auf Asako zu und trat ihren Futon beiseite.

»Nein, Fräulein, wirklich nicht!«

Midori schlug Asako ins Gesicht, sodass sie zu Boden fiel.

»Bitte, hören Sie auf!«, bettelte Michiko. Midoris Verhalten hatte sie sofort ernüchtert. »Asako würde so etwas niemals tun, das wissen Sie ganz genau!«

»Du bist ja viel zu betrunken, um noch denken zu können«, schimpfte Midori. »Guck dich doch an! Und deine Tochter. Die gerissene kleine Lügnerin. Wisst ihr, was meine Mutter tun würde, wenn sie das wüsste? Sie würde euch alle beide auf der Stelle rausschmeißen!«

Angesichts der Möglichkeit, auf die Straße gesetzt zu werden, blieb Michiko fast das Herz stehen. Sie wusste, Asako hätte so etwas niemals getan, aber wenn Midori Frau Sakai davon überzeugte, dass die Kleine eine gerissene Lügnerin war … Ihr war klar, dass sie und Asako nirgendwohin konnten.

»Verzeihen Sie, Fräulein, es tut mir so leid«, flehte Michiko immer wieder. Sie fiel auf die Knie und verbeugte sich bis zum Boden. »Es wird nie wieder vorkommen. Bitte, vergeben Sie ihr.«

»Hast du eine Ahnung, was dieser Kimono kostet?«, schrie Midori die nun zu ihren Füßen liegende Michiko an. »Du müsstest für den Rest deines Lebens hier arbeiten, um einen Kimono wie diesen zu kaufen!«

Michiko schaute zu ihr auf. »Bitte, Fräulein, Asako ist noch ein Kind. Sie hat es nicht besser gewusst. Ich werde sie hart bestrafen und die Flecken aus Ihrem Kimono entfernen.«

Midori schmiss den Kimono auf den Boden und funkelte Mutter und Tochter an, die die Köpfe gesenkt hielten. »Asako, steh auf«, sagte Midori schneidend.

Michiko und Asako blickten auf.

»Sofort!«, schrie Midori, was Asako veranlasste, aufzuspringen. Tränen liefen ihr über das Gesicht.

Sobald Asako vor ihr stand, schlug Midori sie wieder ins Gesicht. »Damit du dir merkst, dass ich kein schlechtes Benehmen dulde. Von niemandem«, knurrte sie Asako an und stürmte aus dem Zimmer.

Als sie die Tür hinter sich zugeknallt hatte, nahm Michiko die weinende Asako in die Arme. Es überlief sie eiskalt, als ihr die Ähnlichkeit zwischen Midori und Madame Tamaraya bewusst wurde. Michiko war untröstlich. Sie konnte Asako nicht beschützen. Sie hatte keine andere Wahl, als Midori die Rolle von Madame Tamaraya spielen zu lassen, während sie Frau Yoshidas Rolle übernahm und Asako tröstete.

Nach jenem Tag schlug Michiko Asako absichtlich vor Midoris Augen, ehe diese Gelegenheit fand, sie zu bestrafen. Wenn sie wieder in ihrem Zimmer waren, trug Michiko Salbe auf Asakos Haut auf und entschädigte sie für ihre Schmerzen mit Mochi, die mit süßen roten Bohnen gefüllt waren.

»Meine arme Asako, das hat wehgetan, nicht wahr? Aber es ist besser, wenn ich dich schlage, als wenn sie es tut. Ich könnte es nicht ertragen, das mitanzusehen«, sagte Michiko und leerte ihren Sakebecher. »Eines Tages ist alles vorbei, Asako. So oder so.«

Mit jedem strengen Winter wurde Frau Sakai schwächer, bis sie schließlich ans Bett gefesselt war. Dennoch blieb sie die Wirtin des Gasthauses, auch wenn ihr Zustand noch so schlecht war. Sie ließ sich täglich von Midori Bericht erstatten, um sie auf ihre künftigen Aufgaben vorzubereiten.

Als Midori kurz vor Shunbun no hi, der Frühlingstagundnachtgleiche, eine Krankenschwester einstellte, glaubten alle, das Ende der alten Frau sei nicht mehr fern. Michiko bereitete Frau Sakais Mahlzeiten mit äußerster Sorgfalt vor und sprach über jedes Gericht ein Gebet. Doch sie wusste, sie würde Frau Sakais Tod nicht aufhalten können. Doch zu ihrer großen Erleichterung kam der Frühling, und wie durch ein Wunder ging es der alten Frau besser. Die Frühlingsbrise brachte nicht nur Frau Sakais Gesundheit zurück, sie brachte auch Asakos Geburtstag. Während Midoris Jugend wie eine verdorrende Blume dahinwelkte, erblühte Asako zu einer schönen jungen Frau. Michiko schenkte ihr eine Schachtel Mochi, die mit süßen roten Bohnen gefüllt waren, wie sie es immer tat.

»Asako, ich bin so froh, dass du endlich sechzehn bist«, sagte Michiko liebevoll. »Du bist jetzt schon viel vernünftiger als deine Mutter …« Und das war die Wahrheit. Mit zunehmendem Alter trank Michiko immer mehr. Sie wurde unzuverlässig und pflichtvergessen, sodass die meiste Arbeit in der Küche an Asako hängen blieb, die immer öfter für ihre Mutter einsprang.

»Ich kann gar nicht fassen, dass du schon so erwachsen bist«, fuhr Michiko fort. »Wenn dein Vater dich nur sehen könnte …« Ihre Augen füllten sich mit Tränen, wie immer, wenn sie von Kenzaburo sprach.

»Weine nicht, Mama«, bat Asako. »Es ist ein guter Tag. Wein doch nicht.«

»Asako, meine Kleine, danke, dass du das alles so erträgst. Deine arme Mutter ist eine heillose Trinkerin und kann nichts für dich tun.« Vor Scham und Schuldgefühlen ließ Michiko den Kopf hängen.

»Doch, du vergisst nie, mir an meinem Geburtstag meine Lieblingsmochi zu kaufen. Und du bist bei mir. Mehr will ich gar nicht. Du sollst nur bei mir sein.« Asako nahm die Hände ihrer Mutter. »Danke für die Mochi, Mama.«

»Du bist ein liebes Mädchen, Asako.« Michikos Augen waren noch immer nass. »Eines Tages wird auch Fräulein Midori das erkennen.«

»Ich bin daran gewöhnt, Mama«, behauptete Asako. »Mach dir keine Sorgen.« Jetzt stiegen ihr selbst die Tränen in die Augen.

»Hasse Fräulein Midori nicht. Wenn sie dich schlägt, dann tut sie das, um zu prüfen, wie loyal wir zu ihrer Familie stehen. Wir können sie nicht hassen. Sie ist Frau Sakais Tochter. Und ohne Frau Sakai wären wir schon lange tot, das weißt du ja …« Michiko verstummte und ließ ihren Tränen freien Lauf.

»Ich weiß, Mama. Ich tue mein Bestes, Fräulein Midori nicht zu verärgern.«

»Vergiss niemals, was Frau Sakai für uns getan hat«, sagte Michiko.

Asako nickte. »Ich werde es nicht vergessen, Mama. Aber ich wünschte, du würdest weniger trinken. Es macht mir solche Angst, wenn ich daran denke, dass du mich eines Tages allein auf dieser Welt zurücklässt.«

»Es tut mir leid, Asako. Ich will es versuchen – verzeih

mir.« Michiko senkte schuldbewusst den Blick, aber sie wusste, dass sie nicht aufhören konnte.

»Wer sonst würde mir zu meinem Geburtstag diese Mochi schenken, wenn du nicht da wärst, Mama?«, sagte Asako. »Du musst auf deine Gesundheit achten. Du kannst nicht immer so viel trinken.«

»Es tut mir leid«, wiederholte Michiko reuig. »Ich versuche mich zu bessern. Ich verspreche es.«

Asako sah Michiko an, die den Kopf hängen ließ wie eine Sonnenblume am Ende des Sommers. Ihre Augen waren auf ihre schwieligen Hände geheftet, den silbernen Ehering an ihrem Ringfinger. Asako wusste, dass ihre Mutter an ihren Vater dachte. Die langen Wimpern ihrer Mutter verschleierten ihre Augen, wodurch ihre Miene noch trostloser wirkte. Ihr schweigendes Blinzeln vertiefte den Eindruck unendlicher Traurigkeit auf ihrem Gesicht noch weiter.

»Asako, ich möchte, dass du dich heute ausruhst«, sagte Michiko zum Schluss. »Heute kümmere ich mich um die Küche, ich will nicht, dass du an deinem Geburtstag arbeitest.«

»Nein, Mama. Du kannst nicht die ganze Küchenarbeit alleine machen.«

»Unsinn«, sagte Michiko. »Ich habe doch früher auch alles allein gemacht, weißt du nicht mehr?« Sie lächelte. »Asako, hör zu. Ich fühle mich dann besser. Meine arme kleine Tochter durfte doch nie Kind sein.« Michiko drehte das Gesicht zur Seite und wischte sich die Tränen ab.

»Wein doch nicht, Mama. Mir geht es gut, solange du nur bei mir bist.«

Michiko schlang die Arme um Asako. »Wenn nur dein

Vater dich sehen könnte! Ich kann es gar nicht erwarten, im Himmel wieder bei ihm zu sein.« Sie drückte ihre Tochter an sich, spürte ihren warmen jungen Körper.

An diesem Tag ging Michiko allein zum Markt und kehrte nicht zurück. Tage vergingen ohne eine Nachricht von ihr. Tagsüber suchte Asako nach ihr, nachts weinte sie sich in den Schlaf. In den meisten ihrer zahllosen Albträume sah sie ihre Mutter tot, dennoch gab sie die Hoffnung auf eine Rückkehr nicht auf. Doch am sechsten Tag wurde Michikos verwesender Leichnam im Hafenbecken treibend gefunden. Man brachte Asako den einzigen Besitz der Verstorbenen – einen silbernen Ring.

Asakos furchtbarster Albtraum war wahr geworden, sie war allein auf der Welt. Sie sehnte sich nach den traurigen Zügen ihrer Mutter und ihren rauen Händen, die immer nach Bratfisch gerochen hatten. Sie sehnte sich nach Michikos leerem Blick und ihren langen Seufzern. Asako steckte den Ring ihrer Mutter an und schwor, ihn niemals abzulegen. Oftmals berührte sie ihn in Gedanken an ihre Mutter, geradeso wie Michiko ihn aus Sehnsucht nach Kenzaburo berührt hatte. Asako hoffte, dass die beiden im Himmel vereint waren. Vielleicht hatte ihre Mutter endlich Frieden gefunden. Manchmal fragte sie sich, ob ihre Eltern sich freuen würden, wenn sie sich ihnen anschlösse. Nach dem Tod ihrer Mutter entwickelte Asako eine heftige Abneigung gegen Mochi, die mit süßen roten Bohnen gefüllt waren. Sie erregten Brechreiz bei ihr.

Asako wirkte erstaunlich ruhig, obwohl sie sich nun einem harten Leben als Waise gegenübersah. Sie arbeitete noch mehr und gönnte sich keine Muße. Dies war ihre Art, Vergangenes zu verdrängen und nicht der Verzweiflung anheimzufallen, die ihre Mutter getötet hatte.

Nach Michikos plötzlichem Tod verhielt Midori sich nicht mehr ganz so feindselig gegenüber Asako. Sie ersetzte Michiko durch eine neue Küchenmagd und ließ Asako ihre Arbeit und das Zimmer, in dem sie aufgewachsen war. Obwohl Midori sie früher so niederträchtig behandelt hatte, war Asako ihr doch dankbar, dass sie sie nicht auf die Straße warf. Ihr war allerdings klar, dass Midori sie nur wegen Frau Sakai im Haus behielt. Die alte Frau war jedoch mittlerweile so krank, dass es nur eine Frage der Zeit war, bis sie Asako nicht mehr schützen könnte. Auch wenn Midori sie nicht angemessen für ihre Arbeit bezahlte, arbeitete Asako bis zum Umfallen und bemühte sich, keine Fehler zu machen oder Midori zu verärgern. Sie hatte schließlich keine Mutter mehr, die sie beschützen und trösten konnte.

Frau Sakai war niedergeschmettert von Michikos Tod, fand es aber besser, Asako ihre Trauer nicht allzu sehr zu zeigen. Eines Tages rief sie Midori und Asako zu sich. Sie saß am Fenster, wo die warme Nachmittagssonne durch die Papierwand fiel.

»Mutter, ist es nicht zu anstrengend für dich, so zu sitzen?«, fragte Midori besorgt.

»Ich fühle mich heute sehr kräftig. Wahrscheinlich hat mir die Suppe aus junger Schildkröte neue Energie gegeben.« Mit einem zahnlosen Lächeln wandte Frau Sakai sich Asako zu, die schüchtern neben Midori kniete. »Du bist aber gewachsen, Asako! Ich habe dich so lange nicht gesehen. Warum besuchst du mich nie?«

Asako erschrak, wie stark Frau Sakai gealtert war. Ihr

Haar war nun gänzlich weiß, als läge Schnee auf ihrem Kopf. Ihr Nacken und ihr Rücken waren so gebeugt, dass ihr Kopf herunterhing wie eine welkende Lilienblüte.

»Verzeihen Sie mir, ich hatte so viel zu tun«, sagte Asako und spürte dabei Midoris kalten, drohenden Blick. »Und Mutter hat immer gesagt, ich solle Sie nicht stören.«

»Was für eine Närrin deine Mutter war. Das arme Ding.« Frau Sakai schüttelte verzweifelt den Kopf mit den hohlen Wangen, änderte aber sogleich ihren Ton. »Deine Mutter hatte ihre Aufgabe, dich großzuziehen, erledigt, und weil sie ihre Pflicht erfüllt hat, ist sie zu deinem Vater in den Himmel gegangen. Verstehst du das, Asako?«

Asako nickte und kämpfte mit den Tränen.

»Jetzt musst du einen Mann finden und eine eigene Familie gründen«, sagte Frau Sakai.

Asako errötete und lächelte traurig, weil diese Bemerkung sie daran erinnerte, wie allein sie war.

»Eine meiner Töchter hat nicht auf mich gehört.« Frau Sakai grinste leicht verschmitzt in Midoris Richtung. »Aber du solltest auf eine alte Frau wie mich hören. Heirate und bekomme viele Kinder, Asako. Das ist das Beste für dich. Verstehst du?«

Asako nickte gehorsam, auch wenn sie noch nie ans Heiraten gedacht hatte.

»Midori«, wandte sie sich an ihre Tochter. »Sorge dafür, dass Asako einen guten Mann heiratet. Aber keinen Seemann! Die lassen ihre Frauen sitzen, und sie sehen sie nie wieder. Asako hat niemanden auf der Welt. Sie braucht einen Mann an ihrer Seite. Verstehst du?«

»Ja, Mutter«, sagte Midori.

»Midori, meine Tochter«, sagte Frau Sakai fast wehmütig. »Du wirst das Gasthaus Sakai übernehmen, wenn ich sterbe …«

»Mutter …« Midori senkte ehrerbietig den Kopf.

»Aber eins darfst du nie vergessen, Midori«, fuhr Frau Sakai fort. »Wenn du deine Leute nicht gut behandelst, werden auch deine Gäste sich nicht wohlfühlen. Denk daran, andere Menschen so zu behandeln, wie du selbst behandelt werden möchtest. Du wirst mit dem Gasthaus genügend Geld verdienen, also gibt es keinen Grund, andere schlecht zu behandeln oder hintenherum zu versuchen, mehr Geld zu verdienen. Wir alle müssen eines Tages sterben. Was macht es schon aus, wie viel Geld man unter dem Kissen versteckt hat oder wie viele seidene Kimonos man besitzt, wenn man tot ist.«

Midori hörte ruhig zu. Asako neben ihr fühlte sich unbehaglich.

»Ich bin eine ungebildete Frau.« Frau Sakais Stimme klang brüchig, aber klar. »Dennoch habe ich dieses Wirtshaus mit Erfolg geführt. Es ist klein und heruntergekommen, aber die Gäste fühlen sich hier wohl. Und ich biete ihnen das Bestmögliche. Im Gegensatz zu mir bist du gebildet und kannst viel mehr für andere Menschen tun, Midori.«

Midori sah ihre Mutter besorgt an, als diese eine Pause machte.

»Midori, meine Tochter.« Die Lippen der alten Frau waren trocken, aber in ihren Augen glitzerte Feuchtigkeit. »Du bist jetzt eine erwachsene Frau. Du bist sehr klug, und ich bin überzeugt, dass du unser Gasthaus gut führen wirst. Aber vergiss nicht, dass kein Geschäft ohne Fleiß und Freundlichkeit florieren kann.«

Midori beobachtete, wie ihre Mutter gegen die Erschöpfung ankämpfte und ihre Augen blicklos wurden.

»Ich muss jetzt ein bisschen schlafen. Ich bin sehr müde.« Frau Sakai bedeutete Midori und Asako zu gehen. Sie atmete hörbar durch die Nase aus und schloss die Augen.

Beim Gezwitscher der Schwalben schlief Frau Sakai ein. Sie starb friedlich im Schlaf, bevor Midori mit dem Nachmittagstee in ihr Zimmer zurückkam.

Nachdem Midori nun Inhaberin des Gasthauses Sakai war, konzentrierte sie sich vor allem auf das Geschäft und verringerte ihre Ausgaben für Luxusgüter drastisch. Sie investierte ihr Geld in eine Renovierung, bei der sie die alten Tatami und das Reispapier in den Shoji austauschen ließ. Sie änderte ihre Einstellung und bemühte sich, das Wirtshaus so zu führen, wie ihre Mutter es ihr geraten hatte.

Auch wenn Asako angenehm überrascht und erleichtert über Midoris Wandlung war, wurde sie immer schüchterner. Sie machte still ihre Arbeit und hatte weder Freunde noch Feinde. Die Zeit floss dahin wie Wasser, und das Gasthaus Sakai wurde immer angesehener. Midori reifte zu einer gestandenen Geschäftsfrau heran – eine Entwicklung, die niemand vorausgesehen hätte.

Sie blieb ledig, hatte aber ein kurzes Verhältnis mit einem gutaussehenden, sehr viel jüngeren Wanderarbeiter. Doch bald fand sie heraus, dass der Mann verheiratet war und einen Sohn hatte. Aus Furcht vor einer weiteren Demütigung hielt Midori sich künftig von Liebesaffären fern.

Auch Asako hatte keine Gelegenheit, sich zu verlieben, bis sie Ende zwanzig war und Yoji Yamaguchi kennenlernte. Yoji belieferte das Gasthaus mit Holzkohle und gehörte zu den wenigen Menschen, denen sie regelmäßig begegnete. Auch wenn sie nicht viel mehr als die übliche Begrüßung austauschten, spürte Asako doch intuitiv, dass er ihr ähnlich war. Es erstaunte sie, wie beruhigend Yojis Gegenwart auf sie wirkte. Bei den meisten Menschen fühlte sie sich unwohl. Sie wertete ihre Unbefangenheit ihm gegenüber als ein sicheres Zeichen dafür, dass Yoji der Richtige war.

Während sie zusah, wie gewissenhaft er für sie die Holzkohle stapelte, erinnerte sich Asako daran, was Frau Sakai vor ihrem Tod gesagt hatte. Konnte Yoji der Mann sein, den sie heiraten und mit dem sie viele Kinder bekommen sollte? Ja, so seltsam es war, plötzlich wusste sie, dass er es war.

Auch Yoji spürte, dass Asako zu ihm passte. Es war etwas Tröstliches an ihr, sie war wie ein langsam dahinfließender, tiefer Strom. Vom ersten Augenblick an war sie ihm sympathisch gewesen. Aber es dauerte ein ganzes Jahr, bis er es wagte, sich ihr zu nähern, indem er ihr beim Aufstapeln der Holzkohle half, obwohl er sie eigentlich nur am Eingang abzuliefern brauchte.

Wenige Wochen jedoch, nachdem sie die ersten Worte gewechselt hatten, überraschte Yoji, der dreiunddreißig Jahre alt war und noch nie um eine Frau geworben hatte, Asako mit einem Heiratsantrag. Zu seiner Überraschung wiederum nickte sie nur, als hätte sie seinen Antrag erwartet.

»Ich glaube, du wärst eine gute Ehefrau«, sagte Yoji zu ihr und wurde wie ein kleiner Junge rot. »Und ich glaube, du würdest meiner Mutter gefallen.«

»Meiner Mutter hättest du auch gefallen.« Asako lächelte traurig. »Sie ist gestorben, als ich sechzehn war.«

»Und dein Vater?«, fragte Yoji.

»Er ist gestorben, als ich noch ganz klein war. Ich kann mich nicht an ihn erinnern.«

»Ich habe meinen Vater und meine Geschwister auch verloren, als ich noch klein war. Ich bin das einzige Kind, das überlebt hat. Meine Mutter hat mich allein großgezogen. Wir sind nur noch zu zweit, meine Mutter und ich«, erzählte Yoji. »Aber bald werden wir zu dritt sein, und ich hoffe, es kommen ein paar Kinder dazu.«

Asako errötete voller Hoffnung. Als sie Yoji lächeln sah, spürte sie, dass sie zum ersten Mal verliebt war. Vielleicht war dies die Art von Liebe, die ihre Eltern verbunden hatte.

»Meine Mutter wird nicht glauben, dass ich eine so hübsche Braut wie dich gefunden habe.« Yoji lächelte und offenbarte gerade Zähne, die in seinem von Holzkohle geschwärzten Gesicht noch weißer wirkten. »Sie wird uns drängen, viele Kinder zu bekommen.« Er lachte laut und für seine Verhältnisse außergewöhnlich begeistert. »Meine Mutter würde dich bitten, noch heute bei uns einzuziehen, wenn es möglich wäre.«

Asako stellte sich vor, wie es sein würde, eigene Kinder, eine eigene Familie und ein eigenes kleines Haus zu haben. Sie berührte den silbernen Ring ihrer Mutter und hoffte, dass ihre Eltern vom Himmel auf sie herabsahen.

Midori war wie betäubt, als sie von Asako und Yoji erfuhr. Sie sagte ihr, die Mutter des Bräutigams wünsche eine baldige Hochzeit, daher die Eile, aber Midori hatte den Verdacht, dass ihr früheres Verhalten Asako dazu trieb, den Vorgang zu beschleunigen. Hatte Asako nicht argwöhnisch gewirkt, als sie ihr von der Heirat erzählte? Die Neuigkeit brachte Midori um ihren Schlaf. Sie hatte einiges an Abbitte zu leisten und wollte, dass Asako ihr verzieh, aber nun lief ihr die Zeit davon. Midori wollte nicht, dass Asako das Sakai auf diese Weise verließ. Sie suchte eine Gelegenheit zur Versöhnung.

»Darf ich vielleicht deine Hochzeit ausrichten?«, fragte sie Asako vorsichtig. »Ich kann dir kein großes Fest versprechen, aber …«

Asako schüttelte mit einem dankbaren Lächeln den Kopf, ehe Midori ihren Satz zu Ende bringen konnte. »Das ist sehr gütig von Ihnen, Fräulein Midori. Aber wir werden im Heimatort meines Mannes eine einfache Zeremonie in einem kleinen Tempel abhalten.«

»Aha, ja, natürlich …«, erwiderte Midori und bemühte sich, nicht verlegen zu wirken. »Weißt du, in welchem Tempel?«

»Verzeihen Sie, aber ich weiß nur, dass meine Schwiegermutter auch dort geheiratet hat. Er ist nicht in Osaka, aber sie besteht darauf, dass wir auch in diesem Tempel heiraten.«

»Ich verstehe. Dann muss es ihr viel bedeuten.«

»Es ist nicht weit, habe ich gehört«, fügte Asako hinzu.

»Vielleicht sollte ich dann auch an der Zeremonie teilnehmen. Als deine Familie, wenn du magst …«

Die Blicke der beiden Frauen verfingen sich. Asako war benommen von Midoris Vorschlag.

»Nur, wenn du willst, natürlich«, sagte Midori.

»Also, es ist nur eine ganz kleine Zeremonie, nur wir beide und meine Schwiegermutter. Wir haben sonst niemanden eingeladen, Fräulein Midori«, sagte Asako entschuldigend.

»Ja, ich verstehe«, sagte Midori.

»Es tut mir leid. Mein Mann hat keine Familie, die er einladen könnte, und ich möchte nicht ...« Asako senkte den Kopf.

»Ist schon gut, Asako, ich verstehe das. Aber ich hätte dir gern die Hochzeit ausgerichtet. Meine Mutter hätte sich gefreut«, sagte Midori leise.

Als Midori Frau Sakai erwähnte, füllten sich Asakos Augen mit Tränen. »Ich werde Ihre Freundlichkeit nicht vergessen. Dass Sie mir das anbieten, ist mehr als genug für mich, Fräulein Midori.«

»Asako ...« Midoris Stimme bebte vor Rührung. »Es tut mir leid. Ich hoffe, du kannst mir verzeihen.«

»Fräulein, bitte ...«

»Halte mich nicht für schlecht. Ich war damals nur ein sehr selbstsüchtiges junges Mädchen. Ich bin kein schlechter Mensch. Bitte, hasse mich nicht.«

»Ich werde Sie niemals hassen, Fräulein. Ich werde Ihre Güte und die Ihrer lieben Frau Mutter niemals vergessen.« Tränen stürzten Asako übers Gesicht.

»Asako ...« Midori streckte ihr die Hand entgegen, und die beiden sahen sich weinend an. »Ich bereue, was ich getan habe. Aber ich kann die Zeit nicht zurückdrehen. Ich kann mich nur bemühen, es in Zukunft besser zu machen. Bitte, sag mir, wenn ich irgendetwas für dich tun kann. Ich wünsche mir so sehr, wenigstens etwas an dir wiedergutzumachen.«

»Alles ist vergessen. Ich bin Ihnen noch immer sehr dankbar, dass Sie mich nach dem Tod meiner Mutter bei sich behalten haben«, sagte Asako und verbeugte sich. »Dafür werde ich Ihnen für immer dankbar sein. Ich wünschte nur, meine Mutter und Frau Sakai könnten noch bei uns sein.«

»Bestimmt sehen Sie vom Himmel auf uns herab, Asako. Und freuen sich für dich.«

Die beiden hielten sich fest an den Händen. Endlich begriff Midori, was ihre Mutter gemeint hatte. Asako hätte ihre kleine Schwester sein können. Doch sie wusste, dass es dafür nun zu spät war.

Am Abend vor ihrem Auszug packte Asako ihre Habseligkeiten. Es schien lachhaft, dass sie ihr bisheriges Leben in einem kleinen Sack unterbringen konnte. Sie schaute sich in dem leeren Zimmer um und sog den vertrauten Geruch ein: modrige alte Tatami, Bratfisch, das salzige Aroma getrockneter Algen und der schwache Duft des Pflaumenweins, den ihre Mutter so gern getrunken hatte. Der Abschied von dem Zimmer, in dem sie ihr ganzes Leben verbracht hatte, erschien ihr unwirklich wie ein Traum.

Jemand näherte sich der Tür, und Asako wandte sich dem Geräusch zu.

»Ich bin's – Midori. Darf ich reinkommen?«, fragte eine leise Stimme.

Asako sprang auf und öffnete die Tür. Midori stand lächelnd mit einer großen, in ein rotseidenes Tuch gewickelten Schachtel davor.

»Bitte, kommen Sie herein, Fräulein Midori.« Asako trat beiseite.

»Du hast ja schon alles gepackt«, sagte Midori und sah sich in dem leeren Zimmer um.

»Ja, Fräulein. Es war nicht viel.« Asako lächelte und bot Midori einen Sitzplatz auf einem Zabuton an.

»Ach so.« Midori musterte den Seesack in der Ecke. »Also kommt morgen früh dein Mann und holt dich ab, ja?«

»Ja, wir müssen vor Morgengrauen aufbrechen«, antwortete Asako.

»Ich verstehe.«

»Ich war gerade im Begriff, noch zu Ihnen zu kommen, um mich zu verabschieden. Morgen früh will ich Sie nicht wecken.«

»Nun bin ich ja hier.«

Asako sah, dass in Midoris Augen Tränen glänzten, und konnte es nicht verhindern, dass auch ihr die Tränen kamen. Die beiden jungen Frauen sahen zu Boden, um ihre Rührung zu verbergen.

»Asako, ich bin wirklich traurig, dass du gehst. Ich habe das Gefühl, als würde ich eine kleine Schwester verlieren. Gleichzeitig bin ich sehr froh, dass du einen Mann gefunden hast und eine eigene Familie gründen wirst. Du wirst ganz bestimmt eine liebevolle Ehefrau und Mutter.«

Asakos Kinn zitterte, als sie sich bemühte, ihre Tränen zurückzudrängen. »Danke, Fräulein«, brachte sie mit einer Verbeugung heraus.

»Hier, Asako, ein bisschen Geld. Es ist nicht viel, aber es ist mein Geschenk an dich.« Midori reichte ihr einen Umschlag. »Und das ist ein Seidenkimono für deine Hochzeit.« Sie schob Asako die Schachtel hin. »Ich möchte, dass du ihn morgen trägst. Ich glaube, er wird dir sehr gut stehen.«

»Fräulein, das kann ich unmöglich …« Überwältigt von Midoris Großzügigkeit, schüttelte Asako den Kopf. »Ich verdiene keine so großen Geschenke.«

»Niemand verdient sie mehr als du«, sagte Midori. »Es wäre schrecklich für mich, wenn du sie nicht annehmen würdest. Bitte, Asako, beschäme mich nicht.«

Asako verneigte sich tief. Dann sah sie Midori, die nun

bereits eine Frau in mittleren Jahren war, lange an. Das grausame Mädchen, das Asako gekannt hatte, war verschwunden.

»Ich hoffe, du wirst mir eines Tages vergeben können, Asako«, sagte Midori mit Tränen in den Augen. »Ich war ein dummes junges Ding, und ich bedauere es. Kannst du mir bitte verzeihen?«

Asako antwortete mit einer tiefen Verbeugung. Sie musste weinen.

»Asako.« Midori drückte ihre Hand. »Ich hoffe, du bekommst viele Kinder und hast eine große Familie.«

Asako verbeugte sich abermals. Sie wollte etwas sagen, aber ihr fehlten die richtigen Worte. Sie sah die Tränen in Midoris Augenwinkeln und erkannte zum ersten Mal, dass Midori ihrer Mutter glich. Am Ende war sie doch Frau Sakais Tochter.

Im Gegensatz zu dem, was Yoji Asako erzählt hatte, war seine Mutter unangenehm überrascht, als sie erfuhr, dass er heiraten wollte. Yojis Vater und Brüder waren dreißig Jahre zuvor bei einer Cholera-Epidemie in ihrem Heimatdorf gestorben. Die Mutter war allein mit Yoji nach Osaka gezogen und hatte nicht wieder geheiratet. Sie richtete ihre ganze Aufmerksamkeit auf den einzigen ihr gebliebenen Sohn, der häufig krank und zudem unbeholfen im Umgang mit anderen war. Bei der plötzlichen Ankündigung ihres Sohnes erschrak sie bis ins Mark.

»Was soll das heißen, sie hat niemanden? Ist sie eine Waise?« Yojis Mutter machte ihrem Ärger Luft, indem sie alles Mögliche an der Braut ihres Sohnes auszusetzen fand. Sie schob ihren Nähkorb beiseite und rückte näher an Yoji heran. »Wenn sie ganz allein ist, ist sie eine Waise!«

Yoji richtete sich auf, als seine Mutter sich neben ihn setzte. »Nein, ist sie nicht. Ihre Mutter ist gestorben, als sie sechzehn war. Ihr Vater starb, als sie noch ein Säugling war. Sie hatte also Eltern.«

»Und wie kommt es, dass die so jung gestorben sind?« Seine Mutter klang misstrauisch. »Vielleicht gibt es in der Familie eine schlimme Erbkrankheit. Meinst du nicht, Yoji? Oder ein Fluch liegt über ihnen?«, stichelte die Frau.

»Sei nicht albern!« Yoji wurde unruhig. »Warum redest du so schlecht von ihr, Mutter? Freust du dich nicht, dass ich endlich eine Braut gefunden habe?«

»Doch, natürlich freue ich mich, Yoji.« Aber es hörte sich nicht überzeugend an. »Ich muss mich doch vergewissern, dass du die richtige Wahl getroffen hast. Du bist mein einziger Sohn. Ich kann nicht dulden, dass eine fremde Frau dein Leben ruiniert.«

Yoji schüttelte den Kopf. »Deshalb solltest du froh sein, dass ich eine Braut wie Asako gefunden habe. Sie wird gut für uns sorgen und Kinder bekommen: deine Enkelkinder. Verstehst du das nicht?«

»Ich hoffe, sie ist gesund genug, um viele Kinder zu bekommen«, sagte sie ehrlich, verzog aber ironisch das Gesicht.

»Natürlich ist sie das. Sie wird dir gefallen. Du weiß, dass mir noch nie eine Frau gefallen hat. Du wirst schon sehen, Mutter, sie ist genau die Richtige für mich.«

Yojis Mutter hatte noch nie erlebt, dass ihr Sohn so eingenommen von jemandem war. Er war stets in sich gekehrt gewesen und nie ausgegangen, sodass sie ihn stets verhätscheln konnte. Doch nun hatte er eine andere gefunden, die sich um ihn kümmern würde – ihr graute bei dem Gedanken.

»Die soll sich nur anständig benehmen«, zischte die verbitterte Alte. »Sonst kriegt sie es mit mir zu tun.«

»Mutter, ich rate dir, nett zu ihr zu sein. Sag nicht solche Dinge.«

»Wenn sie mit meinem Sohn in meinem Haus wohnt, werde ich sie schon zurechtstoßen, egal, was es kostet.«

»Asako ist eine gute Frau. Sei einfach nett zu ihr. Du brauchst dir gar keine Sorgen zu machen«, sagte Yoji abschließend, um weiteren Streit zu vermeiden.

»Wir werden ja sehen, wie gut sie ist. Und wenn nicht …«

»Dann was?« Yoji hob die Stimme. Er konnte den bissigen Ton seiner Mutter nicht mehr ertragen. Er sah sie so wütend an, dass ihr vor Überraschung der Mund offen blieb. »Mutter, wenn du nicht nett zu Asako bist, kannst du nicht bei uns wohnen.«

Yojis Mutter traute ihren Ohren nicht. Ihr einziger Sohn, ihr ganze kleine Welt, zog eine Frau, die er gerade erst kennengelernt hatte, ihr vor. »Was hast du da gerade gesagt?«, schrie sie ungläubig. »Ich werde nicht bei dir wohnen? Du willst deine alte Mutter für eine Frau im Stich lassen, die du kaum kennst?«

Yoji stieß einen tiefen Seufzer aus. »Tut mir leid, Mutter, aber so habe ich es doch nicht gemeint«, sagte er. Er hatte seine Fassung wiedererlangt und bereute es nun, die Stimme gegen seine Mutter erhoben zu haben. »Ich will ja nur, dass du freundlich zu meiner Frau bist. Sie soll sich in ihrem neuen Heim wohlfühlen. Das ist alles. Ich will keinen Streit, nur weil du alles bestimmen willst. Du weißt, dass du ganz schön schwierig sein kannst …«

Der kleine Körper seiner Mutter bebte vor Wut. »Nach all den Jahren, in denen ich mich für dich aufgeopfert habe, sprichst du so mit deiner Mutter?«, fuhr sie ihren Sohn an. »Du ziehst eine fremde Frau deiner armen verwitweten Mutter vor, die dich ganz allein großgezogen hat?« Sie brach in ein übertriebenes Weinen aus, das einer Schauspielerin alle Ehre gemacht hätte.

Yoji entschuldigte sich wortreich und bat seine Mutter um Verzeihung. Er erkannte, dass sein Traum von einer friedlichen Familie bereits geplatzt war. Seine Mutter, das wusste er, würde ihn in jeder nur möglichen Weise zu beherrschen versuchen. Ihre größte Angst war es, ihn zu verlieren. Er war der Sinn ihres Lebens. Auch wenn Yoji nicht erfreut über ihre Reaktion auf seine Heiratsabsichten war, kannte er doch die Gründe für ihre wütende Enttäuschung. Ändern konnte er die Situation trotzdem nicht.

Asako zog nach ihrer Hochzeit zu Yoji und seiner Mutter. Deren kleines Haus hatte zwei durch Schiebetüren getrennte Schlafräume und bot dem jungen Paar wenig Privatsphäre. Doch Asako passte sich ihrer neuen Umgebung rasch an und erwies sich als gute Ehefrau und gehorsame Schwiegertochter.

Yojis alte Mutter fand wenig an ihr auszusetzen, auch wenn sie sich nach Kräften bemühte und sich auf jede Kleinigkeit stürzte. Aber Asako gehorchte, ohne ihre anspruchsvolle Schwiegermutter jemals herauszufordern oder ihr zu widersprechen. Die alte Frau konnte nachts nicht mehr schlafen, weil der Gedanke, ihren Sohn mit Asako teilen zu müssen, sie so sehr erbitterte. Ohne ersichtlichen Grund erkrankte die Unglückliche. Die vitale Frau verfiel binnen kurzer Zeit und starb gegen Ende des folgenden Winters an einer Lungenentzündung.

Das plötzliche Hinscheiden von Yojis Mutter war ein trauriges Ereignis. Ungeachtet der schweren Zeit, die die alte Frau ihr bereitet hatte, fühlte Asako sich, als wäre ihre eigene Mutter gestorben. Yoji dagegen empfand eine gewisse Erleichterung, weil er nicht mehr zwischen den beiden Frauen hin- und hermanövrieren musste.

Asako und Yoji waren nun für sich, und ihr Leben verlief friedvoll. Sie hatten zwar nie genug Geld, aber keinem von beiden war Armut fremd. Asako war noch nie so glücklich gewesen, und diese Zeit sollte ihr noch lange als die glücklichste ihres Lebens im Gedächtnis bleiben.

Weniger als ein Jahr nach dem Tod von Yojis Mutter brachte Asako eine Tochter zur Welt, die sie Miho Yamaguchi nannten. Miho machte dem Paar viel Freude, doch nicht lange nach ihrer Geburt erkrankte Yoji wie seine Mutter ohne ersichtlichen Grund.

Asako unternahm alles, damit er wieder gesund wurde. Sie brachte ihn dazu, verschiedene Ärzte aufzusuchen und alle möglichen Arzneien auszuprobieren. Aber keiner der Ärzte konnte feststellen, was Yoji hatte, und keine Medizin schien zu helfen. Trotz Asakos hingebungsvoller Pflege wurde Yoji immer schwächer, bis er nicht mehr arbeiten konnte. In ihrer Verzweiflung begann Asako, hausgemachten Tofu zu verkaufen, eine Tätigkeit, die zu ihrer Haupteinkommensquelle wurde. Die Arztrechnungen wuchsen, aber Yojis Zustand zeigte keine Besserung.

Die kleine Miho wuchs auf, ohne dass ihre Mutter ihr viel Aufmerksamkeit widmen konnte. Asako arbeitete Tag und Nacht, mahlte Sojabohnen und bereitete den Tofu für die Lieferungen des nächsten Tages vor, während Miho allein an der Seite ihres kranken Vaters spielte. Asako war froh, dass Miho ein genügsames Kind war, das nicht viel Aufmerksamkeit brauchte, dennoch fühlte sie sich schuldig, weil sie das kleine Mädchen ständig bei ihrem Mann ließ, der den ganzen Tag im Bett lag.

Während Yoji sich an seinen dünnen Lebensfaden klammerte, schweiften seine Gedanken oft zu seiner toten Mutter. Sooft er einschlief, träumte er, dass seine Mutter ihn bat, ihre Hand zu nehmen und ihr zu folgen. Immer wieder wachte er in kaltem Schweiß gebadet auf, außerstande, das Bild seiner ausgezehrten Mutter, die ihn mit sich fortlocken wollte, abzuschütteln.

Es war an einem kalten Nachmittag im Frühling. Asako brachte eine lebende Schildkröte für Yoji vom Markt mit. Als sie nach ihm sah, machten er und Miho gerade ein Schläfchen, und sie ging in die Küche. Sie legte die junge Schildkröte in einen Holzeimer und goss Wasser hinein. Die Schildkröte schien froh, wieder im Wasser zu sein, und Asako warf ihr ein Rettichblatt in den Eimer. Es war entscheidend, das Tier am Leben zu erhalten, bis man sein Blut verwendete.

Mechanisch begann Asako ihr Küchenmesser zu schärfen, während das kleine Lebewesen im Eimer herumschwamm, ohne das grüne Blatt zu beachten. Nachdem sie das Messer scharf genug fand, hob Asako die Schildkröte an ihrem Panzer heraus und spülte sie gründlich mit frischem Wasser ab. Das Tier bewegte energisch seine Gliedmaßen, als würde es gegen eine Strömung schwimmen, und schien noch immer nicht begriffen zu haben, dass sein warmes Fleisch und Blut dazu dienen sollten, Yojis schwindendes Ki zu kräftigen.

Asako wickelte die Schildkröte in ein Baumwolltuch und

legte sie auf ihr Schneidebrett. Sie faltete ihre Hände vor dem Herzen und betete, dass das Ki der Schildkröte auf Yoji übergehen würde. Dann durchschnitt sie die Kehle der Schildkröte und fing ihr Blut in einer Porzellanschale auf. Die hellrote Flüssigkeit tropfte auf die glatte weiße Oberfläche, und die Bewegungen der Schildkröte verlangsamten sich mit dem Nachlassen des Blutflusses. Als der letzte Tropfen gefallen war, hörte sie auf zu zucken. Ihr Leben war in die Schale geflossen.

Als Asako mit dem warmen Schildkrötenblut das Schlafzimmer betrat, lagen Yoji und Miho noch immer in tiefem Schlummer. Sie hielten sich zärtlich an den Händen. Die Szene brachte ein Lächeln auf Asakos Gesicht. Wie schön, wenn Vater und Tochter sich so gernhaben, dachte sie. Sie selbst hatte so etwas nie erfahren. Dennoch musste sie die beiden in ihrem Schlaf stören, denn Yoji musste das Blut trinken, solange es noch voll von der Lebenskraft der jungen Schildkröte war.

Erst als sie versuchte, Yoji zu wecken, wurde ihr klar, dass sie das Leben des kleinen Geschöpfs umsonst geopfert hatte – ein Leben, das im Meer hundert Jahre hätte dauern können.

Während Asako in der Küche die Schildkröte ausbluten ließ, hatte Yoji von seiner Mutter geträumt. Wieder und wieder hatte sie die Hand nach ihm ausgestreckt. An diesem Tag hatte Yoji sie ergriffen und ihr erlaubt, ihn mit sich zu nehmen.

14

Asako brauchte lange, um über Yojis Tod hinwegzukommen. Er wirkte fast verheerender auf sie als der Tod ihrer Mutter. Während der nicht enden wollenden Zeit, in der Asako trauerte, wuchs Miho zu einem einsamen Kind heran. Asako vernachlässigte ihre Tochter, um stundenlang auf die Urne mit Yojis Asche zu starren. Endlich, zwei Jahre nach seiner Bestattung, packte Asako ihre Sachen zusammen und verließ das Haus mit all den teuren Erinnerungen. Asako, die mit vierzig schon Witwe war, und die sechsjährige Miho zogen in einen entlegenen Vorort von Osaka.

Ihr neues Heim war ein altes Holzhaus am Ende einer Gasse, weit entfernt vom öffentlichen Brunnen, was täglich eine anstrengende Wanderung den Hügel hinauf erforderte. Das Haus bestand aus zwei kleinen, durch Schiebetüren getrennten Zimmern und einer Küche mit Steinboden, die auf einen kleinen Hof hinausging. Dort stand inmitten von ein paar Büscheln Unkraut und Klee ein mickriger Kirschbaum. Er war gerade groß genug für ein paar Bambusstangen, um Wäsche zu trocknen, und einen Hühnerstall. Außerdem diente der Hof als Spielplatz für Miho und Arbeitsplatz für Asako.

Für die meisten Menschen in Japan waren die Zeiten schwer. Das Land befand sich seit Jahren im Krieg und hielt viele Teile Asiens besetzt. Doch ungeachtet der Siege im Ausland, wurde das Leben der Menschen in Japan immer mühevoller. Jede Art von Metall, sei es ein Goldring oder ein Messing-Gong, wurde eingesammelt, um weitere Waffen für den Krieg herzustellen. Mitunter konnte Asako nicht einmal Tofu machen, weil es keine Sojabohnen gab.

Wenn es sein musste, arbeitete Asako als Hilfskraft in Fabriken oder auf Baustellen. So verdiente sie gerade genug zum Überleben. In einer Fabrik, in der gesammeltes Metall sortiert wurde, hatte Asako eine Vorgesetzte von Ende fünfzig namens Mori. Sie war eine laute Person mit vorstehenden Zähnen, die sich in jedermanns Angelegenheiten einmischte. Frau Mori strotzte vor irrgeleitetem Patriotismus und glaubte aufrichtig daran, dass die Bürger alles opfern sollten, was nötig war, um Japan zum Sieg zu verhelfen. An einem besonders düsteren Tag forderte sie Asako auf, ihren schmalen goldenen Ehering und den silbernen Ring ihrer Mutter zu spenden.

»Sehen Sie sich meine Hände an, Frau Tanaka«, sagte Frau Mori und zeigte Asako ihre unberingten Finger. »Ich habe alle meine Ringe für unser Land hergegeben. Es ist eine Schande, dass nicht alle Japaner das tun.«

Asako verbarg ihre Ringe mit einer Hand. »Es tut mir leid, Frau Mori. Diese Ringe bedeuten mir so viel, dass …«

»Wollen Sie damit sagen, Ihr Land bedeutet Ihnen nichts?« Frau Mori erhob ihre Stimme, sodass alle, die in der Nähe waren, die Köpfe in ihre Richtung wandten. Das Klirren von Metall in der Halle verstummte für einen Augenblick.

»Das habe ich damit nicht gemeint, aber …«, sagte Asako, als die Stille nachließ.

Frau Moris kleine Augen sprühten vor ungerechter Überzeugung. »Und was haben Sie gemeint? Was könnte mehr bedeuten als unser Land? Glauben Sie, Sie könnten ohne unsere große Nation und unseren Kaiser existieren?« Ihr Schimpfen übertönte jetzt sogar das Scheppern der Metalle.

»Verzeihen Sie, aber die Ringe sind von meiner Mutter und von meinem verstorbenen Mann – sie sind unersetzlich für mich. Bitte haben Sie Verständnis, Frau Mori.« Asako entschuldigte sich mit tief gesenktem Kopf.

»Denken Sie, Sie sind die Einzige, die Familienangehörige verloren hat, Frau Tanaka? Ich habe drei Söhne verloren! Alle drei sind für die Ehre unseres Vaterlands und den Kaiser gestorben. Und Sie leben hier im Schutz der Heimat, weit weg vom Schlachtfeld, und wollen nicht einmal ihre Ringe opfern?« Frau Mori rang sich ein paar Tränen ab und betupfte sich die Augen mit dem Ärmel. »Meine Söhne sind nicht vergeblich gestorben«, rief sie. »Sie starben für ihr Land!«

Als Frau Mori anfing zu weinen, umringten ein paar Frauen sie, um sie zu trösten. Andere beobachteten Asako und versteckten ihre eigenen Ringe in ihrer Fabrikuniform. Auf einmal ertönte die Sirene, die die Mittagspause ankündigte, aber niemand wagte es, den Raum zu verlassen. Als sie verklungen war, stürzte sich Frau Mori mit aller Kraft auf ihr Opfer.

»Frau Tanaka, was soll Ihre Tochter von Ihnen lernen?«, begehrte Frau Mori zu wissen. »Sie besitzen diese Ringe, die Ihrem Land helfen könnten. Haben Sie denn gar kein Gewissen?«

Asako wurde übel. Sie konnte den Gedanken, noch einmal von ihrer Mutter und Yoji getrennt zu werden, nicht ertragen. Dennoch nahm sie ihre Ringe ab und reichte sie der Aufseherin. Dabei biss sie sich von innen auf die Lippe.

»Denken Sie doch einmal darüber nach«, sagte Frau Mori, während sie Asakos Ringe prüfend in Augenschein nahm. »Diese Ringe werden Japan dabei helfen, den Krieg zu gewinnen. Das ist es doch am Ende wert. Findet ihr das nicht alle?« Sie wandte sich mit einem triumphierenden Lächeln zu ihren Arbeiterinnen um. »Alles für unsere große Nation und den Kaiser! Auch Frau Tanaka ist eine ehrenhafte Japanerin!« Dann begann sie zu singen: »Japan möge siegen! Lang lebe der Kaiser! Lang lebe der Kaiser!«

Als Asako an diesem Abend nach Hause kam, wurde sie krank. Ständig drehte sich ihr der Magen um, und sie konnte nicht einmal ein Schlückchen Wasser trinken. Er schmerzte sie entsetzlich, dass sie ihre Ringe hatte hergeben müssen, aber es war ihr nichts anderes übrig geblieben. Irgendwann wäre es ohnehin dazu gekommen. Wenn nicht an diesem Tag, dann einem anderen. Ihre Ringe würden bald eingeschmolzen und Teil einer Waffe sein, die in einem fernen Land eingesetzt würde, oder – was wahrscheinlicher war – sie würden in den Händen eines korrupten Beamten landen. Asako tröstete sich damit, dass sie Yoji wenigstens nicht auf dem Schlachtfeld verloren hatte. Immerhin hatte sie sich selbst um die Überreste ihres Mannes kümmern können.

Nachdem Frau Mori sie gezwungen hatte, ihre Ringe zu stiften, verabscheute Asako die andauernde Kriegstreiberei, die Propaganda und vaterländische Inbrunst umso mehr und schottete sich völlig von der Außenwelt ab. Viele Männer wurden für den Kampf in ganz Asien eingezogen, und einige von ihnen sollten im Namen der Vaterlandsliebe monströse Verbrechen gegen die Menschlichkeit begehen. Im nackten Wahnsinn des Krieges überwältigte sie die Blutgier. Asako erfuhr, dass diejenigen, häufig aufrechte Intellektuelle, die sich Japans Eroberungsfeldzügen in anderen Länder entgegenstellten, wegen »Gedankenverbrechen« ins Gefängnis geworfen wurden. Asako verschloss ihre Augen und Ohren und lebte weiter. Das war das Wichtigste, fand sie. Mit dem, was in der Welt um sie herum geschah, hatte sie nichts zu tun. Wie ein Kind, das sich die Augen und Ohren zuhält, weil es nicht Zeuge sein will, wie auf einem Bauernhof ein Tier geschlachtet wird und dessen letzten Schreie verhallen, verbarg Asako sich vor dem Wirbelsturm, der die Welt mit sich riss.

In dieser Zeit mussten die Einwohner ihre Häuser nachts verdunkeln, aber Asako drehte ihre steinerne Mühle auch in völliger Finsternis, neben sich die kleine Miho. Sie hörte kein Radio und sprach auch mit keinem über den Krieg. Je weniger sie darüber wusste, desto weniger hätte sie zu befürchten. Krieg oder nicht Krieg, Regen oder Sonnenschein, Asako machte jeden Tag frischen Tofu, bis 1945 amerikanische Flugzeuge Bomben auf Osaka warfen. Der Angriff dauerte die ganze Nacht und tötete Tausende von Menschen. Er verwandelte die Hafenstadt in eine brennende Wüste.

»Hab keine Angst, Mami ist bei dir«, sagte Asako, als das pechschwarze Zimmer bebte. Sie hielt Miho an sich gedrückt, um sie vor dem Donnern der Bomben zu schützen, die einige Kilometer entfernt einschlugen. »Es ist besser, so zu sterben, bevor die Amerikaner kommen, um uns zu töten. Verstehst du, Miho?«

Miho nickte und klammerte sich an ihre Mutter.

»Wenn alles vorbei ist, sind wir im Himmel wieder mit deinem Vater zusammen«, sagte Asako, als hätte sie keine Angst zu sterben oder würde das Ende sogar herbeisehnen.

Asako hatte schon an Selbstmord gedacht, um einem schrecklichen Tod oder einem qualvollen Überleben zu entgehen. Doch im Grunde war es ihr gleichgültig, wie sie starb, solange sie gemeinsam mit Miho starb. Miho ohne einen Menschen zurückzulassen, war die schlimmstmögliche Aussicht. Es wäre das Beste, wenn sie beide im amerikanischen Bombenhagel zerstoben. Doch Asako und ihr gesamtes Viertel überlebten das Bombardement.

Kurz darauf zerstörten mehr als dreihundert amerikanische B-29 mit Brandbomben einen großen Teil von Kobe. Ehe sich die Einwohner von Osaka von dem Albtraum des ersten Luftangriffs erholen konnten, wurde die Stadt am 2. und 6. Juni erneut bombardiert und zum größten Teil ausgelöscht. Über zehntausend Menschen ließen bei den Angriffen ihr Leben, und die Verluste waren mehr als tragisch für die Überlebenden.

Doch dem Land stand eine weitere Demütigung bevor: Am 15. August 1945 verkündete Kaiser Hirohito in einer zuvor aufgenommenen Radioansprache, dass Japan kapituliert habe. Der lange Krieg war zu Ende, einfach so.

Asako und Miho waren vielleicht die einzigen Japaner, die die Ansprache im Radio nicht hörten. Alle hörten sie, halb verzweifelt, halb ungläubig. Es schien unmöglich, dass Japan den Krieg verloren hatte und all die vielen Leben umsonst geopfert worden waren. Dieser Tag war gewiss einer der denkwürdigsten Augenblicke in der japanischen Geschichte. Die Nation trauerte und fiel in große Verwirrung. Asako saß mit Miho zu Hause und flickte alte Kleider. Ihre kleine Tochter war das Einzige, was für sie zählte. Allein für Miho war sie dankbar.

Das Leben ging weiter. Asako verkaufte ihren Tofu, und Miho wurde rasch größer, blieb aber genauso unbeholfen im Umgang mit anderen Menschen wie ihr Vater. Sobald die Schule aus war, rannte sie, statt mit ihren Mitschülern zu spielen, zum Markt, wo Asako ihren Tofu verkaufte. Sie blieb bei ihrer Mutter, bis diese fertig war. Dann gingen die beiden mit ihren Einkäufen nach Hause. Mutter und Tochter waren unzertrennlich.

An einem Tag wie jedem anderen – Miho hockte neben Asako auf dem Marktplatz und machte ihre Hausaufgaben – tauchte Shigeru Kobayashi an ihrem kleinen Stand auf.

Kobayashi war Mitglied einer örtlichen Bande, die ihren Lebensunterhalt damit verdiente, von kleinen Ladeninhabern Schutzgelder zu erpressen. Asako hatte gehört, dass ein Fisch-Händler sich vor vielen Jahren einmal geweigert hatte, zu bezahlen, und Kobayashi den Mann am helllichten Tag mit dessen eigenem Sashimi-Messer erstochen hatte. Vor den entsetzten Nachbarn. Der Vorfall zementierte Kobayashis Ruf, skrupellos zu sein, und schürte die Furcht bei den Händlern. Nach einiger Zeit kam Kobayashi wegen Mordes ins Gefängnis, aber er musste seine Strafe nicht absitzen. Stattdessen schickte man ihn in den Krieg nach China. Doch zum Schrecken der Händler kehrte er nach Kriegsende quicklebendig zurück. Niemand wagte es, sich seinen Forderungen zu widersetzen.

»Wer hat dir erlaubt, das Zeug zu verkaufen, ohne den Schutzzoll zu zahlen?«, schrie Kobayashi und trat Asakos Tofu-Kästen mit einem Tritt um.

Miho sprang vor Angst schreiend auf. Asako zog sie rasch an sich und bedeckte ihren Kopf mit ihren Händen, als wolle sie sie vor einem Luftangriff schützen.

»Ihr seid wohl neu hier auf dem Markt«, sagte Kobayashi und umkreiste Asako und Miho wie ein hungriger Geier. »Aber es gibt hier ein paar Regeln, die ihr befolgen müsst.« Er spuckte einen Zahnstocher aus, auf dem er herumgekaut hatte, und zündete sich eine Zigarette an, während er Mutter und Tochter nicht aus den Augen ließ. »Ich komme morgen wieder und sammle eure Schulden ein. Haltet das Geld bereit.« Er ging pfeifend davon, als käme er nach einer wohltuenden Rasur vom Barbier.

Nach dieser Begegnung gab Asako es auf, ihren Tofu auf dem Markt zu verkaufen. Sie mied die ganze Gegend aus Angst, dem Yakuza-Mann in die Hände zu fallen. Stattdessen ging sie nun mit ihrem Tofu von Haus zu Haus, und die kleine Miho begleitete sie. Doch das bedeutete, dass sie ein größeres Gebiet abdecken musste. Außerdem musste sie einem Händler aus dem Weg gehen, der maschinell hergestellten Tofu an der Haustür verkaufte. Doch zogen die meisten Leute Asakos Tofu vor, und der andere Tofu-Händler zog bald in einen anderen Bezirk um. Mit der Zeit wurde Asakos Geschäft mit dem Tofu einträglicher, und sie belieferte nun auch Restaurants und Läden auf Bestellung. Für gewöhnlich hatte sie all ihren Tofu bis zum frühen Nachmittag verkauft.

An einem niesligen Frühlingstag, als Asako nur noch ein paar Stücke Tofu übrig hatte, sah sie, wie einige Männer mit rasierten Köpfen aus einem Haus kamen. Sie trugen blutverschmierte Keulen bei sich. Hastig packte sie Miho am Kragen und zog sie hinter eine Mauer.

Als die Männer verschwunden waren, näherte sich Asako dem Haus und spähte in den schmalen Hof. Ihr stockte der Atem: Der Yakuza-Mann lag auf dem Erdboden. Sein Gesicht war geschwollen und blutüberströmt. Asako packte Miho an der Hand und rannte davon, aber etwas hemmte ihren Schritt, ehe sie das Ende der Gasse erreicht hatte. Sie konnte doch den Mann nicht verbluten lassen, ganz gleich, was für ein Schurke er war. Sie befahl Miho, mit den Tofu-Kästen an der Tür zu warten und, falls Passanten kämen, zu sagen, dass der Bewohner des Hauses ins Krankenhaus müsse.

Asako betrat den Hof und näherte sich ängstlich dem Verletzten. »Entschuldigung. Können Sie mich hören?«, fragte sie und beugte sich zu ihm.

Kobayashi keuchte und drehte ihr sein Gesicht zu. Asako wich zurück, als sie seine blutunterlaufenen Augen sah.

»Warten Sie bitte hier. Ich hole Hilfe.« Ihre Stimme zitterte, auch wenn sie sich bemühte, möglichst ruhig zu erscheinen. »Sie müssen ins Krankenhaus.«

Kobayashi packte ihren Knöchel, als sie sich erhob, aber sein Griff lockerte sich sofort wieder, und seine Hand sank zu Boden. »Helfen Sie mir hoch«, sagte er. »Ins Haus.« Stöhnend richtete er seinen Oberkörper auf, ließ sich jedoch gleich wieder zurückfallen.

Asako legte seinen Arm um ihren Hals und half ihm ins Haus. Sein Kopf hing auf ihrer Schulter, und sein Blut besudelte ihre braune Arbeitsjacke. Als sie das Blut und den Schweiß des Mannes roch, wurde ihr übel.

In dem dunklen Zimmer roch es nach Shochu – billigem Schnaps – und Zigaretten. Ein paar leere Flaschen lagen herum, und auf den schäbigen Tatami stand ein voller Aschenbecher. Asako legte Kobayashi sachte auf dem Boden ab, sodass er nun ächzend auf dem Rücken lag. Sein Kopf rollte auf die Seite. Die klaffenden Wunden in seinem schmerzverzerrten Gesicht wirkten jetzt dunkler. Sein kurzes ergrauendes Haar war schweiß- und blutverklebt, und auch sein blaues durchgeknöpftes Hemd war schmutzig und voller Blutflecke.

Asako eilte in die Küche und kam mit einem nassen Handtuch wieder. Kobayashi lag still da, wie tot. Ihr Herz sank. Sie kniete sich auf den Boden und lauschte. Er atmete noch. Sie seufzte erleichtert und machte sich daran, das Blut aus seinem Gesicht zu wischen.

Kobayashi öffnete halb die Augen und sah Asako an, aber sie wich seinem Blick aus. Er schloss die Augen und verzog vor Schmerz das Gesicht, als der nasse Stoff die offene Wunde an seiner Stirn berührte.

»Ich sollte jemanden aus dem Krankenhaus holen.«

»Nein … Niemandem sagen«, presste er mühsam hervor. »Du kannst jetzt gehen.« Kobayashi drehte den Kopf weg.

Wortlos verließ Asako den Raum und schloss die Tür. Noch immer erschüttert, durchquerte sie den blutbefleckten Hof und eilte auf die Straße, wo Miho aufgeregt wartete.

»Mami, Blut!«, kreischte Miho und zeigte auf Asakos Jacke.

»Keine Angst, Miho«, sagte sie und versuchte Kobayashis Blut und Schweiß mit einem Tuch wegzureiben. »Ist jemand vorbeigekommen?«

»Nur ein alter Mann«, berichtete Miho, »aber er wollte nicht helfen. Er hat gesagt, ich soll mich von dem Haus fernhalten«, fügte sie mit ihrem kleinen Stimmchen hinzu.

Asako konnte sich eines gewissen Mitleids für Kobayashi nicht erwehren, obwohl er so ein furchtbarer Kerl war. Es erschreckte sie, dass es niemanden kümmerte, wenn er in seinem eigenen Haus verblutete.

»Bleib hier stehen, Miho. Und sprich mit niemandem!« Asako nahm ein Stück Tofu aus einem Kasten und ging zurück ins Haus.

»Mami!«, rief Miho ihr nach.

»Ich bin gleich wieder da. Rühr dich nicht vom Fleck!« Asako sah sie streng an, ehe sie in der Tür verschwand.

Asako ging geradewegs in Kobayashis Küche. Sie legte den Tofu auf einen Teller und deckte ihn mit einer Schüssel zu. Dann füllte sie eine Schale mit Wasser und betrat den Wohnraum, ohne sich anzukündigen. Kobayashi lag noch immer alle viere von sich gestreckt wie ein erlegtes Wildschwein auf dem Boden.

Er blinzelte, als Asako ins Zimmer kam, aber sie sah ihn nicht an. Er beobachtete, wie sie die Schale mit Wasser und den Teller mit dem Tofu in eine Ecke stellte, als wäre er nicht da. Doch Kobayashi verfolgte schweigend jede ihrer Bewegungen.

Asako verließ, noch immer, ohne ihn anzusehen, den Raum. Sie zog die Tür hinter sich zu, bevor sie aus dem Haus hastete. Dann schloss sie das Tor, um den Schauplatz des blutigen Kampfes zu verbergen.

»Du darfst keinem etwas von diesem Haus erzählen«, schärfte sie Miho ein, während sie davonhasteten. »Du hast nichts gesehen, ja?«

Miho schüttelte den Kopf. »Was ist passiert, Mami? Wem gehört das Haus?«

»Ich weiß es nicht«, log Asako.

»Ist der Mann tot?«

»Hast du ihn gesehen?«, fragte Asako.

Miho schüttelte den Kopf.

»Er ist nicht tot«, antwortete Asako rasch und zog Miho aus der Gasse fort. »Komm, wir gehen nach Hause. Er wird schon wieder gesund.«

»Aber was ist mit dem Blut?«

»Es geht ihm bald besser«, behauptete Asako.

»Blutet er noch?«

»Niemand stirbt, weil er ein bisschen blutet.« Asako zog Miho an sich. »Es geht ihm nur im Moment nicht so gut, aber das ist bald vorbei.«

Einige Wochen später bekam Asako unerwarteten Besuch. Es war Kobayashi mit einer in Reispapier eingewickelten Flasche Sake. Er trat ein, ohne zu klopfen, da das Vordertor nicht verschlossen war. Miho sah ihn zuerst und erkannte ihn sofort: Das war der Mann, der sie vom Marktplatz gejagt hatte. Miho rannte zu Asako, die dabei war, Sojabohnen zu waschen, und zupfte sie am Ärmel.

Asako schaute auf und sah Kobayashi. Ihr blieb fast das Herz stehen, aber sie erhob sich, so ruhig sie konnte. Ihre Hände an der Schürze abtrockend, ging sie auf ihn zu. Sie verbeugte sich und griff nach Mihos Hand, um sie in ihrer zu bergen.

Kobayashi trug ein sauber gebügeltes weißes Baumwollhemd und eine braune Wollhose. Sein grau meliertes Haar hatte er mit Pomade zurückgekämmt. Sie bemerkte den

Schnitt über seinem linken Auge, auch wenn die Schwellung verschwunden war.

»Guten Tag«, sagte Kobayashi zu Asako. Dann wandte er sich Miho zu. »Guten Tag, Kleine.«

Miho versteckte sich hinter ihrer Mutter, ohne seinen Gruß zu erwidern.

»Sie ist schüchtern, was?«, sagte er und schritt auf die Veranda zu. »Wie alt ist sie? Neun? Oder zehn?«

Asako und Miho antworteten nicht. Ratlos sahen sie zu, wie er sich auf die Veranda fallen ließ. Sie wussten nicht, was sie tun oder sagen sollten. Kobayashi spähte durch die Tür ins Haus, als wäre er gekommen, um es zu inspizieren. Er pfiff ein kurzes Liedchen und holte dann tief Luft.

»Schöner Tag heute«, sagte er zu sich selbst und blickte mit gerunzelter Stirn zum Himmel hinauf.

Asako und Miho blieben stumm. Reglos standen sie nebeneinander wie Gestalten auf einem Gemälde.

»Hör mal, Kleine«, Kobayashi zeigte mit dem Finger auf Miho, »warum holst du mir nicht mal eine Schachtel Zigaretten?« Er zog einen Geldschein aus der Hosentasche. »Und ein paar Süßigkeiten für dich. Was du willst! Ich habe etwas mit deiner Mutter zu besprechen.«

Miho sah ihre Mutter an, die mit besorgter Miene nickte.

»Lauf schon«, sagte Kobayashi und drückte Miho den Geldschein in die Hand. »Vom Wechselgeld kaufst du dir, was du willst«, wiederholte er.

Miho sah wieder ihre Mutter an und hielt ihr das Geld entgegen, das Kobayashi ihr gegeben hatte.

»Geh jetzt, Miho, und hol ihm seine Zigaretten. Verlier das Geld nicht und komm gleich wieder.«

»He, Kleine, hör nicht auf sie. Du brauchst dich nicht zu

beeilen. Was ich mit deiner Mutter zu besprechen habe, wird eine Weile dauern. Geschäftliches zwischen Erwachsenen.«

Nach einem letzten Nicken von Asako rannte Miho los. Sie ließ das Vordertor offen stehen. Kobayashi ging hin und schloss es ab, ohne ein Geräusch dabei zu machen. Er blickte noch einmal zum Haus. Asako hielt ängstlich den Atem an. Sie bereute es nun zutiefst, in irgendeine Beziehung zu ihm getreten zu sein, auch wenn sie ihm nur geholfen hatte.

»Es ist ein schöner Tag«, sagte er wieder in diesem seltsamen Ton.

Asako schaute zum Himmel. Er war blau, und ein paar weiße Wölkchen zogen langsam in der Brise dahin.

»Also, ich bin gekommen, um …«, setzte Kobayashi mit seiner tiefen Stimme an und stockte, als Asako den Blick senkte. »Ich meine wegen dem, was neulich passiert ist.«

Sie verbeugte sich höflich, bedeutete ihm, dass er den Vorfall nicht mehr zu erwähnen brauche. Kobayashi schien ihre Geste zu verstehen. Er sagte nichts mehr. Sie heftete den Blick auf den Boden. Ihre Hände umklammerten ihre Schürze.

»Das ist für Sie.« Kobayashi stellte sich wieder auf die Veranda und hob die verpackte Sakeflasche.

»Das ist nicht nötig«, wandte Asako ein. »Das kann ich nicht annehmen.« Sie schüttelte den Kopf.

Diese leichte Zurückweisung reichte aus, um Kobayashi zu beleidigen. Sein entwaffnendes Grinsen verschwand. »Es ist unhöflich, ein Geschenk abzulehnen, finden Sie nicht? Das heißt wohl, von einem wie mir wollen Sie nichts annehmen?«

»Entschuldigen Sie, so habe ich es nicht …« Asako senkte wieder den Kopf, als sie Kobayashis bedrohliches Stirnrunzeln sah. »Ich trinke nur keinen Sake, und …«, sie stockte, »es ist nicht nötig, sich zu …«

»Es spielt keine Rolle, ob Sie ihn trinken oder nicht. Er ist ein Geschenk! Wie können Sie ein Geschenk ablehnen?« Er schrie jetzt fast und ging auf Asako zu, die stocksteif an der Tür stand. »Sie wollen nur nichts mit mir zu tun haben. Das ist es doch, was Sie mir zu verstehen geben wollen.«

»Nein, ganz und gar nicht. Ich wollte nicht unhöflich erscheinen.« Asako bebte vor Angst. »Es ist nur, dass ich keinen Alkohol trinke und es nicht nötig ist«, wiederholte sie und wich einen Schritt zurück.

Es war gefährlich, dass sie Kobayashi in seinem geschwächten Zustand gesehen hatte, das wusste Asako jetzt. Nun hatte sie ihn vielleicht noch mehr gedemütigt, indem sie sein Geschenk ablehnte. Andererseits wusste sie auch, dass es nicht richtig gewesen wäre, es anzunehmen – damit wäre nur eine neue Verpflichtung zwischen ihnen entstanden.

»Verdammt!«, schrie Kobayashi. »Ich weiß, was Sie denken! Ich wollte doch nur …« Er zögerte einen Moment und sah Asako an, die rasch wieder den Kopf neigte, als ihre Augen sich begegneten.

Ohne den Satz zu beenden, packte er Asako am Handgelenk und zerrte sie ins Haus. Ehe sie sich losreißen konnte, schlug er die Tür zu und kam näher.

»Warum zittern Sie so?«, fragte Kobayashi mit seiner tiefen Stimme. Langsam berührte er Asakos Hals und fuhr mit den Fingern über ihr offenes Haar. Sie erschauerte, als sie seinen keuchenden Atem an ihrem Ohr spürte.

Asako schloss die Augen und versuchte den Kopf abzuwenden. Aber er nahm ihr Kinn und drehte ihr Gesicht gewaltsam zu sich. Es tat weh, und sie stöhnte. Ihr Körper war steif vor Angst. Ihr Gesicht war übelkeiterregend nah an Kobayashis. Sie hielt die Augen geschlossen und hielt den Atem an.

»Sehen Sie mich an!«, schrie er. »Augen auf!«

Asako zwang sich, die Augen zu öffnen, und fürchtete sich bei der Vorstellung, was er ihr antun würde. Doch zu ihrer großen Überraschung blickte sie in ein sanftes, trauriges Augenpaar, das zu ihr herunterschaute. Sie fühlte sich plötzlich entwaffnet.

»Ich bin doch kein Ungeheuer«, sagte Kobayashi leise.

»B...Bitte ... ich weiß, dass Sie kein Ungeheuer sind«, sagte Asako und begegnete seinem Blick.

Doch Kobayashi verbannte sogleich alles Weiche aus seinem Blick. Dass sie es gesehen hatte, schien ihn wütend zu machen.

Asako entging dieser plötzliche Wandel nicht. »Bitte, lassen Sie mich los«, flehte sie.

»Sie wissen überhaupt nichts! Sie haben bloß Angst vor mir«, sagte er und verstärkte seinen Griff. »Und Sie halten mich für erbarmungswürdig! Sie bemitleiden mich! Das sehe ich!« Er funkelte Asako an. Seine Augen waren voller Zorn, gefärbt von Trauer, und bald glühten sie vor perverser Lust. Unvermittelt riss Kobayashi ihr Hemd auf.

Asako stieß ihn zurück, schlug mit den Armen, kreischte und versuchte panisch, ihr Hemd um sich zu ziehen. Aber Kobayashi presste sie gegen die Wand und griff mit seiner verschwitzten Hand nach ihren nackten Brüsten. Er drückte ihre Arme an die Wand und grub sein Gesicht in ihre Brüste, tauchte in den Geruch ihres warmen Fleisches ein. Asako fühlte seinen harten Atem auf ihrer Haut, bevor er gierig ihre Brustwarze in den Mund nahm. Sie schrie, aber Kobayashi hielt ihr den Mund zu, während seine Zunge ihre andere Brustwarze liebkoste. Seine kalte, feuchte Hand erstickte sie fast. Verwirrt und erstarrt, unfähig, seine gewaltsamen Zärtlichkeiten abzuwehren, ließ Asako sich von der Wärme seiner Lippen und seiner Zunge überwältigen.

Mit zitternden Händen zog Kobayashi ihre bäuerliche Hose herunter und ließ seine Hand zwischen ihre Beine gleiten. Er stöhnte und drückte sein Gesicht gegen ihren Hals. Hastig seine Kleider abstreifend, stieß er sie zu Boden und legte sich auf sie.

Zu ihrem eigenen Erstaunen leistete Asako kaum Widerstand. Sie sah in seinem Verhalten eher einen Akt verzweifelter Einsamkeit als kaltherziger Gewalt. Sie legte den Kopf zur Seite, damit er sie küssen konnte, und erschauerte sogar, als Kobayashis nackter Oberkörper sich auf ihren presste. Sie schlang sachte die Arme um ihn, wie um ihm zu sagen, dass sie seinen Schmerz besser verstand als jeder andere. Sie wusste, dass er sich ihres Körpers bemächtigen musste, um zu spüren, dass er am Leben war, oder um sich sogar geliebt zu fühlen.

Kobayashis Berührungen wurden sanfter bei Asakos unerwarteten Gesten. Die beiden umarmten einander. Sie rieben ihre Haut aneinander, ihre heißen Lippen und Zungen verzehrten sich nach mehr, unerwartet stöhnten und keuchten beide vor Lust. Schuldgefühle und Angst verflogen mit jedem leidenschaftlichen Atemzug. Nichts anderes existierte mehr im Raum außer diesen beiden Menschen, die sich, mitgerissen von ihren animalischen Instinkten, gegenseitig die Wunden leckten und ihr Verlangen befriedigten.

Nach diesem Akt reiner Begierde ließ Kobayashi sich auf Asako fallen und barg den Kopf an ihrer Brust wie ein Kind. Sanft berührte sie sein Haar, wie sie es immer getan hatte, nachdem sie und Yoji sich geliebt hatten. Wie ein junges Liebespaar lagen sie auf dem Boden und lauschten ihren Herzschlägen und dem Tschilpen der Spatzen vor dem Haus. Sie wagten nicht zu sprechen, nicht einmal sich zu rühren, denn sie fürchteten, der unerklärliche, friedvolle Moment würde verfliegen, entfliehen wie ein erschrockener Vogel.

Doch als Miho gegen die Haustür zu hämmern begann, sprang Kobayashi auf. Er zog sich an und rannte aus dem Zimmer, ohne Asako auch nur anzusehen.

Asako zog sich hastig an und richtete ihr Haar, verwirrt und beschämt zugleich über ihr unentschuldbares Benehmen. Sie öffnete das Fenster gerade so weit, um die stickige Luft herauszulassen. Sie ließ ihren Blick über das Zimmer schweifen und hoffte, Miho würde nicht ins Zimmer gerannt kommen. Dann bemerkte sie die Sakeflasche, die Kobayashi auf dem Boden hatte stehen lassen.

Plötzlich wurde Asako übel, und sie brach in Schluchzen aus, als sie Kobayashis und Mihos entfernte Stimmen hörte. Sie schlug die Hände vors Gesicht. Sie rochen noch nach Kobayashis Pomade. Sie wischte sie an ihrem Hemd ab, versuchte seinen Geruch loszuwerden. Dann schloss sie das Fenster. Sie musste sich umziehen. Unmöglich, Miho in derselben Kleidung gegenüberzutreten, in der sie sich so entehrt hatte.

Als Miho gerade noch einmal mit ihrer kleinen Faust gegen die Tür schlagen wollte, öffnete Kobayashi. Er hatte eine frisch angezündete Zigarette im Mund. Sein Gesicht glühte wie das eines Läufers. Mit einem gut gebügelten Taschentuch wischte er sich den Schweiß von der Stirn.

»Du bist ja schnell!«, sagte er und grinste, während er die Tür öffnete. »Ich hatte dir doch gesagt, du sollst dir Zeit lassen, damit deine Mutter und ich in Ruhe etwas Geschäftliches besprechen können.«

Miho betrat mit einer Schachtel Zigaretten und einem angebissenen, mit süßen roten Bohnen gefüllten Mochi das Haus. Wortlos übergab sie ihm die Zigaretten. Er sah die nackte Angst in ihrem Blick und lächelte, so freundlich er konnte. Er nahm die Zigaretten und steckte das Päckchen in die Hosentasche. In diesem Moment bemerkte Miho, dass er schon eine Schachtel Zigaretten in seiner Hemdtasche hatte.

»Ich bin so langsam gegangen, wie ich konnte«, antwortete Miho schließlich. »Wo ist Mami?«

»Sie ist im anderen Zimmer und räumt ein paar Sachen weg«, sagte er. »Wir sind gerade mit unserer geschäftlichen Besprechung fertig geworden.«

»Mami!«, rief Miho und lief auf das Zimmer zu.

Kobayashi packte sie am Arm und hielt sie auf. »Sie kommt gleich raus. Sie stellt nur noch mein Geschenk weg. Es ist aber nicht für dich …« Er kniff Miho sacht in die Pfirsichwange und strahlte sie an. »Du bist noch viel zu klein für dieses Geschenk«, sagte er scherzhaft. Aber Miho lächelte nicht.

»Hast du dir etwas Süßes gekauft?«, fragte er, um sie abzulenken.

Brav zeigte Miho ihm ihr Mochi.

»Aha, ein Mochi.« Kobayashi lächelte und nahm einen kurzen Zug von seiner Zigarette. »Du magst wohl die mit den süßen roten Bohnen, was? Schmeckt's?«

Miho nickte mit einem Blick auf ihr Reisküchlein. Das Wechselgeld in ihrer Tasche fiel ihr ein. »Hier, Ihr Geld!«, sagte sie und reichte ihm die Münzen.

»Nein, nein.« Er schüttelte den Kopf und blies etwas Rauch aus. »Du kannst es behalten, Kleine.«

»Nein.« Miho streckte es ihm entgegen.

»Ihr seid beide ganz schön stur, was? Warum kannst du es nicht einfach annehmen, wenn jemand dir etwas schenkt?« Kobayashi schloss Mihos Hand und drückte sie zurück in ihre Tasche. »Behalt es«, befahl er.

Miho umschloss die Münzen fest in ihrer Faust, um sie nicht in ihre Tasche fallen zu lassen. Sie würde sie ihrer Mutter geben oder sie fragen, ob sie sie ausgeben durfte. Sie warf einen Blick in Richtung des Zimmers, aber ihre Mutter kam noch immer nicht heraus.

»Ich gehe lieber«, sagte Kobayashi und trat seine Zigarette auf dem Boden aus. »Ach ja, fast hätte ich es vergessen …« Er beugte sich zu Miho hinunter und flüsterte ihr ins Ohr: »Sag deiner Mutter, sie kann ihren Tofu auf dem Markt verkaufen. Sie braucht keinen Schutzzoll zu zahlen.« Dann stolzierte er pfeifend wie ein Mann, der keine Sorgen kennt, aus der Tür.

Von nun an besuchte Kobayashi Asako immer wieder und zeigte sich von einer erstaunlich liebenswürdigen Seite, die er vor allen anderen sorgfältig verbarg. Er brachte ihr und Miho kleine Geschenke mit, eine Geste, die Asako nie von ihm erwartet hätte. Sooft Kobayashi Miho zum Zigarettenholen schickte, wusste Asako genau, was geschehen würde.

Im Laufe ihrer Affäre wandelte sich Asakos ursprüngliche Furcht vor ihm in Anteilnahme und Mitgefühl. Bald schickte sie Miho aus eigenem Antrieb nach draußen, wenn sie Kobayashi erwartete, und befahl ihr, mit anderen Kindern zu spielen.

Asako glaubte nie daran, dass das, was sie miteinander teilten, zärtliche Liebe war. Sie spürte, dass ihre fragwürdige Beziehung zu Kobayashi in physischen und emotionalen Begierden wurzelte, die sie beide befriedigen mussten. Allmählich wurde sie abhängig von der Zuneigung und der sexuellen Erfüllung. Sie hatte sich danach gesehnt, ohne es zu merken. Und obwohl sie wusste, dass es unvernünftig war, mit jemandem wie Kobayashi zusammen zu sein, erkannte sie in seiner hoffnungslos verlorenen Seele auch eine verborgene Sanftmut, von der niemand sonst wusste.

Daher wies sie Kobayashi nicht zurück, als er ihr einen Heiratsantrag machte. Ihr graute davor, dass Miho wie sie selbst vaterlos aufwachsen würde. Asako war der Ansicht, Miho bräuchte ebenso sehr einen Vater wie sie einen Ehemann. Vielleicht war dies ihre einzige Gelegenheit, sich wieder zu verheiraten, und sie bildete sich ein, Kobayashis inneren Dämon zähmen zu können.

Kobayashi zog ein, ehe sie die Ehe registriert hatten. Es gab jede Menge Klatsch über das seltsame Paar. Jedermann fragte sich, was Asako dazu trieb, den Heiratsantrag eines so verabscheuungswürdigen Subjekts wie Shigeru Kobayashi anzunehmen – die Leute fürchteten sich sogar davor, ihn zum Nachbarn zu haben.

Der Vermieter, der in all den Jahren immer sehr freundlich zu Asako gewesen war, drängte sie auf einmal, auszuziehen. Es passte ihm nicht, Kobayashi als zusätzlichen Mieter zu bekommen. Asako bat um Verständnis, sie bot sogar an, eine höhere Miete zu zahlen, aber der Hauswirt war nicht an Geld interessiert. Er wollte auf keinen Fall einen Yakuza-Gangster auf seinem Grund und Boden.

Als Kobayashi davon erfuhr, stattete er dem Hausbesitzer einen Besuch ab und drohte, ihn zu töten. Ob der Mann Mitleid mit Asako oder Angst vor Kobayashi hatte, war unklar, jedenfalls blieben sie in dem Haus wohnen, und der anhaltende Streit hing ständig wie eine düstere Wolke über Asako.

Die ungewöhnliche Verbindung brachte Asako in eine schwierige Lage. Es dauerte nicht lange, bis sie erkannte, dass ihr größter Fehler gewesen war, zu glauben, sie könne Kobayashi ändern. Sie hatte gedacht, sie würde sich um ihn kümmern, ihn bessern, wieder zu dem Menschen machen, der er vielleicht vor seiner ersten falschen Entscheidung gewesen war. Doch ihre Hoffnung erwies sich als unmöglich. Sie konnte ihn nicht ändern, und sein sexuelles Interesse an ihr ließ bald nach. Sie fand sich als seine Haushälterin wieder, während er sich mit ihrem schwer verdienten Geld andere Frauen kaufte. Mit der Zeit erwies er sich als gefährliche Bestie, die nicht gezähmt werden konnte. Aber nun waren Asako und Miho in einem Käfig mit ihm eingeschlossen und hatten keinen Schlüssel, der ihnen die Flucht ermöglichte.

Auch wenn Asako keinen Schutzzoll an Kobayashi zahlen musste, war der Preis, seine rechtmäßige Ehefrau zu sein, weitaus höher. Sie konnte kein Geld für Mihos Ausbildung sparen, weil sie für Kobayashis Spiel- und Trunksucht aufkommen musste. Wurden seine Forderungen nicht erfüllt, verwandelte er sich in einen gewalttätigen Wilden. Er versetzte Asako und Miho in solche Angst, dass er am Ende immer bekam, was er wollte.

So war es nicht verwunderlich, dass Miho in großer Furcht vor Kobayashi aufwuchs. Es wurde so unerträglich, dass Asako überlegte, ob sie mit Miho davonlaufen sollte. Aber die Angst hielt sie davon ab. Sie wusste, dass Kobayashi sie bis ans Ende der Welt verfolgen und sie bestrafen würde, weil sie ihn verlassen hatte.

Sosehr sie es auch bereute, ihn in ihr Leben gelassen zu haben, für eine Umkehr war es nun zu spät. Sie hatte keine andere Wahl, als sich in ihr Schicksal zu ergeben und seine Misshandlungen zu erdulden. Die einzige Erleichterung bestand darin, dass Kobayashi hin und wieder wegen verschiedener kleiner Delikte im Gefängnis saß. Dann konnten Asako und Miho wenigstens einige Monate freier atmen.

Als Asakos Vermieter plötzlich in der Nähe des Bahnhofs vor einen fahrenden Zug stürzte und ums Leben kam, fürchtete Asako, Kobayashi könnte dahinterstecken. Zu ihrem Entsetzen stellte sich heraus, dass sie recht hatte.

»Um die Miete brauchst du dir keine Sorgen mehr zu machen.« Kobayashi lachte, als hätte er einen guten Witz gemacht. »Der Zug hat den alten Halsabschneider in seine Einzelteile zerlegt«, verkündete er triumphierend wie ein Soldat, der gerade einen tödlichen Feind erledigt hatte. »Sieht doch wirklich wie ein Unfall aus, oder?«

»Ha…hast du wirklich? Warst du das …?« Asako war wieder einmal zutiefst abgestoßen.

»Klar war ich das. Das Problem habe ich doch sauber gelöst. Es war ganz leicht. Früher oder später hätte der Alte sowieso ins Gras gebissen.«

»Warum?«, schrie Asako. »Wie konntest du etwas so Schreckliches tun? Er hat uns doch nichts getan!«

»Er hat mich bei der Polizei angezeigt!«, schrie Kobayashi zurück. »Der Bastard.« Er lächelte hinterhältig. »Aber der alte Gauner hatte keine Ahnung, mit wem er es zu tun hatte. Niemand vergreift sich an mir. Ich bringe jeden um, der sich an mir vergreift. Jeden!«

Kein Wunder, dass Asako nicht zur Polizei ging. Mehr als beten konnte sie für ihren toten Hauswirt nicht. Am Ende gab sie sich an all dem die Schuld. Sie hatten diesen Erbarmungslosen aufgenommen, der alles zerstörte.

Langsam verstrichen die Jahre, und Asako alterte schmerzlich, während Miho so schnell wuchs wie eine Bohnensprosse. Doch ihre Lage besserte sich nicht. Es schien keine Hoffnung für sie zu geben. Sie saßen immer noch mit Kobayashi fest, dessen Launen mit den Jahren schlimmer und dessen Gier nach Frauen und Spiel größer geworden waren.

Am 24. Dezember 1948, einen Tag nachdem die japanischen Kriegsverbrecher in Tokio gehängt worden waren, machte Miho sich am frühen Nachmittag auf zu Herrn Shimizus Laden, um Sojasoße zu holen.

Der alte Kaufmann war gerade in ein hitziges Gespräch mit einem Kunden in mittlerem Alter vertieft. Es ging um die Hinrichtung des vierzigsten japanischen Premierministers Hideki Tojo, der den Angriff auf Pearl Harbor befohlen hatte.

»Entschuldigung«, unterbrach Miho die beiden Männer. »Ich hätte gern etwas Sojasoße, bitte«, sagte sie höflich, aber die beiden unterhielten sich weiter, als wäre sie gar nicht da.

»Entschuldigung, ich brauche etwas Sojasoße«, sagte sie nun lauter.

Der Ladeninhaber warf einen Blick in ihre Richtung und bedeutete ihr, ihm die leere Glasflasche zu geben, die sie dabeihatte. Miho reichte sie ihm.

»Eine Schande ist das! Er hätte sich vor dem Prozess das Leben nehmen sollen«, sagte Herr Shimizu, während er die braune Flüssigkeit in die Flasche füllte.

Miho begriff nicht, was er meinte, bis der andere Mann sprach.

»Er hat es ja versucht«, entgegnete er. »Ich habe gehört, dass Premierminister Tojo sich vier Mal in die Brust geschossen hat, aber es ist ihm nicht gelungen, sich zu töten!«

»Was ist so schwer daran zu sterben, wenn man es will?«, fragte Herr Shimizu, immer noch mit Mihos Flasche beschäftigt.

»Es ist alles der Wille des Himmels, wissen Sie«, sagte der andere Mann.

»Und diejenigen, die es verdient hätten zu sterben, sterben nicht«, sagte der Ladenbesitzer und reichte Miho die Flasche.

Miho wusste sofort, dass er von Kobayashi sprach. Er war es, der den Tod verdiente. Kobayashi war nicht nur der schlimmste Albtraum von Miho und ihrer Mutter, sondern das ganz Viertel sehnte sich danach, ihn loszuwerden. Er war wie ein Krebsgeschwür, das entfernt werden musste. Aber niemand wagte es.

»Die Welt steht kopf«, rief Herr Shimizu. »Die dreckigsten Gauner leben von schwer arbeitenden Menschen, während die, die ehrenhaft für unser Land gekämpft haben, an den Galgen kommen.«

Miho bezahlte und verließ schnell den Laden. Ihre Ohren brannten aufs Neue vor Wut auf Kobayashi. Als sie zurückkam, war Asako gerade dabei, in der Küche die Sojabohnen zu waschen. Sie stellte die Flasche ab und hockte sich neben ihre Mutter.

»Sie haben den Premierminister gehängt«, erzählte sie, während Asako das Wasser aus dem Eimer goss.

»Was hast du gesagt, Miho?«

»Ich sagte, der Premierminister wurde als Kriegsverbrecher hingerichtet«, wiederholte sie. »Er wurde gehängt.«

»Ah ja.« Desinteressiert fuhr Asako mit ihrer Arbeit fort.

»Ich habe bei Herrn Shimizu davon gehört.«

»Ah ja.«

Miho sah zu, wie ihre Mutter die Bohnen in sauberem Wasser einweichte. »Meinst du, er kommt heute Abend nach Hause?«, fragte sie dann.

Asako stand auf und wischte sich die Hände ab. Sie seufzte fast mechanisch. »Ich weiß nicht«, antwortete sie, ohne Miho anzusehen.

»Er versäuft und verspielt wieder unser ganzes Geld«, sagte Miho und sah wütend zur Küchentür. »Dann kommt er nach Hause, um uns zu quälen. Darauf kannst du dich verlassen. Ich halte das nicht mehr aus.«

»Es tut mir so leid, Miho«, sagte Asako. »Vielleicht kommt er ja heute Nacht nicht heim. Komm, wir gehen ins Zimmer. Es ist kalt hier.« Asako wollte Miho an der Hand nehmen, aber diese riss sich los.

»Ich wünschte, er würde gehängt wie diese Kriegsverbrecher. Er hat ein schreckliches Ende verdient, mehr als jeder andere.«

»Miho«, sagte Asako leise. »Sag nicht solche Dinge.«

»Warum verteidigst du ihn auch noch? Ich verstehe dich nicht!«, schrie Miho. »Warum sollte der am Leben bleiben? Kannst du mir das mal sagen?«

»Auch wenn er noch so furchtbar ist, Miho, ist es doch schrecklich, jemandem den Tod zu wünschen.«

»Findest du nicht, dass er ihn verdient hat, nach allem, was er dir, uns, angetan hat?« Miho war rot vor Zorn. »Du arbeitest Tag und Nacht, aber wir haben nichts. Du hast solche Angst vor ihm, dass du ihm alles gibst, was du hast.«

»Miho.« Asako griff nach der Hand ihrer Tochter.

Wieder riss Miho sich los und wischte sich die Tränen ab. Ihre Angst vor Kobayashi hatte sich in eine gewaltige Wut gegen ihre Mutter verwandelt, auch wenn sie wusste, dass diese selbst sein Opfer war.

»Was ist falsch daran, wenn ich will, dass er kriegt, was er verdient? Weißt du, was die Leute über ihn sagen? Alle Mädchen in der Schule wissen, dass er mein Stiefvater ist. Ich will nicht mehr zur Schule gehen!«, kreischte Miho, und Tränen strömten ihr über das Gesicht. »Ich will nicht mehr hier wohnen. Ich kann es nicht ertragen, in einem Haus mit ihm zu wohnen, an einem Tisch mit ihm zu essen. Mir wird schlecht dabei. Mami, warum laufen wir nicht einfach weg?«

»Es tut mir so leid, meine Kleine. Es ist alles meine Schuld.«

»Mami, ich will nicht, dass wir so leben. Ich will, dass er ins Gefängnis kommt und für seine Verbrechen bestraft wird. Und was machst du? Du entschuldigst dich und seufzt. Das ändert nicht das Geringste.«

»Miho, hör mir zu.« Asako hatte ihre Tochter noch nie so zornig gesehen. »Du musst wissen, dass ich das alles nur zu unserer Sicherheit erdulde. Glaub mir, es wäre gefährlich, ihn zu reizen. Wir bekämen nur noch mehr Schwierigkeiten. Eines Tages wird alles vorbei sein.«

»Wir können nicht nur herumsitzen und warten. Weißt du, wie oft ich schon vor dem Polizeirevier gestanden habe, um ihn für den Mord an unserem Vermieter anzuzeigen?«

»Ach, Miho.« Asako sah ihre Tochter an und seufzte abermals.

»Aber ich habe mich nicht getraut, denn wenn sie ihn nicht sofort wegsperren, würde er …« Miho schlug die Hände vors Gesicht. »Ja, was würde er tun? Er würde uns beide sicher umbringen. Mami, ich habe solche Angst.«

»Wein doch nicht, meine Kleine. Am Ende wird sich alles fügen. Eines Tages wird es vorbei sein«, wiederholte Asako, so wie sie es von ihrer Mutter gelernt hatte. »Alles geht vorbei, so oder so.«

Miho ließ sich von ihrer Mutter umarmen. Sie wusste, dass sie die Bestie nur ruhig halten konnten, wenn sie ihr genügend zu fressen gaben, selbst wenn es ihr eigenes Fleisch war.

Als Asako sich in dieser Nacht gegen elf zu Bett legte, hoffte sie, Kobayashi würde nicht mehr nach Hause kommen. Sie wusste, dass er wie gewöhnlich spielte und sich dabei betrank. Sie betete, er würde am Spieltisch einschlafen. Es gab weniger Schwierigkeiten, wenn er am Morgen nüchterner nach Hause kam.

Aber Kobayashi kam ohne einen Heller und voller Wut gegen drei Uhr morgens heim. Er hatte alles Geld, das er am Abend mitgenommen hatte, verspielt. Außerdem war seine Lieblingshure mit einem ihrer anderen Freier nach Hakone in die Ferien gefahren. Als er auf Asakos Haus zutorkelte, verwünschte er sein Pech. Hätte er nur mehr Geld dabeigehabt! Er war überzeugt, dass er alles hätte zurückgewinnen können, wenn er hätte weiterspielen können. Je mehr er verlor, desto besessener wurde er davon, zu gewinnen, wie jeder Spieler. Doch selbst wenn er gewann, gab er anschließend alles für Alkohol und die Frauen aus, die die Spieler umschwirrten wie blutsaugende Insekten.

Kobayashi schloss das Tor und urinierte an den kahlen Kirschbaum im Vorgarten. Er blickte zum Mond hinauf, der zur Hälfte voll war. In seinem Rausch sah er ihn doppelt. Er stolperte ins Haus und hörte Asakos leises, regelmäßiges Schnarchen. Sie schlief so fest, dass auch der Lärm, den er veranstaltete, sie nicht weckte.

Sein Blick fiel auf Mihos Tür, hinter der sie sich immer versteckte, wenn er zu Hause war. Er wusste, dass Miho ihn hasste und ihm aus dem Weg ging. Außerdem hatte er bemerkt, dass sie kein Kind mehr war, sondern zu einer jungen Frau heranreifte, die große Ähnlichkeit mit ihrer Mutter hatte. Er stellte sich vor, wie Miho allein in ihrem Zimmer schlief, ihren milchweißen Körper mit den knospenden Brüsten unter der Decke zusammengerollt. In dieser Nacht fasste er einen Entschluss.

Miho drehte sich im Schlaf, als Kobayashi in ihr Zimmer schlich. Als er den Umriss ihres Körpers unter der vom schwachen Mondlicht beschienenen Decke wahrnahm, stöhnte er vor animalischer Lust. Schwer atmend bückte er sich und schob seine eisigen Klauen unter das warme Deckbett.

Miho schrak verwirrt aus dem Schlaf auf. Sie spürte eine kalte Hand auf ihrem Mund und roch Kobayashis Alkoholfahne. Ein dunkler Schatten fiel auf ihr Gesicht. Miho stieß einen Schrei aus, aber die kalte Hand erstickte ihn.

»Verhalt dich still«, flüsterte Kobayashi ihr ins Ohr, sein Atem keuchend und rau. Schnaufend wie ein hungriges Tier warf er sich auf Miho, die verzweifelt strampelte, um ihm zu entkommen. Noch immer schrie sie unter seiner Hand. Doch je stärker sie versuchte sich zu befreien, desto gewalttätiger wurde er.

Miho war, als sei ihr sämtliches Blut in den Kopf geschossen. Vor Entsetzen sträubte sich ihr jedes Haar. Sie kämpfte darum, Kobayashi abzuwerfen, aber ihre Kraft reichte nicht aus. Als Kobayashi die Hand von ihrem Mund nahm, um ihr das Nachthemd vom Körper zu reißen, biss sie ihn in den Arm und grub ihre Nägel in sein Gesicht. Vergeblich. Kobayashi wurde noch wütender und schlug ihr mit der Faust ins Gesicht. Dann würgte er sie, bis sie sich nicht mehr rühren konnte. Sosehr sie sich auch wehrte, es gelang ihr nicht, sich ihm zu entwinden, und der brutale Überfall endete erst, als er seine Gier gestillt hatte.

Asako erwachte aus ihrem tiefen Schlaf, als Kobayashi durch die Tür brach, die ihr Zimmer von Mihos trennte. Er schaltete das Licht ein und suchte wie von Sinnen nach Geld. Sein Hemd war voller Blut- und Schweißflecken. Seine Augen waren rot, und in ihnen flackerte der Wahnsinn. Er warf alles um, was ihm in den Weg kam, fluchte und schrie. Asako sprang auf und versuchte ihn aufzuhalten, aber er stieß sie brutal gegen die Wand. Als Asako noch einmal versuchte, ihn zu beruhigen, zog er das Schmetterlingsmesser, das er immer bei sich führte.

»Ich weiß, dass du Geld versteckt hast!«, brüllte er. »Wo ist es?«

»Warum tust du mir das an?«, weinte Asako.

»Wo ist das Geld?«, schrie er. Er riss den Inhalt der Holzkommode heraus und verstreute alles auf dem Boden.

»Bitte, hör auf! Bitte!« Asako erkannte den nackten Wahnsinn in seinem Blick.

Als Kobayashi den Nähkorb zu Boden schleuderte, fand er darin ein paar zusammengerollte Scheine. Er nahm sie und rannte die Tür hinter sich zuschlagend hinaus.

Erst als Kobayashi fort war, hörte Asako Miho im Nebenzimmer schreien. Ihr Herz wurde zu Eis. Sie stand da, wollte nicht glauben, dass das Undenkbare geschehen sein konnte. Sie rannte in Mihos Zimmer und fiel angesichts des unsagbaren Anblicks auf die Knie.

Mihos Kleider waren heruntergerissen, sie lag nackt auf dem Futon. Ihr Körper war voller Wunden. Sie weinte und riss an ihrer Baumwollbettdecke. Blut lief ihr über das Gesicht. Sie stierte ihre Mutter an. Ihr Körper zitterte unkontrollierbar. Sie schrie und schlug um sich wie ein verletztes Tier, bis sie ohnmächtig wurde.

Asako saß die ganze Nacht schluchzend bei Miho, die sich in den Schlaf geweint hatte. Noch vor Sonnenaufgang erwachte sie schreiend aus einem Albtraum, nur um zu erkennen, dass er wahr gewesen war. Mit gebrochenem Herzen schloss Asako ihre Tochter in die Arme, aber Miho riss sich los.

»Ich muss baden«, sagte Miho. Ihre leblosen Augen starrten ins Nichts.

Asako stand sofort auf, um ein Bad für sie zu bereiten.

»Nimm kaltes Wasser«, sagte Miho. »Du brauchst nicht extra welches für mich heiß zu machen.«

»Miho, du kannst nicht kalt baden. Du wirst krank.«

»Ist mir egal«, antwortete Miho. »Ich bin sowieso schon krank.«

Mühsam erhob sie sich. Als Asako sie umarmen wollte, stieß sie sie erneut von sich. »Fass mich nicht an«, zischte Miho, während ihr Blick über das blutbefleckte Bettzeug glitt.

»Bitte, Miho, bitte, stoß mich nicht weg«, flehte Asako und nahm Mihos Hand.

»Ich will nicht, dass du mich anfasst«, sagte Miho und riss ihre Hand weg. »Du bist genauso schmutzig. Du widerst mich an.«

Asako hatte das Gefühl, jemand habe ihr einen großen hölzernen Nagel in die Brust getrieben. Sie zerbiss sich die Lippen. Nur so konnte sie dem unerträglichen Schmerz standhalten.

»Lass mich in Ruhe.« Mihos Stimme klang wieder ruhig. »Ich muss mich waschen.«

Asako sank zu Boden, als Miho hinausging. Zum ersten Mal in ihrem Leben verspürte sie den Drang, jemanden zu töten. Sie hätte Kobayashi auf der Stelle umbringen können. Dessen war sie sich sicher. Ihre Ohren brannten und prickelten vor mörderischem Hass. Ekel drehte ihr den Magen um. Aber sie wusste, dass Kobayashi die Macht hatte, ihr mit einem einzigen Schlag ins Gesicht jeden Mut zu nehmen. Sie verabscheute sich, weil es ihr nicht gelungen war, Miho zu schützen.

Versunken in das Bewusstsein ihrer Schuld, kauerte sie in der stummen Kälte. Plötzlich ertönte ein Krachen aus der Küche. Als sie hineinstürzte, fand sie Miho nackt mit blutenden Handgelenken auf dem nassen Boden liegend.

Wie sie die nächsten Stunden verbracht hatte, bis Miho wieder zu sich kam, wusste Asako nicht mehr. Entschlossen, sich zu töten, sollte Miho nicht überleben, hatte sie im Krankenhaus ununterbrochen gebetet. Das Einzige, was ihr von diesem Morgen in Erinnerung blieb, war der Moment, in dem ihre Tochter endlich das Bewusstsein zurückerlangte. Miho öffnete langsam die Augen und sah ihre Mutter traurig an, ehe sie sie wieder schloss und Tränen aus ihren Augenwinkeln rannen.

Asako kümmerte sich Tag und Nacht um ihre Tochter. Viele Tage vergingen, bis ihre Wunden zu heilen begannen. Aber Miho war nicht mehr dieselbe. Seit jener Nacht war sie zu einer Fremden geworden. Sosehr Asako sich auch bemühte, es war unmöglich, Miho zurückzugewinnen. Sie konnte ihre Tochter nicht einen Augenblick alleine lassen, da sie fürchtete, Miho würde erneut versuchen, sich umzubringen. Qualvoll verstrichen die Tage und Wochen. Kobayashi ließ sich nicht blicken, er hielt sich versteckt, weil er von Mihos Selbstmordversuch und Asakos Anzeige bei der Polizei gehört hatte.

Ganz gleich, wie müde sie war, Asako blieb nächtelang wach. Sobald sie die Augen zumachte, suchten die Bilder jener grauenhaften Nacht sie heim und hinderten sie daran, einzuschlafen. Also arbeitete Asako die dunklen Winternächte hindurch, mahlte Bohnen und wachte über ihre Tochter.

Mihos körperliche Wunden heilten, und sie wurde allmählich wieder gesund. Aber sie ging nicht länger zur Schule und sprach auch mit niemandem mehr als ein paar Worte. Den größten Teil des Winters verbrachte sie damit, auf den kahlen Kirschbaum im Vorgarten zu starren.

»Sobald deine rosa Blüten kommen, laufe ich weg«, sagte Miho leise zu dem Baum. »Ich werde dich in Erinnerung behalten, wenn du am schönsten bist. Nicht mit kahlen Ästen.« Miho stand auf und trat an den Baum heran. Sie fuhr mit der Hand über einen der äußeren Äste und brach einen Zweig ab. »Ich werde weit fortgehen, wo niemand mich finden kann. Vergiss mich. Ich werde niemals so schön blühen wie du.«

An einem schönen Tag Ende März, als ihre Mutter unterwegs war, um Tofu zu verkaufen, packte Miho eine Tasche mit Kleidern zusammen und nahm Geld aus Asakos Schrank. Nach einem langen Blick auf ihren Baum, der nun in vollster Blüte stand, ging sie aus dem Tor. Die rosa Kirschblüten tanzten durch die Luft, ehe sie wie Schnee im Frühling zu Boden fielen.

Dritter Teil

15

Nachdem Asako ihre Enkelin Yuki in die Vorschule gebracht hatte, schlenderte sie über den Markt. Trotz der morgendlichen Kälte waren die Gemüse-Händler, Metzger und Fisch-Händler emsig dabei, ihre Stände mit frischen Waren aufzubauen. Die Rollläden vor den Geschäften wurden hochgezogen, und die Inhaber kratzten das Eis von den Schaufenstern.

Asako kaufte ein paar frisch ausgenommene Makrelen von einem Fischhändler, der sich erfreut bei der ersten Kundin des Tages bedankte. Sie erstand auch ein paar Lotuswurzeln, die sie in Dashi – Fischbrühe – und Sojasoße kochen wollte. Anschließend nahm sie noch ein halbes Dutzend Eier für Tamagoyaki. Sie wusste noch, dass Miho das gerollt süßliche Omelette, sehr gern gegessen hatte, als sie in Yukis Alter gewesen war. Es war lange her, dass Asako für zwei gekocht hatte. Sie kam sich beinahe wie eine frischgebackene junge Ehefrau vor, die die erste Mahlzeit in ihrem neuen Heim zubereitete. Außerdem kaufte Asako ein dickes Malheft und die schönsten Buntstifte, die der Schreibwaren-Händler anzubieten hatte. Sich das Lächeln vorzustellen, das sich auf Yukis Gesicht ausbreiten würde, machte sie froh. Schließlich ging sie in ein Bekleidungsgeschäft, in dessen Auslage sie ein rotes Kapuzenmäntelchen gesehen hatte.

Frau Suzuki, die Inhaberin, begrüßte sie ein wenig überrascht. »Frau Tanaka, wie geht es Ihnen?« Sie verbeugte sich und kam hinter dem Ladentisch hervor, auf dem in mehreren Reihen ordentlich gefaltete bunte Kinderkleidung lag. »Sie waren ja schon lange nicht hier. Es ist schrecklich kalt draußen, nicht wahr?«

»Ja, viel zu kalt, um draußen auf dem Markt zu sitzen«, sagte Asako. »Aber ich versuche das zu vermeiden, indem ich frühmorgens ausliefere.«

»Da haben Sie recht«, sagte Frau Suzuki und kratzte sich am Kopf. »Ich sitze ja den ganzen Tag hier fest. Wie gehen denn die Geschäfte so? Tofu kaufen die Leute immer, ob es kalt ist oder nicht, nicht wahr?«

Asako hielt einen Moment inne, bevor sie antwortete. Sie schaute sich in dem kleinen Laden um. Es roch nach neuer Kleidung, nach Stärke und Färbemittel. »Ich mache nicht so viel Tofu wie manche anderen«, sagte sie. »Dafür verkaufe ich immer alles.«

»Bei mir geht das Geschäft ziemlich schleppend. Das liegt am Wetter, wissen Sie.« Frau Suzuki runzelte die Stirn und seufzte. Sie war in mittlerem Alter, und ihre dünnen, braun nachgezogenen Augenbrauen hingen trübselig herunter wie ihre Mundwinkel. »Viele Leute bleiben zu Hause, weil es so wenig Arbeit gibt. Sie haben kein Geld, das sie ausgeben können. Im Radio reden sie ständig davon, wie Japans Wirtschaft explodiert, aber ich weiß wirklich nicht, wohin das ganze Geld geht. Hier merkt man jedenfalls nichts davon.

Ich habe den ganzen Tag geöffnet, vom frühen Morgen bis zum Abend, auch wenn kaum Kundschaft kommt.«

»Kaufen die Leute denn nicht mehr Kleidung, wenn es kalt ist?«, fragte Asako.

»Das würde ich mir sehr wünschen, Frau Tanaka, aber es ist leider nicht der Fall.« Frau Suzuki lächelte bitter. »Ich verstehe nicht, warum noch jemand ein Bekleidungsgeschäft in dieser Gegend eröffnet hat. Haben Sie den neuen Laden weiter unten in der Straße gesehen?« Sie deutete in die Richtung. »Und sie haben so ausgefallenes Zeug. Niemand in diesem Viertel trägt so was.«

»Ach, Sie meinen, wo früher der Uhrenladen war?«, fragte Asako.

»Ja, genau. Der alte Uhrmacher musste schließen, weil er keinen Erben hatte. Das neue Bekleidungsgeschäft hat erst vor ein paar Monaten – im Herbst – eröffnet. Viele Leute kaufen jetzt dort, weil es neu ist, aber das wird nicht so bleiben. Es ist einfach zu teuer für diese Gegend. Wir sind ja nicht im Stadtzentrum, wissen Sie.« Frau Suzuki schüttelte den Kopf und fuhr fort: »Ich stamme aus diesem Viertel, und ich weiß, was die Leute mögen. Finden Sie nicht auch, dass dieser neue Laden zu modisch ist, Frau Tanaka? Für dieses Viertel. Habe ich nicht recht?«

»Nun, ich bin nur eine alte unwissende Frau und kenne mich mit solchen Dingen nicht aus«, sagte Asako mit einem entschuldigenden Lächeln.

»Glauben Sie mir, Frau Tanaka, ich kenne dieses Viertel wie meinen eigenen Handrücken. Sobald die Leute merken, dass der Stil des Ladens nicht hierher passt, kommen sie wieder zu mir. Und außerdem, wer aus unserem Viertel kann es sich leisten, eine so auffällige Garderobe zu tragen?«

Asako lächelte zustimmend. »Was meinen Sie, würde das rote Mäntelchen einem sechsjährigen Mädchen passen?« Asako zeigte auf den Mantel im Schaufenster.

»Ja, selbstverständlich!« Frau Suzuki verzog die schmalen Lippen zu einem Lächeln. »Soll es ein Geschenk sein?!«

Asako nickte.

»Ich habe es in allen Größen.« Sofort holte sie den Mantel aus der Auslage, um ihn ihrer ersten Kundin an diesem Tag zu zeigen. »Schauen Sie mal, das Futter ist gesteppt. 100 Prozent Nylon, unverwüstlich. Der Mantel ist sehr warm und hat eine abnehmbare Kapuze.« Stolz demonstrierte die Inhaberin, wie der Reißverschluss an der Kapuze funktionierte.

»Er soll für meine Enkelin sein.« Asako mied den Blick der Ladenbesitzerin.

»Sie meinen Mihos …?« Frau Suzuki brach mitten im Satz ab und setzte rasch ein gekünsteltes Lächeln auf. »Ein reizender Mantel, nicht wahr? Der hübscheste, den ich in dieser Saison habe. Dabei ist er nicht einmal teuer. In dem Laden da unten müssten sie für etwas Ähnliches fast das Doppelte rechnen.«

»Ich nehme ihn«, sagte Asako und reichte Frau Suzuki den Mantel. »Ach ja, und sie braucht auch neue Unterwäsche und Socken.«

»Sie ist sechs Jahre alt, sagen Sie. Natürlich, da habe ich etwas sehr schön Warmes.« Die Inhaberin holte eine Garnitur rosafarbener Winterunterwäsche und zeigte sie Asako. »Die wird sie bestimmt warm halten. Dann gebe ich Ihnen noch drei Paar Socken zum Preis von zwei. Das ist mein Geschenk an Ihre Enkelin.«

»Das ist sehr nett von Ihnen, aber nicht nötig, Frau Suzuki.«

»Ich weiß, Sie sind immer so höflich, Frau Tanaka, aber das Geschenk wird mir Glück bringen.« Frau Suzuki zeigte Asako die drei Paar Socken, bevor sie sie in Seidenpapier einwickelte.

»Vielen Dank.« Asako verbeugte sich.

Die Ladenbesitzerin packte alles in eine Papiertüte und reichte sie Asako. »Der Mantel wird die Kleine den ganzen Winter warm halten. Kommen Sie mit ihr her, falls er nicht passt. Ich tausche ihn Ihnen jederzeit um.«

Die beiden Frauen tauschten noch einige Verbeugungen, und die Inhaberin brachte Asako an die Tür.

»Ich hoffe, Sie beehren mich bald wieder, Frau Tanaka.« Sie lächelte dankbar. »Nächsten Monat bekomme ich die neuen Modelle. Bitte, kommen Sie doch einmal mit Ihrer Enkelin vorbei, ja?«

Statt einer Antwort verbeugte sich Asako und verließ das Geschäft. Ein kalter Luftzug wehte hinein, bevor Frau Suzuki die Türe schloss. Während sie noch einmal die Scheine zählte, die Asako ihr gegeben hatte, dachte sie an das kleine Mädchen, das den roten Mantel tragen würde.

Wie jeden Tag mahlte Asako den ganzen Tag Sojabohnen. Heute war sie allerdings etwas aufgeregt, weil sie sich so darauf freute, Yuki abzuholen und ihr den roten Mantel anzuprobieren. Immer wieder wanderte ihr Blick zu den Einkaufstüten mit Yukis neuer Kleidung und den Schulsachen. Allein die Vorstellung, wie sehr Yuki sich freuen würde, wenn sie die Geschenke auspackte, versetzte Asako in heitere Stimmung.

Sobald sie aus der Vorschule zu Hause ankamen, ließ Asako Yuki die neuen Sachen anprobieren.

»Ist er warm?«, fragte sie, als sie ihrer Enkelin die Kapuze über den Kopf zog.

»Ja, schön warm!« Yuki kuschelte sich in ihren Mantel. »Mit diesem Mantel könnte ich in einem Eishaus wohnen.«

Asako lächelte zufrieden.

»Hast du gewusst, Oma, dass manche Leute in Häusern aus Eis wohnen? Sie schneiden das Eis in Blöcke und machen Häuser daraus. Und sie schlafen auf einem Boden aus Eis. Das habe ich mit Makiko im Fernsehen gesehen.«

»Warum benutzen sie denn kein Holz?«, fragte Asako unschuldig wie ein Kind.

»Weil sie keine Bäume haben, Oma«, sagte Yuki. »Sie leben in einem Land, in dem es nur Eis gibt.«

»Nur Eis? Sonst nichts?« Asako riss die Augen auf.

»Ja, nur Eis. Sonst gibt es dort nichts.« Yuki nickte nachdrücklich. Ihr Gesicht war halb von der Kapuze verdeckt. »Weil es so kalt ist, können dort keine Bäume wachsen. Nichts kann dort wachsen.«

»Und was essen die Leute dann?«

»Sie schlagen ein Loch ins Eis und fangen Fische. Sie essen sie sogar ohne Sojasoße.«

»Ohne Sojasoße?«, wiederholte Asako stirnrunzelnd. »Essen sie Reis dazu?«

»Nein, es ist zu kalt, um Reis anzupflanzen. Und selbst wenn sie welchen hätten, könnten sie ihn nicht kochen. Ihr Haus würde schmelzen.«

»Das klingt ja schrecklich, Yuki. Wo um alles in der Welt leben diese armen Menschen?«

»Im Norden, ganz weit entfernt von hier. Und sie können nicht weg, weil sie nicht fliegen können.« Yuki streifte die Kapuze zurück, und ihr pfirsichförmiges Gesichtchen kam zum Vorschein. »Siehst du? Deshalb muss ich fliegen lernen wie diese Frau im Fernsehen.« Yuki ahmte nach, wie die Frau sich zum Abflug bereit machte. »Sie spannt einfach ihren Schirm auf, und schon fliegt sie. Wohin sie möchte. Wenn diese armen Eismenschen fliegen könnten, würden sie an warme Orte fliegen und alles essen, was sie wollen.«

Da fiel Asako etwas ein, sie lächelte und nahm ein Mochi mit süßen roten Bohnen aus der Tasche.

»Iss es gleich auf, Yuki«, sagte Asako.

»Oh, lecker, ein Mochi mit süßen roten Bohnen!« Yuki klatschte übermütig in die Hände und nahm das Reisklößchen.

»Heute Abend gibt es gegrillte Makrele – mit Sojasoße«, fügte Asako hinzu.

»Oma, kannst du dir vorstellen, wie es ist, in einem Eishaus zu wohnen und Fisch ohne Sojasoße zu essen?«, fragte Yuki, fröhlich kauend. »Und niemals Mochi?«

Asako schüttelte mit einem leichten Lächeln den Kopf. Yuki schaute sich in dem kargen Zimmer um, in dem sie sich bereits zu Hause fühlte.

»Und was ist da drin, Oma?« Yuki zeigte auf eine andere braune Tüte.

»Oh, das ist auch für dich«, sagte Asako. »Schau mal nach.«

Yuki strahlte vor Freude, als sie ihr neues Malbuch und die Buntstifte auspackte. Sie hielt den Buntstiftkasten mit beiden Händen fest, bevor sie ihn öffnete, als wäre er eine Schatzkiste. »So viele Farben!«, rief sie aufgeregt. »Kann ich gleich etwas malen, Oma?«

»Natürlich, Yuki. Ich muss jetzt sowieso die Tofu-Kästen einsammeln gehen. Ich bin bald zurück. Mal, so viel du willst.«

Asako erhob sich und nahm ihren dicken grauen Mantel, der sie seit vielen Jahren in rauen Wintern schützte. Yuki hatte zur gleichen Zeit ihren roten Wintermantel ausgezogen und ihn in eine Ecke des Zimmers gelegt, weit fort von dem Messingöfchen. Mit einem letzten Blick auf ihre Enkelin zog Asako die Tür hinter sich zu. Yuki hatte bereits angefangen zu malen. Sie lag auf dem Bauch und strampelte übermütig mit den Beinen.

Asako schob ihren leeren Karren vor ein kleines Lokal mit einem Schild, auf dem der Name Satagaya stand. Als Asako durch die vordere Schiebetür trat, ertönte ein Messingglöckchen im noch leeren Restaurant.

Wie eine Katze, die gegrillten Fisch wittert, stürzte Kyoko Sasaki, die Inhaberin, in den Gastraum, in dem nur ein paar Holztische standen. Sie gab sich keine Mühe, ihre Enttäuschung zu verbergen, als sie sah, dass es nur die alte Tofu-Händlerin war. Frau Sasaki trug einen dunkelbraunen Winterkimono mit einem Muster aus orangefarbenen und senfgelben Schneeflocken. Ihr Haar hatte sie zu einer hohen Frisur aufgetürmt, die ihren gepuderten Nacken frei ließ. Ihr Gesicht war wie üblich von einer Schicht aus weißem Talkumpuder bedeckt. Sie trug einen grell orangefarbenen Lippenstift, der die Gelbfärbung ihrer Zähne unvorteilhaft zur Geltung brachte.

»Frau Tanaka, ich habe gehört, Ihre Enkelin wohnt jetzt bei Ihnen«, flötete die Gastwirtin mit der hohen Stimme, die ihr Markenzeichen war.

»Wo haben Sie das gehört?«, fragte Asako, außerstande, ihr Erstaunen zu verbergen.

»Ach, Sie wissen doch, wie es in diesem Viertel ist«, sagte

Frau Sasaki, während sie an ihrer Bienenkorbfrisur herumnestelte, obwohl sie unverrückbar auf ihrem Kopf saß. »So leicht wird hier keine Neuigkeit alt.«

»Wie schnell so was die Runde macht«, stotterte Asako.

»Ich weiß!«, quiekte die Wirtin und traf dabei einen besonders hohen Ton. »Ich finde ja auch immer, die Leute sollten sich mehr um ihre eigenen Angelegenheiten kümmern«, erklärte sie streng, als würde sie selbst sich niemals am Klatsch beteiligen.

»Frau Sasaki, könnten Sie bitte die Rechnungen vom letzten Monat begleichen?«, wechselte Asako rasch das Thema. »Neuntausend Yen.«

»Oh, so viel?«, quiekte Frau Sasaki wieder, aber ihre Wangen blieben kalkweiß. »Ich dachte, ich hätte letzten Monat weniger bestellt. Stimmt dieser Betrag wirklich?«

»Ich habe alle Ihre Bestellungen gesammelt«, sagte Asako. Sie zog ein Stück Papier hervor, in das kleine Stäbe in Fünfer-Bündeln gewickelt waren, und begann zu zählen. »Schauen Sie her, Frau Sasaki.«

»Ja, ja, Frau Tanaka, ist ja schon gut. Ich weiß, dass Sie immer korrekt sind. Neuntausend Yen, sagten Sie?«

Frau Sasaki zog eine Börse aus dem Ausschnitt ihres farbenfrohen Kimonos, und Asako steckte ihre Rechnung wieder zurück in ihren mausgrauen Mantel. Die Gastwirtin zählte die Geldscheine zweimal durch, wobei sie ihre orangefarbenen Lippen bewegte, und reichte sie Asako.

»Bei dem Wetter haben wir weniger Gäste.« Frau Sasaki stieß einen theatralischen Seufzer aus, der gut zu ihrer Schminke passte. »Und es sieht auch nicht so aus, als würde es bald wärmer. Wie soll ich das nur überstehen?«, klagte sie in Mitleid heischendem Ton.

»Soll ich Ihnen dann lieber weniger bringen?«, fragte Asako.

»Nein, nein!« Frau Sasaki winkte ab. »Das Wetter wird früher oder später wieder besser. Und die Leute müssen essen, ganz gleich, wie kalt es ist, nicht wahr? Bitte, liefern Sie mir die gleiche Menge wie immer.« Sie lächelte breit und legte die besorgte Miene ab, die sie gerade noch gezeigt hatte.

»Mache ich«, erwiderte Asako leichthin. Sie hatte schon einige Erfahrung mit Frau Sasakis unnötigen Sorgen und wusste, wie man sie zerstreute. Nach einer höflichen Verbeugung ging sie zur Tür und richtete ihr Kopftuch.

»Frau Tanaka, warten Sie einen Moment!«, rief Frau Sasaki ihr nach, als sie die Tür öffnen wollte.

Asako drehte sich um.

»Nun.« Die Gastwirtin zögerte. »Eigentlich soll ich Ihnen gar nichts davon erzählen, aber …«

»Worum geht es denn?«

Frau Sasaki nestelte wieder an ihrem Bienenkorb herum, bevor sie fortfuhr. »Sie werden es früher oder später sowieso herausfinden, also kann ich es Ihnen auch sagen.«

Asako fragte sich, was hinter Frau Sasakis seltsamem Verhalten stecken mochte, und kam wieder näher.

»Miho war gestern Nacht hier«, verkündete die Gastwirtin und ließ Asako dabei nicht aus den Augen.

»Wie … wie bitte?«

»Ich sagte, Miho war gestern Nacht hier«, sagte Frau Sasaki noch einmal lauter.

Asakos Herz wurde schwer wie ein Stein, als sie den Namen ihrer Tochter hörte. »Mi…Miho war hier?«

»Geht es Ihnen gut, Frau Tanaka?«

Asako nickte, sichtlich bestürzt. »Was hat sie gesagt?« Sie

blickte zu Frau Sasaki auf, die mindestens dreißig Zentimeter größer war als sie, vor allem wenn man den Bienenkorb auf ihrem Kopf mitrechnete.

»Sie hat mich mitten in der Nacht geweckt, ich hatte schon fest geschlafen. Ich dachte, es wäre ein Einbrecher, so hat sie mich erschreckt.«

»Frau Sasaki, was hat Miho gesagt?«, fragte Asako ungeduldig.

»Also ...« Die Gastwirtin zuckte leicht mit den Schultern, bevor sie weitersprach. »Sie sagte, ich solle die Leute von der Adoptionsagentur zu Ihnen schicken, wenn sie kämen, um Ihre Enkelin abzuholen.«

»Sie will Yuki adoptieren lassen? Hat sie das wirklich gesagt?«

»Ja, aber sie meinte, es könnte eine Weile dauern. Vielleicht im Frühjahr oder Sommer.« Als Frau Sasaki sah, wie Asako missbilligend den Kopf schüttelte, fügte sie rasch hinzu: »Ich habe gehört, Ihre Enkelin soll zu einer sehr reichen Familie nach Amerika kommen. Vielleicht ist es besser für sie, als hier in Japan ohne Vater aufzuwachsen.«

»Was für ein Unsinn!«, schrie Asako. »Ich schicke meine Enkeltochter doch nicht in ein anderes Land. Ich werde selbst für sie sorgen.«

Frau Sasaki war sprachlos. Einen solchen Ausbruch hätte sie von Asako nie erwartet.

»Frau Tanaka, seien Sie mir nicht böse, ich erzähle Ihnen ja nur, was Miho gesagt hat. Aber bedenken Sie doch: Es könnte besser für die Kleine sein. Denken Sie an ihre Zukunft. Wie lange können Sie in Ihrem Alter noch für sie sorgen? Wie ich gehört habe, ist die Kleine erst sechs Jahre alt.«

Asako antwortete nicht. Sie wusste, dass Frau Sasaki nicht

ganz unrecht hatte, aber Amerika? Ihr wurde übel. Es fühlte sich an, als hätte sie eine Handvoll Sand geschluckt.

»Hat Miho eine Adresse hinterlassen?«, fragte Asako, ohne Frau Sasaki anzusehen. »Hat sie gesagt, wann sie zurückkommt?«

»Sie hat gesagt, sie ginge ins Ausland, aber nicht, wohin. Meinen Sie, sie geht nicht nach Amerika?«

Asako erinnerte sich an ihre Unterhaltung mit Yuki über das ferne Land, wo eine reiche Maus mit einem tollpatschigen Haushund in einem großen Haus lebte.

»Es klang, als wäre sie auf der Flucht. Sie ist ganz bestimmt in Schwierigkeiten«, fügte Frau Sasaki hinzu. »Natürlich hat sie mir keine Einzelheiten erzählt. Sie wissen ja, wie Miho ist.«

Asako schwieg und dachte an Miho.

»Niemand kann seinem Karma entkommen«, sagte die Gastwirtin und schnalzte mit der Zunge. Es klang, als wäre ein Gedanke, den sie eigentlich für sich behalten wollte, ihr aus Versehen entschlüpft.

»Was soll das heißen?«, herrschte Asako sie außergewöhnlich angriffslustig an.

»Nun, denken Sie doch an Mihos Leben. Es ist so tragisch. Sie war so ein liebes Mädchen, bis …«

»Ich muss gehen.« Asako ging zur Tür, noch ehe Frau Sasaki ihren Satz vollenden konnte. Sie wollte nicht dort stehen und zuhören, wie diese törichte Frau mit der Zunge schnalzte und über Miho sprach.

»Frau Tanaka, bitte, soll ich die Leute von der Adoptionsagentur zu Ihnen bringen, wenn sie kommen? Ich möchte Sie nicht verärgern, wenn ich mit ihnen auftauche«, rief sie Asako hinterher.

An der Tür hielt Asako inne, aber sie drehte sich nicht mehr um. Reglos stand sie da, als wäre sie im Türrahmen zu Eis erstarrt.

»Miho sagte, es würde wenigstens ein paar Monate dauern. Sie kommen erst im Frühling oder im Sommer«, sagte Frau Sasaki. »Bis dahin können Sie doch noch eine ganze Weile mit Ihrer Enkelin zusammen sein. Sie müssen das als Vorteil sehen.«

»Bitte, bringen Sie die Leute zu mir, sobald sie kommen«, sagte Asako. »Entschuldigen Sie all diese Umstände, Frau Sasaki.« Asako machte eine Pause, bevor sie sagte: »Und bitte, sprechen Sie mit niemandem über Miho. Ich bitte Sie.«

Bevor Frau Sasaki noch etwas sagen konnte, verließ Asako das leere Restaurant. Im gleichen Moment betrat ein Mann mittleren Alters das Lokal.

Frau Sasaki setzte ein breites Lächeln auf und begrüßte den Gast in den höchsten Tönen. Es war, als hätte sie ihr Gespräch mit Asako völlig vergessen.

»Herzlich willkommen, Herr Inoue. Haben Sie Ihr Geschäft heute schon zugemacht? Einmal Udonsuppe mit Tempura wie immer?«, fragte sie aufgeräumt, während sie ihm aus dem Mantel half.

Der frühe Abendgast setzte sich an einen Tisch nahe der Heizung und beobachtete, wie Frau Sasaki seinen Mantel und Hut an die Garderobe hängte. Herr Inoue hatte eine kleine Schneiderei um die Ecke und war der bestangezogene Mann im Viertel. Nicht dass er besonders elegant gewesen wäre, aber niemand in der Nachbarschaft trug im Alltag maßgeschneiderte Anzüge und Filzhüte.

»Ayumi, einmal Tempura-Udon!«, rief Frau Sasaki in die

Küche und setzte sich mit dem rätselhaften Lächeln einer alten Geisha Herrn Inoue gegenüber.

»War das nicht eben Frau Tanaka? Sie sah gar nicht gut aus. Stimmt etwas nicht mit ihr?«, fragte Herr Inoue, während er zusah, wie Frau Sasaki ihm einen Becher heißen Ocha einschenkte.

Frau Sasaki stellte die Kanne mit grünem Tee ab, setzte eine dramatische Miene auf und seufzte gekünstelt. »Die arme alte Frau …« Sie presste die orange geschminkten Lippen aufeinander. »Sie muss in ihrem früheren Leben etwas Furchtbares getan haben.«

»Wie meinen Sie das?«, fragte Herr Inoue und steckte sich eine Zigarette an.

»Sie kennen doch die Geschichte von ihrem zweiten Mann, diesem verrückten Schurken, der dauernd im Gefängnis war«, sagte Frau Sasaki.

»Der Yakuza? Ich habe den Mann nie gesehen. Er war schon weg, als ich mein Geschäft hier eröffnet habe, aber ich habe eine Menge über ihn gehört. Kam er nicht ins Gefängnis, weil er seinen Vermieter ermordet hatte?«

»Ja, natürlich. Und das war nicht das einzige Verbrechen, für das sie ihn eingesperrt haben.« Sie näherte sich Herrn Inoue mit ihrem weißen Gesicht. »Er hat auch Miho vergewaltigt, als sie noch ein junges Mädchen war«, flüsterte sie hörbar.

»Also stimmt das wirklich? Ich glaube, ich habe schon einmal davon gehört.«

»Ja, natürlich. Deshalb ist Miho doch von zu Hause weggelaufen.«

»Das Mädchen soll versucht haben, sich umzubringen.«

»Aber ja doch!«, rief Frau Sasaki. »Deshalb musste Frau

Tanaka eine Anzeige bei der Polizei machen. Sie hat der Polizei auch gesagt, dass ihr Mann einige Jahre davor ihren alten Vermieter ermordet hatte. Sie hätte ihn längst anzeigen müssen.« Obwohl die Stimme der Gastwirtin sich so drastisch hob und senkte, saß Herr Inoue ruhig da und blies lange Rauchwolken an die Decke.

»Und warum hat sie das nicht getan?«, fragte er.

»Sie hatte zu große Angst. Alle hatten Angst vor dem, und sie und ihre Tochter besonders. Miho wollte nie nach Hause. Ich habe dem armen Kind oft erlaubt, hier die Zeit totzuschlagen.« Sie sah vor sich, wie die kleine Miho allein an einem der Tische im Lokal saß. »Wenn er betrunken war, hat er immer gedroht, Frau Tanaka und Miho umzubringen. Das ist Jahre her, aber ich weiß noch, dass Frau Tanaka ständig Verletzungen und blaue Flecke hatte, als sie noch mit diesem Tier zusammenlebte.«

»Gefängnis ist nicht genug für so einen. Solcher Abschaum hat die Todesstrafe verdient«, sagte Herr Inoue.

Während des gesamten Gesprächs sprach keiner von beiden den Namen Shigeru Kobayashi aus, als fürchteten sie, ihn dadurch aus irgendeinem Loch hervorzulocken und Unglück und Elend über sich zu bringen.

»Ich bin ganz Ihrer Meinung.« Frau Sasakis dunkle Augen sprühten leidenschaftlich. »Er verdient es, ebenso zu sterben wie die Menschen, die er getötet hat. Warum sollte er am Leben bleiben, wo er so viele umgebracht hat?«

Herr Inoue, der noch immer an seiner Zigarette zog, nickte wortlos.

»Ich bin Witwe«, fuhr Frau Sasaki fort. »Ich habe selbst eine Tochter, aber wenn ich an Frau Tanaka denke, kriege ich richtig Angst, mich wieder zu verheiraten. Wie konnte sie nur diesen schrecklichen Kerl heiraten?« Die Wirtin zog die Mundwinkel herunter wie ein trauriger Clown. »Was in aller Welt hat sie sich dabei nur gedacht?«

»Wir kennen nicht die ganze Geschichte«, erwiderte der Schneider.

»Sie ist eine so arme Frau. Ihr Leben war eine einzige Qual. Jetzt hat auch noch ihre arme Tochter ihr schlechtes Karma geerbt. Was gibt es da noch zu wissen?«

»Es ist nicht Frau Tanakas Schuld, oder?«, sagte Herr Inoue so mitleidig, als ginge es um seine eigene Schwester. »Die arme Frau lebt allein und arbeitet in ihrem Alter noch immer Tag und Nacht.«

»Ich weiß. Deshalb bin ich auch überzeugt, dass ihr Unglück etwas mit einem früheren Leben zu tun haben muss.« Frau Sasaki hielt einen Moment inne, als ihr Gast seine Zigarette in einem Porzellanaschenbecher ausdrückte. »Schlechtes Karma verfolgt einen Menschen bis ins nächste Leben«, sagte sie.

Herr Inoue blies den letzten Rauch durch die Nase aus. »Vielleicht haben Sie recht«, pflichtete er ihr bei. »Die alte Frau bezahlt sicher für etwas, das sie in einem früheren Leben getan hat.«

»Da ist es kein Wunder, dass sie so furchtbar alt geworden ist. Aber hätte sie doch bloß diesen Wahnsinnigen, der Miho vergewaltigt hat, nicht geheiratet.« Frau Sasaki schüttelte den Kopf und zog ihr metallenes Zigarettenetui aus dem Ausschnitt ihres Kimono. »Wie konnte er seine eigene Stieftochter vergewaltigen? Miho war noch ein Kind. Erst vierzehn. Ich kann es ihr nicht verdenken, dass sie von zu Hause fortgelaufen ist. Ich wäre auch verrückt geworden. Das arme Mädchen.«

»Aber Frau Tanaka ist auch ein Opfer. Vielleicht hat sie sogar am meisten gelitten.« Er beobachtete, wie Frau Sasaki geziert eine Zigarette aus dem Etui nahm und sich zwischen die Lippen steckte.

»Ich weiß, aber trotzdem«, sagte sie hinter der noch nicht brennenden Zigarette. »Miho gibt ihrer Mutter die Schuld, weil sie den Kerl geheiratet hat.« Frau Sasaki neigte den Kopf der Flamme entgegen, die Herr Inoue ihr anbot. Sie sah zur Decke, während sie inhalierte. »Miho war so ein liebes Mädchen. Sie folgte mir, als wäre ich ihre große Schwester. Sie war immer bei uns im Lokal und hat auf Ayumi aufgepasst, als sie noch ein Baby war.«

»Das Ganze ist wirklich außerordentlich tragisch«, sagte Herr Inoue kopfschüttelnd.

»Ich dürfte Ihnen das gar nicht verraten, aber …« Frau Sasaki warf einen Blick zur Tür, um sich zu vergewissern, dass Asako nicht noch einmal zurückgekommen war. »Miho ist letzte Nacht hier gewesen.«

»Wirklich?«

Frau Sasaki senkte die Stimme zu einem Flüstern. »Ich hätte sie fast nicht erkannt. Für eine so junge Frau sieht sie entsetzlich alt aus. Ich habe in ihrem Alter nie so ausgesehen. Aber wissen Sie, die Leute sagen auch immer, dass ich gar nicht altere«, sagte sie und strich sich sacht mit den Händen über das Gesicht. »Jedenfalls hat Miho mich mitten in der Nacht aufgesucht.«

»Und was hat sie gesagt?« Herr Inoue klang ungeduldig.

»Sie sagte, sie habe ihre sechsjährige Tochter für eine Weile bei Frau Tanaka gelassen. Angeblich soll die Kleine später von einer reichen amerikanischen Familie adoptiert werden.«

»Einer Familie in Amerika?«

»Pscht!« Frau Sasaki legte den Finger auf ihre Lippen. »Von mir haben Sie das nicht.«

»Warum denn so weit fort? Warum schickt sie sie ausgerechnet nach Amerika?« Er senkte die Stimme. »Warum kann nicht Frau Tanaka für ihre Enkelin sorgen?«

»Und wer soll sich um das Mädchen kümmern, wenn Frau Tanaka zu alt ist, um sich um sich selbst zu kümmern?«

»Das ist wahr.« Der Schneider machte ein nachdenkliches Gesicht.

»Es muss einen guten Grund geben, warum Miho sich entschieden hat, sie nach Amerika zu schicken«, sagte Frau Sasaki. »Miho schien so gehetzt, als wäre jemand hinter ihr her. Es ist bestimmt eine verzwickte Geschichte, aber sie hat mir erzählt, sie stünde in Verbindung mit jemandem in Amerika oder so etwas.« Sie änderte die Position ihrer Beine unter dem Tisch. »Ganz gleich, was das für eine Geschichte ist, ich würde es am besten für das Mädchen finden, nach Amerika zu gehen und dort ein neues Leben anzufangen.«

Herr Inoue schüttelte den Kopf. »Das klingt alles sehr seltsam. Sie lädt ihr Kind einfach bei ihrer alten Mutter ab und sagt ihr nicht, warum? Das ergibt doch keinen Sinn.«

Frau Sasaki zog die Stirn in Falten. »Ich weiß, dass Miho seit Jahren nicht mit ihrer Mutter gesprochen hat. Es ist eine sehr traurige Geschichte, und ich weiß eigentlich auch nicht, für wen ich Partei ergreifen soll«, sagte sie. »Warum muss ich die Überbringerin solcher Nachrichten sein?«

»Sie hätte ihrer Mutter das mit der Adoption selbst sagen müssen«, sagte Herr Inoue. »Warum sollte sie so etwas Ihnen erzählen und ihre eigene Mutter im Dunkeln lassen?«

»Sie kennen ja die verworrene Geschichte. Das Verhältnis zwischen Mutter und Tochter ist überschattet, zumindest in diesem Leben.«

»Egal, was die Vorgeschichte ist, ich finde es keine gute Idee, das Mädchen nach Amerika zu schicken«, sagte Herr Inoue bestimmt.

»Und warum nicht? Offenbar hat das Kind keinen Vater, und wer weiß, womit Miho ihr Geld verdient. Was hat das Kind hier in Japan zu erwarten?« Frau Sasaki beendete ihren Gedankengang gerade, als ihre Tochter mit einem Bambustablett, auf dem eine Schale Nudelsuppe stand, aus der Küche kam. »Womöglich wäre die Kleine ja in Amerika viel besser dran«, fügte sie hinzu. »Und ihr schlechtes Karma kann ihr über diese Entfernung nicht folgen.«

Frau Sasakis halbwüchsige Tochter stellte die kochend heiße Schüssel mit Udon auf den Tisch, während Herr Inoue ihr liebevoll zusah.

»Vielen Dank, Ayumi. Die Suppe sieht köstlich aus. Du machst inzwischen sicher bessere Udon als deine Mutter«, sagte Herr Inoue und grinste mit vorstehenden Zähnen.

Seine Augen folgten Ayumi, als sie in die Küche zurückging, während Frau Sasaki alles mit wachsamem Blick registrierte. Herr Inoue wurde wieder ernst und begann, laut seine Suppe zu schlürfen. Dabei blies er den Dampf auf die ihm gegenübersitzende Frau Sasaki.

Nachdem Großmutter und Enkelin ihr erstes Abendessen zusammen genossen und die gegrillte Makrele ganz verzehrt hatten, malte Yuki weiter mit ihren neuen Buntstiften. Asako machte sich schweigend daran, ihre Sojabohnen zu mahlen. Hin und wieder warf sie einen Blick auf ihre Enkelin. Ihre Gedanken flossen in ihrem Kopf ineinander wie die Motive auf einem abstrakten Tuschebild. Ihr Gespräch mit Frau Sasaki hatte sie ernstlich verstört, und die Vorstellung, Yuki einer amerikanischen Familie überlassen zu müssen, beunruhigte sie sehr.

Asako konnte nicht fassen, was Miho getan hatte. Wie konnte sie ihre eigene Tochter zur Adoption freigeben? Sie so weit fort nach Amerika schicken? Wie konnte Miho Yuki so anlügen und ihr sagen, sie würde zurückkommen und sie holen, wo sie sie schon einer reichen amerikanischen Familie versprochen hatte? Wie sollte das arme Kind ein normales Leben führen, sobald ihm klar wurde, dass seine eigene Mutter es im Stich gelassen hatte? In Gedanken stieß Asako zu dem Grund vor, weshalb Miho kein normales Leben führen konnte. War dies der Keim des Leidens, den Yuki nun von ihrer Mutter eingepflanzt bekäme? Asako begann über ihre eigene Mutter und sich selbst nachzudenken. Wann würde all das je ein Ende finden?

Während Asako sich zwischen ihrer Arbeit und ihren Sorgen hin- und herbewegte, war Yuki mit dem Kopf auf ihr Malheft gesunken und eingeschlafen. Asako nahm sie und legte sie auf den Futon. Sie schob ein Kissen unter Yukis Kopf und strich ihr das Haar aus dem Gesicht. Sie beobachtete, wie Yuki mit jedem Atemzug in tieferen Schlaf sank, und hielt dabei ihre von den Buntstiften rot und schwarz verschmierte Hand.

Asako betrachtete Yukis noch unvollendetes Bild. Ein Mädchen in einem roten Mantel schwebte an einem großen schwarzen Schirm am Himmel. Es grinste von einem Ohr zum anderen und hielt seine Füße eng zusammen, als wären sie mit einer unsichtbaren Schnur gefesselt. Direkt unter dem fliegenden Mädchen stand ein einsames Haus, das die Form eines Halbmondes hatte, inmitten einer grauen Ödnis.

16

Frau Nakamura schritt durch den leeren Schulkorridor auf Fräulein Murakami zu. »Sie haben wohl heute Abend wieder eine Verabredung?«, neckte die Rektorin die junge Lehrerin, die sich vor einem Spiegel die Lippen schminkte.

Fräulein Murakami stopfte ihren Lippenstift hastig in ihre Manteltasche und verbeugte sich vor ihrer Vorgesetzten, die schmunzelnd vor ihr stand. Sie lächelte verlegen.

»Seien Sie nicht so schüchtern. Ich hatte auch einige Liebeleien, als ich in Ihrem Alter war, auch wenn man sich das jetzt vielleicht schwer vorstellen kann.« Die Rektorin kicherte und warf einen Blick in den Spiegel. Neben der hübschen jungen Lehrerin stand eine Frau mit allen äußeren Anzeichen des beginnenden Alters. »Wird es denn bald eine Hochzeit geben, Fräulein Murakami?«, fragte die Rektorin.

»Oh, nein.« Die jüngere Frau schüttelte errötend den Kopf. »Es ist noch zu früh.«

»Wie meinen Sie das – zu früh? Sie treffen sich doch nun schon seit fast einem Jahr mit diesem Herrn. Sie sollten sich entscheiden, bevor es zu spät ist.«

Fräulein Murakami hob kurz die Achseln und senkte mit einem verlegenen Lächeln den Blick. »Wir gehen im Augenblick nur miteinander aus. An Heirat denken wir noch nicht«, sagte sie.

»Glauben Sie nicht, dass Sie für immer jung bleiben. Ehe Sie sich versehen, sind Sie vielleicht die letzte Frau Ihres Alters, die noch ledig ist, und die Leute nennen sie ›altes Fräulein‹, statt nur ›Fräulein‹.« Die Rektorin lachte über ihren Scherz.

Fräulein Murakami stimmte ein. »Aber ich muss doch warten, bis er mich fragt.«

»Ja, natürlich.« Die Rektorin nickte. »Vielleicht ist er zu schüchtern? Aber Sie müssen anfangen, mit ihm über die Zukunft zu sprechen. Wie gesagt, Sie werden nicht jünger.«

Es lag eigentlich auch nicht an Fräulein Murakami. Sie konnte sich vorstellen, Ehefrau und Mutter zu sein, einen eigenen Haushalt und eine Familie zu haben. Aber ihr Freund Koichi Watanabe äußerte häufig sein Bedürfnis nach Freiheit und Unabhängigkeit und zögerte, die Rolle einzunehmen, die die Gesellschaft von ihm erwartete. Sie wusste, dass Koichi sein Studium absichtlich in die Länge zog, um sich davor zu drücken, Firmenangestellter zu werden wie jedermann. Er sagte ihr immer wieder, er könne die Vorstellung nicht ertragen, so zu werden wie alle anderen. Er verschlang die Werke von Camus, Sartre, Nietzsche, Schopenhauer und Kierkegaard, Kafka und Dostojewski. Und er verabscheute die »Gruppenmentalität« der japanischen Gesellschaft, wie er es nannte. Es waren Koichis fortschrittliche Ansichten und sein scharfer Verstand, die sie als Erstes angezogen hatten. Doch allmählich stellte sie fest, dass es für sie wahrscheinlich keinen dauerhaften Platz in seiner Welt gab.

»Ich glaube, er hat im Augenblick anderes im Kopf, als zu heiraten«, sagte Fräulein Murakami. »Er macht in diesem Jahr sein Magisterexamen und hat sich noch nicht entschlossen, was er als Nächstes tun wird. Vielleicht wird er sein Studium fortsetzen und irgendwo im Ausland seinen Doktor machen, sagt er.«

»Im Ausland?« Frau Nakamura riss die schmalen Augen auf. »Ich hoffe, das bedeutet nicht, dass Sie mit ihm gehen müssen.«

»Bislang ist noch nichts entschieden. Er muss ja erst den Magister machen und Geld verdienen, wenn er im Ausland studieren will. Auch ich muss mir noch überlegen, was ich mit meinem Leben anfangen will.« Fräulein Murakami nickte leicht, als sei sie mit all dem einverstanden.

»Nun, wenn er noch im Ausland studieren möchte, ist es etwas anderes. Andernfalls sollte er sich eine Stelle suchen, damit er mit Ihnen eine Familie gründen kann. Sie haben ja bereits einen Beruf, der Ihnen gefällt. Eigentlich steht Ihnen beiden nichts im Wege.«

Fräulein Murakami schüttelte lächelnd den Kopf.

»Aber wieso denn nicht heiraten? Sie haben doch sicher nicht vor, Ihr ganzes Leben lang ledig zu bleiben?«

»Ich finde nicht, dass eine Ehe das wichtigste Ziel jeder jungen Frau sein sollte«, sagte Fräulein Murakami und merkte, dass sie sich wie ihr Freund anhörte.

»Natürlich ist das nicht das einzige Ziel, aber eine Familie zu gründen, ist doch wichtig, meinen Sie nicht?« Die Rektorin erkannte die Ratlosigkeit im Gesicht der jungen Lehrerin. »Fräulein Murakami, ich möchte Sie natürlich nicht über Ihr persönliches Leben belehren. Aber als die Ältere von uns beiden fühle ich mich verpflichtet, Sie zu beraten.

Vielleicht wie eine Art ältere Schwester oder eine Mutter. Ich hoffe, Sie halten mich nicht für eine neugierige alte Frau«, sagte Frau Nakamura entschuldigend.

»Nicht im Geringsten. Ich verstehe und schätze Ihre Fürsorge.«

»Ich bin froh, dass Sie so denken.« Die Rektorin sah wirklich erfreut aus. »Nehmen Sie zum Beispiel Frau Tanaka. Die arme alte Frau hat niemanden. Jetzt hat sie nur ihre Enkeltochter, ein Kind, das keine richtige Familie hat. Was soll aus dem Mädchen werden, wenn Frau Tanaka stirbt?«

»Yuki sagt, sie geht bald nach Amerika, um dort bei ihrer Mutter zu leben«, sagte Fräulein Murakami, erleichtert über den Themenwechsel.

»Wirklich? Davon weiß ich ja gar nichts. Frau Tanaka hat bei mir den Eindruck erweckt, dass die Kleine bei ihr bleiben soll.« Frau Nakamura dachte einen Moment über die Begegnung nach. »Sie schien mir ein wenig schüchtern. Wie ging es denn heute in Ihrer Klasse?«

»Recht gut. Yuki ist eigentlich gar nicht so schüchtern. Sie ist sogar ziemlich gesprächig und scheint gut mit den anderen zurechtzukommen. Mir ist nichts Besonderes aufgefallen.« Doch dann fiel ihr etwas ein, und abrupt änderte sich ihr Ton. »Außer, dass sie glaubt, sie ginge zur Schule, um eines Tages fliegen zu lernen.«

»Oh ja, das ...« Die Rektorin kicherte wissend. »Das war nur ein Trick, um sie in die Schule zu locken.«

»Ein Trick?« Fräulein Murakami blickte erstaunt.

»Es schadet nichts, die Phantasie der Kinder auszunutzen, damit sie etwas tun, das zu ihrem eigenen Besten ist. Solange sie jeden Morgen fröhlich zur Schule geht und eine brave Schülerin ist, ist es doch gleich, wenn sie denkt, dass sie fliegen statt schreiben lernt. Sie wird diese Phase ohnehin hinter sich lassen. Spielen Sie einfach mit, Fräulein Murakami. Wenn sie sich schlecht benimmt, dann sagen Sie einfach, sie darf nicht fliegen lernen, wenn sie nicht brav ist.«

»Aber das ist eine Lüge!« Die junge Lehrerin bereute auf der Stelle, so unverblümt ihre Meinung geäußert zu haben.

»Nur eine Notlüge, Fräulein Murakami. So etwas schadet nichts.« Verwundert über die heftige Reaktion ihrer Untergebenen, legte die Rektorin den Kopf schräg.

Fräulein Murakami sagte nichts mehr. Sie fürchtete, ihre Vorgesetzte verärgert zu haben, indem sie ihr Lügen vorwarf. Aber die Rektorin schien nicht im Geringsten beleidigt.

»Fräulein Murakami, sind wir nicht alle mit dem Glauben an das Ungeheuer aufgewachsen, das kleine freche Kinder frisst?« Sie lachte amüsiert. »Zum Glück gibt es so ein Ungeheuer nicht, aber letztlich haben wir aus Angst vor ihm gelernt, wie man sich ordentlich benimmt.« Frau Nakamura fuhr in ernsterem Ton fort: »Schauen Sie doch mal, was im Westen in den Kirchen gelehrt wird. Wer nicht an Gott glaubt und tut, was in der Bibel steht, muss für alle Ewigkeit in der Hölle schmoren.«

Die junge Lehrerin lächelte über den Eifer ihrer Vorgesetzten.

»Fräulein Murakami, meinen Sie, die Leute im Westen glauben das wirklich? Das würde mich sehr überraschen. So dumm können sie doch nicht sein! Sehen Sie, diese Drohung ist eine Richtlinie, eine Notlüge sozusagen. Sie hilft den Menschen, gut zu sein, wenn sie es nicht selbst beurteilen können. Im Grunde ist es doch selbstverständlich, dass man niemanden ermorden oder bestehlen soll, nicht wahr? Aber für manche Menschen ist es leichter, wenn man ihnen mit einer Strafe droht. Die westlichen Menschen fürchten sich eben vor der Hölle oder dem Jüngsten Gericht. Andererseits muss es natürlich auch eine Belohnung für die Guten geben: Sie erlangen ewige Seligkeit im Himmel«, fuhr Frau Nakamura weitschweifig fort, während die junge Lehrerin zustimmend nickte. »Und wir hier in Japan gehen zu den Shinto-Schreinen, bringen Opfer dar und wünschen uns etwas. Aber glauben wir wirklich, dass wir dadurch das Glück und die Gesundheit erlangen, die wir uns wünschen? Nein, wir überlisten uns nur selbst damit, weil es uns hilft, inneren Frieden zu finden. Sie sehen also, Fräulein Murakami, ein paar hoffnungsvolle kleine Lügen schaden niemandem. Es ist alles nur zum Besten.« Die Rektorin beschloss ihre Rede mit einem freundlichen Klaps auf den Arm der jungen Lehrerin.

»Ich verstehe das, Frau Nakamura, aber Yukis Fall liegt doch ein wenig anders.«

»Da gibt es überhaupt keinen Unterschied, Fräulein Murakami. Ich glaube, die Vorstellung von Belohnung und Strafe wird Yuki helfen, eine bessere Schülerin zu sein. Sie wird fleißig lernen, wenn sie glaubt, dadurch eines Tages fliegen zu können. Und die Angst, es nicht zu lernen, wird sie davon abhalten, Schwierigkeiten zu machen, meinen Sie nicht?« Den Kopf zur Seite gelegt, bewunderte die Rektorin insgeheim die korallenroten Lippen der jungen Lehrerin.

»Aber was, wenn Yuki glaubt, sie sei so brav gewesen, dass sie fliegen kann, und es wirklich versucht? Das könnte doch sehr gefährlich werden. Sie könnte sich sogar verletzen«, sagte Fräulein Murakami nach kurzem Nachdenken.

Frau Nakamura lachte leise. »Fräulein Murakami, ich unterrichte seit langer Zeit. Yuki ist nicht das erste Kind, das fliegen möchte, und wird auch nicht das letzte sein. Glauben Sie mir, so etwas wächst sich aus. Man muss Kindern nicht sagen, dass sie nicht fliegen können wie die Vögel. Früher oder später begreifen sie es von selbst.«

»Ich glaube nur, dass es bei Yuki anders sein könnte.«

»Machen Sie sich keine Sorgen, Fräulein Murakami. Ich garantiere Ihnen, dass Yuki von allein darauf kommt, dass sie nicht fliegen kann. Außerdem sind die heutigen Kinder viel klüger, als wir es waren.«

Fräulein Murakami sah auf ihre Armbanduhr, um das Gespräch zu beenden. »Verzeihen Sie, Frau Nakamura, ich muss jetzt gehen. Mein Freund beschwert sich ohnehin schon, dass ich immer zu spät komme.«

»Oh ja, natürlich. Sie dürfen ihn nicht warten lassen.« Die Rektorin lächelte verlegen, als die Lehrerin sich verbeugte und zur Tür eilte. Mit erstarrtem Lächeln sah sie Fräulein Murakami nach. Kalte Luft trug den Geruch von Schnee durch die geöffnete Tür in den Korridor. »Sprechen Sie mit ihm über Ihre gemeinsame Zukunft. Es ist nie zu früh, im Voraus zu planen!«, rief sie ihr nach, als sie schon im Begriff war, die Schiebetür hinter sich zuzuziehen.

Die junge Frau verbeugte sich lächelnd und schloss energisch die Tür.

Eilig betrat Harumi Murakami das Café Europa. Es lag in der Innenstadt von Osaka und war ein bekannter Treffpunkt für junge Leute, die westliche Rockmusik mochten. Rauch und der langsame Rhythmus einer Bluesgitarre schlugen ihr entgegen. Im Café saßen etwa ein Dutzend Gäste. Einige rauchten und bewegten die Köpfe im Takt zur Musik. An den Wänden klebten Bilder von Jimi Hendrix, Bob Dylan, den Rolling Stones, den Beatles, den Who, den Byrds neben Postkarten von Paris, Rom, Barcelona, Berlin, Düsseldorf und London. Die meisten Gäste besuchten das Café eher, um Musik zu hören und Zigaretten zu rauchen, als um Tee oder Kaffee zu trinken. In einer Ecke standen ordentlich aufgereiht Hunderte von Schallplatten, die von einem DJ in mittlerem Alter, mit langem Haar und einer braunen Lederjacke, aufgelegt wurden. Harumi ging auf ihren Freund zu, der in der Mitte des Raumes saß und eine Tasse Kaffee vor sich hatte.

»Ich hatte schon damit gerechnet, dass du später kommst. Du bist ja direkt früh dran. Was ist passiert?« Koichi grinste und schob seine Brille zurecht. »Ich hatte mich schon darauf gefreut, eine Weile allein hier zu sitzen und Musik zu hören.«

»Was hat er denn aufgelegt, bevor ich kam?«, fragte sie, als sie sich neben ihn setzte.

»Das Übliche – The Who, Pink Floyd … Das hier heißt *Red House* und ist von Jimi Hendrix.«

Koichi nahm einen Schluck von seinem abgekühlten Kaffee und sah zu einem hübschen jungen Mädchen hinüber, das allein in einer Ecke saß. Harumi folgte seinem Blick. Das Mädchen, das sich gerade eine Zigarette anzündete, trug einen rosafarbenen Angora-Pullover und enge Bluejeans.

»Sollen wir irgendwo etwas essen gehen? Ich hab den ganzen Tag nichts gesessen und bin halb verhungert«, sagte Koichi und stellte seine Tasse ab, als der DJ *Yesterday* von den Beatles auflegte.

»Ich liebe dieses Lied«, sagte Harumi. Seit ihrem Konzert in Tokio 1966 war die Popularität der Beatles fast ins Unermessliche gestiegen. *Yesterday* war eines der wenigen westlichen Musikstücke, das Harumi kannte, denn es war ein großer Hit. »Können wir das noch hören?«, bat sie.

Koichi rieb sich das unrasierte Kinn. »Mir hängt dieser Song schon richtig zum Hals raus. Das Schlimmste daran ist, dass sie nicht aufhören, ihn zu spielen«, murrte er und verpasste Harumi damit eine kalte Dusche. Ihre Freude war dahin.

»Gefällt dir der Song nicht? Er ist doch sehr hübsch«, sagte Harumi fast beschämt über ihre Begeisterung.

»Es ist ja kein schlechtes Lied, aber es wird so überschätzt von all diesen Banausen.«

»Banausen? Wie meinst du das?«, fragte Harumi, ihr Unbehagen verbergend.

»Ich meine, dass dieses Stück, verglichen mit anderen von den Beatles, unbedeutend ist, aber den Leuten gefällt es besser als die stärkeren, die sie gemacht haben. Das ist laienhaftes Geträller. Die haben doch alle keine Ahnung.« Koichi schüttelte den Kopf, ganz der enttäuschte Kenner und Intellektuelle, für den er sich hielt.

Harumi schämte sich, denn sie hatte sich mittlerweile eingeredet, dass Koichi anderen überlegen war, ein Mensch war, der ein tieferes Verständnis von Kultur besaß als die meisten. Koichi äußerte häufig seine Unzufriedenheit mit dem Geschmack der breiten Masse, wie er es nannte, und sie widersprach ihm nie und äußerte auch keine eigene Meinung. Sie fürchtete, er würde sein Missfallen dann auch auf sie ausdehnen.

»Bestimmt hat die Schülerin da drüben sich diesen

Quatsch gewünscht. Diese Oberschülerinnen halten sich für cool, weil sie die Beatles hören. Solche Kinder sollte man hier gar nicht reinlassen«, sagte er und schaute zu dem Mädchen im rosa Pullover, auch wenn sein bewundernder Blick auf ihre Rundungen unter dem engen Pullover seine verächtlichen Worte Lügen strafte.

»Woher weißt du denn, dass sie eine Oberschülerin ist? Sie trägt keine Schuluniform, und sie raucht.« Harumi musterte das Mädchen, das die rosa Lippen zu dem Lied bewegte. Für einen Teenager schien es zu erwachsen.

»Ich kenne doch diese Gören. Nach der Schule gehen sie nach Hause und donnern sich auf, damit sie wie Studentinnen aussehen. Sie rauchen und trinken und wollen alle die nächste Yoko Ono werden. Glaub mir, sie reisen nach Indien, weil die Beatles dort waren, und reden von Erleuchtung und spiritueller Erfahrung, tun so, als wären sie einzigartig und sogar intelligent, obwohl sie in Wirklichkeit nur Angeberinnen sind, die kein bisschen analytisch denken können.«

Das Mädchen sah zu ihrem Tisch hinüber, als hätte es ihr Gespräch gehört. Es entging Harumi nicht, dass Koichi die engen Jeans des Mädchens anerkennend ins Auge fasste, als es seine Beine übereinanderschlug.

»Komm, wir gehen. Ich kann diese Hühner nicht ausstehen, und diese Schnulze gibt mir den Rest«, sagte Koichi. Er nahm sein Buch – die englische Fassung von Leo Trotzkis *Mein Leben* – und erhob sich unhöflich.

Harumi folgte ihm zur Tür. Ehe sie das Café verließ, warf sie noch einen Blick auf das Mädchen im rosa Pullover, das sich gerade die nächste Zigarette anzündete. Paul McCartney sang noch immer, als Harumi und Koichi auf die dunkle eisige Straße hinaustraten – *Love was such an easy game to play. Now I need a place to hide way. Oh, I believe in yesterday.*

Koichi war besserer Stimmung, nachdem er sich eine Schale Reis mit gegrilltem Aal und ein paar Bier zu Gemüte geführt hatte. Er hatte die Angewohnheit, Harumi alles zu erzählen, was er beobachtet oder entdeckt hatte, ob es sie nun interessierte oder nicht. An diesem Abend war sein Hauptthema die Autobiographie des russischen Revolutionärs Trotzki, die er seit ein paar Wochen las.

»Ich frage mich, was geschehen wäre, wenn Trotzki anstelle von Stalin die Führung übernommen hätte. Wie sähe die Welt dann wohl heute aus? Ist es nicht unglaublich, wenn man über so was nachdenkt?«, sagte Koichi und nahm einen Schluck von seinem Bier.

»Aber ist es nicht mit allem so in der Geschichte?«, sagte Harumi. »Wie sähe die Welt wohl aus, wenn Japan den Krieg nicht verloren hätte? Oder wenn Hitler nicht geboren worden wäre?«

Koichi nickte, kehrte aber gleich zu Trotzki zurück. »Was mich besonders an ihm erstaunt, ist seine Fähigkeit als Schriftsteller. Sein Text hat durchaus literarische Qualitäten«, sagte er im Tonfall eines erfahrenen Kritikers. »Wenn er an einem anderen Ort zu einer anderen Zeit geboren worden wäre, wäre er ein großer Dramatiker geworden, davon bin ich überzeugt, oder vielleicht ein großer Romancier.«

»Meinst du?« Harumi nickte, bemüht, interessiert zu erscheinen.

»Auf jeden Fall! Ich glaube auch, aus ihm hätte so jemand wie Freud oder Jung werden können. In dem, was er geschrieben hat, erkennt man ganz deutlich seinen analytischen Verstand. Ich muss sagen, dass Trotzki mich sehr beeindruckt. Er liefert mir einen Grund mehr, Istanbul zu besuchen.«

»Istanbul?«

»Ja, dorthin wurde er verbannt. Er hat mehrere Jahre auf einer Insel vor der Küste von Istanbul verbracht.« Koichi hielt inne, um einen Schluck Bier zu nehmen. »Weißt du, ich hatte schon immer diese merkwürdige Sehnsucht nach Istanbul.«

»Ja, du hast es schon öfter erwähnt«, sagte Harumi. »Ich frage mich, warum.«

»Ja, ist das nicht seltsam? Wie ist es möglich, dass ich mich nach einem Ort sehne, an dem ich nie gewesen bin? Ich würde eines Tages wirklich gern nach Istanbul reisen. Ich bin beinahe besessen von dem Gedanken. Wenn ich Geld hätte, wäre das der erste Ort, den ich besuchen würde.«

Wie üblich schloss Koichi Harumi nicht in seine Reisepläne ein. Es ging immer nur um die Befriedigung seiner intellektuellen Bedürfnisse, und Harumi sollte danebenstehen und zusehen, wie eine hirnlose Zuschauerin, die nichts zu sagen hatte. Als Koichi sein drittes Bier bestellte, bevor er das zweite ausgetrunken hatte, fragte Harumi ihn, ob er sich nicht eines Tages eine Familie wünsche.

»Das ist ein großer Gedankensprung von unserem vorherigen Thema.« Er lächelte. »Warum fragst du?«

»Ich weiß nicht.« Harumi zuckte die Achseln. »Aus Neugier vermutlich.«

»Also.« Koichi zögerte einen Moment. »Ich glaube, das ist eine hübsche Phantasie, meinst du nicht?« Er lachte, als hätte er gerade einen guten Witz gemacht.

»Phantasie? Wie meinst du das? Fast alle Leute haben eine Familie.«

»Die Menschen träumen davon, dass eine Familie sie glücklich macht«, sagte Koichi, als würde er das Verhalten eines exotischen Stammes beschreiben, mit dem er nichts zu tun hatte. »Für mich ist eine Familie eine schöne Phantasie, an die die Menschen glauben möchten, die aber in Wirklichkeit nicht existiert.«

»Ich verstehe noch immer nicht, was du meinst.« Harumi spürte, wie ihre Gesichtsmuskeln sich verkrampften. »Willst du damit sagen, dass alle, die eine Familie gründen, in einem Phantasieland leben?«

»Nein, das meine ich nicht. Ich spreche von der gesellschaftlichen Norm, die wir als gegeben hinnehmen. Aber wenn man darüber nachdenkt, ist das kein besonders logisches System.«

»Ein System?« Harumi runzelte die Stirn über das kalte Wort.

»Also, wir werden durch Gehirnwäsche dazu erzogen, das zu tun, was alle anderen tun, und dann zu glauben, es sei der einzig glücklich machende Weg zur Normalität. Es ist ein System, das uns aufgezwungen wird und das kaum jemand in Frage stellt. Wir alle gehen zur Schule und lernen alle die gleichen Dinge, und wenn wir alt genug sind, wird von uns erwartet, dass wir eine Arbeit tun, die uns am Ende umbringt.« Ohne Harumis Unbehagen zu beachten, fuhr er fort: »Und wir heiraten und bekommen Kinder, die die gleichen Dinge tun, die wir getan haben, und …«

»Willst du damit sagen, dass du keine Familie haben willst, nur um zu vermeiden, wie alle anderen zu leben?«, fragte Harumi, außerstande, ihren Widerwillen zu verbergen.

Koichi rückte seine Brille zurecht. »Ich weise nur auf das vorprogrammierte Ideal der Leute hin, eine Familie zu haben und glücklich zu werden. Die meisten stellen sich doch nicht einmal die Frage, ob ein Familienleben das Richtige für sie ist. Der Durchschnittsmensch ist einfach zu beschränkt, um über Alternativen nachzudenken. Er nimmt jeden Brocken an, den man ihm zuwirft. Es gibt keinen Grund, unglücklich zu sein, nur weil man keine Familie hat. Ist dir dieser Gedanken noch nie gekommen?«, fragte er und trank sein zweites Bier aus.

»Aber wenn man jemanden liebt, möchte man das doch automatisch, oder? Die geliebte Person heiraten und Kinder mit ihr haben? Das eigene Fleisch und Blut weitergeben?«

»Aber begreifst du denn das nicht, Harumi? Dieses Denken ist Teil der Illusion vom Familienglück.« Er setzte sein Bierglas an und merkte, dass nichts mehr darin war. »Es ist wirklich nicht so romantisch, wie du denkst.« Koichi wich Harumis Blick aus und starrte sein leeres Glas an.

»Zufällig glaube ich, dass es nichts Romantischeres gibt als zwei Menschen, die sich lieben, eine Familie gründen und zusammen Kinder großziehen. Ein Kind ist die Frucht ihrer Liebe, wie kannst du behaupten, das sei nicht romantisch?«

Koichi stieß einen Seufzer aus und lehnte sich zurück. »Also, ich finde, Nietzsche hat bei diesem Thema den Nagel auf den Kopf getroffen. Er schrieb, dass Frauen ein Rätsel seien und dass alle Probleme mit Frauen eine Lösung hätten – die Schwangerschaft!« Sein breites Grinsen ärgerte Harumi sehr. »Ich paraphrasiere, aber Nietzsche hat gesagt«, setzte er hinzu, »für Frauen sind die Männer nur ein Werkzeug, um Kinder zu bekommen. Verstehst du? Alle

Frauen wollen heiraten, um Kinder zu haben. Das ist alles, was Frauen wollen: Babys! So sind sie biologisch programmiert. Das hat mehr mit Hormonen und Instinkten zu tun, als du glauben möchtest. Romantik hat wenig Platz im Familienleben. Alles dreht sich um die Fortpflanzung.«

»Aber davon rede ich doch überhaupt nicht!« Harumi erhob ärgerlich die Stimme, obwohl sie das gar nicht beabsichtigt hatte.

»Harumi …« Koichi setzte sich auf und griff über den Tisch nach Harumis Hand. »Du hast gerade gesagt, du wolltest dein Fleisch und Blut weitergeben. Für mich klingt das mehr als alles andere nach weiblichem Instinkt«, sagte er beruhigend, in dem Versuch, Harumi zu überzeugen.

Harumi entzog ihm ihre Hand. »Eben nicht. Du hast das Wesentliche nicht verstanden. Ich spreche von Liebe«, sagte sie, so ruhig, wie es ihr möglich war. »Ich habe nie daran gedacht, jemanden zu lieben, um ein Kind zu bekommen. Es ist eher umgekehrt. Ich glaube, dein Nietzsche trifft ganz schön daneben. Er hat einen ganz wichtigen Faktor außer Acht gelassen – die Liebe! Wusste er etwas darüber? Hat er erfahren, wie es ist, eine Familie zu haben, bevor er es kritisierte? Frauen wünschen sich Kinder, weil sie ihre Männer lieben, nicht weil Kinder ihr ultimatives Ziel sind oder die Lösung all ihrer Probleme.«

»So kann man es natürlich auch sehen«, lenkte Koichi ein. »Aber wenn das, was du sagst, stimmt und Liebe der bestimmende Faktor ist, dann wäre es doch auch möglich, jemanden zu lieben, aber keine Familie mit ihm gründen und keine Kinder haben zu wollen? Warum genügt nicht einfach nur die Liebe? Zwei Menschen können einander doch lieben, ohne eine Familie zu gründen.«

»Zum Beispiel, du liebst mich, willst aber keine Familie mit mir?«, fragte Harumi mit bebender Stimme.

Koichi antwortete nicht sofort. Er sah den Kellner an und erinnerte ihn, sein Bier zu bringen.

»Sag es mir.« Harumi spürte, wie ihr Magen sich verkrampfte. »Du sagst, du willst keine Familie, weil das nichts mit Liebe zu tun hat.«

»Nun, ich halte es für möglich, jemanden zu lieben, ohne den Wunsch zu verspüren, ihn zu heiraten oder Kinder zu bekommen.« Koichi überlegte kurz, ehe er einen anderen Ansatz probierte. »Außerdem ist diese Welt ein Chaos. Guck mal, was in Vietnam los ist. Wie könnte ich das meinen Kindern erklären? Wie könnten wir diese Ungerechtigkeiten rechtfertigen? Ich will keine Kinder in eine solche Welt setzen.« Er schüttelte den Kopf. »Das ist doch alles ein riesiges Chaos«, wiederholte er.

Der Kellner brachte eine Flasche kaltes Bier an den Tisch. Koichi starrte auf sein Glas, während der Mann es mit der bernsteinfarbenen Flüssigkeit füllte. Harumi und er schwiegen, bis der Kellner gegangen war.

»Du willst also keine Familie, weil irgendwo weit fort von hier Krieg herrscht?« Harumis Stimme vibrierte vor innerem Aufruhr. »Koichi, sei ein Mann, und sag mir einfach, dass du keine Familie mit mir gründen willst.«

»So einfach ist das nicht, Harumi. Für mich lautet die Frage nicht, mit wem, sondern warum«, antwortete er, nachdem er den ersten Schluck von seinem neuen Bier genommen hatte.

Sie betrachtete ihre Teeschale und wusste nicht, was sie sagen sollte.

»Harumi«, brach Koichi das kurze Schweigen. »Möchtest

du heiraten und eine Familie gründen? Geht es darum?« Seine Stimme war ebenso sanft wie sein Blick.

Harumi schaute ihm ins Gesicht und dann wieder auf die Teeschale. »Ja, eines Tages möchte ich heiraten und eine Familie haben. Vielleicht sollten wir langsam anfangen zu planen. Ich meine, ich will nicht sofort heiraten oder so etwas, aber …« Sie brach ab und hoffte, dass sie nicht allzu verzweifelt klang.

Er sah auf sein Bierglas und überlegte. »Würde dich das glücklich machen?«

»Ich glaube schon. Vielleicht eines Tages.«

Er nickte verstehend und nahm wieder einen Schluck Bier. Er seufzte tief, bevor er weitersprach. »Dann bin ich nicht der Richtige für dich. Ich glaube nicht, dass ich dich glücklich machen kann.« Er wich Harumis Blick aus.

»Was willst du damit sagen?« Harumis Mund wurde plötzlich trocken. Sie nippte an ihrem Tee. Sie begann, innerlich zu zittern.

»Ich will sagen …« Er hielt inne, um seine Gedanken zu sammeln. »Also, es ist nicht, dass ich dich nicht mag, aber ich glaube nicht, dass ich glücklich wäre, wenn ich dem Weg folge, den alle gehen. Das bin ich einfach nicht. Zumindest im Augenblick nicht«, fügte er eilig hinzu.

Harumis Herz begann, schneller zu schlagen. Die Teeschale mit beiden Händen umschließend, nahm sie noch einen Schluck.

»Wie könnte ich dich glücklich machen, Harumi, wenn ich selbst nicht glücklich bin?«, brachte er hervor und sah in ihr blasses Gesicht.

Harumi hob den Blick und sah Koichi in die Augen. »Warum glaubst du, ich wäre unglücklich, wenn ich mit dir verheiratet wäre?«, fragte sie, mit den Tränen kämpfend.

»Wie ich schon sagte, ich sehe mich nicht als jemand, der nach den Regeln der Gesellschaft lebt und eine Familie hat. Das hat nichts mit dir zu tun.« Er wiederholte, dass er kein Interesse habe, eine Familie zu gründen. »Zumindest jetzt nicht«, fügte er hinzu. »Kannst du das nicht verstehen?«

»Ich hätte es wissen müssen«, murmelte Harumi verzagt. Ihr Gesicht war rot vor Ärger. »Ich hätte wissen müssen, dass du nur dein eigenes Glück im Sinn hast. Ich bin dir völlig egal.«

Die Leute am Nebentisch unterbrachen ihr Gespräch und starrten Harumi an, die sichtlich außer Fassung geraten war. Koichi trank gelassen von seinem Bier und wartete, dass das Gespräch wieder in ruhigeren Bahnen verlief.

»Harumi, es geht nicht darum, dass ich mir nichts aus dir mache«, sagte er leise. »Niemand kann dich glücklich machen, wenn du es nicht selbst tust, meinst du nicht?«

»Eine typisch eigensüchtige Vorstellung«, sagte Harumi.

Im Gegensatz zu Harumi war Koichi nicht aus der Ruhe zu bringen. »Bitte, sei mir nicht böse«, bat er. »Ich versuche nur einen Weg zu finden, glücklich zu sein, damit ich die Menschen um mich herum ebenfalls glücklich mache. Ist das wirklich so selbstsüchtig von mir?«

»Du denkst nur daran, was du willst. Das ist der Inbegriff von Selbstsucht!« Harumi sah empört in sein trauriges Gesicht. »Ich habe es satt, die Freundin zu spielen, die verstehen muss, wie DU denkst und was DU brauchst und wann DU allein sein musst.«

Harumis Augen füllten sich mit Tränen, aber sie tat ihr

Bestes, sie zurückzuhalten. Koichi starrte wortlos auf sein Bierglas.

»Ich gehe jetzt lieber.« Harumi stand auf und sammelte ihre Sachen ein. »Du hast recht«, sagte sie. »Ich glaube nicht, dass ich mit dir glücklich werden kann.« Sie wischte sich schnell die Tränen ab, ehe sie sich noch einmal an ihn wandte. »Oder wie du es formulieren würdest: Ich bin nicht in der Lage, dich glücklich zu machen, weil ich nicht glücklich bin.«

Koichi sah zu, wie Harumi den Tisch verließ, rührte sich aber nicht. Er beobachtete, wie der Schaum auf der Oberfläche seines Biers zerging. Erst als einer der Kellner Harumi in aller Unschuld ein lautes »Auf Wiedersehen!« zurief, während sie durch die Tür ging, schaute er auf. Er nahm noch einen Schluck, beobachtete, wie die Kohlensäure nach oben stieg, und lehnte sich dann mit einem tiefen Seufzer zurück.

Harumi schämte sich und bereute ihren dramatischen Abgang sofort. Sie hatte gehofft, dass Koichi sie aufhalten würde, damit sie alles noch einmal besprechen konnten. Sie ließ sogar den Bus wegfahren, in der Hoffnung, er käme noch, aber Koichi ließ sich nicht blicken. Es schien fast, als halte er sich im Restaurant versteckt, um eine Auseinandersetzung mit ihr zu vermeiden. Den zweiten Bus ließ Harumi ebenfalls vorbeifahren, um auf Koichi zu warten. Erst in den dritten stieg sie, wenn auch zögernd, ein. Dabei ließ sie den Eingang des Restaurants nicht aus den Augen, aber Koichi kam nicht.

Nach mehreren qualvollen Wochen ohne jede Nachricht von Koichi erhielt Harumi einen kurzen Brief und eine Ausgabe der *Brüder Karamasow* von Dostojewski von ihm.

Koichi schrieb, er habe beschlossen, Japan zu verlassen und nach England zu gehen. Dort würde er sein Philosophiestudium fortsetzen und schließlich Istanbul besuchen. Vorsorglich kündigte er an, dass es eine Weile dauern würde, bis er nach Japan zurückkehren würde, falls er sich überhaupt zu einer Rückkehr entschlösse. Es tue ihm leid, was zwischen ihnen geschehen sei, fügte er hinzu. Er hoffe, sie würde einen guten Mann finden und eine Familie gründen. Sie würde, so schrieb er weiter, ganz bestimmt eine wunderbare Ehefrau und Mutter abgeben.

Harumi spielte mit dem Gedanken, ihn anzurufen, um sich zu verabschieden und sich für das Buch zu bedanken, aber sie tat es nicht. Sie wollte ihm nicht mehr gegenübertreten, ebenso wie Koichi es nach ihrem unerwarteten Streit nicht gewollt hatte. Noch allzu lebhaft sah sie vor sich, wie Koichi in dem Restaurant schweigend in sein Bierglas gestarrt hatte. Diese Erinnerung hatte eine solche Macht, dass ihr das Herz wehtat. In jener Nacht begann Harumi *Die Brüder Karamasow* zu lesen.

17

Der Rest des Januars und der gesamte Februar waren bitterkalt. Die Straßen waren vereist vom gefrorenen Schnee, der sich aber, sobald tagsüber die Sonne herauskam, in Matsch verwandelte. Fräulein Murakamis Stimmung blieb den ganzen Winter über düster, und oft behandelte sie die Kinder ungewohnt gereizt. Auch der Rektorin fiel diese Veränderung auf, und sie bestellte die junge Frau an einem Spätnachmittag, als alle Kinder das Schulgebäude verlassen hatten, zu sich.

Frau Nakamura brühte grünen Tee auf und servierte die pikanten Reiskräcker, die sie nur wenigen Gästen anbot. Während sie das heiße Wasser in die Teekanne goss, überlegte sie, wie sie das Gespräch mit Fräulein Murakami am besten beginnen sollte. Sie fürchtete, die Schule würde ihre beste Lehrerin verlieren. Die meisten jungen Lehrkräfte, denen sie begegnet war, mieden ärmere Viertel wie dieses, aber da Fräulein Murakami schon während ihres Studiums als Praktikantin bei ihr angefangen hatte, war die Rektorin bereit, alles zu tun, um Fräulein Murakami zu halten.

»Ist bei Ihnen alles in Ordnung, Fräulein Murakami?«, fragte Frau Nakamura, als sie sich am Tisch gegenübersaßen. »Ich möchte nicht neugierig erscheinen, aber Sie wirken so unglücklich dieser Tage. Irre ich mich?«

Ohne eine Antwort zu geben, senkte Fräulein Murakami den Blick auf die Teekanne, die neben dem Teller mit den Reiskräckern stand.

»Sie wissen, mir können Sie alles sagen.« Die Rektorin schenkte Tee ein. »Ich habe Sie in mein Büro gebeten, um Sie zu fragen, ob ich etwas für Sie tun kann.«

»Vielen Dank, ich weiß Ihre Fürsorge zu schätzen.« Die junge Lehrerin deutete eine Verbeugung an und nahm die Teeschale mit beiden Händen entgegen.

Die Rektorin nippte an ihrem heißen Tee und näherte sich vorsichtig der nächsten Frage. »Habe ich Sie in irgendeiner Weise verärgert?«

Fräulein Murakami schüttelte lächelnd den Kopf.

»Ich bin froh, dass es nicht an mir liegt.« Frau Nakamura lächelte zurück. »Manchmal rede ich zu viel und fürchtete, dass ich etwas gesagt habe, das Sie verärgert hat.«

»Aber nein. Sie sind die beste Vorgesetzte, die man sich wünschen kann.«

»Ist etwas anderes? Haben Sie gesundheitliche Probleme? Oder familiäre? Sie können mir wirklich alles anvertrauen. Ich wäre mehr als glücklich, Ihnen helfen zu können.«

»Es tut mir leid, dass ich Ihnen Sorge bereitet habe, Frau Nakamura. Es ist nur, dass ...« Fräulein Murakami biss sich auf die Lippe.

»Was ist denn?«

Harumi senkte die Lider vor Frau Nakamuras besorgtem Blick. »Mein Freund und ich haben uns getrennt«, sagte sie leise. »Er will ins Ausland gehen, um seine Ausbildung fortzusetzen.«

»Aha …« Frau Nakamura nickte. »Das ist es also.«

»Er ist bereits in England.«

»So schnell? Das ist ja sehr plötzlich. Kommt er zurück?«

Fräulein Murakami schüttelte den Kopf. »Ich glaube nicht. Er war nicht glücklich in Japan. Er passt nicht hierher«, sagte sie nachdenklich. »Ich hätte es mir denken können.«

»Ich verstehe.« Die Rektorin nickte und trank noch einen Schluck Tee. »Vielleicht hat er Ihnen damit das Herz gebrochen, aber wir sollten solche Ereignisse als Geschenk betrachten. Rückschläge zwingen uns zur Selbstbetrachtung und dazu, uns wieder auf wichtigere Dinge zu konzentrieren. Wenn Sie in vielen Jahren zurückschauen, werden Sie wissen, warum es so kommen musste.«

Fräulein Murakami trank von ihrem Tee und starrte blicklos auf die braune Teeschale in ihrer Hand. »Ich hätte es wissen müssen«, wiederholte sie mit einem bitteren Lächeln. »Ich war dumm.«

»Seien Sie nicht so streng mit sich. Und wenn Sie es gewusst hätten? Was hätten Sie anderes tun können? Sie waren doch in ihn verliebt, nicht wahr?«

»Ich glaube schon.« Die junge Frau nickte und stieß einen Seufzer aus. »Ich habe alles nur so gesehen, wie ich es sehen wollte. Und die Augen vor der Wahrheit verschlossen.«

Die Rektorin beobachtete, wie die junge Lehrerin versuchte, ihren Kummer zu verbergen. Sie brach die Stille. »Anscheinend haben Sie sich nicht gestattet, die Wahrheit zu erkennen, weil Sie verliebt waren«, sagte sie leise. »Wir

Menschen neigen dazu, unseren Verstand zu überlisten und die Dinge nur so zu sehen, wie es uns passt, bis wir gezwungen sind, der Wahrheit ins Auge zu sehen.«

»Sie haben völlig recht. Ich sehe jetzt, dass es mein eigener Fehler war.« Fräulein Murakami nickte.

»Nein, nein, das wollte ich damit nicht sagen. Es war weder Ihre Schuld noch die Ihres Freundes. So sind die Dinge eben. Ich weiß nicht genau, was den Bruch ausgelöst hat, aber anscheinend musste das früher oder später geschehen. Geben Sie nicht sich oder Ihrem Freund die Schuld. Niemand hat Schuld.«

Fräulein Murakami erzählte der Rektorin nicht, dass die Beziehung just an jenem Abend nach ihrem Gespräch im Flur geendet hatte. Der Bruch hatte kaum mit dem zu tun, was Frau Nakamura gesagt hatte. Im Grunde war es gar nicht ums Heiraten gegangen. Als sie darüber sprachen, war der wunde Punkt an ihrer Beziehung zum Vorschein gekommen. Doch jede andere Frage hätte ihre Probleme ebenfalls an den Tag bringen können. Sie hätte das Thema Ehe weiter meiden und sich stattdessen auf Äußerlichkeiten wie Filme, Bücher, Musik oder Essen konzentrieren können. Doch irgendwann hätten sie der Wahrheit doch ins Auge sehen müssen. Es war nur eine Frage der Zeit, bis sie erkannt hätten, dass sie als Paar keine Zukunft hatten.

Harumi kam zu dem Ergebnis, dass Koichi sie nicht so geliebt hatte wie sie ihn. Eigentlich, so wurde ihr klar, war es ihre eigene Schuld, dass ihr seine Zurückhaltung nicht aufgefallen war. Sie hatte sich ein Bild von einem Mann geschaffen, der sie liebte, und aus Gründen der Bequemlichkeit beschlossen, sich ihren Illusionen hinzugeben. Aber wie lange konnte man sich selbst in die Tasche lügen?

Später erfuhr sie, dass Koichi schon länger geplant hatte, ins Ausland zu gehen, ohne ihr etwas davon zu erzählen. Er hatte von Anfang an nicht vorgehabt, sie in sein Leben einzubeziehen. Wahrscheinlich war er sogar froh gewesen, dass sie diese dramatische Szene gemacht hatte und aus seinem Leben verschwunden war. Dieser Gedanke empörte und betrübte sie zugleich.

»Sie beide waren einfach nicht füreinander bestimmt, zumindest im Augenblick nicht«, tröstete die Rektorin sie. »Fräulein Murakami, ich habe keinen Zweifel, dass Sie eines Tages dem richtigen Mann begegnen werden. Es ist ziemlich schwierig, den rechten Zeitpunkt zu erwischen.« Sie lächelte bedauernd.

Harumi nickte höflich, aber sie stimmte ihrer Vorgesetzten nicht zu. Der Zeitpunkt hatte keine Rolle gespielt. Koichi war einfach der Falsche gewesen. Begegnete man der richtigen Person, war jeder Zeitpunkt der richtige. Vielmehr würde man die Zeit auf die Person abstimmen, ganz gleich, welche Hindernisse sich vielleicht ergaben. Es war nicht der Zeitpunkt, der schlecht war, sagte sie sich noch einmal. Koichi war nicht der Richtige für sie und sie nicht die Richtige für ihn gewesen. Wieder wurde sie traurig. Sie schwieg und nippte an ihrem Tee.

»Fräulein Murakami, ich habe über das, was ich Ihnen vor ein paar Wochen über die Ehe sagte, noch einmal nachgedacht.« Die Rektorin senkte den Blick auf den Tisch, als die junge Lehrerin zu ihr aufschaute. »Ich wollte nicht penetrant sein, aber ich glaube doch, dass ich Sie hinsichtlich Ihrer Verheiratung ein wenig zu sehr bedrängt habe.«

»Seien Sie unbesorgt, Frau Nakamura. Selbst meine Familie und meine Freunde hatten erwartet, dass wir bald heiraten würden. Es war uns eben nicht bestimmt. Das ist alles.« Harumi versuchte es, aber sie konnte kein Lächeln vortäuschen. Stattdessen trank sie ihren Tee aus.

Die Rektorin schenkte ihrem Gast und sich selbst nach. Nachdem sie an ihrer Schale genippt hatte, legte sie sie in ihre hohle Hand, um die Wärme des Tees aufzunehmen. »Ich muss Ihnen etwas gestehen«, sagte sie. »Verheiratet oder nicht verheiratet, Kinder oder keine Kinder, am Ende sind wir alle ganz allein.«

Harumi sah Frau Nakamura an, die ihren Blick auf ihrer Teeschale ruhen ließ. Ihr alterndes Gesicht wirkte nicht völlig zufrieden und heiter, aber es hatte die innere Ruhe, die sich bisweilen einstellt, wenn jemand von einer schweren Bürde befreit ist.

»Gleich, wie viele Familienmitglieder und Freunde wir haben, gleich, wie viel oder wenig Geld wir besitzen, wir alle fühlen uns von Zeit zu Zeit einsam, finden Sie nicht?« Frau Nakamura lächelte die junge Lehrerin vorsichtig an. Als ihre Augen sich begegneten, senkte die Rektorin den Blick.

Harumi nickte und wartete, dass ihre Vorgesetzte ihre Rede fortsetzte. Aber diese trank ihren Tee, ohne etwas hinzuzufügen. »Ist denn bei Ihnen alles in Ordnung, Frau Nakamura?«, unterbrach sie die kurze Stille. Die untypische Melancholie der Rektorin schien ihr besorgniserregend.

»Auf jeden Fall«, verkündete Frau Nakamura forsch. »Die Firma meines Mannes läuft hervorragend. Meine Kinder sind gut in der Schule. Oh ja! Alles ist vollkommen in Ordnung.«

»Entschuldigen Sie, ich wollte nicht zudringlich erscheinen, aber Sie klangen so schwermütig.«

»Wahrscheinlich wird man in mittleren Jahren etwas

melancholisch.« Frau Nakamura schmunzelte. »Sie werden mich verstehen, wenn Sie in mein Alter kommen, Fräulein Murakami.« Die Rektorin bot ihrer jungen Lehrerin einen Reiskräcker an und steckte sich selbst auch einen in den Mund.

Die beiden Frauen sahen einander an. Das Krachen beim Kauen der Reiskräcker erfüllte den Raum, während der grüne Tee langsam abkühlte und eine bräunliche Farbe annahm.

Der Winter 1969 erwies sich als ein Wendepunkt in Asakos Leben. Sie veränderte sich zusehends, seit Yuki bei ihr lebte. Es dauerte nicht lange, und sie vermied es nicht mehr, mit den jungen Müttern zu plaudern, denen sie vor der Schule begegnete. Allmählich wurde sie zugänglicher, unterhielt sich und prahlte sogar mit Yukis Klugheit, wie jede stolze Großmutter es tat. Yuki war der Mittelpunkt ihres Lebens geworden, und Asako konnte sich nicht mehr vorstellen, wie es ohne sie war. Ihr kam es vor, als wäre Yuki immer bei ihr gewesen.

Obwohl Yuki sie ständig an Miho erinnerte und Asako deshalb manchmal traurig war, und obwohl die Furcht, die Leute vor der Adoptionsagentur könnten auftauchen, sie peinigte, bestand kein Zweifel, dass Yuki Asakos Leben heiterer machte.

Yuki sehnte sich hin und wieder nach ihrer Mutter, aber die meiste Zeit fühlte sie sich wohl in ihrem neuen Heim und mit ihren neuen Freunden in der Schule. Anfangs fürchtete Asako, Yuki könnte Schaden genommen haben, in einer schädlichen Umgebung wie dem Tokioter Rotlichtviertel aufgewachsen zu sein, aber die Kleine richtete sich auf wie ein Gänseblümchen, das einen Schneesturm überstanden hat.

Eines Nachts, als es wieder einmal einen tatsächlichen Schneesturm gab, schrie Yuki im Schlaf. Als Asako sie weckte, war die Kleine in kaltem Schweiß gebadet. Yuki erzählte Asako, dass sie in einem dunklen Meer ertrunken sei, nachdem eine riesige Welle, höher als ein Berg, sie in die Tiefe gerissen habe. Yuki bekam am nächsten Morgen leichtes Fieber, und Asako schickte sie nicht in die Schule. Sie verbrachten den ganzen Tag zusammen in dem kleinen Haus. Asako mahlte Sojabohnen, und Yuki malte ihre farbenfrohen Phantasien in ihr Malheft.

Das Kinn in die Hände gestützt, sah Yuki ihrer Großmutter bei der Arbeit zu. Ihre Augen waren nicht auf einen bestimmten Teil der Mühle gerichtet. Sie war in Gedanken versunken.

»Oma?«, brach Yuki das lange Schweigen, als sie aus ihren Gedanken auftauchte. »Fräulein Murakami hat gesagt, ich kann niemals fliegen lernen.«

»Das hat sie gesagt?« Asako hörte auf zu mahlen.

»Ja.« Yuki nickte stirnrunzelnd. »Sie hat gesagt, egal, was ich mache oder wie gut ich in der Schule bin, es ist unmöglich, dass jemand fliegen kann. Nie und nimmer.«

»Hast du ihr von der Frau mit dem Schirm erzählt?«, fragte Asako.

»Ja, natürlich. Sie hat gesagt, dass sie es im Fernsehen nur so aussehen lassen. Aber sie fliegt nicht wirklich. Sie sagt, es ist nur ein Trick und dass niemand mit einem Schirm fliegen kann. Nie und nimmer.«

»Ich glaube, Fräulein Murakami hat unrecht.« Asako lächelte und nahm ihre Arbeit wieder auf.

»Was ist, wenn sie recht hat?« Yuki setzte sich gerade auf.

»Hat sie wirklich gesagt, du könntest niemals fliegen lernen? Nie und nimmer?«, wiederholte Asakos Yukis Worte.

»›Nie und nimmer‹ – das hat sie gesagt«, berichtigte Yuki sie und verlieh ihrer kindlichen Enttäuschung Ausdruck, indem sie mit ihrer kleinen Faust auf den Boden schlug.

»Hör mir zu, Yuki.« Asako hörte auf, die Steinmühle zu drehen. »Ich verspreche dir, dass du eines Tages fliegen wirst, und zwar, wenn du es nicht mehr versuchst. Du musst das Fliegen einfach völlig vergessen. Erst dann wird es geschehen, wie durch Zauberei. Aber vorher musst du es vergessen.«

»Aber warum denn?« Yuki sah ihre Großmutter schmollend an.

»Weil wunderbare Dinge nur geschehen, wenn man sie nicht erwartet. Wenn du ständig wartest und dich aufgeregt nach ihnen umschaust, geschehen sie vielleicht niemals. Die besten Dinge sind eine Überraschung.«

»Wie Nana, Makikos Katze?«, fragte Yuki.

»Ach, Makiko hatte eine Katze?«

»Ja, habe ich dir doch erzählt, Oma. Nana ist immer weggerannt, wenn ich mit ihr spielen wollte. Aber wenn ich ihr nicht nachgelaufen bin und gar nicht mehr an sie gedacht habe, ist sie gekommen und hat ihren Kopf an meinem Arm gerieben – so.« Yuki rieb ihr Gesicht am Unterarm ihrer Großmutter.

»Ja, genauso ist es. Wünsche gehen in Erfüllung, wenn man es am wenigsten erwartet.« Asako lachte leise und kraulte Yuki hinter dem Ohr. »Du musst das Fliegen ganz vergessen, wenn du eines Tages wirklich fliegen willst.«

»Ganz?«

»Ja, ganz und gar. Sonst geht es nicht.«

»Heißt das, ich darf auch den Schirm nicht mehr malen?«

»Ja, genau, Yuki.«

»Aber Oma, wie kann ich es ganz vergessen, wenn ich mir dafür solche Mühe geben muss? Ich muss daran denken, es zu vergessen – aber dann fällt es mir wieder ein.«

Asako lächelte über das scharfsinnige kleine Mädchen. »Du wirst es vergessen, Yuki. Warte es nur ab. Du beschäftigst dich einfach mit anderen Dingen, dann wirst du das Fliegen mühelos vergessen«, sagte sie und fuhr fort, die Bohnen zu mahlen.

Yuki überlegte einen Moment. »Du, Oma? Mahlst du deshalb die ganze Zeit Sojabohnen? Willst du etwas vergessen?«

Das feuchte Mahlgeräusch der Steinmühle verstummte. Asako fehlten die Worte. Dieses Kind sagte aber auch manchmal Sachen! Es stimmte, die monotone Arbeit war seit vielen Jahren ihre Zuflucht. Doch war ihr nicht bewusst gewesen, dass das, was sie Yuki empfohlen hatte, ein Abbild ihres eigenen Verhaltens war.

»Aber nein, ich mahle die Sojabohnen, um den besten Tofu zu machen!« Asako rang sich ein etwas gekünsteltes Grinsen ab und fuhr fort, die Mühle zu drehen und alles Unverdauliche zu cremiger Bohnenpaste zu zermahlen.

»Oma?« Yuki stockte einen Moment, bevor sie weitersprach. »Meinst du, du könntest mit uns nach Amerika ziehen?«

Asako ließ den großen Messinglöffel fallen, mit dem sie die eingeweichten Bohnen in die Mühle füllte. Sie musste wieder daran denken, was Frau Sasaki ihr erzählt hatte.

»Oma! Hast du gehört, was ich gesagt habe?« Yuki rückte näher an ihre Großmutter heran und sah ihr ins Gesicht.

»Ja, Yuki«, antwortete Asako. »Ich wünsche mir sehr, dass wir alle zusammen sind.«

»Dann musst du es vergessen!«, sagte Yuki streng, die Stimme einer alten Frau nachahmend. Asakos gefror das Herz. Doch gleich sprach Yuki wieder mit der Stimme einer Sechsjährigen. »Wenn du wirklich mit uns nach Amerika ziehen willst, musst du das ganz und gar vergessen. Es wird nie wahr, wenn du dauernd daran denkst.«

»Ach so, ich verstehe.« Asako nickte, aber bei dem Gedanken, dass sie Yuki an amerikanische Adoptiveltern verlieren könnte, barst ihr schier das Herz.

»Oma, vergiss nicht zu vergessen!« Yuki begann, über ihren Satz zu lachen und ihn wieder und wieder zu wiederholen. »Vergiss nicht zu vergessen!« Sie schüttelte sich vor Lachen und wälzte sich auf dem Boden. »Vergiss nicht zu vergessen«, rief sie übermütig und lachte sich halb kaputt.

Asako versuchte die gesichtslosen Adoptionsvermittler aus ihrem Kopf zu verbannen. Sie wusste, dass eine fremde Gestalt in einigen Monaten vor ihrer Tür stehen und Yuki für immer mit sich nehmen würde. Sie drehte die Mühle schneller und schneller, während Yuki ihr dabei zusah.

Yuki legte sich auf den Rücken und streckte sich wie eine Katze. »Nana fehlt mir«, sagte sie sehnsüchtig. »Ich habe schon lange nicht an sie gedacht, aber jetzt kann sie nie mehr ihren Kopf an mir reiben. Ich bin jetzt zu weit weg.«

18

In diesem Jahr schien der Winter auch im Frühling nicht enden zu wollen. Die Kälte strafte den Kalender Lügen. Der März war fast vorüber, dennoch war es schon seit Wochen unerträglich kalt. Doch ein Regentag brachte die Wende.

Es goss nicht, der Regen fiel unsichtbar und geräuschlos und machte keinerlei Anstalten aufzuhören. Der nächste Morgen brachte die ersten Frühlingsboten. Über Nacht sah alles anders aus und roch auch anders. Von einem Tag zum anderen war der lang ersehnte Frühling eingetroffen, auch wenn niemand eine so dramatische Wendung erwartet hatte.

Der Winter und seine Härten waren bald vergessen. Die Hausfrauen widmeten sich ihrem Frühjahrsputz, klopften die dicken Winterbetten aus, wuschen den Schmutz von den Fenstern, fegten die Höfe und trockneten Bambuskörbe in der Sonne. Die Männer kehrten an die Arbeit zurück: in den Hafen, auf die Baustellen, die Felder und aufs Meer. Die Kinder, die den langen Winter über zu Hause eingesperrt gewesen waren, tobten und spielten auf der Straße.

Überall sprossen grüne Blättchen hervor, und bald blühten bunte Frühlingsblumen. Schwalben bauten ihre Nester unter den Dachtraufen der alten Holzhäuser. Der Frühling eroberte das Land mit seiner farbenfrohen Macht und Schönheit, die niemals seinen Reiz verliert, sooft er auch erscheint.

Yuki sprach nicht mehr vom Fliegen. Sie zeichnete auch nicht mehr das fliegende Mädchen mit dem Schirm. Dennoch erzählte sie einmal, sie habe geträumt, sie sei von einem hohen Gebäude in Tokio gefallen und habe sich dabei gewünscht, fliegen zu können. Asako wusste nicht, ob Yuki das Fliegen zu vergessen versuchte, um fliegen zu können, wie sie es ihr geraten hatte. Vielleicht hatte sie auch wirklich das Interesse daran verloren, wie ein Kind ein altes Spielzeug beiseitewirft, an dem es keinen Spaß mehr hat.

Der Frühling zog weiter durchs Land und zeigte immer mehr phantastische Kunststücke. Er entschleierte Blumen und zauberte saftige Blätter an die Bäume. Doch das größte Wunder war die Kirschblüte.

Yuki liebte es, durch die geöffnete Schiebetür den mageren Kirschbaum zu betrachten, der so bescheiden neben dem Tor in ihrem kleinen Vorgarten stand. Anfangs war er ihr nicht einmal aufgefallen. Doch nun bewunderte Yuki den zierlichen Baum ebenso, wie Miho es getan hatte, und begann, ihn wie besessen zu zeichnen. Sie sammelte sogar die zu Boden gefallenen Blüten und klebte sie in ihr Malheft. Als sie verfaulten und sich unansehnlich verfärbten, regte sie sich schrecklich auf. Fast auf jeder Seite ihres Malheftes war nun ein Kirschbaum in voller Blüte.

Zum ersten Mal seit Langem genoss auch Asako die Schönheit der Kirschblüte. Sie sah sie jeden Frühling und hatte nie viel darüber nachgedacht. Aber in diesem Frühling änderte sich ihr Blickwinkel. Sie begann alles durch die staunenden Augen eines Kindes zu sehen. Nie war ihr aufgefallen, wie schön das Wasser leuchtete, wenn sie im hellen Morgenlicht die Sojabohnen wusch. Sie hatte nicht bemerkt, wie frisch die in der Nachmittagssonne getrockneten gestärkten Laken dufteten. Wie schön es war, Yukis kleinen Körper zu waschen und abzutrocknen und die Seife in ihrem Haar zu riechen. Wie wundervoll es sich anfühlte, ihren eigenen alten Körper in dem kleinen Bottich in der Küche zu baden, ihre verhärteten Muskeln im warmen Wasser zu entspannen, während sie dem Zirpen der Grillen lauschte.

Asako dachte häufig und voll Sorge an die Adoption, aber sie nahm sich vor, Yuki bei sich zu behalten, komme, was wolle. Sie war bereit, sich der Agentur zu stellen und gegen sie zu kämpfen. Aber niemand erschien, dabei war die Kirschblütensaison und damit die Zeit, für die Miho ihre Rückkehr angekündigt hatte, schon zur Hälfte vorüber. Sie wünschte, Miho würde kommen und sehen, wie glücklich Yuki war, und dann mit ihnen zusammenleben. Dafür betete sie. Es war ihr größter Wunsch, dass sie alle drei glücklich und für immer unter einem Dach leben würden. Aber sie wusste, dass er niemals in Erfüllung gehen würde, ebenso wenig wie Yukis Traum vom Fliegen.

»Wünsche dir nichts, was du nicht verdient hast«, hatte Asakos Mutter immer gesagt. »Dein Glück in diesem Leben ist begrenzt. Finde dich damit ab und lebe bescheiden. Es hat keinen Sinn, um Veränderungen zu ringen. Wenn du das Glück herausforderst, verlierst du vielleicht sogar das bisschen, das du hast.«

Asako hatte es ihr Leben lang nie gewagt, das Glück herauszufordern oder sich mehr zu wünschen, als sie hatte, doch auf einmal fand sie, dass das, was sie sich wünschte, nicht viel mehr war als das, was viele andere zu besitzen schienen – eine Familie, die zusammenlebte. Ihr Wunsch schien vernünftig und gerechtfertigt, selbst für eine so wenig vom Glück begünstigte Frau wie sie. Doch eine andere innere Stimme widersprach ihr, drängte sie, sich mit dem zu bescheiden, was sie hatte, und riet ihr, alle kommenden Nöte zu ertragen, die ihr auf ihrem elenden Weg noch begegnen würden.

Sooft Yuki ein Bild von dem kleinen Kirschbaum fertig hatte, zeigte sie es selbstbewusst Asako, die es stolz lächelnd lobte. Auf Yukis Kunstwerken war der magere Baum übertrieben üppig dargestellt. Seine schäumende rosa Blütenpracht ergoss sich über das ganze Dach des kleinen Hauses, obwohl die Spitze des Baumes in Wirklichkeit kaum bis dorthin reichte.

»Wunderschön!«, lobte Asako strahlend bei jedem weiteren der zahllosen Bilder. »Er ist der schönste Kirschbaum im ganzen Viertel«, fügte sie hinzu. Sie warf einen Blick durch die geöffnete Tür auf den voll erblühten Baum.

»Mochte Mami die Kirschblüten auch?«, fragte Yuki und betrachtete den Baum.

»Ja, das tat sie, genau wie du.« Asako lächelte wehmütig.

»Der Baum muss damals ein ganz kleines Baby gewesen sein. War er ein Baby, als Mami hier gewohnt hat?«, fragte Yuki.

»Vielleicht.« Asako versuchte sich an die Größe des Baumes zu erinnern, als Miho noch bei ihr lebte, aber sie konnte es nicht. »Ich glaube, der Baum ist nicht viel gewachsen. Vielleicht kommt nicht genügend Sonne hin.«

»Aha.« Yuki nickte. »Hat Mami ihn auch gemalt? Wie ich?«

Asako nickte. Miho hatte den Kirschbaum sehr geliebt. Sie dachte daran, wie fröhlich ihre Tochter einst gewesen war. Wo Miho wohl war?

»Oma, was ist denn?«

Asako wandte sich Yuki zu.

»Du siehst so traurig aus, Oma«, sagte Yuki.

»Nein, meine Kleine. Ich bin sehr froh.« Asako lächelte. »Ich habe nur daran gedacht, wie schön die Kirschblüte ist und was für schöne Bilder du malst.«

Yuki lächelte zurück und betrachtete ihr Bild.

»Oma, glaubst du, Mami holt mich wirklich und nimmt mich mit nach Amerika?«, murmelte Yuki, fast als würde sie die Frage an sich selbst richten. Ihre Augen waren auf den blühenden Baum gerichtet, der sich über die ganze Seite ihres Malhefts ausbreitete.

Asako war überrascht, dass Yuki von Miho sprach. Sie hatte ihre Mutter monatelang kaum erwähnt.

Yuki sprach weiter, ohne Asakos Antwort abzuwarten. »Kenji hat gesagt, Mami hat mich für immer bei dir gelassen. Es ist nicht so leicht, nach Amerika zu gehen, sagt er, und dass die Reise dorthin sehr schwierig ist.«

Anstelle einer Antwort seufzte Asako.

»Mami kommt nie zurück«, hauchte Yuki, den Blick noch immer auf ihr Bild gesenkt. »Kenji hat das gesagt.«

»Das stimmt nicht, Yuki. Hör nicht darauf, was er sagt. Was für ein dummer Bengel!«, empörte sich Asako.

Yuki sah sie an. »Kenji sagt, seine Mutter hat ihm das gesagt. Seine Mutter ist sehr hübsch und trägt schöne Kleider. Glaubst du, sie ist auch dumm?«

»Ja, sie auch. Sie kennt deine Mutter doch nicht einmal«, sagte Asako entschieden. »Sie wird zurückkommen, Yuki, und wir drei werden zusammen sein. Hör nicht auf das dumme Zeug, das die Leute reden.«

»Wirklich?«, sagte Yuki. Ihre Augen weiteten sich hoffnungsvoll.

»Ja, wirklich.«

»Also kommt Mami zurück und wohnt bei uns, Oma?«

Asako blickte auf den Kirschbaum und wusste nicht, was sie antworten sollte.

»Oma, hast du gehört? Wann kommt Mami denn und wohnt bei uns?«, fragte Yuki lauter. Sie forderte eine Antwort.

Asako schaute sie an, außerstande, den Kummer in ihrem Blick zu verbergen. »Bald, Yuki, sie kommt bald«, sagte sie leise.

»Du lügst!«, schrie Yuki. »Du hast keine Ahnung, wann Mami kommt. Hör auf zu lügen!«

Asako war sprachlos, wie entschlossen Yuki plötzlich aufbegehrte. Die Augen ihrer Enkelin funkelten sie wütend an.

»Du lügst, Oma! Mami kommt nie zurück!«, kreischte Yuki und schleuderte ihr Malheft in eine Ecke. »Mami hasst dieses Haus. Sie hasst dich, mich und alle!« Sie sprang auf, und ihre kleinen Schultern bebten, so zornig war sie.

Asako hob das Malheft auf und klappte es zu. »Sag nicht solche Dinge, Yuki. Das ist nicht wahr«, sagte sie und kämpfte mit den Tränen.

»Aber es ist wahr! Mami hat es gesagt. Sie hat gesagt, dass

sie alles hasst: das Haus, dich und mich und alle. Hat sie gesagt.«

Yuki weinte nicht, aber in ihren Augen spiegelte sich eine tiefe Kränkung, als sie die Sätze herausschrie. Asako umarmte sie, aber der kleine Körper wand sich aus ihren Armen. Yuki lief an den Rand der Veranda und starrte in den Hof. Asako wollte etwas Tröstendes sagen, aber ihr fiel nichts ein. Eine sanfte Brise streifte den Kirschbaum, während sie stumm dort standen. Yukis unschuldiger Blick folgte den fallenden Blüten.

»Oma, weißt du, was Mami mag?«, wandte Yuki sich an Asako. Ihre Stimme klang wieder ruhig. »Sie mag Schnee. Hast du das gewusst?«

Asako schüttelte den Kopf.

»Mami mag Schnee. Ich weiß es«, wiederholte Yuki wehmütig. »Möchtest du Schnee sehen, Oma?«

Ehe Asako eine Antwort geben konnte, rannte Yuki in den Hof und stellte sich unter den Kirschbaum. Sie drehte sich zu Asako, um sich zu vergewissern, dass sie zuschaute. Dann griff Yuki nach einem niedrigen Ast und schüttelte ihn ein wenig. Rosa Blüten landeten auf ihrem Kopf und ihren Schultern. Sie zog nun kräftiger und schüttelte den ganzen Baum, der erzitterte wie ein rosafarbenes Segel auf einem stürmisch wogenden Ozean. Die blassen, zarten Blüten fielen leicht wie Konfetti zu Boden.

»Siehst du, Oma? Es schneit! Es schneit!«, schrie Yuki und schüttelte mit aller Kraft den Baum. »Mami mag es, wenn es schneit. Also müssen wir machen, dass es hier schneit. Dann kommt sie vielleicht.«

Asako hielt Yuki nicht auf. Sie schaute nur zu, wie sie an dem Baum rüttelte wie eine Gefangene an einer fest verschlossenen Zellentür, wohl wissend, dass sie sich niemals öffnen würde. Yukis verzweifelter Ruf nach ihrer Mutter zerriss Asako das Herz, und sie weinte, während die Blüten wie Schnee im Frühling zu Boden fielen.

Yuki hörte auf zu schütteln und warf sich auf das Bett rosafarbener Blüten. Sie schaute zu den nackten grünen Zweigen hinauf, die nun fast blütenlos traurig hin- und herschwankten. »Mami mag Schnee. Ich weiß es«, murmelte Yuki außer Atem. Sie umschloss Hände voll Blüten in ihren Fäusten und machte die Augen zu. Das kleine Mädchen wusste, dass es nicht weiter auf seine Mutter warten sollte. Die Kirschblütenzeit war fast vorüber.

19

Die prächtige Kirschblütenfront zog wie ein Buschfeuer gen Norden und ließ üppige grüne Asche zurück. Der Frühling genoss seinen gerechten Anteil am Ruhm, doch nach wenigen Monaten riss der Sommer die Herrschaft an sich und entfaltete unnachgiebig seine Hitze.

Es war den ganzen Tag über heiß und feucht. Kein Windstoß brachte Kühlung, selbst die Brise schien sich vor der grausamen Hitze zu verstecken. Die streunenden Katzen und Hunde der Nachbarschaft hatten sich, vor der sengenden Sonne Schutz suchend, im Schatten zusammengerollt. Nur die geschwinden Schwalben schossen durch die Luft, um sich Insekten zu schnappen.

Am späten Nachmittag erhob sich endlich eine Brise, und sehr willkommene Böen regten sich zur Abendessenszeit. Als die meisten Familien ihre Mahlzeit beendet hatten, begann es, heftig zu regnen. Die Leute spähten aus den Fenstern, erleichtert, dass der Wolkenbruch Hitze und Schweiß davonspülte.

Der Regen verwandelte sich nach Mitternacht in ein

Gewitter. Am Ende des brütend heißen Tages kam das erste wirkliche Unwetter des Sommers wie ein Dieb in der Nacht, als alle fest schliefen. Blitze zerteilten den Himmel wie Samurai-Schwerter, gefolgt von ohrenbetäubenden Donnerschlägen. Viele erwachten von ihrem Krachen, schlummerten jedoch beim Duft des süßen Sommerregens wieder ein.

Lange vor Tagesanbruch hatte Asako den Tofu für ihre morgendliche Lieferung fertig. Sie zog ihren Regenmantel an und schob behutsam die Tür auf, um Yuki nicht zu wecken. Doch ein lauter Donnerschlag machte ihre Mühe zunichte. Yuki erwachte und sah, dass ihre Großmutter im Begriff war, zu gehen.

»Oma! Wo gehst du hin?«, fragte Yuki und blinzelte ins Licht.

»Yuki, schlaf weiter. Ich bin bald zurück.« Asako setzte sich neben Yuki und strich ihr über das verschwitzte Haar.

»Oma, es regnet doch so. Geh nicht!«, jammerte Yuki und hielt ihre Großmutter am Arm fest.

»Das macht doch nichts. Es ist nur ein Gewitter. Es ist gut, wenn es im Sommer regnet. Hab keine Angst.« Asako deckte Yukis kleine Gestalt wieder zu. »Schlaf weiter. Ich bringe dir Mochi mit süßen roten Bohnen mit.«

Yuki nickte und legte sich wieder hin, als Asako aufstand. »Oma, bitte lass das Licht an, ich hab Angst«, sagte sie und zog sich das raue Leintuch bis zur Nase.

»Mach ich, Yuki. Hab keine Angst, es ist nur ein Gewitter. Mach die Augen zu und versuch, wieder einzuschlafen. Ich bin bald zurück.« Asako knöpfte ihren dunkelblauen Regenmantel zu und zog die Kapuze über den Kopf.

»Ich warte, bis du wiederkommst«, sagte Yuki und spähte

unter der Decke hervor. »Oma? Vergiss bitte die Mochi nicht.«

Asako nickte und lächelte unter ihrer Kapuze. »Versuch noch zu schlafen. Sonst bist du in der Schule müde.«

Yuki legte sich auf den Rücken und schloss die Augen, aber sie war nicht mehr schläfrig. Sie beschloss zu malen, bis ihre Großmutter mit den Mochi zurückkam. Sie holte ihre Buntstifte und das Malheft. Sie dachte kurz nach und entschied sich dann, Asako mit ihrer Tofu-Karre zu malen. Ihre Großmutter trug einen blauen Kittel und grinste von einem Ohr zum anderen. Genau über Asakos Kopf zeichnete Yuki den Umriss einer großen roten Sonne, deren warme Strahlen sich in alle Richtungen ausbreiteten.

Kaum hatte Yuki den letzten Sonnenstrahl gemalt, erhellte ein Blitz den Raum, gefolgt von Donner. Unmittelbar danach fiel der Strom aus, und es wurde stockdunkel.

»Omaaa!«, kreischte Yuki. »Omaaa!«

Den roten Stift noch in der Hand, fing Yuki an zu weinen. Sie kroch in dem pechschwarzen Zimmer zurück unter ihr Laken und erstarrte, als ein weiterer Blitz den Raum erleuchtete. Wütend peitschte der Regen gegen das Fenster. Yuki zog sich das Laken über den Kopf und betete, dass ihre Großmutter rasch mit ihren süßen Mochi zurückkäme.

Der starke Regen strömte erbarmungslos auf Asako herunter. Nass bis auf die Haut, schob sie ihre Karre durch die dunklen Straßen. Die Kanalisation quoll über und spuckte schmutziges Wasser auf den Asphalt. Die Straßenlaternen warfen Lichtpfeile in die aufgewühlten Pfützen.

Asako hielt Ausschau nach dem Mochi-Händler, als ihr auf einmal bewusst wurde, dass sie ihn schon eine ganze

Weile nicht gesehen hatte. Er hatte ihr einmal erzählt, dass der Sommer keine gute Jahreszeit für Mochi-Verkäufer war, weil die süßen Leckereien schnell verdarben. Dennoch machte sie sich Sorgen um ihn. Er hatte fast nie eine Lieferung ausfallen lassen, und sie waren sich so gut wie jeden Morgen begegnet.

Nicht weit von Asako entfernt schlug ein starker Blitz in einen hohen Baum ein und schleuderte die halbe Baumkrone in eine Stromleitung. Auf der Stelle erloschen sämtliche Straßenlaternen. Asako stand in tiefster Dunkelheit. Sie riss die Augen auf, um sich daran zu gewöhnen. Plötzlich war ihr, als hörte sie Yuki in der Finsternis schreien. Sie lauschte, aber alles, was sie vernahm, war das Klatschen der schweren Regentropfen auf der Kapuze ihres Plastikmantels. Sie wischte sich das Wasser aus dem Gesicht und wendete den Karren. Wieder zuckte ein Blitz und beleuchtete die überflutete Straße. Sie zog ihre Taschenlampe hervor und eilte so schnell nach Hause, dass die noch vollen Tofu-Kästen auf ihrem Karren rumpelten.

Außer Atem stürzte Asako ins Haus. Wasser troff aus ihren Sachen auf den Holzboden im Flur. Ihre nassen Socken hinterließen Fußabdrücke auf ihrem Weg ins Schlafzimmer. Nach Yuki rufend, schob sie die Tür auf und ließ den Lichtstrahl ihrer Taschenlampe durch das Zimmer gleiten. Yuki sprang unter der Decke hervor, rannte auf sie zu und vergrub ihr Gesicht in dem nassen Kittel ihrer Großmutter, der nach Schweiß und rohen Sojabohnen roch.

»Omi! Das Licht ist ausgegangen!« Yuki schluchzte vor Erleichterung. »Ich konnte nichts sehen!«

»Aber, aber … jetzt ist ja alles gut.« Asako drückte Yukis Gesicht sanft gegen ihren Bauch. »Ich bin ja da. Oma ist da.«

Yuki entspannte sich in Asakos Armen, zugleich klammerte sie sich noch fester an ihre Großmutter, als wolle sie sie nie mehr loslassen. Asako wollte Kerzen holen, aber das kleine Mädchen wollte sie nicht los lassen. Asako hielt Yukis Hand, während sie mit der anderen im Schrank suchte. Sie holte eine zur Hälfte niedergebrannte Kerze hervor und eine Streichholzschachtel. Beflissen hielt Yuki die Kerze, während Asako, die Taschenlampe unter den Arm geklemmt, ein Streichholz anriss. Sobald der Docht Feuer gefangen hatte, breitete sich der warme Kerzenschein gleichmäßig im Raum aus.

»Oma, du bist ja klatschnass!«, sagte Yuki, als hätte sie es eben erst bemerkt, obwohl sie sich schon die ganze Zeit an die durchweichte Kleidung ihrer Großmutter drückte.

»Und du bist jetzt auch ganz nass«, sagte Asako und wischte die Wassertropfen aus Yukis Gesicht. »Ich trockne mich kurz ab und ziehe mich um. Bin gleich wieder da.«

»Nein, Oma, lass mich nicht wieder allein«, schrie Yuki und stampfte mit den Füßen.

»Aber so werde ich mich erkälten, und du auch, wenn wir uns nicht abtrocknen. Ich mache ganz schnell – versprochen!«

Gehorsam ließ Yuki sich ein trockenes Hemd anziehen. Dann packte Asako sie unter die warme Decke.

»Du kommst aber gleich wieder, Oma, ja? Du hast es versprochen!«

»Ich bin sofort wieder da.« Asako zündete eine zweite Kerze an, ehe sie in die Küche ging.

Nachdem sie die Kerze in einer Ecke abgestellt hatte, streifte sie sich ein nasses Kleidungsstück nach dem anderen herunter. Der Schein der Kerze offenbarte zahlreiche Narben auf ihrem alten blassen Körper. Einige waren lange und gebogene Schnitte von scharfen Gegenständen, andere runde und tiefe Male wie Grübchen. Jede der Narben auf ihrer Haut erzählte eine andere Geschichte und erinnerte sie an vergangenes Elend. Wieder und wieder flüsterten sie ihr diese Geschichten zu, sobald sie sie bloßlegte.

Asako goss einen Eimer kaltes Wasser über sich und schrubbte ihren Körper energisch ab, als wolle sie das eindringliche Wispern zum Schweigen bringen und die alten Male auslöschen. Als sie mit Waschen fertig war, wickelte sie sich ein Handtuch um und eilte ins Zimmer zurück.

Yuki war wieder eingeschlafen. Asako setzte sich neben sie und betrachtete das schlafende Kind. Bei einem Donnerschlag zuckte Yukis Gesicht, aber sie wachte nicht auf. Während sie langsam wieder in einen friedlichen Schlummer eintauchte, wurden ihre Atemzüge tiefer und regelmäßiger.

Asako hob die auf dem Boden verstreuten Buntstifte und das Malheft auf. Sie hielt die Kerze näher an Yukis neuestes Bild. Es zeigte eine alte Frau in einem leuchtend blauen Hemd, die – eine strahlende rote Sonne über ihrem ergrauten Kopf – einen Karren schob und breit grinste.

Donner und Blitz ließen so plötzlich nach, wie sie gekommen waren, und der Regen wurde langsam schwächer. Alles bereitete sich auf die Ankunft der Morgensonne vor.

20

Als Asako wieder einmal an Frau Suzukis Schaufenster vorbeiging, fiel ihr ein kleines gelbes Kleid ins Auge. Es hatte keine Ärmel, und zwei Sonnenblumen waren als Taschen an den Seiten des Röckchens aufgenäht. Die lebhaften Farben erinnerten sie an Yukis Bilder.

Sie betrat den Laden, in dem es, ungeachtet des elektrischen Ventilators, ebenso heiß war wie im Freien. Die Hitze zirkulierte in dem kleinen, mit Sommerkleidung vollgestopften Laden.

»Also, ich fand auch gleich, dass das Kleid ideal für Yuki wäre«, sagte Frau Suzuki, als Asako sich danach erkundigte. Die Ladeninhaberin wischte sich den Schweiß von der Stirn. »Es ist erst gestern eingetroffen. Ist es nicht wunderhübsch?« Sie hielt das Kleid an den Schultern hoch, damit Asako es besser anschauen konnte.

»Ja, sehr hübsch. Ich nehme es, wenn Sie es in Yukis Größe haben.«

Frau Suzuki ging ihre Regale durch und suchte nach dem Kleid in einer kleineren Größe. Schließlich zog sie eins hervor und nahm es gründlich in Augenschein. Ehe sie es zum Einpacken zusammenfaltete, schnitt sie noch ein paar lose Fäden an den Taschen ab.

»Es ist eine Mischung aus Baumwolle und Leinen – genau richtig für den Sommer. Durch das Leinen ist es schön kühl, und die Baumwolle verhindert, dass es zu stark knittert. Die Konkurrenz dort unten verkauft auch Mischgewebe aus Polyester und Nylon«, fügte sie hinzu. »Aber das kommt für mich nicht in Frage. Es ist nicht gut für die Haut, besonders, wenn es so heiß und feucht ist wie jetzt.«

Im Gegensatz zu den Unkenrufen von Frau Suzuki lief der neue Laden im Viertel sehr gut. Die Kleidung, die dort verkauft wurde, war modischer und die Auswahl an Schnitten und Farben größer. Außerdem waren die Artikel – im Gegensatz zu Frau Suzukis Aussage – kaum teurer als bei ihr. Die meisten Geschäftsleute in der Einkaufsstraße verdankten ihr Überleben einer langjährigen treuen Stammkundschaft. So auch Frau Suzuki. Der neue Laden dagegen sprach eine jüngere, konsumfreudigere Generation an.

Nickend pflichtete Asako Frau Suzukis Meinung über Synthetikkleidung bei. Plötzlich kam ihr aus irgendeinem Grund der Mochi-Händler in den Sinn. Sie hatte ihn wirklich schon eine ganze Weile nicht gesehen.

»Haben Sie den Mochi-Verkäufer eigentlich in letzter Zeit einmal gesehen?«, fragte Asako. »Ich meine den hinkenden Mochi-Händler«, fügte sie hinzu, während Frau Suzuki das Kleid sorgfältig in durchscheinendes Seidenpapier einschlug.

Es war ungewöhnlich für Asako, sich nach anderen Leuten zu erkundigen, aber neuerdings hatte sie öfter an den Mochi-Händler denken müssen. Am besten war es wohl, fand sie, jemanden zu fragen, der Zugang zu den Neuigkeiten hatte, die im Viertel die Runde machten. Frau Suzuki war in dieser Hinsicht genau die richtige Person.

»Oh, haben Sie noch nichts davon gehört?« Sie schaute auf. »Er ist von einem Auto angefahren worden und vergangene Woche gestorben.« Frau Suzuki schnalzte kopfschüttelnd mit der Zunge.

Asako war entgeistert. Sie wusste nicht, was sie sagen sollte. Eine tiefe Traurigkeit ergriff ihr Herz. Sie hatte nicht erwartet, so starkes Mitgefühl für diesen Mann zu empfinden, den sie kaum gekannt hatte.

»Es war ein Unfall mit Fahrerflucht«, fuhr Frau Suzuki fort. »Hätte der Fahrer ihn sofort ins Krankenhaus gebracht, hätte er vielleicht überlebt. Es ist frühmorgens passiert, als niemand in der Nähe war, also ist der Fahrer einfach abgehauen und hat den armen alten Mann mitten auf der Straße liegen und sterben lassen. Widerwärtig, nicht wahr?«

Asako schloss die Augen, wie um für den Verstorbenen zu beten. »Hatte er Familie?«, fragte sie.

»Die Polizei fand heraus, dass er ziemlich weit von hier und alleine lebte. Ich weiß nicht, wie dieser hinkende alte Mann jeden Tag so weit gehen konnte«, sagte Frau Suzuki. »Wussten Sie, dass er Koreaner war?«

»Koreaner? Nein, ich hatte keine Ahnung.«

»Niemand hat das gewusst. Sicher wollte er nicht, dass jemand davon erfuhr. Vielleicht hat er sich deshalb immer nur den hinkenden Mochi-Händler genannt, anstatt seinen Namen zu verwenden«, sagte die Inhaberin. »Er soll ein bisschen verrückt gewesen sein. Er hat immer vor sich hin gesungen und mit sich selbst geredet, nicht wahr?«

»Er war sehr nett, ein sehr freundlicher Mann.«

»Die Leute haben ihn auch immer den lustigen, verrückten Mochi-Händler genannt. Ich weiß nicht, wie er so fröhlich sein konnte, wo er doch ganz allein lebte und keine Familie hatte. Der arme einsame Mann.« Frau Suzukis Augenbrauen senkten sich betrübt.

Asako fühlte sich unbehaglich bei diesen Worten. Ihr war klar, dass ihre eigene Lage sich nicht so sehr von der des Mochi-Händlers unterschied. Frau Suzuki schien das zu spüren, denn sie wechselte rasch ihren Tenor.

»Die Polizei soll Hunderte von Büchern in seiner kleinen Wohnung vorgefunden haben. Kaum zu glauben. Wer hätte gedacht, dass ein einfacher Mann wie er so belesen war.«

Asako war ebenfalls erstaunt, aber so unglaublich fand sie es nicht. Äußerlich hatte der Mochi-Händler sehr bescheiden gewirkt. Aber er hatte die klaren Augen eines erleuchteten Mannes besessen.

»Wozu hatte er nur all diese Bücher? Wahrscheinlich musste er sich irgendwie seine einsamen Stunden vertreiben. Der arme Mann.« Frau Suzuki schnalzte erneut mit der Zunge.

»Ich hoffe, er ist jetzt in einer besseren Welt«, sagte Asako nach einem langen Seufzer. »Es wird mir fehlen, ihn zu sehen.«

Frau Suzuki sah Asako überrascht an. »Haben Sie ihn denn gut gekannt, Frau Tanaka?«

»Nein.« Asako, die Frau Suzukis Verwunderung spürte, schüttelte den Kopf. »Ich bin ihm nur fast jeden zweiten Morgen begegnet, wenn wir beide unsere Lieferungen machten, gesprochen haben wir aber kaum miteinander. Ich wünschte, ich hätte ihn besser gekannt. Er war ein netter

Mann und hat es nicht verdient, auf diese Weise ums Leben zu kommen.«

»Ich bin ganz Ihrer Meinung. Das hatte er auf keinen Fall verdient. Ich hoffe, der Fahrer bekommt seine Strafe, so oder so.« Wie um ihrer Empörung Luft zu machen, fächelte sich Frau Suzuki mit einem Papierfächer zu.

»Das hoffe ich auch«, sagte Asako niedergeschlagen. »Obwohl er bestimmt leidet. Schließlich muss er für den Rest seines Lebens mit dieser Schuld leben. Das allein ist schon eine große Strafe.«

Frau Suzuki hörte auf zu fächeln und schüttelte den Kopf. »Ich bezweifle, dass so ein Mensch überhaupt ein Gewissen hat. Manche haben gar keinen Sinn für das, was richtig und was falsch ist, wissen Sie. Wie diese Yakuza-Verbrecher, die …« Frau Suzuki brach mitten im Satz ab. Die Anspannung auf Asakos Gesicht machte ihr bewusst, dass das Gespräch sich zu weit vom sicheren Terrain allgemeiner Klatschgeschichten entfernt hatte. Fast jeder im Viertel wusste von der unwürdigen Verbindung zwischen der armen Witwe und dem rangniedrigen Yakuza, auch wenn der Schuft bereits seit fast zwanzig Jahren im Gefängnis saß. Die Ladeninhaberin begann sogleich, über die sommerliche Hitze zu klagen.

»Ich hoffe, die Polizei erwischt den Fahrer, der den alten Mann getötet hat«, sagte sie und packte das Kleid in eine Tüte. »Solche Unfälle dürften nicht geschehen. Passen Sie nur gut auf sich auf, Frau Tanaka. Man weiß nie, was kommt.«

Asako bezahlte, ohne etwas zu sagen. Die Ladeninhaberin überreichte ihr mit einer tiefen Verbeugung die braune Papiertüte und, passend zu dem neuen Kleid, ein gelbes

Haarband. Es sei ein Geschenk für Yuki, erklärte sie, dann bat sie Asako, wieder hereinzuschauen, wenn im folgenden Monat die neue Kollektion einträfe.

Als Asako hinaus in die gleißende Nachmittagssonne trat, vernahm sie ein paar Häuser weiter Frau Sasakis schrille Stimme.

»Frau Tanaka!« Die Wirtin trippelte, heftig ihren Fächer bewegend, auf Asako zu. Ihr leinener Sommerkimono mit einem bunten Muster auf marineblauem Grund unterstrich die rot geschminkten Lippen. »Es ist so heiß dieser Tage, nicht wahr?«, begrüßte sie Asako mit ihrer nasalen Stimme. Ihre dick aufgetragene Schminke lief ihr in schweißigen Rinnsalen übers Gesicht.

Asako nickte und wischte sich mit einem weißen Baumwolltaschentuch über die feuchte Stirn. Frau Sasaki beäugte die Papiertüte in Asakos Hand.

»Ah, Sie haben etwas zum Anziehen gekauft. Für Ihre Enkeltochter?« Frau Sasaki spähte neugierig in die Tüte.

»Yuki brauchte ein neues Sommerkleid für unseren Ausflug«, sagte Asako. »Wir werden morgen den Ise-Schrein besuchen.«

»Das ist ja wunderbar!«, flötete Frau Sasaki, so entzückt sie konnte. Sie klappte ihren Fächer zu und betupfte sich das Gesicht mit einem lavendelfarbenen Taschentuch, das voller Schminkflecken war. »Frau Tanaka, es freut mich so sehr, Sie und Ihre Enkelin beisammen zu sehen. Sie wirken neuerdings so viel glücklicher.« Sie lächelte breit.

Asako nickte, ohne das Lächeln zu erwidern. »Ja, das ist wahr. Yuki bringt viel Freude in mein Leben.«

»Das ist wunderbar, ganz wunderbar«, wiederholte Frau

Sasaki. »Es wird sicher sehr aufregend für die Kleine, die Schreine in Ise zu sehen. Waren Sie schon einmal dort?«

»Nein, aber ich habe mir immer gewünscht, einmal dorthin zu fahren.«

»Oh, es wird Ihnen gefallen. Man spürt die heilige Macht der Schreine, sobald man das Gelände betritt.« Frau Sasaki fuhr fort, von den Ise-Schreinen zu schwärmen, während Asako ihr aufmerksam zuhörte. »Jedenfalls«, sagte sie dann in verändertem Tonfall und trat näher an Asako heran, als wäre sie im Begriff, ihr ein Geheimnis zu verraten, »glaube ich nicht, dass diese Leute von der Adoptionsagentur noch kommen.« Sie flüsterte beinahe und beobachtete Asakos Miene genau. »Jetzt sind es schon sieben Monate, und ich habe nichts von ihnen gehört. Vielleicht haben die Amerikaner es sich anders überlegt.«

Asako schwieg, ohne eine Regung zu zeigen. Das machte Frau Sasaki nervös.

»Jedenfalls ...« Sie füllte die unbehagliche Pause mit hektischem Gefächel. »Meine Güte, ist das heiß!«, sagte sie.

»Vielen Dank für Ihre Auskunft, Frau Sasaki«, sagte Asako. »Aber selbst wenn die Leute von der Agentur kämen, würde ich ihnen Yuki nicht überlassen.«

»Jetzt wo ich sehe, wie glücklich Sie mit Yuki sind, würde ich Sie gern für immer zusammen sehen. Ich hoffe auch, dass sie niemals mehr auftauchen.« Frau Sasaki brachte ein aufrichtiges Lächeln zustande.

»Ich gehe jetzt lieber Yuki abholen«, sagte Asako unvermittelt und beendete das Gespräch mit Frau Sasaki.

»Brechen Sie so früh wie möglich auf«, riet ihr die Gastwirtin. »Es gibt viel zu sehen in Ise. Ich wünsche Ihnen einen schönen Ausflug, Frau Tanaka.«

»Danke«, sagte Asako. Sie stellte fest, dass sie nun keinen Grund mehr hatte, Frau Sasaki aus dem Weg zu gehen, wo diese die Adoptionsvermittler nicht mehr zu ihr bringen wollte.

»Laut Wettervorhersage soll nach dieser Hitzewelle wieder ein starkes Unwetter kommen«, sagte Frau Sasaki. »Aber das ist mir immer noch lieber als diese unerträgliche Hitze.« Sie verbeugte sich leicht und ging davon, indem sie ihr Gesicht mit dem geöffneten Fächer vor der Sonne schützte.

Asako sah auf und blinzelte in die Sonne. Am blauen Himmel stand nicht eine einzige Wolke.

»Yuki!«, rief Fräulein Murakami, als die Kleine gerade den Klassenraum verlassen wollte. »Komm doch mal einen Moment zu mir.«

Mit einem Blick unschuldiger Verwunderung trat Yuki auf ihre Lehrerin zu.

»Deine Bilder gefallen mir sehr gut. Du machst das ausgezeichnet.« Fräulein Murakami lächelte und klopfte Yuki sacht auf die Schulter.

»Vielen Dank«, sagte Yuki fast automatisch, wie sie es immer tat, wenn sie gelobt wurde.

»Weißt du, warum ich dir heute fünf Sterne für dein Bild gegeben habe?«

Yuki blickte kopfschüttelnd zu ihrer Lehrerin auf.

»Nicht nur, weil du ein so schönes Bild gemalt hast, sondern auch, weil du dein Versprechen, nicht mehr ans Fliegen zu denken, gehalten hast.«

Yuki schaute auf ihre Füße und bewegte schüchtern ihre Zehen.

»Erinnerst du dich daran, was ich dir heute morgen erzählt habe? Von dem kleinen Jungen in deinem Alter, der vom Balkon gesprungen ist, weil er dachte, er könnte fliegen wie eine Zeichentrickfigur im Fernsehen?«

Yuki nickte.

»Und was mit ihm passiert ist?«

»Er hat sich die Beine gebrochen«, antwortete Yuki.

»Ich habe dir auch gesagt, dass er damit noch Glück gehabt hat. Er hätte tot sein können. Möchtest du dir die Beine brechen wie dieser Junge?«, fragte Fräulein Murakami.

Yuki schüttelte den Kopf.

»Weißt du, warum ich noch einmal über diesen Jungen mit dir spreche?«

Yuki nickte.

»Vergiss dein Versprechen nicht«, sagte Fräulein Murakami mit Nachdruck. »Es ist dumm, Dinge zu versuchen, die niemals wahr werden können. Es ist einfach unmöglich für Menschen, zu fliegen – wie Vögel oder wie diese Figuren im Fernsehen. Verstehst du?«

»Ja«, sagte Yuki zögernd.

»Ich weiß, du bist ein sehr kluges Mädchen«, sagte Fräulein Murakami. »Du kannst jetzt gehen. Ich wünsche dir ein schönes Wochenende.«

Yuki verbeugte sich, und als Asako, sich den Schweiß von der Stirn wischend, die letzte Stufe erklomm, kam sie gerade aus der Tür gerannt. Ihr Malheft schwenkend, stürmte Yuki auf ihre Großmutter zu.

»Oma! Murakami-Sensei hat mir heute fünf Sterne für mein Bild gegeben!« Sie schlug das Heft auf. »Guck, Oma! Fünf Sterne. Das ist die beste Note, die es gibt, und sie gibt sie nur einmal im Monat. Ich war die Einzige in der Klasse, die fünf Sterne bekommen hat.« Stolz präsentierte Yuki ihrer Großmutter ein Bild, auf dem sie beide auf einem Regenbogen über einem tiefgrünen Wald standen und sich an den Händen hielten.

»Wie schön, Yuki! Was für ein wunderschöner Regenbogen.«

»Gefällt dir der Regenbogen, Oma? Sensei hat er auch gefallen«, sagte Yuki mit einem Blick auf ihr Bild. »Oben wollte ich noch die Sonne hinmalen, aber dann hatte ich keinen Platz mehr.«

»Es ist auch so ein Fünfsternebild.« Asako lächelte.

Hand in Hand begannen die beiden langsam die Steintreppe hinunterzusteigen.

»Oma?«, sagte Yuki zaghaft. »Kann ich dir ein Geheimnis sagen?«

»Was ist es denn?«

Yuki blieb ein paar Stufen über Asako stehen, sodass sich ihre Augen auf gleicher Höhe trafen. »Ich bemühe mich wirklich, nicht ans Fliegen zu denken«, sagte das Mädchen nach einer Pause. »Aber immer wenn ich male, male ich, wie ich fliege – auch wenn ich nicht daran denke. Wirklich, ich schwöre!«

»Ich glaube dir. Das macht nichts.«

»Ich sage dir die Wahrheit, Oma. Plötzlich habe ich gemerkt, dass ich dich und mich am Himmel über dem Wald gemalt habe, ohne dass ich überhaupt ans Fliegen dachte. Ehrlich, Oma, ich wollte nicht malen, dass wir fliegen. Also musste ich den Regenbogen unter unsere Füße malen, damit es aussieht, als würden wir auf dem Regenbogen laufen.«

»Das war eine sehr gute Idee. So ein schöner Regenbogen.« Asako fuhr mit dem Finger seine Wölbung entlang.

»Ich werde nie fliegen können. Ich weiß es, Oma«, sagte Yuki und ließ den Kopf hängen. »Es wird nie geschehen.« Sie schloss ihr Malheft und ging die Treppe hinunter.

»Warum sagst du das, Yuki?« Asako ergriff die Hand ihrer Enkelin.

»Fräulein Murakami sagt, die einzige Möglichkeit zu fliegen ist im Flugzeug. Sie sagt, dass niemand fliegen kann. Nie und nimmer!« Yuki schmollte. »Ich habe ihr sogar versprochen, dass ich es nie versuchen werde.«

»Warum möchtest du denn so furchtbar gern fliegen, Yuki? Es gibt doch so viele andere schöne Sachen, die du machen kannst. Du kannst malen. Lesen lernen. Mit anderen Kindern spielen. Magst du denn das alles nicht?«

»Es ist nicht das Gleiche, Oma. Das ist alles nicht so schön wie fliegen. Du würdest es verstehen, wenn du die Frau im Fernsehen gesehen hättest. Du würdest sehen, was ich meine.«

Yuki seufzte hörbar. Beide wussten nicht, was sie als Nächstes sagen sollten.

»Möchtest du ein Eis?«, brach Asako in heiterem Ton ihr Schweigen.

»Oh ja! Mit Grünteesirup und Anko!«, rief Yuki. Geschabtes Eis mit süßem rotem Bohnenmus! Aller Kummer wegen des Fliegens war vergessen.

»Und hier, Yuki, ich habe dir ein neues Kleid für unseren Ausflug morgen gekauft«, sagte Asako und hielt die Tüte hoch.

»Zeig es mir, Oma«, verlangte Yuki. »Bitte, zeig es mir gleich!«

Wohl wissend, dass Yuki keinen Zentimeter weitergehen würde, bevor sie ihr Kleid gesehen hatte, nahm Asako es aus der Tüte. Yuki riss es ihrer Großmutter fast aus der Hand.

»Oh, wie schön! Das ziehe ich jetzt jeden Tag an«, rief Yuki und senkte ihre Nase in eine der Sonnenblumentaschen. »Oma, riech mal. Die Tasche riecht nach Sonnenblume.«

Yuki drückte Asako die Tasche an die Nase. Es roch leicht nach Stärke und synthetischem Färbemittel, wie ein neues Kleid eben.

»Riechst du es nicht, Oma? Genau wie eine Sonnenblume.« Yukis Gesicht leuchtete gelb – wie eine Sonnenblume.

»Ich weiß nicht.« Asako hielt sich die Tasche an die Nase und schnupperte wieder. Auf einmal fragte sie sich, ob sie überhaupt schon einmal an einer Sonnenblume gerochen hatte? Sie konnte sich nicht daran erinnern.

»Oma, da riecht es nach Sonnenblume, genau hier!« Yuki deutete mit ihrem kleinen Zeigefinger ins Zentrum der Blume.

Asako brachte die Nase an die Stelle, auf die Yuki gezeigt hatte und atmete tief ein: Nichts. Sie schloss die Augen und versuchte sich an das Aroma der gelben Blumen zu erinnern. Sie erinnerte sich an das kleine Himawari-Feld nicht weit vom Gasthaus Sakai. Asako war mit ihrer Mutter auf ihrem Weg zum nahen Shinto-Schrein häufig an den hohen Blumen vorbeigegangen, die hinter einem niedrigen Bambuszaun hervorschauten. Ein großer Hund, der an einen Bambuspfosten davor gebunden war, bellte jeden an, der vorüberkam.

Asako wusste noch genau, welche Angst sie vor dem Hund gehabt hatte. Sooft sie an ihm vorbeimusste, versteckte sie sich hinter ihrer Mutter. Sie sah das Bild des grässlichen Hundes noch lebhaft vor sich. Auch an den Gestank seines Urins erinnerte sie sich ebenso deutlich wie an das leuchtende Gelb der Blumen, nur nicht an ihren Duft. Sie wurde nervös. Nicht einmal das leise Rascheln der im Wind schwankenden Sonnenblumen hatte sie vergessen. Je stärker sie grübelte, desto intensiver wurde die Erinnerung an den strengen Geruch des Hundeurins.

»Ah ja, jetzt rieche ich es auch!«, sagte Asako schließlich, da Yuki so begierig auf ihr Urteil wartete. »Genau wie Sonnenblumen.«

Asako genoss ihre Lüge. Und einen Moment lang glaubte sie, wirklich das grasartige Aroma der Blume wahrnehmen zu können. Sie legte das Kleid zusammen und packte es wieder in die braune Tüte, während Yuki die Stufen hinunterrannte.

»Oma, beeil dich. Jetzt rieche ich schon das Eis!«

»Sei vorsichtig, Yuki. Mach langsam!«, rief Asako und folgte ihr. Wie ihre Enkelin hob sie die Nase in die heiße Nachmittagsluft und versuchte den Duft von geschabtem Eis mit Grünteesirup und süßen roten Bohnen zu riechen.

Der Wetterbericht im Radio kündigte an, dass die Hitzewelle am Sonntagabend beendet sein würde, und am Montag mit einem schweren Unwetter die Regenzeit einsetzen würde. Nach der wochenlangen dampfigen Hitze sehnten sich die Menschen nach Regen, auch wenn sie nach mehreren verregneten Tagen wieder die Sonne vermissen würden.

Um der Mittagshitze zu entgehen, brachen Asako und Yuki am Sonntagmorgen schon früh auf. Als sie sich auf den

Weg zum Bahnhof machten, war der Himmel von reinstem Blau und die Luft noch frisch und kühl.

Yuki erinnerte sich, dass sie mit ihrer Mutter den gleichen Bus vom Bahnhof genommen hatte. Damals war es dunkel und bitterkalt gewesen. Monate später saß sie nun mit ihrer Großmutter im gleichen Bus und beobachtete das hektische Treiben der Großstadt.

Der Zug war voll, obwohl es kaum sieben Uhr war. Yuki saß in ihrem neuen gelben Kleid am offenen Fenster. Ihr Haar war zu einem straffen Pferdeschwanz gebunden. Ihn zierte das gelbe Band, das Frau Suzuki Asako geschenkt hatte. Als der Zug aus der Stadt heraus war, duftete die Luft nach geschnittenem Gras. Yuki winkte gewissenhaft allen Bauern zu, die auf den Feldern seitlich der Bahngleise arbeiteten.

»Oma, niemand winkt mir«, sagte Yuki und ließ sich enttäuscht in ihren Sitz zurücksinken.

»Vielleicht haben sie dich nicht gesehen, weil der Zug so schnell fährt«, tröstete ihre Großmutter sie.

»Aber ich sehe sie doch! Warum können sie mich nicht sehen?«

Asako lächelte. Sie wusste fast nie eine Antwort auf die Fragen, die Yuki ihr stellte.

»Oma, hattest du auch eine Mutter?«

»Natürlich.«

»Ist sie gestorben?«

»Ja, schon vor langer Zeit.« Asako sah aus dem Fenster auf die vorbeiziehenden grünen Felder. Die Landschaft war zu schön, um sie an ihre dunkle Vergangenheit zu erinnern, dennoch wurde ihr das Herz schwer bei der aufkeimenden Erinnerung.

»Warst du traurig?«

»Es ist schon sehr lange her«, wiederholte Asako statt einer Antwort. Ungeachtet der betörenden Landschaft brandeten die Wellen schmerzlicher Erinnerung an ihre Mutter über sie hinweg.

Ein Verkäufer trug ein Holztablett mit Bento-Schachteln – gekochte Eier, Mochi und getrockneter Fisch – durch den Gang. Der kleine Mann hinkte. Nicht auffällig, aber unübersehbar. Asako musste an den Mochi-Händler denken und kaufte ihm deshalb eine Schachtel mit Mochi ab. Diese waren mit rotem Bohnenmus gefüllt.

»Großmutter, iss auch eins.« Yuki reichte ihrer Großmutter ein Mochi.

»Die sind alle für dich, Yuki. Ich mag keine Mochi.«

»Stimmt nicht!«, rief Yuki so laut, dass die Leute sich zu ihnen herumdrehten.

Asako lächelte verlegen. »Wirklich, Yuki, ich mag keine Mochi.«

»Jeder mag Mochi, Oma. Jeder!«

»Mir wird übel davon. Das ist alles«, sagte Asako leise.

»Warum denn?« Yuki musterte das Gesicht ihrer Großmutter.

Asako antwortete nicht und sah aus dem Fenster. Die Reisfelder leuchteten smaragdgrün in der Morgensonne.

Gegen neun Uhr stiegen sie am Bahnhof Ise aus und machten sich sofort auf den Weg zu den Schreinen. Kurz darauf erreichten sie den Geku, den Äußeren Schrein. Hohe Pinien warfen ihren kühlenden Schatten auf den breiten Kiesweg zu den Schreinen. Das schrille Zirpen der Zikaden erfüllte die Luft und verband sich angenehm mit dem Knirschen ihrer Schritte auf dem Kies.

Am Temizusha, dem Brunnen, an dem man sich vor dem Betreten des Geländes die Hände wusch und den Mund ausspülte, machten Asako und Yuki Halt. Asako verbeugte sich mit ehrerbietig aneinandergelegten Händen vor der Wasserquelle und spülte sich dann den Mund. Sie bedeutete Yuki, es ihr nachzutun. Anschließend gingen sie weiter zum Toyouke Daijingu, dem Großen Schrein, in dem man Toyouke Oomikami verehrte, die Göttin für Ackerbau und Handwerk, der die Sorge für Nahrung, Kleidung und Unterkunft anvertraut war.

Nachdem sie kurz in einer Schlange gewartet hatten, standen sie vor dem heiligen Schrein. Asako verbeugte sich zweimal, klatschte in die Hände und verbeugte sich erneut. Yuki folgte emsig ihren Bewegungen. Asako freute sich, wie gewissenhaft die Kleine das Ritual vollzog. Sie wirkte ernsthafter als die meisten Erwachsenen.

Anschließend suchte Asako mit ihrer Enkelin ein kleines Gebäude auf, um Ema zu kaufen, Holztäfelchen, auf die die Besucher ihre Wünsche schreiben ließen, um sie dann in der Hoffnung, dass sie in Erfüllung gingen, am Schrein zurückzulassen. Asako bat den Ema-Verkäufer, die Namen Yuki und Miho und ein paar Segenswünsche dazuzuschreiben.

»Welche Segnungen möchten Sie?«, fragte der alte Mann mit den langen grauen Augenbrauen. Er trug ein Gewand aus weißem Leinen und blickte hinter einer dicken Lesebrille hervor.

Asako war einen Moment lang ratlos. Ihr fiel überhaupt nichts ein. »Welche Segenswünsche gibt es denn?«, fragte sie zurück. »Ich meine, was wünschen sich denn die anderen Leute?«

»Gesundheit, Erfolg im Beruf, Glück bei Examen oder Glück in der Liebe – solche Dinge«, leierte der Mann herunter, als hätte er es schon hundert Mal wiederholt.

»Kann man sich wünschen, dass man fliegen kann?«, unterbrach Yuki und machte einen Schritt auf den Alten zu.

»Fliegen?«, fragte er verdutzt. »Wie ein Vogel?«

»Ja, fliegen. Wie ein Vogel«, erwiderte Yuki aufgeregt. Asako lächelte über den kindlichen Wunsch.

»Glück beim Fliegen«, schlug der alte Mann vor, als ob es sich um das Alltäglichste auf der Welt handelte. »Soll ich das schreiben?«

»Ja!« Yuki sprang vor Freude in die Höhe und klatschte in die Hände, während der Alte seinen dünnen Pinsel zur Hand nahm, um die Zeichen für »Glück beim Fliegen« zu schreiben.

Yuki hatte Fräulein Murakami versprochen, dass sie keine Flugversuche unternehmen würde – nie und nimmer –, aber die Gelegenheit, ihren Wunsch aufschreiben und am heiligsten aller Schreine aufhängen zu lassen, konnte sie nicht versäumen.

»Bitte, schreiben Sie auch ›Großes Glück und gute Gesundheit für Miho Yamaguchi‹«, sagte Asako.

Asako und Yuki beobachteten, wie der Alte ihre Wünsche mit dem feinen Pinsel und schwarzer Tusche auf das Täfelchen schrieb. Es sah wunderschön aus.

Yuki wandte sich an ihre Großmutter. »Was ist mit einem Wunsch für dich, Oma?«, fragte sie. »Dein Name soll auch draufstehen.«

»Ich bin zu alt, bei mir nützt es jetzt nichts mehr«, sagte Asako und tupfte sich mit einem Taschentuch den Schweiß von der Stirn.

Der Alte hob den Kopf und sah Asako über den Rand seiner Brille hinweg an. »Es spielt keine Rolle, wie alt man ist. Wir alle brauchen den Segen der Götter«, sagte er. »Sie befinden sich im heiligsten aller Schreine. Es wäre eine große Verschwendung, wenn Sie keinen Wunsch zurückließen. Wünschen Sie sich denn überhaupt nichts?«

»Bitte, Oma! Du musst dir auch etwas wünschen«, drängte Yuki ihre Großmutter, die unsicher war wie ein Kind, das sich verlaufen hat.

»Wie ist denn Ihr werter Name?«, fragte der Alte und hielt den Pinsel über eine freie Stelle auf dem Täfelchen.

»Asako Tanaka«, sagte sie zögernd. Der alte Mann ließ den Pinsel über die glatte Oberfläche gleiten, und die Striche fügten sich zu wohlproportionierten Zeichen zusammen.

»Ist das Ihre Enkelin?«, fragte er, während er mit dem Pinsel auf Yuki deutete.

»Ja, sie ist meine Großmutter«, antwortete Yuki an ihrer Stelle.

Der Alte stieß ein meckerndes Lachen aus. »So kann man auch antworten«, sagte er. »Jetzt, wo Ihre Namen im Toyouke Daijingu festgehalten sind, werden Sie alle glücklich und gesund sein.« Er reichte Asako das Täfelchen. »Für Sie habe ich ›Frieden und langes Leben‹ geschrieben.«

Asako nahm es mit beiden Händen entgegen und verneigte sich tief. Dem alten Mann waren bei seiner Arbeit an den Schreinen Tausende von Gesichtern begegnet. Nach all den Jahren, in denen er die Wünsche der Besucher geschrieben hatte, vermochte er in ihren Mienen zu lesen. Er wusste, dass die alte Frau vor ihm eine schwere Last zu tragen hatte.

Asako befestigte das Täfelchen vor dem Schrein, legte die Hände vor dem Herzen zusammen und verbeugte sich tief. Yuki beobachtete sie und tat es ihr nach. Sie betete, dass die Kami – die Gottheiten – ihre Wünsche lesen und erfüllen würden. Nachdem sie ihre Ema aufgehängt hatten, schlenderten die beiden inmitten der anderen Besucher über das Gelände.

Yuki blieb vor einer großen Zypresse stehen, an deren Stamm Hunderte von Glückszetteln befestigt waren. »Oma, was sind das für Papierstreifen da?«

»Das sind Omikuji – Wahrsagezettel – mit unglücklichen Vorhersagen. Wenn man einen Zettel zieht, der Pech ankündigt, ihn aber an den Baum bindet und aufrichtig betet, hilft einem der Baumgott, das Unglück zu bewältigen.«

»Der Baumgott hört auf Gebete?«

»Ja, natürlich.«

Yuki faltete die Hände vor der Brust und senkte den Kopf. Einen Moment lang betete sie mit fest geschlossenen Augen.

»Worum hast du denn gebetet?«, fragte Asako, als Yuki den Kopf hob. Ihre kleinen Hände waren noch immer über dem Herzen gefaltet.

»Ich habe mir gewünscht, dass wir alle zusammenleben könnten – du, Mami und ich –, wir alle als eine Familie.«

Asako lächelte traurig und schaute hinauf in den Baum. Sie neigte den Kopf und legte wie Yuki die Hände vor dem Herzen zusammen.

»Was hast du dir gewünscht, Oma?«

»Dass all deine Wünsche in Erfüllung gehen.«

»Und dein Wunsch?«

»Das *ist* mein Wunsch.«

»Nein, Oma, *dein* Wunsch. Nicht der für Mami und mich. *Deiner!*«

Asako konnte sich keinen Wunsch vorstellen, der Yuki und Miho nicht einschloss. Sie dachte einen Moment nach und sagte dann: »Ich wünschte, ich könnte eines Tages einmal tief und fest schlafen.«

»Oma, wie kommt es, dass du nicht schlafen kannst? Bist du denn nicht müde, wenn du den ganzen Tag gearbeitet hast?«

Asako lächelte, ohne zu antworten. Sie dachte an die albtraumhafte Nacht, die ihr für immer den Schlaf geraubt hatte. Nach all den Jahren hatte sie sich daran gewöhnt, nur hin und wieder kurz einnicken zu können, aber sie wünschte sich von ganzem Herzen, eines Tages friedlich schlafen zu können, ohne den Albtraum jener Nacht erneut zu durchleben.

»Oma, meinst du, ich könnte den Baumgott um zwei Sachen bitten? Ich habe noch einen Wunsch.«

»Der Baumgott erhört bestimmt noch einen Wunsch. Was wünschst du dir denn noch?«

»Dass du eines Tages tief schlafen kannst. Der Baumgott hört dann den gleichen Wunsch zweimal und kann nicht so tun, als hätte er nichts gehört.«

Als sie Yukis zufriedenes Lächeln sah, hatte Asako tatsächlich das Gefühl, in einen Schlummer voll schöner Träume fallen zu können. Vielleicht könnte sie wirklich alle ihre schmerzhaften Erinnerungen vergessen und in den weiten Ozean eines tiefen Schlafes sinken, in dem sie vom Regenbogen und einer warmen roten Sonne träumte.

21

Der Ausflug zu den Schreinen von Ise war für Großmutter und Enkelin anstrengend gewesen. Sie brauchten den ganzen Tag, um den Äußeren und den Inneren Schrein zu sehen, die etwa fünf Kilometer voneinander entfernt lagen. Yuki schlief auf der Rückfahrt im Zug ein und schlief auch zu Hause weiter. Asako nahm ungeachtet ihrer Erschöpfung ihre Arbeit auf und lieferte wie üblich früh aus. Danach kam sie im Morgengrauen ausgelaugt wie eingesalzener Kohl nach Hause.

Yuki schlief noch fest, den Kopf auf ihrem von Speichel befleckten Kissen aus Buchweizenspelzen. Asako trocknete ihr die Stirn und legte sich neben sie. Sie schloss die Augen und entspannte mit einem langen Seufzer ihre Muskeln. Ihr Körper sank schwer auf den Futon, gleichsam in einen Ruhezustand hinüberschmelzend. Zum Zwitschern der Vögel glitt sie beim Geräusch von Yukis regelmäßigem Atem bald in einen tiefen Schlaf.

Asako hatte einen Albtraum: Yuki stürzte die Treppe vor der Schule hinab. Sie schlug auf den harten Steinstufen auf, und ihre Knochen brachen. Das Blut spritzte bis hinunter auf die Straße. Asako selbst stand am Fuß der Treppe. Sie war außerstande, sich zu bewegen, sosehr sie Yuki auch retten wollte. Die Treppe wurde länger und länger, das Kreischen ihrer alten Stimme ertönte, während Yuki immer weiter fiel. Asako konnte nur starr vor Entsetzen zuschauen.

Asako wachte in kaltem Schweiß gebadet und mit hämmerndem Herzen auf. Die entsetzlichen Bilder noch vor Augen, betrachtete sie Yukis schlafendes Gesicht und versuchte, den Albtraum abzuschütteln. Es war schon hell draußen, doch Yuki wachte erst eine Stunde später auf.

Asako ging in die Küche und bereitete das Frühstück vor. Dann wusch sie die großen Töpfe, in denen sie die Sojamilch auffing, und spülte Sojabohnen in einer großen Holzwanne, um sie einzuweichen. Sie war heute früher fertig und hatte Zeit übrig. Also blickte sie sich in der Küche um. Vielleicht gab es noch etwas zu tun, was ihre Gedanken von dem Albtraum ablenkte.

Das Messer! Ihr fiel ein, dass ihr Küchenmesser ziemlich stumpf war. Sie hockte sich auf den Boden und begann, es zu schärfen. Ruhig bewegten sich ihre Hände auf und ab, als sie das Messer am Schleifstein abzog. Das kalte Klirren durchschnitt das Zirpen der Zikaden. Unsichtbar blutend verlor die Klinge ihre Stumpfheit.

Als Yuki am Montag erwachte, konnte sie es kaum erwarten, ihr neues gelbes Kleid zum ersten Mal zur Schule anzuziehen. Sie hatte sich auf dem Ausflug nach Ise besonders in Acht genommen, um es nicht zu beschmutzen, damit sie es am folgenden Tag tragen konnte. Yuki zog an Asakos Hand und hetzte sie die Steintreppe zur Schule hinauf.

»Heute habe ich das schönste Kleid von allen an«, sagte Yuki und rannte auf die oberste Stufe zu. »Die werden staunen. Meiner Lehrerin gefällt es bestimmt auch!«

»Yuki, pass auf!«, schrie Asako in dem Versuch, Yukis Temperament zu mäßigen.

»Guck mal, Oma, wie schnell ich die Treppe rauflaufen kann. Viel schneller als du«, rief Yuki und rannte bis ganz nach oben.

»Renn die Treppe nicht so rauf und runter. Das ist gefährlich!«, schrie Asako.

»Ist es nicht!«, protestierte Yuki. »Guck, Oma, ich zeig dir, wie schnell ich runterlaufen kann.«

»Yuki! Nein!«, schrie Asako wieder und packte die Kleine am Arm.

»Aua, das tut weh, Oma!«, quiekte Yuki. Sie riss sich los und rieb sich den Arm. Erschrocken sah sie ihre Großmutter an. Warum benahm sie sich so seltsam?

»Yuki, versprich mir, dass du die Treppe nicht mehr so hinunterrennst. Du könntest dich ernsthaft verletzen.« Asakos Miene blieb streng. Ihre Stimme klang gebieterisch. »Wenn die Schule zu Ende ist, wartest du hier, bis ich dich abhole. Du rennst nicht allein die Treppe hinunter. Hast du verstanden?«

»Aber Oma, ich kann …«

»Hast du gehört, was ich gerade gesagt habe?«, unterbrach Asako sie. »Heute Nachmittag wartest du hier, bis ich dich abhole. Verstanden?«

Yuki hatte ihre Großmutter noch nie so streng erlebt, aber ganz ernst nahm sie die Warnung trotzdem nicht. Weshalb war es auf einmal so gefährlich, die Treppe hinunterzurennen?

»Und was ist, wenn du zu spät kommst?«, fragte Yuki, unwillig, sich ganz zu fügen. »Ich gehe dann ganz langsam mit meinen Freunden die Treppe hinunter, ich verspreche es.«

»Nein, Yuki!«, beharrte Asako. »Du wartest hier oben an der Treppe, bis ich dich abholen komme. Genau hier!« Sie deutete auf die Stelle. »Versprich mir das!«

»Ja, Oma, ich verspreche es«, sagte Yuki, verdutzt über die ungewöhnliche Forderung ihrer Großmutter.

»Du hast es versprochen, Yuki. Sei ein braves Mädchen.« Asako milderte ihren Ton. »Bitte, warte hier auf mich.«

Yuki nickte, verstand jedoch den Befehl ihrer Großmutter noch immer nicht. Sie rannte in das Gebäude, und Asako blieb stehen und beobachtete, wie das gelbe Kleid im Eingang verschwand.

Asako blickte zum Himmel. Obwohl die Sonne strahlte, lag der Geruch von Regen in der Luft. Aus der Ferne näherten sich graue Wolken und nahmen in aller Ruhe die Bläue in Besitz.

Während der Nachmittagsstunden malte Yuki die Schreine von Ise in ihr Malheft. Hin und wieder hielt sie inne, um sich den Aufbau der Schreine ins Gedächtnis zu rufen, aber sie konnte sich nur an die dunklen Balken erinnern, die langweilige Bilder ohne lebhafte Farben abgaben. Unzufrieden mit ihren Werken sah sie hinüber zu Kenji.

»Was malst du, Kenji?«, fragte sie und versuchte sein Kunstwerk zu entschlüsseln.

»Das ist ein Astronaut«, antwortete Kenji und deutete auf den Mann im weißen Overall, den er gerade zeichnete.

»Ein Astronaut?«

»Ja, der erste Mann auf dem Mond«, erklärte Kenji. »Er ist dorthin geflogen. Hast du ihn im Fernsehen gesehen?«

»Nein, wir haben keinen Fernseher«, sagte Yuki neidisch. »Ist wirklich ein Mann zum Mond geflogen? Wie hat er das gemacht?«

»Die Amerikaner haben erst letzten Monat eine Rakete zum Mond geschickt. Das hättest du sehen sollen. Die Rakete hatte einen riesigen Schwanz aus Feuer, bevor sie abhob.«

Als Kenji den Abflug der Rakete demonstrierte, versammelte sich eine Gruppe von Jungen um ihn, die seinen Astronauten anschauen wollten.

»Warum das große Feuer?«, fragte ihn ein mageres Kerlchen.

»Weil der Mond sehr, sehr weit fort von der Erde ist. So …« Kenji deutete auf einen winzigen Punkt auf seinem Bild. »Vom Mond sieht die Erde kleiner aus als ein Fingernagel. Deshalb brauchen sie viel Energie, damit die Rakete die ganze Strecke zum Mond überhaupt schafft.«

Yuki nickte wie die anderen, aber sie verstand nicht, was das bedeutete. »Und wenn man nicht so weit fliegen will? Dann braucht man doch auch kein so großes Feuer, oder?«, fragte sie.

Kenji dachte einen Moment lang nach und schüttelte den Kopf. »Ich glaube nicht. Ich habe schon mal ein Flugzeug starten sehen, aber da war kein Feuer.« Kenji rückte sein Blatt zurecht und griff nach einem schwarzen Stift. »Ich glaube, Flugzeuge fliegen ohne Feuer«, stellte er fest.

»Aha.« Yuki nickte, beeindruckt von Kenjis Wissen. »Hat der Astronaut den Hasen im Mond gesehen?«, fragte sie unschuldig.

Kenji und die anderen Jungen kicherten. »Du Dummie! Es gibt keine Hasen auf dem Mond.« Er setzte eine herablassende Miene auf. »Das ist nur eine alte Geschichte, die die Leute erfunden haben«, sagte er. »Der Astronaut hat überhaupt nichts auf dem Mond gefunden. Der Mond ist leer. Dort gibt es nichts.«

»Gar nichts? Keinen Mondhasen? Keine Bäume? Keine Blumen?« Yuki konnte es nicht fassen. Sie nahm Kenjis Bild genau in Augenschein. Dann dachte sie an den Astronauten, der in einer Rakete mit einem großen Feuerschweif dorthin geflogen war. Warum war er zum Mond geflogen, wenn dort nichts war?

»Nichts! Nicht einmal Luft«, fuhr Kenji fort. »Er musste sogar Luft in seinem Astronautenanzug mitnehmen.«

»Wirklich?« Yuki keuchte erstaunt. »Aber wie denn?«

»In einem Lufttank, Dummie! Ich werde später Astronaut«, verkündete Kenji. »Wenn ich groß bin, fliege ich zum Mond.«

Yuki blickte über den Tisch und musterte Kenjis Bild erneut. Sie dachte einen Moment nach und stellte sich vor, auf dem Mond zu sein. Der Mond, wie ihn Kenji beschrieben hatte, gefiel ihr nicht.

»Du bist selbst ein Dummie, Kenji. Ich würde niemals auf den Mond wollen«, sagte sie schnippisch. »Dort gibt es niemanden, mit dem du spielen kannst, keine Bäume und keine Blumen. Nicht mal Luft! Und mit einem großen Feuer zu fliegen, ist auch blöd. Höchstens ein Blödmann wie du hat Lust, zum Mond zu fliegen.«

»Selber blöd«, schrie Kenji. »Du glaubst doch noch an den Mondhasen und dass er da oben sitzt und Mochi macht.«

»Den Mondhasen gibt es wohl!«, schrie Yuki zurück. Wütend warf sie ihren braunen Buntstift nach Kenji, worauf er das Feuer prompt mit seinem schwarzen erwiderte.

»Kenji! Yuki! Was macht ihr da? Hört sofort auf«, schaltete Fräulein Murakami sich ein, als der Lärm zu ihr drang.

Auf diese Rüge hin wandte sich Kenji wieder seinem Astronauten und Yuki ihren Schreinen zu. Yuki dachte an das Ema, das sie und ihre Großmutter zurückgelassen hatten. Dann fiel ihr die große Pinie mit den Unglückszetteln an ihrem Stamm ein, und sie dachte daran, was sie sich gewünscht hatte.

»Oh, du malst einen Schrein«, sagte Fräulein Murakami hinter ihr, und Yuki zuckte zusammen. »Welcher ist es denn?«

»Einer von denen in Ise. Ich war gestern mit meiner Großmutter dort.«

»Aha, Ise.« Fräulein Murakami legte den Kopf schräg und betrachtete das Bild.

Yuki folgte dem Blick ihrer Lehrerin. Sie ärgerte sich, dass ihr Bild verglichen mit Kenjis so langweilig war, und schielte zu ihm hinüber. Er war gerade dabei, Hinomaru, die japanische Flagge mit der roten Sonne, auf die Rakete zu malen.

»Yuki, ich glaube, dein Bild wäre interessanter, wenn du ein paar Leute in bunter Kleidung vor den Schrein malst. Was meinst du?«, fragte Fräulein Murakami.

Yuki erkannte sofort, dass ihr Bild mit dem braunen Holzgebäude allein düster wirkte. »Ja! Am Schrein waren eine Menge Leute«, rief sie und nahm ein paar Buntstifte in leuchtenden Farben aus der Schachtel.

Als Fräulein Murakami weiterging, um sich Kenjis Bild anzuschauen, wurde es plötzlich dunkel im Klassenraum. Dichte Regenwolken hatten sich vor die Sonne geschoben.

Bald zuckten Blitze, gefolgt von Donnerschlägen. Die Kinder kreischten im Chor, und sogleich brach Tumult aus. Die Klasse stürzte an die Fenster. Regentropfen prasselten gegen die Scheiben und auf das Holzdach der Schule. Ein Windstoß schüttelte die Bäume und wirbelte Staub und Blätter in die Luft.

»Ruhe! Seid ruhig«, rief Fräulein Murakami und klatschte mit einem Plastiklineal auf ihr Pult. »Alle gehen zurück auf ihre Plätze und sitzen ganz still.«

Einige Kinder jedoch blieben am Fenster und schrien weiter.

»Wer jetzt nicht ruhig auf seinen Platz geht, den lasse ich draußen stehen, bis seine Mutter ihn abholt!«, drohte Fräulein Murakami. »Kinder, die schreien, gehören nicht in diese Klasse.« Sie musste laut gegen das Geschrei und das Unwetter ansprechen.

Kaum hatte sie ihre Drohung ausgestoßen, verstummten die Kinder.

»So ist es gut. Jetzt malt eure Bilder fertig. Es ist nur ein Gewitter«, sagte sie nun leiser. »Bald dürft ihr nach Hause.«

Die Kinder nahmen ihre Arbeit wieder auf und schielten bei jedem Donnerschlag zum Fenster. Yuki beschloss, sich selbst in ihrem Sonnenblumenkleid zu malen. Als sie den gelben Stift wieder in die Schachtel legte, sah sie, dass Kenji die Fläche hinter seinem Mond mit leuchtend gelben Sternen füllte. Erfüllt von unerfindlichem Neid, malte sie ihre Großmutter in Rot, obwohl diese an jenem Tag eine jadegrüne Leinenbluse getragen hatte.

Als auf einen Blitz wieder ein krachender Donnerschlag folgte, brach Yukis roter Buntstift entzwei und fiel zu Boden. Sie sah zu, wie die eine Hälfte über den unebenen Boden bis hin zu Fräulein Murakamis Pult rollte. Die Lehrerin hob den Stift auf und brachte ihn Yuki. Der sintflutartige Regen ließ allmählich nach, während Yuki mit dem zerbrochenen roten Stift weiter an ihrer Großmutter malte.

Auf ihrem vormittäglichen Rundgang machte Asako an Frau Sasakis Restaurant Halt, um die Bezahlung für ihren Tofu zu kassieren. Die Tür war von innen abgeschlossen, was sonst nie der Fall war, wenn im Restaurant Frühstück serviert wurde. Asako hörte verschwommen, wie sich im Innern ein Mann und eine Frau stritten, aber sie ging weiter, ohne sie zu unterbrechen. Sie wusste, dass Frau Sasakis Privatleben ebenso farbenfroh war wie ihre Schminkpalette. Sie hatte mehr als nur ein paar Affären mit verheirateten Männern gehabt, auch wenn sie dies energisch leugnete.

Asako machte den Vormittag über bei den Lebensmittelgeschäften und Restaurants in der Gegend die Runde und kassierte. Am frühen Nachmittag ging sie zum Markt, um Reis bei dem Händler zu holen, bei dem sie schon seit vielen Jahren auch ihre Sojabohnen kaufte.

»Frau Tanaka, wie geht es Ihnen? Ist alles in Ordnung?«, fragte er sie. Er erkundigte sich nie nach Asakos Befinden, obwohl er sie fast jeden Tag sah. Für gewöhnlich tauschten sie nicht mehr als fünf Wörter und ein paar stumme Verbeugungen. Viele fanden den Getreide-Händler unfreundlich, wenn nicht sogar grob, weil er so wortkarg war. Doch dies war genau der Grund, warum Asako immer wieder bei ihm kaufte. Er schien sich nicht um anderer Leute Angelegenheiten zu kümmern und war offenbar damit zufrieden, den ganzen Tag auf seinem alten Transistorradio die Nachrichten zu hören.

Asako wunderte sich, dass er sie nun plötzlich fragte, ob alles in Ordnung sei. Blitzartig kam ihr ihr Albtraum in den Sinn. Der Getreide-Händler hatte sich bei seiner Frage vielleicht nichts gedacht, dennoch erschrak sie bis ins Mark. Sie beschloss, obwohl es eigentlich noch viel zu früh war, Yuki abzuholen, sobald sie die Sojabohnen gewaschen und eingeweicht hatte. Sie nahm sich vor, zeitiger zur Schule zu gehen und dort zu warten, bis sie zu Ende war, um Yuki ganz fest an die Hand zu nehmen und sie gefahrlos die Treppe hinunterführen zu können.

Asako eilte nach Hause und wirtschaftete in der Küche herum. Sie wusch die Sojabohnen und sortierte die schlechten aus, konnte aber ihren bösen Traum nicht abschütteln. Sie hatte sich gerade aufgerichtet und wischte sich den Schweiß von der Stirn, als der erste von einem fernen Donnerschlag gefolgte Blitz aufleuchtete. Kurz darauf setzte der Wolkenbruch ein. Sie beschloss, ihre Arbeit zu unterbrechen und Yuki sofort abzuholen. Es war zwar noch mitten am Tag, aber ihr Traum ließ ihr einfach keine Ruhe. Sie wollte ihre Enkelin so schnell wie möglich bei sich haben.

Gleich nach einem Donnerschlag vernahm Asako ein Hämmern am Tor. Erschrocken ließ sie den Eimer mit gewaschenen Sojabohnen fallen. Das Geräusch, der sich über den Boden ergießenden Bohnen glich dem einer großen Welle, die sich an einem Kiesstrand brach. Hektisch schaufelte Asako die Bohnen mit hohlen Händen in den Eimer zurück. Den Lärm am Tor ließ sie unbeachtet, denn sie glaubte, es wäre nur der Wind gewesen.

Doch dann flog die Küchentür auf, und ein feuchter Windstoß fegte ins Haus. Asako hob den Kopf und erstarrte.

In der Tür stand Shigeru Kobayashi, Hemd und Haare triefend vor Nässe. Der vertraute Geruch von Alkohol bestätigte ihr, dass er es tatsächlich war. Kobayashi war ein alter Mann geworden. Sein Haar war vollständig ergraut und sein Gesicht von tiefen Falten durchzogen. Aber seine Augen glühten wie die eines wütenden Tieres. Seit man ihn weit fort in ein entlegenes Gefängnis gebracht hatte, waren fast zwanzig Jahre vergangen. Damals hatte er sie verflucht und geschworen, dass er zurückkommen und sich rächen würde. Und nun war er da.

Die Bohnen, die Asako vom Boden aufgehoben hatte, glitten durch ihre Finger und rollten davon. Sie erhob sich, spürte, wie ihr die Knie weich wurden und ihr Herz zu rasen begann. Sie wollte schreien, aber die Furcht schnürte ihr die Kehle zu. Zitternd wich sie von der von Kobayashi versperrten Tür zurück.

»Du hast doch nicht wirklich geglaubt, du wärst mich für immer los, oder was?« Kobayashi betrat die Küche. »Wir haben noch eine Rechnung zu begleichen.« Es donnerte wieder, als er die Tür zuschlug.

Asako bewegte sich rückwärts und warf Gegenstände auf den Küchenboden, um ihm den Weg zu versperren. »Bitte«, schrie sie. »Bitte, lass mich in Ruhe!«

»Dich in Ruhe lassen?«, zischte er bösartig. »Ich habe dich zwanzig Jahre in Ruhe gelassen. Weißt du nicht mehr? Ich war zwanzig Jahre im Knast«, schrie er mit vor Zorn hervorquellenden Augen.

»Bitte, ich habe genug gelitten«, schrie sie. »Du hast Miho und mir so viel Schmerz zugefügt. Du hast uns genug angetan! Genug!«, schrie sie.

»Das nennst du Schmerz?«, brüllte Kobayashi und warf

den klapprigen Holzschrank um, der an der Wand stand. Teller, Schüsseln und Schalen polterten zu Boden und zersprangen in dicke Scherben. »Zwanzig Jahre lang habe ich diesen Tag herbeigesehnt«, schrie er. »Du hast der Polizei alles gesagt!« Er versetzte dem Schrank einen Tritt. »Zwanzig Jahre, hörst du? Du hast mich für zwanzig Jahre hinter Gitter gebracht!«

Kobayashi packte einen Bambuskorb und schleuderte ihn wütend auf Asako. Doch sie wehrte ihn mit den Armen ab.

»Denk an all die unaussprechlichen Dinge, die du mir und Miho angetan hast«, verteidigte sie sich. »Ich musste es tun. Ich hatte keine andere Wahl, als dich anzuzeigen«, kreischte sie, »nur, dich umzubringen.«

»Was sagst du da? Du hättest mich umgebracht?« Er starrte Asako ungläubig an. »Ich hätte dich vor langer Zeit fertigmachen sollen. Wie konntest du es wagen, mein Leben zu ruinieren?«

Kobayashi schlug Asako ins Gesicht, und sie stürzte mit einem Schrei. Ihre Nase begann zu bluten. Sie sah, dass seine Schläfen pulsierten. Er trat Asako in den Bauch, als sie versuchte, davonzukriechen, und schaute zu, wie sie sich, ihren Bauch umklammernd, vor Schmerz wand. Ihr Blut tropfte auf die verstreuten Sojabohnen. Kobayashi stellte seinen Stiefel auf ihren Kopf und trat zu, als wäre es eine Kippe. Asako stöhnte auf und spürte, wie Blut ihre Kehle hinunterrann.

Dann ging Kobayashi neben ihr in die Hocke. »Bevor ich dich umbringe, musst du mir zeigen, wo du jetzt dein Geld aufbewahrst.« Er beugte sein Gesicht nahe zu Asakos blutigem Mund und öffnete ein Schmetterlingsmesser, dessen

Klinge in der dämmrigen Küche blitzte. »Steh auf!«, verlangte er.

Statt seinem Befehl zu folgen, kroch Asako von ihm fort. Die Sojabohnen rollten in alle Richtungen. Sie kam auf die Knie und griff nach dem Küchenmesser. Die Klinge auf Kobayashi gerichtet, drückte sie sich von ihm weg. Blut und Speichel rannen von ihrem Gesicht auf ihren verblichenen Kittel.

»Ich bring dich um, wenn du näher kommst.« Ihre Stimme bebte, und das Küchenmesser zitterte heftig in ihrer Hand.

Überrascht starrte Kobayashi Asako und das Messer an. Einen Moment lang rührte er sich nicht. Asako hielt nun das Messer fest in beiden Händen und wich langsam zurück. Doch dann stieß sie gegen die Wand hinter ihr und geriet ins Wanken.

»Du verrückte Hexe!«, keifte Kobayashi, duckte sich in Windeseile und schlitzte ihr mit seinem Messer den Bauch auf.

Blut schoss aus der offenen Wunde und durchtränkte ihr Hemd, aber Asako ließ das Messer nicht fallen. Bevor sie zu Boden sank, hieb sie ihr Küchenmesser mit letzter Kraft in Kobayashis Brust.

Sein Schmetterlingsmesser fiel mit einem hohen Ton zu Boden. Er begann, sich wie wahnsinnig auf der Erde zu winden. Blut sprudelte aus seinem schwarzen Hemd wie aus einem überquellenden Gully, der rotes schlammiges Wasser ausspuckt.

Asako brach zusammen. Sie klammerte sich an ihren dünnen Lebensfaden und beobachtete, wie Kobayashi, die blutunterlaufenen Augen auf die nackte Glühbirne gerichtet, starb. Asako schloss die Augen, nachdem sie Zeugin seiner letzten Zuckungen geworden war. Während das Blut aus ihrem Bauch sickerte, dachte sie an Miho. Sie hätte ihrer Tochter gern gesagt, dass sie dieses Stück Vieh endlich für sie getötet hatte. Sie konnte sich nicht bewegen. Es fühlte sich an, als würde sie im Küchenboden versinken, tief in die Erde hineinsacken.

»Yuki …«, stöhnte Asako. Sie war entschlossen, Yuki vor ihrem letzten Atemzug noch einmal zu sehen. Sie kroch zur Tür und drückte sie auf.

Es regnete in Strömen, und überall waren Pfützen. Den Kopf gegen den Türrahmen gelegt, sog sie die Frische des Sommerregens ein. Sie sah zu, wie die Blitze sich in einer Pfütze spiegelten. Es sah hübsch aus, fand sie, wie ein Hanabi, ein Feuerwerk.

Dann verschwamm alles vor ihren Augen wie bei einer unscharf gewordenen Filmrolle. Selbst der Donner schien sich mehr und mehr zu entfernen. Nur der Kirschbaum weinte um die sterbende alte Frau. Asako lauschte dem gedämpften Grollen des Donners und sank in einen Schlaf, aus dem sie nie mehr erwachen würde.

Das Unwetter hatte die Mütter veranlasst, mit Regenmänteln und -schirmen zur Schule zu eilen. Nun kämpften sie sich mit ihren Kleinen durch den Wind und führten sie vorsichtig die Treppe hinunter. Bald stand Yuki ganz allein vor der Schule. Während sie ungeduldig auf ihre Großmutter wartete, schirmte sie ihr neues gelbes Kleid mit ihrer Tasche gegen den Regen ab. Der heftige Wind machte es ihr schwer, aufrecht zu stehen.

Fräulein Murakami kam mit ihrem Regenschirm heraus

und sah Yuki allein vor der Tür stehen. »Yuki! Was machst du denn noch hier? Wo ist deine Großmutter?«

»Ich weiß nicht.« Yuki kämpfte mit den Tränen.

»Vielleicht hat sie sich nur verspätet«, sagte Fräulein Murakami. »Soll ich dich nach Hause bringen?«

»Aber meine Großmutter hat gesagt, ich soll hier warten, bis sie mich abholt«, sagte Yuki. »Ich musste es ihr versprechen.« Die Tränen kullerten ihr übers Gesicht, obwohl sie ihr Bestes tat, nicht zu weinen.

»Aber, aber …« Fräulein Murakami wischte dem kleinen Mädchen die Tränen ab. »Ich bringe dich nach Hause. Warte einen Moment. Ich hole noch einen Schirm.« Sie gab Yuki ihren Schirm und ging ins Gebäude zurück.

Yuki spannte Fräulein Murakamis Schirm auf und lief bis an den Rand der Treppe. Sie hoffte, sie würde ihre Großmutter die Treppe hinaufeilen sehen. Vielleicht hatte sie sogar ein mit süßen roten Bohnen gefülltes Mochi in der Tasche.

»Ist deine Großmutter noch immer nicht da, Yuki?«, rief Fräulein Murakami und versuchte ihren Schirm gegen den Wind zu entfalten.

Als Yuki sich umwandte, hob ein starker Windstoß ihren kleinen Körper vom Boden auf, sodass ihre Füße in der Luft hingen. Yuki strampelte und klammerte sich an den Griff des Schirms, genau wie die Frau im Fernsehen.

»Juhuu! Ich fliege!«, schrie Yuki, an dem riesigen Schirm hängend.

Fräulein Murakami rannte in blankem Entsetzen zur Treppe. Ihre Augen waren auf das kleine Mädchen gerichtet, das mit dem Schirm durch die Luft flog. Die mächtige Böe trieb Yuki sachte die Stufen hinunter.

»Yuki, lass nicht los! Ich fange dich auf! Halt dich am Schirm fest!« Fräulein Murakami ließ ihren eigenen Schirm fallen und lief panisch die Stufen hinunter.

»Juhuu! Ich fliege!«, rief Yuki in reinster Glückseligkeit, während sie zu ihrer Lehrerin hinunterschaute. Wie eine vom Atem eines Engels getriebene Feder schwebte sie dahin, bis der Wind sie sanft am Fuß der Treppe absetzte.

Sofort klappte Yuki den Schirm zu, wie die Frau im Fernsehen. Von einem Ohr zum anderen strahlend, blickte sie die Treppe zur Schule hinauf. Der Wind rauschte in den Bäumen auf dem Spielplatz, sodass die Äste Yuki mit ihren grünen Armen zuwinkten. Sie winkte zurück, während sie die kühlen Regentropfen auf ihren Wangen spürte.

»Yuki! Hast du dir wehgetan?«, schrie Fräulein Murakami, als sie außer Atem und durchweicht unten an der Treppe ankam.

»Sensei, haben Sie gesehen? Haben Sie gesehen, wie ich alle dreiundfünfzig Stufen hinuntergeflogen bin?« Yuki sprang vor Freude auf und nieder.

Fräulein Murakami nickte, noch immer außer Puste. Sprachlos blickte sie den steilen Aufgang zur Schule hinauf. Sie schüttelte ungläubig den Kopf.

»Ich bin den ganzen Weg bis hierher geflogen«, rief Yuki.

»Versuch das nie, nie wieder, Yuki!«, sagte die Lehrerin, um Fassung ringend. Sie packte Yuki bei der Hand und riss sie aus ihrer Euphorie. »Das war nur ein Zufall, und du hast unglaubliches Glück gehabt! Verstehst du das, Yuki? Du darfst so etwas nie wieder machen.«

Fräulein Murakami untergrub ihre Mahnungen selbst, indem sie in Gelächter ausbrach. Ihr Lachen war unaufhaltsam und wirkte ansteckend auf Yuki. Die beiden standen im strömenden Regen und lachten und lachten. Fräulein Murakami wusste nicht genau, warum sie eigentlich so lachen musste, aber sie merkte, dass ein Teil von ihr sich wünschte, wieder Kind zu sein. Sich Unvorstellbares zu erträumen, um dann mit der Erinnerung an einen unvergesslichen Augenblick wie diesem groß zu werden.

Der Regen hörte ebenso plötzlich auf, wie er begonnen hatte, und auch der Wind ließ nach, als würde das Unwetter eine Pause einlegen. Verblüfft über den plötzlichen Wetterwechsel, schauten die beiden zum Himmel hinauf. Schwere Wolken breiteten sich über ihnen aus wie ein dicker Teppich.

»Das muss ich Oma erzählen!«, brach Yuki ihr Schweigen. »Endlich ist mein Glückstag gekommen.«

Yuki rannte nach Hause. Sie sprang über jede Pfütze, Fräulein Murakami folgte ihr mit den zwei Schirmen. Ein fernes Grollen kündigte ein weiteres Unwetter an.

Glossar

Abalone (span.): Seeohr, eine in Japan als Muschel angesehene Meeresschnecke. Delikatesse.

Anko: Süße rote Bohnenpaste.

Bento: In Proviantschachteln abgepacktes Menü. Selbst gemacht oder als Wegzehrung an Bahnhöfen, in Zügen usw. fertig erhältlich.

Daikan: Nach dem japanischen Mondkalender die »Große Kälte«. 20. Januar.

Daikon: Weißer Rettich.

Dashi: Fischbrühe, die aus getrockneten Bonitoflocken und getrocknetem Seetang hergestellt wird.

Ema: Votivtäfelchen aus Holz, die, mit Wünschen beschriftet, an buddhistischen Tempeln oder Shinto-Schreinen aufgehängt werden.

Enka: Rührseliger Schlager, »Schnulze«.

Futon: Traditionelles japanisches Bettzeug, das auf dem Boden ausgebreitet wird.

Geku: »Äußerer Schrein«, der zweite Hauptschrein des Großen Schreins von → Ise.

Genmai: Ungeschälter brauner Reis.

Geta: Traditionelle Holzsandale, die außer Haus getragen wird. Sie besteht aus einem Fußbrettchen, an dessen Unterseite zwei hölzerne Stege befestigt sind. Der Fuß wird von zwei

Riemen zwischen der großen und der angrenzenden Zehe gehalten.

Gion: Historisches Geishaviertel in Kioto.

Hamo: Meerzahnaal.

Hanabi: Feuerwerk.

Haori: Halblange Jacke zum Kimono.

Himawari: Sonnenblume.

Hinomaru: Bezeichnung für die japanische Flagge: »Sonnenscheibe«.

Ikebana: Kunst des Blumensteckens.

Isaki: Grunzerfisch.

Ise: Der Große Schrein von Ise ist das wichtigste Shintoistische Nationalheiligtum Japans. Der Hauptschrein ist der Sonnengöttin Amaterasu geweiht und ist damit der Ahnenschrein des Kaiserhauses.

Kami: Im Shintoismus verehrte japanische Gottheiten.

Kanji: »Zeichen der Han«. Japanische Schriftzeichen, die aus China übernommen wurden.

Karesansui: »Trockenlandschaft«. Ein bestimmter Typ der Gartengestaltung.

Ki: Energie, Geist, Kraft.

Kita-Feuer, Das Große: Verheerender Großbrand im Jahr 1909, der sich vom nördlichen Teil Osakas über weite Teile der Stadt ausbreitete.

Koma: Spielkreisel.

Kotatsu: Im Winter verwendete niedrige Tische, unter denen eine Heizquelle befestigt ist, sodass Füße und Beine gewärmt werden.

Mochi: Gestampfter Klebreis, der durch Schlagen und Anfeuchten mit warmem Wasser geschmeidig gemacht und dann zu kleinen Klößchen geformt wird. Hier stets mit einer Füllung aus süßen roten Bohnen. Festlicher Leckerbissen.

Mompe: Traditionelle Arbeitshose.

Obi: Breiter aufwendig gestalteter Kimonogürtel.

Ocha: Grüner Tee.

Ohaguro: »Zahnschwärze«. Bis ins 19. Jahrhundert galt es in Japan als höfisch-elegant, sich mit einer besonderen Tusche die Zähne zu schwärzen.

Omikuji: An Tempeln und Schreinen erhältliche Wahrsagezettel.

Oshinko: Eingelegtes Gemüse, meist Rettich.

Sakura: Japanische Kirschblüte. Die Bäume tragen in der Regel keine Früchte.

Sashimi: Fein filetierter roher Fisch.

Sencha: Speziell angebauter grüner Tee.

Sensei: Respektvolle Anrede für Lehrer, aber auch im allgemeineren Sinne für »Meister«.

Shochu: Reisschnaps.

Shoji: Mit Papier bezogene transparente Schiebetür oder -wand.

Shosetsu: Nach dem japanischen Mondkalender »Kleiner Schnee«. Winteranfang am 22. November.

Shunbun no hi: Tagundnachtgleiche im Frühling. Frühlingsanfang am 20. oder 21. März.

Soba: Buchweizennudeln.

Tachiuo: Degenfisch.

Taiko: Große Trommel, Fasstrommel.

Taisetsu: Nach dem japanischen Mondkalender »Großer Schnee«. 7. Dezember.

Takoyaki: Gebratene Teigklößchen mit einem Stück Krake gefüllt.

Tamagoyaki: Fest gerolltes, süßliches Omelett.

Tatami: Genormte Elemente aus Reisstroh. Traditionelle Fußbodenverkleidung.

Temizusha: Wasserbecken vor einem Schrein mit fließendem Wasser und Holzschöpflöffeln, an dem die Gläubigen sich die Hände waschen und den Mund ausspülen.

Tempura: In einem dünnen Teigmantel frittiertes Gemüse oder Meeresfrüchte.

Tofu: Eiweißhaltiges weißes Lebensmittel aus Sojabohnen. Wichtiger Bestandteil der japanischen Küche, das je nach Jahreszeit gekühlt, erhitzt oder frittiert verzehrt wird. Häufig als »Sojabohnenquark« übersetzt.

Toji: Nach dem japanischen Mondkalender die Wintersonnenwende. 22. Dezember.

Tokonoma: Wandnische, in der Kunstwerke und Blumengestecke präsentiert werden. Typisch für ein japanisches Wohn- oder Empfangszimmer.

Toyouke Oomikami: Göttin des Ackerbaus und des Handwerks, die im → Geku, dem Äußeren → Ise-Schrein residiert.

Udon: Dicke Nudeln aus Weizenmehl.

Umeboshi: Japanische grüne Pflaume, die in Salz eingelegt wird. Reisklöße mit Umeboshi sind eine beliebte Wegzehrung.

Yakuza: Japanische Mafia.

Zabuton: Sitzkissen, das auf den → Tatami-Boden gelegt wird.